家藏文库

晚明散文选

汤化 注评

中州古籍出版社
·郑州·

图书在版编目(CIP)数据

晚明散文选 / 汤化注评. —郑州：中州古籍出版社，2021.8
（家藏文库）
ISBN 978-7-5348-9506-7

Ⅰ.①晚… Ⅱ.①汤… Ⅲ.①古典散文–散文集–中国–晚明 Ⅳ.①I264.8

中国版本图书馆 CIP 数据核字（2020）第 242538 号

JIACANG WENKU：WANMING SANWEN XUAN

家藏文库：晚明散文选

选题策划	卢欣欣　赵发杰
约稿统筹	卢欣欣
责任编辑	梁瑞霞
责任校对	唐志辉
封面设计	王　歌
版式设计	曾晶晶

出 版 社	中州古籍出版社（地址：郑州市郑东新区祥盛街 27 号 6 层　邮编：450016　电话：0371-65723280）
发行单位	河南省新华书店发行集团有限公司
承印单位	河南新华印刷集团有限公司
开　　本	640 mm×960 mm　1/16
印　　张	20.25
字　　数	260 千字
版　　次	2021 年 8 月第 1 版
印　　次	2021 年 8 月第 1 次印刷
定　　价	46.00 元

本书如有印装质量问题，请与出版社调换。

前　言

晚明散文，主要指明代万历年间及之后的散文。这一时期的散文，不论在有明一代的文学史上，还是在中国文学史上，都具有十分重要的意义。这主要表现在两个方面。其一，李贽"童心说"的提出以及公安派"性灵说"的崛起，代表了一种新的文学精神，表现在散文创作上，就是突破了传统的文以载道的观念，掀起了一股真实表现人的个性化情感和欲望的创作潮流。其二，小品文的产生，它体制简短，风格隽永，表现出一种新的审美趣味，为散文这一古老的文体注入了新的生命。

在李贽之前，先后风靡明代文坛的有"茶陵派""前后七子""唐宋派"等，他们都针对当时文坛的流弊，提出了自己的文学主张，如"茶陵派"和"前后七子"以复古主张纠正"台阁体"歌功颂德、雍容华贵的文风，"唐宋派"又以学习唐宋法度纠正"七子"盲目拟古复古的风气，在当时都有一定的进步意义；同时在创作实践上，也写出了许多脍炙人口的优秀作品。但他们都只停留在师法古人、文以载道的传统观念上，未能摆脱正统文学的窠臼。李贽"童心说"的出现，使明代散文创作出现了新的转机。李贽是晚明时期极具叛逆思想和反抗精神的"异端"思想家，他激烈反对礼教，攻击孔孟之道；对于宋明理学"存天理，灭人欲"等学说，他认为是虚伪说教，主张"穿衣吃饭，即是人伦物理"（《答邓石阳》），对人的个体价值和个性精神作了充分的肯定。这些思想反映在文学上,即反对复古,主张创作要抒发己见,提倡"童心说"。所谓"童心",就是真心,是人与生俱来的自然本性,是纯洁真实的;但随着人的日益成长,与社会的接触日益增多,就不断地有来自外界的"道理闻见"的污染,于是童心日益丧失,人也就日益由真人变成了言不由衷、词不达意的"假人"。而以"前后七子"为代表的复古派,主张"文必秦汉,诗必盛唐",一切以古人为标准,这样的文学,必然是缺乏真情实感和真知灼见的"假文"。李贽认为,真正有价值的天下至文,必定是出于童心之作。他明确指出:"诗何必古选,文何必先秦。"文之优劣,不能以时代先后论,而应以童心为最高标准。(以上观点主张主要见诸其《童心说》一文)这一文学观,对于当时被复古思潮所窒息的文坛,无疑是巨大的冲击,它真正动摇了复古派的统治。同时,他的散文作品,如《赞刘谐》《题孔子像于芝佛院》《自赞》以及本书所选的《又与焦弱侯》《杂说》和《童心说》等,也都立论大胆,见解独特,嬉笑怒骂,尖锐泼辣,具有十分鲜明的个性。他的文学理论和创作实践都对晚明文学新潮产生了十分重要的影响,他是晚明文学革新运动的倡导者和先驱。

在李贽的影响下,湖北公安的袁氏三兄弟提出了以"性灵说"为核心的一系列文学革新主张,是为"公安派"。"公安派"的代表人物是袁氏老二袁宏道,他在《叙小修诗》中评论小弟袁中道的诗歌曰:"大都独抒性灵,不拘格套,非从自己胸臆流出,不肯下笔。"这"性灵"就是个人独特的欲望和情感,其实也就是李贽的"童心"。"独抒性灵"就是要打破"格套"的束缚,毫无"粉饰蹈袭",真正"从自己胸臆流出"的"本色独造语"。这样的作品才有价值,即使略有"疵处",也是可爱可喜的。针对复古派的盲目模拟主张,袁宏道尖锐地指出其"以剿袭为复古,句比字拟,务为牵合,弃目前之景,撷腐滥之辞"(《雪涛阁集序》)的弊病。老大袁宗道则在《论文》中指出,古人之所以可贵,就在于不模拟蹈袭，而务求达意，因此，"学达即所谓学古也。学其意，不必泥其字句也"，"达不达，文不文之辨也"。在这种理论的指导下，三袁的散文，大都真性流露，不事雕琢，轻逸自然，令人耳目一新。特别是袁宏道的作品，更是清新流利，飘逸洒脱，意趣横生，如《虎丘》写中秋月夜的赛歌场面，《满井游记》写北京郊外的初春景色，《徐文长传》写徐渭的奇人奇气，《拙效传》写家中拙仆的趣闻逸事，以及《五泄》《天目》《西湖》《由水溪至水心崖记》等，都堪称上乘佳作。其兄宗道、其弟中道，所作或温雅清逸，或雄放奇崛，俱各臻其妙。"三袁"之外，还有诸如屠隆、汤显祖、江盈科、陈继儒、冯梦龙等作家，也都写出了许多富有才情个性的优秀小品，蔚为壮观。

"公安派"以其丰硕的成果和巨大的影响，彻底摧毁了复古派的统治，开创了散文创作的新局面，然而它自身也具有一些不可避免的弊病。由于他们强调真情直露、不拘格套，往往矫枉过正，导致有些作品过于率直浅俗。一些追随者缺乏应有的功力和格调，不能把握"公安派"的精神实质，只是一味模仿其浅率的一面，以致走向了俚俗浮浅的极端。于是便出现了以钟惺、谭元春为代表的"竟陵派"。"竟陵派"虽然继承了"公安派"反对模拟、独抒性灵的精神，但不满"公安派"过于率直俚俗的弊病，提倡含蓄蕴藉，追求"幽情单绪，孤行静寄"的审美趣味，开创了"公安派"之后散文创作的新境界。他们的作品往往具有新奇峭拔、清雅脱俗、婉转幽远等美感。例如，钟惺的《夏梅说》以赏梅喻人事，警辟深刻；《浣花溪记》写寻幽探胜，情致深远。谭元春的《秋寻草》独寻秋之胜境，别具怀抱；《游乌龙潭记》写三游乌龙潭，奇境迭出，幽趣无穷。此外还有刘侗的《帝京景物略》，描写北京名胜古迹、岁时风俗等，文笔冷隽孤峭，颇有新意。但"竟陵派"过于强调"幽深孤峭""孤怀孤诣"，又走向了奇僻险怪、孤冷晦涩的极端，将文学创作天地变得十分狭窄幽僻。

由于"公安""竟陵"作家独标性灵，欣赏个性，因此最适合表现这种个人情调趣味的短小精练的小品文便在晚明时期得到了长足的发展，成为晚明散文的一道独特景观。除了上述"公安""竟陵"诸作家丰富杰出的小品创作之外，颇值一提的是"与公安、竟陵不同衣饭而各自饱暖"的王思任。他的作品，如《小洋》，写游览途中偶然所见日落时分的光与色的千变万化，用笔极为灵巧多趣；《屠田叔笑词序》，巧作"笑"文章，文笔纵放，寓庄于谐，尽显这位"谑庵先生"的神采和个性；《让马瑶草》一文，则痛骂国贼，慷慨愤激，酣畅淋漓。而堪称晚明小品之集大成者的，当推明清之际的张岱。在国破家亡之际，他写下许多作品，如《西湖梦寻》《陶庵梦忆》等，于写景抒情中寄托亡国之痛、故园之思，深切动人。而最脍炙人口的是《湖心亭看雪》一文，全文不到二百字，却字字句句可圈可点、可赏可玩，可谓小品中的精品。《西湖七月半》刻画出西湖游人的各种情态，穷形尽相，生动传神。他的作品兼取"公安""竟陵"之长，而力矫二者之弊，清丽精美，情趣盎然，使小品文创作达到新的境界。同时代的祁彪佳曾这样评价他："有郦道元之博奥，有刘同人之生辣，有袁中郎之倩丽，有王季重之诙谐，无所不有。"（《西湖梦寻序》）祁彪佳本人也是优秀的小品作家，他的《寓山注》和华淑的《题闲情小品序》、魏学洢的《核舟记》、黄淳耀的《李龙眠画罗汉记》等，都是晚明小品的名篇。叶绍袁的《甲行日注》则是记录他亡国后流亡生活的日记，往往于三言两语一事一景中寄寓国破家亡的沉痛心情，极为感人。此外还须一提的是大旅行家徐弘祖，他一生遍游全国名山大川，并将所游所见详细记录，后编成《徐霞客游记》。书中记事布局，条理清楚，写景状物，精妙生动，是一部不可多得的游记散文集。

然而晚明小品中像《让马瑶草》《甲行日注》这类关注社会现实的作

品毕竟不多，就总体而言，还是以表现作家个人闲情逸致、优雅生活的作品为大多数。当明末政权风雨飘摇、民族矛盾极为尖锐之时，文坛上又兴起了"复古"的思潮。这一主张是以张溥为首的"复社"作家提出的。所谓"复社"，是"期与四方文士共兴复古学，将使异日者务为有用，因名曰'复社'"。复社成员是一批仁人志士，他们富有正义感，崇尚气节，以东林党的继承者自任，与朝廷内部的魏忠贤"阉党"余孽继续斗争。因此，他们的"复古"，当然不同于"前后七子"盲目模拟，而是反对"公安派""竟陵派"后期逃避现实的倾向，"世教衰，此其复起"，以复古为名，关心政治，研究社会。张溥的《五人墓碑记》，堪称代表作，作品热情歌颂了与阉党斗争而英勇就义的五位苏州市民英雄，"感慨淋漓，激昂尽致"。明朝覆亡之后，陈子龙、张煌言、夏完淳等英勇志士坚持抗清，并写下了一篇篇高亢悲慨的作品。尤其是少年英雄夏完淳，在即将断头之际，蘸血和泪，写下《狱中上母书》等，痛陈家仇国恨，视死如归，乐观豪迈，读之令人惊心动魄，回肠荡气，为明代散文画上一个响当当的句号。

本书从李贽起，到夏完淳结束，选取晚明散文作家三十二位、作品六十一篇，并加以注释和述评，力图以之为代表，全面准确地反映晚明散文的总体风貌，希望能对读者了解我国古代散文史上这一重要时期的辉煌成就、提高古文阅读欣赏水平有所帮助。由于选编者水平见识有限，再加时间仓促，资料准备也不足，挂一漏万、谬误疏忽之处在所难免，很可能难以达到上述目的，敬请读者方家批评指正。

目　录

李　贽
又与焦弱侯 …………………………………………… 1
童心说 ………………………………………………… 6
杂说 …………………………………………………… 12

焦　竑
题《谢康乐集》后 …………………………………… 19

屠　隆
答李惟寅 ……………………………………………… 24

汤显祖
《嗤彪赋》序 ………………………………………… 28
《牡丹亭记》题词 …………………………………… 30

江盈科
《百六诗》引 ………………………………………… 35

陈继儒
《酒颠》小序 ………………………………………… 40
《花史》题词、跋 …………………………………… 43

陶望龄
养兰说 ………………………………………………… 46

袁宗道
- 论文（上） …… 49
- 极乐寺纪游 …… 54

袁宏道
- 叙小修诗 …… 58
- 虎丘 …… 66
- 满井游记 …… 71
- 徐文长传 …… 76
- 拙效传 …… 84
- 山居斗鸡记 …… 89

袁中道
- 西山十记（选二） …… 94
- 楮亭记 …… 99
- 爽籁亭记 …… 103

锺　惺
- 浣花溪记 …… 108
- 夏梅说 …… 113

文震孟
- 邢布衣传 …… 117

王思任
- 小洋 …… 122
- 屠田叔《笑词》序 …… 127
- 让马瑶草 …… 130

冯梦龙
- 序《山歌》 …… 135

曹学佺
- 尹恒屈诗序 …… 139

钱伯庸文序 …………………………………… 142
张　鼐
　　与姜箴胜门人 …………………………………… 145
李流芳
　　游虎丘小记 ……………………………………… 150
沈德符
　　陈增之死 ………………………………………… 153
艾南英
　　自叙 ……………………………………………… 160
谭元春
　　题《秋寻草》 …………………………………… 173
　　谭叟诗引 ………………………………………… 176
　　游乌龙潭记 ……………………………………… 179
徐弘祖
　　游雁宕山日记 …………………………………… 188
　　游黄山日记（后） ……………………………… 197
宋应星
　　《天工开物》序 ………………………………… 205
华　淑
　　题《闲情小品》序 ……………………………… 211
叶绍袁
　　甲行日注（节选） ……………………………… 215
刘　侗
　　三圣庵 …………………………………………… 224
　　水尽头 …………………………………………… 226
　　吏部古藤 ………………………………………… 230

魏学洢
　　核舟记 …… 234

张　岱
　　《夜航船》序 …… 240
　　《陶庵梦忆》序 …… 244
　　《西湖梦寻》序 …… 250
　　湖心亭看雪 …… 253
　　柳敬亭说书 …… 257
　　西湖香市 …… 261
　　西湖七月半 …… 266
　　小青佛舍 …… 271

张　溥
　　五人墓碑记 …… 274
　　《刘中山集》题辞 …… 281

祁彪佳
　　《寓山注》序 …… 287

黄淳耀
　　李龙眠画罗汉记 …… 294

张煌言
　　《奇零草》序 …… 298

夏完淳
　　狱中上母书 …… 306

李贽

　　李贽（1527~1602），明代思想家、文学家。号卓吾，字宏甫、温陵居士、龙湖师，晋江（今福建泉州）人。二十六岁中举，三十岁时被选为河南辉县教谕，历官至云南姚安知府。五十四岁时辞官，先后在湖北黄安、麻城著书讲学。以"异端"自居，抨击传统礼教和伪道学，引起当局不满，遂被以"敢倡乱道，惑世诬民"的罪名逮捕，在狱中自刎而死。李贽反对复古，主张创作要抒发己见，提倡"童心说"。著有《焚书》《续焚书》《藏书》《续藏书》《初潭集》等。

又与焦弱侯

　　郑子玄者①，丘长孺父子之文会友也②，文虽不如其父子，而质实有耻③，不肯讲学，亦可喜，故喜之。盖彼全不曾亲见颜、曾、思、孟④，又不曾亲见周、程、张、朱⑤，但见今之讲周、程、张、朱者，以为周、程、张、朱实实如是尔也⑥，故耻而不肯讲。不讲虽是过⑦，然使学者耻而不讲⑧，以为周、程、张、朱卒如是而止⑨，则今之讲周、程、张、朱者可诛也⑩。彼以为周、程、张、朱者皆口谈道德而心存高官、志在巨富⑪；既已得高官巨富矣，仍讲道德、说仁义自若也⑫；从而哓哓然语人曰⑬："我欲厉俗而风世⑭。"彼谓败俗伤世者，莫甚于讲周、程、张、朱者也，是以益不信⑮，不信故不讲。然则不讲亦未为过矣。

黄生过此⑯,闻其自京师往长芦抽丰⑰,复跟长芦长官别赴新任。至九江⑱,遇一显者⑲,乃舍旧从新⑳,随转而北,冲风冒寒,不顾年老生死。既到麻城,见我言曰:"我欲游嵩少㉑,彼显者亦欲游嵩少,拉我同行,是以至此。然显者俟我于城中㉒,势不能一宿㉓。回日当复道此㉔,道此则多聚三五日而别,兹卒卒诚难割舍云㉕。"其言如此,其情何如?我揣其中实为林汝宁好一口食难割舍耳㉖。然林汝宁向者三任㉗,彼无一任不往,往必满载而归,兹尚未餍足㉘,如饿狗思想隔日屎,乃敢欺我以为游嵩少。夫以游嵩少藏林汝宁之抽丰来嗛我㉙,又恐林汝宁之疑其为再寻己也,复以舍不得李卓老、当再来访李卓老以嗛林汝宁㉚,名利两得,身行俱全㉛。我与林汝宁几皆在其术中而不悟矣㉜,可不谓巧乎㉝?今之道学㉞,何以异此!

由此观之,今之所谓圣人者,其与今之所谓山人者一也㉟,特有幸不幸之异耳㊱。幸而能诗,则自称曰山人;不幸而不能诗,则辞却山人而以圣人名。幸而能讲良知㊲,则自称曰圣人;不幸而不能讲良知,则谢却圣人而以山人称㊳。展转反复,以欺世获利,名为山人而心同商贾㊴,口谈道德而志在穿窬㊵。夫名山人而心商贾,既已可鄙矣,乃反掩抽丰而显嵩少,谓人可得而欺焉,尤可鄙也!今之讲道德性命者㊶,皆游嵩少者也;今之患得患失、志于高官重禄、好田宅㊷、美风水以为子孙荫者㊸,皆其托名于林汝宁、以为舍不得李卓老者也。然则郑子玄之不肯讲学,信乎其不足怪矣㊹。

且商贾亦何可鄙之有?挟万贯之赀㊺,经风涛之险,受辱于关吏㊻,忍诟于市易㊼,辛勤万状,所挟者重,所得者末㊽。然必交结于卿大夫之门㊾,然后可以收其利而远其害,安能傲然而坐于公卿大夫之上哉？今山人者，名之为商贾，则其实不持一文；称之为山人，则非公卿之门不履(50)，故可贱耳。虽然，我宁无有是乎(51)？然安知我无商贾之行之心而释迦其衣以欺世而盗名也耶(52)？有则幸为我加诛(53)，我不护痛也(54)。虽然，若其患得而又患失、买田宅、求风水等事，决知免矣(55)。

《焚书》

[注释]

①郑子玄：人名，具体不详。 ②丘长孺：人名。丘坦，字坦之，号长孺，湖北麻城人，万历举人。文会：科举时代士人为会文结友定期举行的集会。 ③质实有耻：质朴诚笃，有羞耻之心。 ④颜、曾（zēng）、思、孟：指先秦儒家大师颜回、曾参、子思、孟轲。颜回，字子渊，孔子弟子，其德业最为孔子所称道，后世称之为“复圣”。曾参，字子舆，孔子弟子，其学传子思，子思门人又传至孟子，后世称之为“宗圣”。子思，名孔伋，孔子之孙，受业于曾参，后世称之为“述圣”。孟轲，即孟子，是仅次于孔子的儒家大师，后世称之为“亚圣”。道学家认为，这四人是孔子学说最正统的继承者。 ⑤周、程、张、朱：指宋代理学（道学）四个学派的主要代表人物周敦颐、二程、张载、朱熹。 ⑥实实：确实。如是尔：像这样的。意为像道学家们所讲述的这个样子。 ⑦过：过错。 ⑧使：假使。 ⑨卒：最终。 ⑩诛：杀。 ⑪存：想着。 ⑫自若：如常，像原先一样。 ⑬哓（xiāo）哓然：争辩之声。这里形容说话雄辩狂放的样子。 ⑭厉俗而风（fěng）世：劝勉教化世俗民风。厉，劝勉。风，教化。 ⑮益：更加。 ⑯黄生：人名，具体不详。 ⑰京师：京城，指北京。长芦：地名，在今河北沧州市西。抽丰：即俗语“打抽丰”“打秋风”，意为利用各种借口向为官的亲友索取馈赠。 ⑱九江：地名，即今江西九江市。

⑲显者：声望地位显赫的人。 ⑳乃：就，但往往带有某种强调的语气，这里有居然、竟然之意。 ㉑嵩：嵩山，五岳之一，在今河南郑州市南。少：少室山，嵩山的西峰。 ㉒俟（sì）：等待。 ㉓势：情势，犹言"看样子"。宿：住宿。 ㉔道：取道，路过。 ㉕兹：此。卒（cù）：同"猝"，仓促。 ㉖林汝宁：人名，姓林的汝宁知府，具体不详。汝宁，府名，治所在汝阳（今河南汝南）。 ㉗向者：先前。 ㉘餍足：满足。 ㉙藏：暗藏真实的目的。赚：当为"赚"字之误，赚（zuàn），欺骗。 ㉚李卓老：作者号卓吾，故以此自称。 ㉛身：身份，面子。行：行为，指"打秋风"的真实行为。 ㉜几（jī）：几乎。术：计谋，圈套。 ㉝巧：巧妙。 ㉞道学：又称"理学"，宋儒的哲学思想，以继承孔、孟"道统"、宣扬"性命义理"之学为主。 ㉟山人：指隐士。一：一回事，没有区别。 ㊱特：只是。 ㊲良知：儒家认为，人天生就有本然的知能，叫"良知""良能"。此说为孟子所首创。《孟子·尽心上》："人之所不学而能者，其良能也；所不虑而知者，其良知也。" ㊳谢却：辞去。 ㊴商贾（gǔ）：商人。 ㊵穿窬（yú）：穿壁越墙，指盗窃行为。窬，通"逾"。 ㊶性命：指理学家所宣扬的"性命义理"之学。 ㊷田宅：田产住宅。 ㊸荫（yìn）：庇护。 ㊹信：确实。 ㊺挟（xié）：携带。赀（zī）：同"资"，资财。 ㊻关吏：把持水陆交通关卡的官吏。 ㊼诟（gòu）：责骂。市易：贸易，买卖。 ㊽末：微小。 ㊾卿大夫：达官权贵。 ㊿履（lǚ）：踏，登。 51宁（nìng）：岂，难道。是：这，指以上所说"山人"的"可贱"行为。 52安：怎么。释迦（jiā）其衣：穿着佛家的衣服。释迦，佛祖释迦牟尼的简称，后泛指佛教。 53幸：但愿，希望。 54护痛：掩护自己的痛处。 55决：一定。

[评析]

本篇是作者写给焦竑的一封信，信中对道学先生进行了尖锐的嘲讽和

批判。焦竑，字弱侯，与李贽交往甚密。（详见下文所选焦竑作品前的有关介绍）

本文名为书信，其实是一篇讽刺性的散文。宋明理学，从理论上说，自有它的一番道理，这且不必管它。问题是在现实中，由于此说盛行，便有一大批人高谈周、程、张、朱，以此盗名欺世，其实终日钻营于禄位、奔走于势利，寡廉鲜耻，虚伪卑劣。本文揭露嘲讽的，就是这样的假道学。

作品从郑子玄不肯讲学说起。郑子玄之所以不肯讲学，是因为质实有耻的他看出了假道学的虚伪可恶、伤风败俗，故以之为耻。假道学假在哪里？作者作了形象的描述："皆口谈道德而心存高官、志在巨富；既已得高官巨富矣，仍讲道德、说仁义自若也；从而哓哓然语人曰：'我欲厉俗而风世。'"字不多，却摹声绘态，活活地刻画出了假道学的丑恶嘴脸。

而黄生，似乎是另外一种人。此人专以"打秋风"为业，他先是打长芦长官的秋风，还跟着人家别赴新任；中途遇见一位显者，便立即舍旧从新，也不顾风寒年老；然而他最终的目标，是他已连打三次秋风还嫌不足的林汝宁。如此猥琐势利，就已够可恶可鄙了，可他还偏要标榜风雅，声称是为了游览嵩少，还装出一脸重情好义难分难舍状，以此蒙骗作者，回头又以拜访作者为名蒙骗林汝宁，这就更令人恶心了。这种人虽未必是口谈道德仁义而心存高官巨富的道学先生，但表面冠冕堂皇，内心卑鄙龌龊，玩弄心术手腕，名利兼得，其卑劣无耻却与道学先生毫无二致，所以作者说："今之道学，何以异此！"

于是，作者又掉转笔锋，对道学先生做了进一步的剖析。这些道学先生，或故作高深，鼓吹良知，号称"圣人"；或附庸风雅，吟诗弄赋，自命"山人"，其实不过是在翻来覆去地玩弄伎俩，以欺世获利。他们既有商人的势利之心，又有黄生的伪善骗术，甚至还有盗贼的卑劣行径。作者分析说：商人虽势利，但还得挟万贯之资，历风险屈辱，而道学家们却像黄生一样，光凭一张厚脸皮，便可高官厚禄，福荫子孙。所以，他们既非商人，也非山人，更非圣人，只是一伙欺世大盗而已。作品就是这样层层撕剥：先以郑子玄不肯讲学之事，剥下道学家的外衣；再具体描绘黄生"打秋风"的劣迹，对道学家剥皮见肉；到最后，则纵横比较，深入剖析，直把假道学剥得穷形尽相、见骨见心。

本文虽意在尖锐嘲讽、无情鞭挞，但行文却不紧不慢，或迂回侧击，或直言指斥，或恣意调侃，或冷语相讥，亦庄亦谐，妙趣横生。尤其是写黄生一段，看似寻常记叙，娓娓道来，却是刻画入微、丑态毕露。作者提倡"童心说"，反对假言假文，所以本文也是语真词直，率如口出，甚至还有一二俚俗之语，像"如饿狗思想隔日屎"这样的话，常人是不大可能写入文章里的。

童心说

龙洞山农叙《西厢》末语云①："知者勿谓我尚有童心可也②。"夫童心者③，真心也。若以童心为不可，是以真心为不可也。夫童心者，绝假纯真、最初一念之本心也④。若失却童心，便失却真心；失却真心，便失却真人。人而非真，全不复有初矣。

童子者，人之初也；童心者，心之初也。夫心之初，曷可失也⑤！然童心胡然而遽失也⑥？盖方其始也⑦，有闻见从耳目而入⑧，而以为主于其内而童心失⑨。其长也⑩，有道理从闻见而入⑪，而以为主于其内而童心失。其久也，道理闻见日以益多⑫，则所知所觉日以益广，于是焉又知美名之可好也⑬，而务欲以扬之而童心失⑭；知不美之名之可丑也，而务欲以掩之而童心失。夫道理闻见，皆自多读书识义理而来也⑮。古之人，曷尝不读书哉！然纵不读书，童心固自在也⑯；纵多读书，亦以护此童心而使之勿失焉耳，非若学者反以多读书识义理而反障之也⑰。夫学者既以多读书识义理障其童心矣，圣人又何用多著书立言以障学人为邪？童心既障，于是发而为言语，则言语不由衷⑱；见而为政事⑲，则政事无根柢⑳；著而为文辞，则文辞不能达㉑，非内含以章美也㉒，非笃实生辉光也㉓，欲求一句有德之言，卒不可得㉔。所以者何？以童心既障，而以从外入者闻见道理为之心也。

夫既以闻见道理为心矣，则所言者皆闻见道理之言，非童心自出之言也。言虽工㉕，于我何与㉖？岂非以假人言假言而事假事、文假文乎㉗？盖其人既假，则无所不假矣。由是而以假言与假人言，则假人喜；以假事与假人道㉘，则假人喜；以假文与假人谈，则假人喜。无所不假，则无所不喜。满场是假，矮人何辩也㉙？然则虽有天下之至文㉚，其湮灭于假人而不尽见于后世者㉛，又岂少哉！何也？天下之至文，未有不出于童心焉者也；苟童心常存㉜，则道理不行，闻见不立，无时不文㉝，无人不文，无一样创制体格文字而非文者㉞。诗何必古选，文何必先秦㉟。降而为六朝㊱，变而为近体㊲，又变而为传奇㊳，变而为院本㊴，为杂剧㊵，为《西厢曲》㊶，为《水浒传》，为今之举子业㊷。大贤言圣人之道，皆古今至文，不可得而时势先后论也。故吾因是而有感于童心者之自文也㊸，更说什么六经㊹，更说什么《语》《孟》乎㊺？

夫六经、《语》、《孟》，非其史官过为褒崇之词[46]，则其臣子极为赞美之语；又不然，则其迂阔门徒、懵懂弟子[47]，记忆师说，有头无尾，得后遗前，随其所见，笔之于书[48]。后学不察，便谓出自圣人之口也，决定目之为经矣[49]，孰知其大半非圣人之言乎[50]？纵出自圣人[51]，要亦有为而发[52]，不过因病发药[53]，随时处方[54]，以救此一等懵懂弟子、迂阔门徒云耳[55]。药医假病[56]，方难定执[57]，是岂可遽以为万世之至论乎[58]？然则六经、《语》、《孟》，乃道学之口实、假人之渊薮也[59]，断断乎其不可以语于童心之言明矣[60]。呜呼！吾又安得真正大圣人童心未曾失者而与之一言文哉[61]？

《焚书》

[注释]

①龙洞山农：人名。颜钧，字山农，江西吉安人，明代思想家，泰州学派的代表人物之一。叙：同"序"，作序。 ②知：了解。谓：认为。 ③夫（fú）：助词，表示将发议论。 ④绝：断绝，完全没有。 ⑤曷（hé）：何，怎么。 ⑥胡然：怎么，为什么。 ⑦盖：大概。方：当。 ⑧闻见：见闻。 ⑨主：主宰。内：内心。 ⑩长（zhǎng）：长大，成长。 ⑪道理：指伦理道德观念思想等。 ⑫益：增加，更加。 ⑬名：名誉声望。 ⑭务：致力。 ⑮义理：讲求经义、探究名理的学问，这里即指理学。 ⑯自在：自然存在。 ⑰非若：不像。障：阻塞，妨碍。 ⑱衷：内心。 ⑲见（xiàn）：通"现"，表现，体现。 ⑳根柢：根底，基础。 ㉑达：达意，指表达真正的思想。 ㉒内含：内在充实。章：彰显，显明。 ㉓笃实：诚笃实在。 ㉔卒：最终。 ㉕工：巧妙。 ㉖我：本人，指言者本人。与：相干。 ㉗假人：因为人的童心本性被外来的道理所代替，所

人就不是真实的本人而是假人。言假言：说假话。前一个"言"作动词，以下"事假事""文假文"类此。㉘道：说。㉙矮人何辩：俗话说："矮子观场，随人说妍。"意为矮子挤在人丛中，根本看不见台上的戏，就只好随着别人叫好。辩，通"辨"，辨别。㉚至文：最好的文章。㉛湮（yān）灭：埋没。㉜苟：如果。㉝文：指好文章。㉞创制体格：新开创的文体。㉟先秦：秦代以前。㊱六朝：指汉代以后、隋唐之前这一段时期。因为三国吴、东晋和南朝的宋、齐、梁、陈这六个朝代都在建康（吴称建业，即今江苏南京）建都，故称。㊲近体：近体诗，即律诗、绝句等。㊳传奇：指唐宋时的文言短篇小说。㊴院本：金元时行院演出戏剧所用的脚本。㊵杂剧：古代戏剧形式之一，盛行于元代。㊶《西厢曲》：即《西厢记》，原为金代董解元据唐代元稹传奇《莺莺传》改编成《西厢记诸宫调》，后由元代王实甫进一步改编成《崔莺莺待月西厢记》，简称《西厢记》。㊷举子业：用于科举考试的文章，即明清时的八股文。㊸自文：自己的文章。因为是出自童心，所以才是真正自己的文章。㊹六经：指《诗》《书》《礼》《乐》《易》《春秋》六部儒家经书。㊺《语》《孟》：即《论语》《孟子》，也是儒家经典。㊻褒（bāo）崇：赞扬推崇。㊼迂阔：见解空泛而不切实际。懵（měng）懂：糊涂。㊽笔：抄录。㊾决定：决然肯定。目：看作。㊿孰（shú）：谁。㉛纵：纵然，即使。㉜要：总体，大体。有为：有目的，有针对性。㉝因：根据。㉞随时：根据当时情况。㉟一等：一批，一类。㊱假：凭借，依据。㊲方：处方。定执：固定不变。㊳遽：匆忙，这里有轻率之意。至论：最高理论。㊴口实：借口。渊薮（sǒu）：深水和草丛，是鱼和兽类集聚生存之处，故用以比喻某类人的集聚生存之处。㊵断断：表示某种强烈的否定态度时的用语，犹言"绝对（不能）"。㊶安：哪里。一言：谈一次。

[评析]

  本文是作者反对程朱理学、阐述自己文学观点的代表作。所谓"童心",就是人的真心、本性,是人所不可失去的。但孔孟之道、程朱理学破坏了人的童心,所以人就成了假人,所说所写,都是假言假文。因此,作者认为,衡量文学作品不应以时代先后论优劣,而应以是否有童心为标准。

  宋代以来,程朱理学盛行。作为对中国传统儒家思想的继承与发展,程朱理学在中国思想史上自有其地位与影响。但由于理学家们过于推崇孔孟之说和儒家经典,以之为衡量一切是非的最高标准,提倡"存天理,去人欲",维护旧礼教,因而把孔孟之道变成了阻碍变革、束缚人性的教条。随着社会的发展,到了明代后期,出现了一股反对旧传统观念、主张变革、张扬人性的思潮,李贽就是代表这一思潮的思想家。他在许多文章中,对程朱理学尤其是伪道学及其所推崇的孔孟之道进行了猛烈的批判,本文就是其中的代表。

  本文的核心论题,就是标题所称的"童心说"。什么是童心?作者说:"童心者,真心也……绝假纯真、最初一念之本心也";"童心者,心之初也"。在作者看来,童心是人与生俱来的自然本性,是纯洁真实的。而随着人的日益成长,与社会的接触日益增多,就不断有来自外界的"道理闻见"的污染,于是童心日益丧失,人也就日益由真人变成了言不由衷、事无根底、辞不达意的假人。而"道理闻见,皆自多读书识义理而来",可见,正是圣贤之书、程朱理学阻塞了童心,扭曲了人性。在这里,作者指出了传统思想观念和程朱理学的危害,强调了人性的价值和合理性,这是有进步意义的。但他又过分地强调了人的自然本性,而否认了社会生活和传统文化对人的积极作用,也具有不可否认的局限性。

  对于六经、《论语》、《孟子》等儒家经典,作者认为,其中有"史官过为褒崇之词"，也有"臣子极为赞美之语"，还有"迂阔门徒、懵懂弟子"的随意记录，挂一漏万，因此大半不是圣人之言。即使有些是圣人之言，也是因时因事而发，有具体的针对性，在当时是治世之良方，但决非万世之至论。而道学家们推崇这些经典，是为了以之为作假造伪、欺世盗名的依据，因此，这些经典"乃道学之口实，假人之渊薮也"。作者的这番言论，更直接明确地把批判的锋芒指向了孔孟之道，揭露了道学家推崇孔孟之道的实质，尤其以历史发展的观点对孔孟之道、儒家经典进行了深刻具体的分析，确有精辟之处；特别在那理学盛行的时代，无疑是极为大胆尖锐、具有振聋发聩之效的，它从根本上动摇了程朱理学的思想基础。但在今天看来，他还是过于强调了真理的相对性，否认了孔孟之道、传统文化在历史发展中的积极影响。因此，这也应如他之所言，"要亦有为而发，不过因病发药，随时处方"，有其合理性、深刻性，但也不无过激之处。

以"童心"之说评价文学，则是本文的又一重要内容。在明代中叶，文坛盛行复古模拟之风，以"前后七子"为代表的复古派，主张"文必秦汉，诗必盛唐"，一切以古人为标准。很显然，这样的文学必然是缺乏情感人性而毫无价值的"假文"。作者认为，真正有价值的天下至文，必定是出于童心之作；有了童心，不论何时何人，不论哪种文体，都能产生好作品。他明确指出"诗何必古选，文何必先秦"，文之优劣，不能以时代先后论，而应以童心为最高标准。由此出发，他高度肯定了为道学家、复古派所不齿的通俗文学如《西厢记》《水浒传》等戏曲、小说的地位。作者这一文学观，对于当时窒息的文坛是巨大的冲击，它真正动摇了复古派的统治，是对晚明文学革新运动的倡导，"公安三袁"、"竟陵派"、汤显祖、冯梦龙等人的文学创作和理论都直接受其影响，他们开创了晚明文学的新局面。

本文在写作上，论点十分鲜明，全文围绕"童心"这一核心命题展开，纵横论证，条理清晰，逻辑严密，层次之间的承接转换十分自然。在论证中，多用排比、对偶等手法和反诘、感叹等句式，更显得气势充沛、恣肆雄辩。

杂说

《拜月》《西厢》①，化工也②；《琵琶》③，画工也④。夫所谓画工者⑤，以其能夺天地之化工⑥，而其孰知天地之无工乎？今夫天之所生、地之所长，百卉具在⑦，人见而爱之矣；至觅其工，了不可得⑧。岂其智固不能得之欤？要知造化⑨无工，虽有神圣，亦不能识知化工之所在，而其谁能得之？由此观之，画工虽巧，已落二义矣⑩。文章之事，寸心千古⑪，可悲也夫！

且吾闻之，追风逐电之足，决不在于牝牡骊黄之间⑫；声应气求之夫，决不在于寻行数墨之士⑬；风行水上之文⑭，决不在于一字一句之奇。若夫结构之密⑮，偶对之切⑯，依于理道，合乎法度，首尾相应，虚实相生，种种禅病皆所以语文⑰，而皆不可以语于天下之至文也⑱。杂剧院本⑲，游戏之上乘也⑳，《西厢》《拜月》，何工之有！盖工莫工于《琵琶》矣㉑，彼高生者㉒，固以殚其力之所能工㉓，而极吾才于既竭㉔；惟作者穷巧极工，不遗余力，是故语尽而意亦尽，词竭而味索然亦随以竭㉕。客尝揽《琵琶》而弹之矣㉖，一弹而叹，再弹而怨，三弹而向之怨叹无复存者。此其故何耶？岂其似真非真，所以入人之心者不深耶！盖虽工巧之极，其气力限量只可达于皮肤骨血之间，则其感人仅仅如是，何足怪哉！

《西厢》《拜月》，乃不如是。意者宇宙之内，本自有如此可喜之人，如化工之于物，其工巧自不可思议尔。且夫世之真能文者，比其初皆非有意于为文也㉗。其胸中有如许无状可怪之事㉘，其喉间有如许欲吐而不敢吐之物，其口头又时时有许多欲语而莫可所以告语之处，蓄极积久，势不能遏㉙。一旦见景生情，触目兴叹，夺他人之酒杯，浇自己之垒块㉚；诉心中之不平，感数奇于千载㉛。既已喷玉唾珠㉜，昭回云汉，为章于天矣㉝，遂亦自负，发狂大叫，流涕恸哭㉞，不能自止，宁使见者闻者切齿咬牙、欲杀欲割，而终不忍藏于名山、投之水火㉟。余览斯记㊱，想见其为人，当其时必有大不得意于君臣朋友之间者，故借夫妇离合因缘以发其端㊲。于是焉喜佳人之难得，羡张生之奇遇㊳；比云雨之翻覆，叹今人之如土㊴。其尤可笑者，小小风流一事耳，至比之张旭张颠、羲之、献之而又过之㊵。尧夫云㊶："唐虞揖让三杯酒㊷，汤武征诛一局棋㊸。"夫征诛揖让何等也，而以一杯一局觑之㊹，至眇小矣㊺。

呜呼！今古豪杰，大抵皆然。小中见大，大中见小。举一毛端建宝王刹㊻，坐微尘里转大法轮㊼，此自至理，非干戏论㊽。倘尔不信。中庭月下，水落秋空，寂寞书斋，独自无赖㊾，试取《琴心》一弹再鼓㊿，其无尽藏不可思议㈤，工巧固可思也。呜呼，若彼作者，吾安能见之欤！

《焚书》

[注释]

① 《拜月》：即《拜月亭》，相传为元代的施惠根据关汉卿的杂剧剧本改编而成的南戏剧本。《西厢》：即《西厢记》，是元代王实甫根据唐代

元稹的传奇《会真记》和元代董解元的《西厢记诸宫调》改编而成的杂剧剧本。 ②化工：天地造化所自然呈现的工巧。形容作品具有自然真实之美，无人工雕琢痕迹。 ③《琵琶》：即《琵琶记》，是元代高明（字则诚）根据宋代戏文《赵贞女蔡二郎》改编而成的南戏剧本。 ④画工：人为刻画而成的工巧。指作品精美巧妙，却有雕琢的痕迹，失去天然之美。 ⑤夫（fú）：发语词，无义。 ⑥夺天地之化工：即"巧夺天工"之意。 ⑦卉：花草的总称。 ⑧了：完全。 ⑨造化：天地自然。 ⑩二义：第二等。 ⑪"文章"二句：语出杜甫《偶题》诗："文章千古事，得失寸心知。"意为文章是千古不朽之事，而其中的得失甘苦，却只有作者自己心里明白。 ⑫"追风"二句：追风逐电，形容骏马跑得快，能与疾风雷电相追逐。足，指马，与《木兰诗》"愿借千里足"同。牝（pìn），母马；牡，公马；骊（lí），黑马；黄，黄马。此二句意为：对于马来说，其可贵在善于奔跑，而不在公母毛色等方面。典出《淮南子·道应训》。说有人给秦穆公相马，事成之后，秦穆公问他是什么马，他回答说是"牡而黄"，而其实是一匹"牝而骊"的千里马，可见此人相马时注意的是马的品性，而忽略了其他外在特征。比喻要掌握事物的本质，不要拘泥于表象。以下两组句子也是这个意思。 ⑬"声应"二句：声应气求，意为心心相印、意气相投。寻行（háng）数墨，找字行数字迹，即只会咬文嚼字而不通情理。 ⑭风行水上：风吹水面，自然成纹。比喻自然成巧的好作品，即"化工"。 ⑮若夫（fú）：至于。 ⑯偶对：对偶。切：工整。 ⑰禅病：佛教用语，这里指评论文章的一般法则，即上述"结构之密"之类。作者认为，拘泥这些，是为"禅病"。语文：意为针对一般文章而言。 ⑱至文：最好的文章。 ⑲杂剧：中国古代戏剧形式之一，始于晚唐，盛行于元代，故通常指元杂剧。院本：金代人称剧本为院本，意为行院演剧所用的脚本。 ⑳上乘：佛教名词，指大乘佛教，后以比喻高妙上品的事物。　㉑盖：大概。　㉒高生：指《琵琶记》的作者高明，也即高则诚。生，古代对读书人的称呼。　㉓殚（dān）：尽。　㉔吾：自己，指高则诚。　㉕索然：空、尽的样子。　㉖客：作者自称。揽《琵琶》而弹之：指欣赏《琵琶记》。因为剧名"琵琶"，故曰"揽"而"弹"之。下文"试取《琴心》一弹再鼓"句亦类此。揽，抱。　㉗比：在，当。　㉘无状可怪之事：无可名状、莫名其妙之事，指作家内心深处的困惑感慨和复杂深刻的思想感情。　㉙遏（è）：抑止，阻挡。　㉚"夺他人"二句：比喻借别人之事，抒发自己心中的感慨。垒块，指心中的郁闷不平之气。　㉛数奇（jī）：命运不好。数，命数；奇，与偶相对，偶为相遇，奇则为不遇合。　㉜喷玉唾珠：比喻写出精彩美妙的作品。　㉝"昭回"二句：意为文章华美，如光明的银河在天空中形成色彩。语出《诗经·大雅》中的《棫朴》"倬彼云汉，为章于天"，《云汉》"倬彼云汉，昭回于天"。昭，光明；章，文采。　㉞恸（tòng）：悲痛至极而大哭。　㉟藏于名山：意为把作品深藏起来。语出司马迁《报任少卿书》。　㊱览：阅读。斯记：指以上这些人的作品。　㊲因缘：原因，缘由。发其端：抒发他们感情的事由。　㊳"于是焉"二句：指《西厢记》中情节。男主人公张生，于赴京赶考途中宿普救寺，遇见相国小姐崔莺莺，二人一见钟情，演成一段风流佳话。　㊴"比云雨"二句：意为感叹世风不古，人们反复无常，只重势利不重情义。语出杜甫《贫交行》诗："翻手作云覆手雨，纷纷轻薄何须数。君不见管鲍贫时交，此道今人弃如土。"　㊵张旭张颠：唐代书法家张旭，嗜酒癫狂，善作草书，有时以头发濡墨作狂草，人称"张颠"。羲之、献之：即被称为"书圣"的晋代书法家王羲之及其子王献之。　㊶尧夫：即宋代理学家邵雍，字尧夫。　㊷唐虞揖（yī）让：唐指唐尧，虞指虞舜，他们都是远古部落首领。尧传位与舜，舜传位与夏禹，史称"禅让"，故称"揖让"。

㊸汤武征诛:汤指商代开国君主商汤,武指周代开国君主周武王。商汤灭夏、武王灭商,都以武力征讨诛杀,史称"汤武革命"。 ㊹觑(qù):看。 ㊺眇(miǎo):通"渺"。 ㊻毛端:毫毛的尖端。宝王刹(chà):佛寺。 ㊼法轮:佛法的别称。佛家谓佛法如轮宝,能辗转摧平众生恶业;又如车轮,辗转传人,故称。 ㊽干:关涉。戏论:玩笑游戏之谈。 ㊾无赖:无聊。 ㊿《琴心》:指《西厢记》中第二本第五折《听琴》。 ㉑无尽藏:佛家用语,即无穷无尽之意。这里指作品丰富深刻的意蕴。

[评析]

本文也是李贽表达其文学主张的重要作品之一。篇中将《拜月记》《西厢记》与《琵琶记》进行比较,高度肯定了前者的"化工"之美,并阐述了他崇尚自然真实的文学观。

李贽提倡"童心说","童心"就是"真心",就是人的纯真之性、真实感情。本文谈的,也是这个问题。

文章一开头,就说:"《拜月》《西厢》,化工也;《琵琶》,画工也。"为什么说《拜月亭》《西厢记》是"化工",而《琵琶记》则是"画工"呢?我们先来看看这三部作品写的是什么。

《西厢记》是众所熟知的作品,写的是书生张君瑞与相国小姐崔莺莺冲破礼教约束、大胆追求爱情的故事。《拜月亭》写的是,尚书王镇之女瑞兰与母亲在逃避兵乱中走散,瑞兰遇见书生蒋世隆,二人在旅店中结为患难夫妻。王镇不愿将女儿嫁给又穷又在患病的蒋世隆,强行将女儿带回家。瑞兰回家之后,思念世隆,在拜月亭中对月祷告,祈求团圆。后蒋世隆考中状元,王镇奉旨招他为婿,一对有情人终成眷属。这两部作品抒写的都是人的真性真情,与旧礼教格格不入,而且作品的唱词道白都十分自然生动,表现了人物的鲜明个性。所以李贽十分赞赏,除本文之外,在

《童心说》中，也将《西厢记》与《水浒传》等称为"古今之至文"；对于《拜月亭》，他也认为堪与《西厢记》媲美，并说："《拜月》曲白都近自然，委疑天造，岂曰人工。"（《李卓吾批评幽闺记》）

《琵琶记》的男女主人公蔡伯喈和妻子赵五娘，恪守孝道。蔡伯喈考中状元，被牛相国强召为婿；而赵五娘为侍奉公婆，变卖首饰，吞糠咽菜。公婆死后，赵五娘身背琵琶，沿途乞食，进京寻夫。蔡伯喈得知父母双亡，悲痛万分，要回家祭墓；而牛氏也为之感动，自愿为妾，与蔡、赵一同回家尽孝道。这部作品自有其高度的艺术成就，在文学史、戏剧史上自有其重要的地位，但作品着力描写了"有贞有烈赵贞女，全忠全孝蔡伯喈"，这正是理学家所极力宣扬而为李贽所极力抨击的"存天理，灭人欲"的典型。李贽认为，它"似真非真"，违背了人的真心真性，"虽工巧之极，其气力限量只可达于皮肤骨血之间，则其感人仅仅如是"，"所以入人之心者不深"，这样的作品，初读时可能使人感叹哀怨，但终究是"语尽而意亦尽，词竭而味索然亦随以竭"，故曰"画工"。

李贽所谓的"化工"，强调的是人的真心真性的自然流露，是天地造化的本来面目。如《西厢记》《拜月亭》，其中的张生与莺莺、瑞兰与世隆，他们的结合，完全是真情的自然驱使，而这种情又是天地造化的自然赋予，有如"天之所长，地之所载"的"百卉"，真切实在地存在于每个人的本性之中。因此，从作品内容方面说，"意者宇宙之内，本自有如此可喜之人，如化工之于物，其工巧自不可思议尔"。而从作者方面说，"世之真能文者，比其初皆非有意于为文也"，他们并非是出于什么理念动机有意地创作，而是"其胸中有如许无状可怪之事，其喉间有如许欲吐而不敢吐之物，其口头又时时有许多欲语而莫可所以告语之处，蓄极积久，势不能遏。一旦见景生情，触目兴叹，夺他人之酒杯，浇自己之垒块；诉心中之不平，感数奇于千载"，是作家对于生活的真实体验，是真情实感的不可遏止的自然喷发，因此，"借夫妇离合因缘以发其端"，说的是人家的真事，抒的是自己的真情，这才是最可贵的上乘之作。至于"结构之密，偶对之切，依于理道，合乎法度，首尾相应，虚实相生"之类，则不可刻意为之，"风行水上之文，决不在一字一句之奇"。如此自然美妙而不见其工，则为"化工"。宋代诗论家严羽曾主张诗歌要"不涉理路，不落言筌""羚羊挂角，无迹可求"。李贽的这一观点，在某些方面，颇有几分与之相通之处。

作品在写作上，也颇有风格个性。开头一句便直指三部作品，褒贬优劣，可谓单刀直入、明人快语。全文恣肆酣畅，感情强烈，纵横走笔，一气呵成。篇名"杂说"，其实就内容而言，紧扣"化工""画工"问题，一点也不杂；倒是在行文词气上，随情任性，议论抒情，信笔游弋，不拘格套，确有几分"杂说"的味道。

焦竑

焦竑（1540~1620），字弱侯，号漪园，又号澹园，江宁（今江苏南京）人，官至翰林院修撰。他博览群书，与李贽交往甚密；认为佛经所说，最得孔孟"尽性至命"之精义，故企图引佛入儒，调和两家思想。著有《澹园集》《焦弱侯问答》《玉堂丛话》《国朝经籍志》等。

题《谢康乐集》后①

《谢康乐集》世久不传，其见《文选》者②，诗四首止耳。后李献吉增乐府若干首③，黄勉之增若干首④。吾师沈道初先生冥搜博访⑤，复得赋若干首，诗若干首，杂文若干首。譬之哀虬龙之片甲⑥，集旃檀之寸枝⑦，总为奇香异彩，不可弃也。

辑成合刻之，而以校事委余。余读之叹曰：嗟乎！诗至于此⑧，又黄初、正始之一大变也⑨。弃淳白之用而骋丹膑之奇⑩，离质木之音而竞宫角之巧⑪，岂非世运相乘⑫，古朴易解⑬，即谢客有不得自主者耶⑭？

然殷生言⑮，文有神来、气来、情来。摹画于步骤者神踬⑯，雕刻于体句者气局⑰，组缀于藻丽者情涸⑱。康乐雕刻组缀并擅工奇而不蹈三弊者⑲，神情足以运之耳⑳。何者？以兴致为敷叙点缀之词㉑，则敷叙点缀皆兴致也；以格调寄俳章偶句之用㉒，则俳章偶句皆格调也。以故芙蕖初日，惠休挹其高标；错彩镂金，颜生为之却步㉓,非此故欤?不然李唐以来㉔,类欲攀屈宋之逸驾,薄齐梁之后尘矣㉕,遽使之规迹古风㉖,配陶凌谢㉗,其可乎?

余观弘、正一二作者㉘,类遗其情而模古之词句㉙;迨其下也㉚,又模模之者之词句。本之不硕而第繁其枝㉛,欲其有可食之实、可匠之材㉜,难矣!以彼知为诗㉝,不知其所以诗也㉞。然则是集不可无传㉟,而于今也为尤甚。故于校雠既竣㊱,而为发明先生之意如此㊲。

《澹园集》

[注释]

①《谢康乐集》:南朝宋诗人谢灵运的诗文集。谢灵运(385~433),陈郡阳夏(今河南太康)人,移籍会稽(今浙江绍兴)。他是东晋名将谢玄之孙,十八岁时袭封康乐公,故世称谢康乐;入宋后,官永嘉太守、侍中、临川内史等,后因谋反被杀。其诗歌多描绘自然山水,是我国文学史上山水诗一派的开创者。其作品原有集二十卷,后佚。焦竑所校刊的这本集子是当时人的辑本,共四卷,其中赋二卷,诗一卷,文一卷。 ②《文选》:我国现存最早的一部诗文选集,为南朝梁代的昭明太子萧统延集文人编选,世称《昭明文选》。该书选录先秦至梁的诗文共七百余篇,分为三十八类,颇有代表性,对后代亦颇有影响。 ③李献吉:即明代文学家李梦阳,字天赐,又字献吉,号空同子,为"前七子"之一。 ④黄勉之:即黄省曾,字勉之,明代文学家。 ⑤沈道初:即沈启源,字道初,号霓川,明嘉靖进士,官至陕西按察副使。 ⑥裒(póu):聚集。虬(qiú):古代传说中的一种龙。 ⑦旃(zhān)檀:即檀香。 ⑧此:指谢灵运所处的时代。 ⑨黄初:三国魏文帝曹丕年号(220~226)。正始:

三国魏齐王曹芳年号（240~249）。大变：中国古代诗歌，到汉末及魏初的黄初、正始年间，犹有古朴浑厚之风，史称"汉魏风骨"；此后诗歌开始向讲究形式的方向变化，至南朝时，诗风绮丽，故云"大变"。　⑩淳白：淳厚质朴。用：实用。传统诗学主张诗歌要有补于社会现实。骋：驰骋，比喻放纵，恣意。丹雘（huò）：颜料，色彩，比喻华丽的辞藻。　⑪质木：自然朴实。宫角：古代音乐有宫、商、角、徵、羽五声。这里指诗歌的声律技巧。南朝诗歌，讲究辞采、声律、对仗等形式技巧，即刘勰《文心雕龙·明诗》所指出的："俪采百字之偶，争价一句之奇；情必极貌以写物，辞必穷力而追新。"　⑫世运：指时代潮流。乘：追逐。　⑬易：变易，替换。解：解除。　⑭即：即使。谢客：即谢灵运，他小时被寄养在别人家，遂小名"客儿"，故称。不得自主：意为只好顺应潮流。　⑮殷生：指唐代人殷璠，辑有唐诗选本《河岳英灵集》，在《自叙》中说："夫文有神来、气来、情来，有雅体、野体、鄙体、俗体。"文，这里主要指诗歌；神，指精神，风格；气，气骨；情，情感。　⑯摹画：临摹，模拟。步骤：指章法结构。踬（zhì）：跌倒，受挫。　⑰雕刻：雕琢，刻意加工。体句：体式句法。局：局促，不畅。　⑱组缀：组织联缀。藻丽：华丽的辞藻。涸（hé）：枯竭。　⑲工奇：工巧奇妙。蹈：脚踏，比喻进入某种境地。三弊：指神踬、气局、情涸三种弊病。　⑳运：运行。　㉑兴致：指情感。敷叙：铺叙。　㉒格调：指个人风格。俳（pái）章：排比。俳，通"排"。　㉓"以故"以下四句：语出南朝梁钟嵘《诗品·中》："汤惠休曰：'谢（灵运）诗如芙蓉出水，颜（延之）如错彩镂金。'"另《南史·颜延之传》亦载：颜延之曾向鲍照询问自己的诗歌与谢灵运相比如何，鲍曰："谢五言如初发芙蓉，自然可爱；君诗若铺锦列绣，亦雕缋满眼。"芙蕖（qú），即芙蓉，荷花。惠休，即汤惠休，字茂远，南朝宋诗人。揖（yī）：拱手为礼，形容敬慕。高标：

杰出。错彩镂（lòu）金：用各种色彩进行描画雕绘，比喻辞藻华丽绚烂。错，涂饰；镂，镂刻。颜生：指颜延之，亦南朝宋诗人。却步：退步，形容因敬畏而退让。　㉔李唐：即唐代。因唐代皇室姓李，故称。　㉕"类欲"以下二句：语出唐诗人杜甫《戏为六绝句》："不薄今人爱古人，清词丽句必为邻。窃攀屈宋宜方驾，恐与齐梁作后尘。"意为唐代诗人大都好学习屈原、宋玉的风格，而鄙弃南朝齐梁的绮靡诗风。　㉖遽（jù）：骤然，这里有轻率、盲目之意。规迹：机械模仿。古风：指古人的文风。　㉗配：相配，水平相当。陶：指晋末宋初的田园诗人陶渊明，其诗平淡自然而清新有味。凌：凌驾，超过。谢：指谢灵运。　㉘弘：即弘治，明孝宗朱祐樘年号（1488~1505）。正：即正德，明武宗朱厚照年号（1506~1521）。一二作者：指当时提倡复古的"前七子"的代表人物李梦阳、何景明等人。　㉙遗：失，缺乏。模：模仿。　㉚迨（dài）：及，到。其下：指李、何等人之后嘉靖时期的王世贞、李攀龙等"后七子"。　㉛本：树根，比喻情。硕：大，粗壮。第：但，只。枝：枝叶，比喻辞藻声律等形式。　㉜实：果实。匠：工匠，这里用作动词，意为加工、建造。材：大木材。　㉝以：因为。彼：指"前后七子"。　㉞所以诗：之所以成为诗歌的根本原因。　㉟是集：指《谢康乐集》。　㊱校雠（jiào chóu）：校对。　㊲发明：阐发。先生：指其师沈启源（道初）。

[评析]

本文是作者在校勘《谢康乐集》后所写的后记。明初永乐至天顺年间，以"三杨"（杨士奇、杨荣、杨溥）等台阁重臣为代表的"台阁体"统治文坛，他们的作品大多歌功颂德，粉饰太平，形式绮靡，缺乏真情实感。到了明代中叶，先后出现了以李梦阳、何景明等为首的"前七子"和以王世贞、李攀龙等为首的"后七子"主张复古、拟古，提倡读古书、做学问，这对于矫正文风是有积极意义的。但他们主张"文必秦汉，诗必盛唐",为文为诗均以古人为准的,这也同样扼杀了作家的个人情感与风格,引起了当时的李贽、焦竑以及稍后的"公安派"三袁等人的激烈反对。焦竑的这篇文章是以谢灵运诗歌为话题,提出了他的文学主张。

自汉末魏初的建安、正始文学以后,诗风逐渐向重视形式技巧方向转变,其间虽有西晋的左思、南朝宋的鲍照等人仍能继承"汉魏风骨",但如作者所指出的"弃淳白之用而骋丹臒之奇,离质木之音而竞宫角之巧",已是宋以及其后的齐梁诗歌的主流。这也是"世运相乘",是诗歌在发展中对艺术技巧的必然追求,对唐代诗歌的繁荣有直接的影响。但由于过于追求辞藻、声律等形式技巧,便产生了忽视内容情感而导致诗歌绮靡冗弱的弊病。对于谢灵运的诗歌,在作者看来,虽受时代潮流的影响,"雕刻组缀并擅工奇",但并无神蹶、气局、情涸等弊病,是因为他"神情足以运之"。可见作者对辞藻声律等形式技巧并不全盘否定,而是强调这些都必须以"神情"为统帅,只有使形式技巧为"神情"服务,才能使诗歌形神兼备,像谢灵运那样,"以兴致为敷叙点缀之词,则敷叙点缀皆兴致也;以格调寄俳章偶句之用,则俳章偶句皆格调也"。艺术形式体现了作家个人的情感风格,所以作品如芙蓉初日,自然可爱。"前后七子"主张"文必秦汉,诗必盛唐",表面上似乎是在矫正绮丽冗弱之病,但实质上也是遗神取貌、遗情袭词,因此,也同样是"本之不硕而第繁其枝",而难有"可食之实、可匠之材"。诗学盛唐,而盛唐诗人就是因为既不"规迹古风",也不步齐梁后尘,以"神情"运诗,所以才"配陶凌谢"。可见不是秦汉盛唐不能学,而是要学他们的"神情",否则一味在形式上模拟,也就和"台阁体"一样,是"知为诗,不知其所以诗也"。

屠隆

屠隆（1542~1605），明戏曲作家、文学家。字长卿、纬真，号赤水，晚年号鸿苞居士，鄞县（今浙江宁波）人。万历四年（1576）中举，次年中进士，先后任颍上、青浦知县，万历十一年（1583）升任礼部主事，次年遭罢官。屠隆早年学诗于沈明臣，后结交复古派领袖王世贞，晚年又与革新思潮代表人物汤显祖、袁宏道等交往密切。著有《由拳集》《白榆集》《鸿苞集》等。

答李惟寅[①]

含香之署如僧舍[②]，沉水一炉[③]，丹经一卷[④]，日生尘外之想。兰省簿牒[⑤]，有曹长主之[⑥]，了不关白[⑦]，居然云水闲人。独畏骑款段出门[⑧]，捉鞭怀刺[⑨]，回飙薄人[⑩]，吹沙满面，则又密想江南之青溪碧石以自愉快。吾面有回飙吹沙，而吾胸中有青溪碧石，其如我何？每当马上，千骑飒沓，堨埭纷轮[⑪]，仆自逍遥仰视云空，寄兴寥廓，踟蹰少选而诗成矣[⑫]。五鼓入朝，清露在衣，月映宫树，下马行辇道[⑬]，经御沟[⑭]，意兴所到，神游仙山，托咏芝术[⑮]，身穿朝衣，心在烟壑，旁人徒得其貌，不得其心，以为犹夫宰官也[⑯]。江南神皋秀壤，多自左掖门下题成[⑰]。

足下住秦淮渡口[⑱]，烟销日出[⑲]，水绿霞红，距风沙之地万里[⑳]，而书来怛憯[㉑]，殊不自得，何也？大都士贵取心冥境[㉒]，不贵取境冥心。此中萧然，则尘壒自寓清虚㉓；内境烦嚣，则幽居亦有庞杂，足下以为然否？

邹尔瞻以言事忤明主㉔，又有秣陵之行㉕。此君清身直道，有国之宝也，足下当与朝夕。嘉晨芳甸，条风骀宕㉖，南睇美人㉗，胸如结矣㉘。

《白榆集》

[注释]

①本文是作者写给其友人李言恭的信。李言恭，字惟寅，是明太祖朱元璋的外甥、开国功臣李文忠的后裔，袭封临淮侯，守备南京。这封信写于万历十二年（1584）春作者在北京任礼部主事时。　②含香之署：指朝廷六部（吏、户、礼、兵、刑、工）郎官的官署。汉代尚书郎奏事时，口含鸡舌香，故称。　③沉水：即沉香，一种香木，其树脂凝结成块，入水能沉，故名。古人多用之为薰香料。　④丹经：道教经书，书中多言炼丹成仙之事，故称。　⑤兰省：即兰台，汉代为宫廷藏书之处，由御史中丞掌管，后成为御史台的代称，唐代又改秘书省为兰台。这里泛指朝廷六部。簿牍（dú）：文书。　⑥曹长（zhǎng）：部门的长官。这里指部所属各司的长官郎中、员外郎。作者时为主事，属"曹长"之下具体办事的。　⑦了：完全。关白：禀报，通告。　⑧款段：马行迟缓的样子，这里指马。　⑨刺：名刺，名片。　⑩回飙（biāo）：回旋的大风。薄：逼迫，侵袭。　⑪堀堁（kū kè）：从各处孔窍洞穴吹来的风尘。堀，同"窟"，洞穴；堁，尘土。纷轮：同"纷纶"，众多杂乱的样子。　⑫踟躇（chí chú）：迟疑。这里指作诗时构思斟酌的样子。少选：一会儿，不久。　⑬辇（niǎn）道：帝王车驾所经的道路，这里泛指皇宫前的大道。　⑭御沟：皇宫周围的护城河。　⑮托咏芝术（zhú）：意为通过吟咏芝术来寄

托自己避世求仙之志。芝术，草药名，灵芝与白术，古人以为瑞草，是神仙所食。 ⑯宰官：官员。宰，殷周时官名，掌王室内外事物，这里泛指官员。 ⑰左掖门：宫廷正门左边的小门，这里泛指上文"辇道""御沟"等进宫上朝所经之地。 ⑱秦淮渡口：指南京。南京位于秦淮河边，故称。 ⑲烟销日出：用唐柳宗元《渔翁》诗"烟销日出不见人，欸乃一声山水绿"句意，形容山水秀丽。 ⑳风沙之地：指北京。 ㉑忳悇(tún chì)：苦闷失意的样子。 ㉒大都：一般说来。取心冥境：以自己的心去适应环境。冥，契合。 ㉓尘壒(ài)：尘埃，指尘世、人间。 ㉔邹尔瞻以言事忤(wǔ)明主：邹元标，字尔瞻，万历进士，以敢言著称，曾因冒犯宰相张居正而谪戍贵州，复官后，又于万历十二年（1584）正月上疏讥讽万历皇帝恣情声色，被贬往南京。此事距作者写此信不久。明主：对当朝皇帝的颂称。 ㉕秣(mò)陵之行：指邹尔瞻被贬往南京之行。秣陵，地名，指南京。 ㉖条风：立春时的风。古人谓此风条治万物，故称。骀宕(dài dàng)：同"骀荡"，舒缓荡漾。 ㉗睇(dì)：望，这里意为盼望，思念。美人：古人常用以比喻所思念的人，这里指李言恭。 ㉘胸如结矣：心中郁闷如结，形容思念之深。

[评析]

这是一篇尺牍小品，是劝慰开导朋友的信。作者的朋友李言恭，此时在陪都南京任守备之职。毕竟是王侯世家子弟，耿耿于权势，对自己被外放而职任清闲颇有不满，从本文中可以看出，他曾写信给作者流露出抱怨之情。这说来也是人之常情，生在尘世中，岂能免俗念？但作者却别有胸襟，自有高见。

为开导对方，他先从自己说起。他身为主事，深处衙门，然而曹长大权独揽。这在旁人，也许就心里不平衡，可他却乐得做个云水闲人，竟拿衙门官署当僧房，焚香读经，心游尘外。有时不得不受虐于风沙，奔命于王事，但每当此时，他"又密想江南之青溪碧石以自愉快"，让风沙无奈其何。甚至五鼓入朝，行宫道，经御沟，这是何等时刻！而他居然能心在烟壑，神游仙山，威严堂皇的宫门禁地，竟是江南山水的诗兴所在，活活让人知貌不知心。可见，身与心可以分离，人在朝廷，身不由己，心却能自在。只要胸次高旷，照样可以获得心灵的自由、人格的独立。这是他自己。

而对方呢？远离京城风沙尘嚣，身居"烟销日出，水绿霞红"的秦淮胜地，这正是自己心驰神往的地方，而对方却偏偏郁悒烦闷，这是为何？说穿了，就是心中的权势俗念在作怪，也就是古人常说的"身在江湖，心存魏阙"。当然作者没有说穿，只是将自己与对方加以总结对比：人要让自己适应客观环境，而不能强求客观环境适应自己。只要心胸豁达洒脱，尘世喧嚣之中也自有洞天净地。若是俗念烦心，哪怕是身在仙境也难去烦恼。由于有了前面一大段的现身说法，再加上这么一对比，道理就很清楚了。

当然，这只是说人在欲望与现实发生矛盾时应当善于自我调节，面对现实采取一种乐观平和的态度，尤其在人欲横流的社会中，淡泊一些无疑是有好处的。作者在信将结束时提到邹尔瞻的事情，对其"清身直道"、敢于犯颜直谏极为赞赏，可见他并非在教人如何逃避社会责任、不思进取甚至玩世不恭。

作者把深刻的道理说得轻松委婉，语气诚恳，还颇有几分幽默，而且文笔简洁典雅，生动有味。如写"僧舍"之"沉水一炉，丹经一卷"，写入朝之"清露在衣，月映宫树"，写秦淮之"烟销日出，水绿霞红"等，均用语简淡，意象鲜明，情韵悠然。至于最后之"嘉晨芳甸，条风骀宕，南睇美人，胸如结矣"，更是意境优美，一往情深。

汤显祖

汤显祖(1550~1616),字义仍,号海若,又号若士,晚年号茧翁,别署清远道人,临川(今属江西)人。隆庆四年(1570)中举,万历十一年(1583)中进士,授南京太常博士,迁南京礼部主事。万历十九年(1591),因上疏弹劾宰相申时行,被贬为广东徐闻县典史,移浙江遂昌县令。万历二十六年(1598)辞官,隐居临川玉茗堂,不再出仕。其思想受李贽影响较大。创作颇富,尤以戏曲为著,是明代最杰出的戏曲家。主要作品有《紫钗记》《牡丹亭》《南柯记》《邯郸记》,合称"临川四梦"。此外还有诗歌、散文等,有《玉茗堂集》传世。

《嗤彪赋》序①

予郡巴丘南百拆山中②,有道士善槛虎③。两函④,桁之以铁⑤,中不通也。左关羊,而开右以入虎,悬机下焉⑥。饿之,抽其桁,出其爪牙,楔而鏶之⑦,絚其舌⑧。已,重饿之,饲之十铢之肉而已⑨。久则羸然痱然⑩,始饲以饭一杯,菜一盂,未尝不食也,亦不复有一铢之肉矣,以至童子皆得饲之。已而出诸囚,都无雄心⑪。

道士时与扑跌为戏,因而卖与人守门,以为常。率虎千钱⑫,大者千五百钱。初犹惊动马牛,后反见犬牛而惊矣。或时伸腰振首⑬,辄受呵叱⑭,已不复尔⑮。常置庭中以娱宾,月须请道士诊其口爪,镌剔扰洗各有期⑯。道士死,其业废。

予独嗤。夫虎，雄虫也⑰，贪羊而穷⑱，以至于斯辱也，赋之⑲。

《汤显祖集》

[注释]

①《嗤彪赋》是汤显祖所作的赋。嗤，嗤笑；彪，小老虎。本文是该赋前的序文。 ②予郡：指作者家乡临川县所在的抚州府。巴丘：山名。 ③槛（jiàn）：关野兽的笼子，这里用作动词，指用笼子捕野兽。 ④两函：意为一个笼子分为两个空间。 ⑤桁（héng）：梁上的横木，这里用作动词，横放。 ⑥机：机关。 ⑦楔（xiē）：指用楔子插入爪牙与笼子栏杆之间的缝隙中，使爪牙固定。锧（zhēn）：刀下的砧板，这里用作动词，指把爪牙放在砧板上砍去。 ⑧緪（gēng）：粗绳索，这里用作动词，指用粗绳索绑紧。 ⑨铢（zhū）：古代重量单位，一铢等于二十四分之一两（小两，即十六分之一斤）。 ⑩羸（léi）然：瘦弱的样子。弭（mǐ）然：驯服的样子。 ⑪雄心：威猛之气。 ⑫率（shuài）：通常，一般。 ⑬振首：抬头。 ⑭辄（zhé）：每次都，总是。 ⑮尔：这样。 ⑯镌（juān）：刻，削。指修剪爪牙等。刷：指刷除虎身上如爪牙缝隙等处的脏物。扰：驯服。 ⑰虫：泛指动物。 ⑱穷：陷于困境。 ⑲赋之：为此作赋。

[评析]

这是一篇饶有趣味而又富有哲理的小品。虎是百兽之王，威武凶猛，人们谈虎色变。但是，道士却能把它治得服服帖帖，以至于以卖虎为生，这是为什么？我们且看道士是怎么对付它的。

第一步，是诱虎。对于虎这样的猛兽，除了武松，常人只能施以巧计，巧计的关键是看准对方的弱点，对症下药。虎虽猛，却有一个致命弱点,就是贪。于是道士以羊为诱饵,巧设机关,不怕它不上当。

第二步,是治虎。虎既已失足上当,但它若能威武不屈,也不至于到头来连猫也不如。可惜它貌虽威武,心志却不坚,被道人剁其爪牙,再饿它个两眼昏花,它便只好乖乖认命,杯饭盂菜也"未尝不食",于是"童子皆得饲之","都无雄心"了。

经过这两步的收拾,虎已不成其为虎矣,于是便任人摆布,卖身为奴。到了这个地步,也就谈不上"虎格"了,不但"见犬牛而惊",而且连伸腰抬头都要受呵斥,于是只能乖乖地供人玩乐戏弄。

可见,这一切正如作者所指出:"夫虎,雄虫也,贪羊而穷,以至于斯辱也。"堂堂百兽之王竟落得如此可怜可悲的下场,"贪"是第一步也是最致命的一步。大凡贪者,必利令智昏,必心志不坚,必无自尊自爱,因此只要略施小计,诱之以利,胁之以威,就必然俯首就范,甘心受辱。虎如此,人不也是这样吗?汤显祖写此文,发此喟,仅是谈虎,还是别有深意?他未明言,只能靠我们自己去领悟了。

《牡丹亭记》题词①

天下女子有情,宁有如杜丽娘者乎②?梦其人即病③,病即弥连④,至手画形容传于世而后死⑤。死三年矣,复能溟莫中求得其所梦者而生⑥。如丽娘者,乃可谓之有情人耳。情不知所起⑦,一往而深,生者可以死,死可以生。生而不可与死,死而不可复生者,皆非情之至也⑧。梦中之情,何必非真,天下岂少梦中之人耶?

必因荐枕而成亲、待挂冠而为密者⑨，皆形骸之论也⑩。

传杜太守事者⑪，仿佛晋武都守李仲文、广州守冯孝将儿女事⑫，予稍为更而演之⑬。至于杜守收考柳生⑭，亦如汉睢阳王收考谈生也⑮。

嗟夫，人世之事，非人世所可尽；自非通人⑯，恒以理相格耳⑰。第云理之所必无⑱，安知情之所必有邪？

万历戊戌⑲，清远道人题。

《汤显祖集》

[注释]

①《牡丹亭记》即《牡丹亭》，又名《还魂记》，是汤显祖的戏曲代表作，作于万历二十六年（1598）。本文是该剧本的自题词。题词，文体名，又称"题辞"，一般题于作品前，表达对作品的评价、感想等，其实就是序文。　②宁（nìng）：岂，难道。　③其人：指柳梦梅。　④弥连：即弥留，病重将死。　⑤手画形容传于世而后死：指《牡丹亭》第十四出《写真》中杜丽娘死前自画像之事。手，亲手。形容，形体容貌。　⑥溟（míng）莫：混沌渺茫的样子，指杜丽娘死后，灵魂仍在阴间游荡。溟，通"冥"。莫，通"漠"。　⑦情不知所起：杜丽娘对柳梦梅并非在现实中原来认识，纯属梦中所见，实际上是青春女子思春本性所致，故言。　⑧至：极。　⑨荐枕：原意为女子自求与男子共枕，这里当指现实中的男女交合。挂冠：当作"脱帽解衣"解，所指与"荐枕"同。按："挂冠"一词，通常为"辞官"之意，典出《后汉书·逢萌传》；但在这里若作"辞官"解，似不但与上句不相关联，而且与全文之意不太吻合。本文强调杜、柳之间超越于现实的"梦中之情"，是与现实中的男女形体

之交相对而言的,故下文有"皆形骸之论也"之说。 ⑩形骸之论:意为立足于现实中男女形体之交的肤浅之论。 ⑪传杜太守事者:指话本《杜丽娘慕色还魂》,这是《牡丹亭》创作的蓝本。 ⑫晋武都守李仲文、广州守冯孝将儿女事:前者指《法苑珠林》所载晋武都守李仲文亡女灵魂与男子张子长结合之事,后者指《幽明录》所载晋广州太守冯孝将之子助一女鬼复生并娶之为妻之事。 ⑬更:更改。演:演绎,推演。 ⑭杜守收考柳生:《牡丹亭》中情节,说柳梦梅掘开杜丽娘的坟墓,丽娘再生,而杜太守却将柳当作盗墓之贼加以拷打。见该剧第五十三出《硬拷》。考,通"拷"。 ⑮汉睢阳王收考谈生:《搜神记》载,汉睢阳王之女死后成鬼,夜就谈生,结为夫妇。女以珠袍相赠,睢阳王认出此袍,疑谈生盗墓,便将其收审拷打。 ⑯通人:学识渊博、万事皆通的人。 ⑰恒:常常,总是。理:常理,与"情"相对。格:推究事理。 ⑱第:但,只。 ⑲万历戊戌:古以天干地支纪年,"戊戌"指万历二十六年,即公元1598年。

[评析]

汤显祖的《牡丹亭》,诚如他在本文中所言,是以世间所流传的话本《杜丽娘慕色还魂》以及古代诸如《法苑珠林》《幽明录》《搜神记》等志怪小说为蓝本"更而演"而成的。其"更而演",就是突出了"情"的力量。杜丽娘身为太守小姐,为旧礼教所严格束缚,不但与家门外的世界完全隔绝,还被禁止在自家的后花园游玩。她所能见到的男人,只有她的父亲和老迈迂腐的塾师陈最良。然而这一切,都不能阻挡一个花季少女春情的涌动。当她在丫头春香的引导下偷游了后花园,为姹紫嫣红的大好春光所深深打动时,那一腔春情便无法遏制地冲决了一切旧礼教的堤防。于是在情的驱动下,没有情人没有爱的她,可以在梦中见到情人得到爱。情之所至,她为之而死;情之所至,她又在"溟莫"中见到梦中情人;又因情之所至，她为之而复生……这就是作者在本文中高度肯定的"情不知所起，一往而深，生者可以死，死可以生"。然而这一切，在那些"恒以理相格"的"通人"看来，是"理之所必无"，是不真实的。的确，若用现实生活的常理判断，杜丽娘的出生入死是虚幻无稽的。但作者指出，"人世之事，非人世所可尽"，用生活逻辑衡量不可能有的事，却往往符合情感的逻辑、艺术的逻辑，因此，"梦中之情，何必非真？"甚至作者还认为，若没有达到像杜丽娘那样一往情深、出生入死的境界，就"生而不可与死，死而不可复生"，"皆非情之至也"。那种拘于生活真实，"必因荐枕而成亲、待挂冠而为密者"，只是一种庸俗肤浅的"形骸之论"。

在汤显祖那个"去人欲，存天理"的时代，像李贽那样宣扬"童心"，已是惊世骇俗之论。而像汤显祖这样高举人性的旗帜，不但肯定了"人欲"的合理性，还把人的本能之"情"提到超越于现实的高度，并以此为艺术创作的原则，更体现了他兼具思想家和艺术家的胆魄和见识。

汤显祖本人就是一个至情之人。他在为官期间，曾尝试以情为政，在除夕、元宵时放狱中囚犯回家，由于"情之所至"，那些囚犯全都及时归回狱中。在他为令的浙江遂昌，百姓为他建立生祠；当他辞官归田时，遂昌百姓在扬州苦苦挽留，亦可见其情之至。他曾说过："一生四梦，得意处惟在《牡丹》。"他写《牡丹亭》，正是倾注了他的至情。据清人焦循《剧说》记载，他在写作时运思独苦，有一天，家中人到处找他，结果发现他卧于庭中的薪草上掩面痛哭，问他何故，他说是填词至"赏春香还是你旧罗裙"一句而悲痛不已。

《牡丹亭》问世之后，无数女子为之倾倒。有冯小青者，读《牡丹亭》伤心而死，死前写下绝命诗："冷雨幽窗不可听，挑灯闲看《牡丹亭》。人间亦有痴如我，岂独伤心是小青。"娄江十七岁女子俞二娘读

《牡丹亭》，层层批注，自伤身世，最后悲愤而亡。汤显祖见其批注，写诗哀悼。内江一女子读了《牡丹亭》，竟想嫁给汤显祖，后见显祖乃蟠然老翁，乃投水身亡，但还留下遗言要以《牡丹亭》殉葬。杭州女伶商小玲在演出该剧《寻梦》一出时，气绝身亡。这些都可见"情"的伟大力量，亦可知汤显祖本文所论并非虚妄之言。

江盈科

　　江盈科（1553~1605），字进之，号渌萝山人，桃源（今属湖南）人。万历二十年（1592）进士，授长洲县令，有政声。升吏部主事，不久被贬为大理寺丞。后入蜀主试，擢为提学佥事。江盈科与"公安三袁"关系十分密切，反对复古，力主革新，是"公安派"的重要作家之一。所作多寓言小品，幽默风趣。有《雪涛阁集》。

《百六诗》引①

　　夫人所最难得于人者死②，况夫人女子之在青楼者乎③？彼其怜花惜月，流连景光④，视名检信义不知何物⑤，孰肯为人致死哉⑥？而丘君长孺乃能得之于白姬⑦，亦奇矣！

　　姬故姑苏娼女⑧，流入于楚⑨，得一当长孺⑩，欢爱逾常，自视不减文君之遇相如⑪。无何⑫，事势龃龉⑬，不能遽归长孺⑭，遂以死相誓，饮恨裁诗⑮，甘心永诀。其词悲伤凄婉，读之令人涕洟⑯。已而果死⑰。噫！姬岂徒死者哉⑱？诚谓长孺足值一死无恨耳⑲。

　　君名家子，娴词赋⑳，下笔洒洒㉑，奔放沉郁，有少陵风㉒，尤工骑射㉓；惟是禀性跅弛㉔，如凌霄鹰隼㉕，不受羁绁㉖，世不能得其用，而惟放情江湖，迷花醉月㉗，用以自适。兹观《百六诗》所载悼亡之作，小不胜悲伤凄婉㉘，若直将以身殉姬也者。

　　夫今方内多故㉙，需材如渴。长孺其才，上马横槊㉚，下马草橄㉛，恢恢有余㉜。假令少自贬抑㉝，就约束㉞，封侯事业可胜道哉㉟？而奈何以身为姬殉？夫堂堂丈夫，至殉一姬无悔，岂姬所为致死意耶？吾愿长孺自奋于用㊱，以成姬之死㊲，若吾乡伍行人用吴以霸㊳，而令丽水女子千载如生㊴，则白姬之骨不朽矣。

《雪涛阁集》

[注释]

①《百六诗》是文人丘坦悼念情人的诗集。丘坦，字坦之，号长孺，麻城（今属湖北）人，万历三十四年（1606）举武乡试第一，官至海州参将。善诗工书，喜游历，是"公安派"作家之一。其中举之前，落拓不羁，曾与青楼女子白姬相爱，终因难成眷属，白姬以死殉情。丘坦十分悲伤，作诗悼亡，成《百六诗》。江盈科为此诗集作引。引，文体名，类同于序而篇幅较短。 ②夫（fú）：发语词，无义。 ③夫人：一本作"妇人"。青楼：妓院的雅称。 ④流连：留恋。景光：时光，年华。 ⑤视：看待。名检：名誉节操。 ⑥孰：谁。 ⑦乃：竟然。之：指死。姬：对美女的美称。 ⑧姑苏：苏州的古称。 ⑨楚：指今湖北、湖南一带地方，该地古属楚国，故称。 ⑩当：面对，相遇。 ⑪文君之遇相如：汉代辞赋家司马相如爱慕寡妇卓文君，以琴相挑，文君遂与之私奔，为千古风流佳话。 ⑫无何：不久。 ⑬事：指二人情事。势：指外界势力。龃龉（jǔ yǔ）：上下牙齿不相合，这里比喻二人情事与外界势力相矛盾。按，袁宏道《百六诗为丘大赋》咏此事云："恶雨摧兰桂，饥枭啄凤凰。"可见是遭人反对破坏。 ⑭遽（jù）：骤然，很快地。归：嫁。 ⑮饮恨：含恨。载诗：作诗。 ⑯涕洟（yí）：伤心感动而流泪。 ⑰已而：不久。果：果然。 ⑱徒：白白地。 ⑲诚：的确。恨：遗憾。 ⑳娴：娴熟，精通。词赋：这里指诗歌。 ㉑洒洒：潇洒自如的样子。 ㉒少

陵:即杜甫。少陵,汉宣帝许后墓,在今陕西西安市南,杜甫曾居于陵西,自称"少陵野老",后人遂以"少陵"称之。 ㉓工:擅长。 ㉔跅(tuò)弛:放纵不羁。 ㉕凌霄:高飞云端。隼(sǔn):一种凶猛善飞的鸟。 ㉖羁绁(jī xiè):马笼头与缰绳,这里比喻束缚。 ㉗迷花醉月:意为纵情于声色游乐。 ㉘胜(shēng):意为禁得起,常与"不"连用,表示至极的程度。 ㉙方内:四方之内,国中。故:变故,事故。 ㉚横槊(shuò):横握长矛,意为手持兵器杀敌。 ㉛草檄(xí):写檄文。檄,檄文,古代官府用以征召、晓谕或声讨的文书。 ㉜恢恢有余:犹言绰绰有余。恢恢,宽广的样子。 ㉝假令:假使。少:稍,略微。 ㉞就:归向,趋从。 ㉟封侯事业:指为国立功的大事业。古人若功勋卓著,可望被封为诸侯,故称。可胜道哉:犹言不用说、不值一提,意为极为容易。胜,尽。 ㊱愿:但愿,希望。用:用世,指为国出力。 ㊲成:成就,实现价值。 ㊳吾乡伍行人用吴以霸:指春秋时伍子胥事。伍子胥是楚国人,由于楚平王无道,杀了伍子胥的父兄,伍子胥逃亡到吴国,被任为行人,帮助吴国攻陷楚都,称霸诸侯。吾乡,伍子胥是楚国人,作者家乡古属楚国,故称。行人,古官名,掌朝觐聘问,略似今之外交官。 ㊴令丽水女子千载如生:据东汉赵晔《吴越春秋·阖闾内传》载,伍子胥逃亡至吴国边境的濑水(即溧水,在今江苏溧阳)边,乞食于一位击绵女子。女子给他食物后,恐泄露伍子胥踪迹,也为保全自己名节,便投水而死。伍子胥功业告成之后,投百金于水以报。此事为后人所传颂,元、明时还被编成戏剧,故言"千载如生"。丽水,一本作"溧水"。

[评析]

一位名门才士与一位青楼女子,上演了一出生死相恋的爱情悲剧,这在"存天理,去人欲"理学观念盛行的明代,本身就是当时人性觉醒、个性解放的社会思潮的体现。白姬以死殉情，丘坦作诗悼亡，诗中也颇有以死相殉之意，作者为诗集写序，对他们的情与死问题展开了论说。

他首先对二人的爱情作了充分的肯定，并对白姬的死表示深切的同情和高度的赞赏，这表现出作者反对旧礼教、倡导新潮流的进步思想。而同样是死，对于丘坦来说就不同。作为一个堂堂大丈夫，其不能沉湎于儿女私情，而应该振作英雄豪气，为国家为社会建功立业，这样不仅自己的生命有意义，白姬的死也有了价值。而他如果也以死殉情，则反而辜负了白姬的爱情，违背了白姬为之而死的本意，那么他就根本不值得白姬为他而爱，为他去死，白姬的死就毫无价值了。作者的这番见识，又显然高出于当时一些名为个性解放、却只知沉湎声色而毫无社会责任感的放浪文人。更可贵的是，他还从情的角度谈死的问题，把儿女私情与社会责任统一起来，不但境界高，而且富有人情味，故又不同于隔靴搔痒式的说教，而具有感染力和说服力。

作品不但立意高远，在结构上也颇具匠心。全文始终以"死"一线贯穿，但写得抑扬辗转，摇曳跌宕。一开头就说人最难得到的是别人的生命奉献，身卑名贱的青楼女子尤其不会为人而死，而丘长孺却偏偏得到了娼女白姬的死。这一抑一扬，先得出一个"奇"的断语。接着作者简述了白姬以死殉情的事迹。一个以性为商品的娼女，能为所倾心的男子尽献所有的情，此情就已非同寻常；此后白姬因爱情被摧残而毅然以死殉情，如此刚烈，如此坚贞，却竟发生在通常被人认为是不知名节为何物的娼女身上，因此，这就不是一般的奇，而是奇得特别令人唏嘘感动，令人肃然起敬。于是文章由"奇"进入情与义的层次。这既是对白姬之死的肯定与赞赏，从结构上说，又是为下文谈情与死的价值问题作铺垫。在这一段末尾，作者以"噫！姬岂徒死者哉？诚谓长孺足值一死无恨耳"一句感叹，承上启下：白姬没有白死，她死得值。为什么？因为丘坦值得她爱，值得她死。为什么丘坦值得她为他而死？他的价值何在？于是便转入下文关于丘坦的"死"的问题的议论。

对于丘坦，作者作了客观评价。丘坦之所以值得白姬去爱去死，是因为他才华横溢、文武双全，同时又潇洒倜傥，"如凌霄鹰隼"，这正是足以让女子动心之处。然而也正因为这点，他不能为世所用，便"放纵江湖，迷花醉月"，以至于用情太过，要以身殉姬。而对于其情，作者又指出其《百六诗》与白姬的绝命诗一样，悲伤凄婉，值得肯定和同情。经过这一分析，点出丘坦才情兼备又互相错位的症结。文章至此，已蓄势待发，只等作者将闸门打开了。

于是作者以"夫今方内多故，需材如渴"发端，以高屋建瓴之势，将文章的主脉领起。丘坦之才，正是国家所需，若归于正道，便大可建功立业。而一旦建功立业，白姬便死有所成，尸骨不朽，这正是报答白姬之死的最佳选择，亦即他用情的价值所在。为此，作者又巧妙地以既是历史英雄、又是家乡豪杰的伍子胥之事作比，更显得蕴藉深厚。由于前文几经辗转，蓄势已足，再加立意高远，于是情与义、才与情、生与死等便如江流九折而汇于高处，自成一泻千里之势。

陈继儒

陈继儒（1558~1639），字仲醇，号眉公，又号麋公，华亭（今上海松江）人。工诗善文，兼工书画。为人狂放通脱，不拘礼法，二十八岁时焚儒冠，绝意仕进，隐居昆山，专心著述。著作宏富，有《眉公全集》《晚香堂小品》等。

《酒颠》小序①

夏茂卿撰《酒颠》，侈引东方、郦生、毕卓、刘伶诸人②，以策酒勋③，辩哉④，无以应矣⑤。

予不饮酒，即饮未能胜一蕉叶⑥，然颇谙酒中风味⑦。大约太醉近昏，太醒近散⑧；非醉非醒，如憨婴儿，胸中浩浩，如太空无纤云，万里无寸草，华胥无国⑨，混沌无谱，梦觉半颠，不颠亦半，此真酒徒也。

毕忘盗未忘瓮⑩，刘忘埋未忘锸⑪。俗人治生⑫，道人学死⑬，圣人之教⑭，生荣而死哀⑮，是皆有生死在耳。然则将何如？乐天不云乎⑯："吾尝终日不食，终夜不寝，以思，无益，不如且饮⑰。"

《晚香堂小品》

[注释]

①本文是作者为朋友夏茂卿所著《酒颠》而写的小序。　②侈

(chǐ)：夸大，过分。东方：即东方朔，西汉武帝时文学家，善辞赋，性诙谐滑稽，有"狂人"之称。亦好酒，曾因酒醉在皇宫殿上小便而被免官。郦(lì)生：即郦食其(yì jī)，秦汉之际，为刘邦出谋献策，为人狂放，时号"狂生"，他本人自称"高阳酒徒"。毕卓：东晋时人，曾任吏部郎，因饮酒废职。刘伶：东晋时人，以纵酒放诞反抗现实，是"竹林七贤"之一。曾作《酒德颂》，是历史上著名的酒徒。 ③策：记功。勋：功勋。 ④辩：雄辩。 ⑤应：应答。 ⑥胜：禁得起，受得住。蕉叶：一种浅酒杯，因形似芭蕉叶而得名。 ⑦谙(ān)：熟悉，了解。 ⑧散(sǎn)：散淡，懒散。 ⑨华胥：传说中的国名。相传黄帝梦游华胥之国，但虚无缥缈，不知何处，神游而已。 ⑩毕忘盗未忘瓮(wèng)：《晋中兴书》(《世说新语·任诞》刘孝标注引)载：毕卓曾夜醉，至邻居家，见瓮中酒，取饮之。主人把他当盗贼捆了起来，后认出，便放了他，他便与主人就酒瓮畅饮，大醉而去。 ⑪刘忘埋未忘锸(chā)：《名士传》(《世说新语·文学》刘孝标注引)载：刘伶常乘鹿车，携一壶酒，让人带一把锹跟着他，说："我若死了就埋了我。"锸，锹。 ⑫治生：治理生计。 ⑬道人：求道之人，指佛、道之徒。学死：佛、道之徒宣扬人死后成佛成仙，故云。 ⑭圣人：指孔子、孟子等儒家大师。教：教诲，学说。 ⑮生荣：儒家主张积极入世，建功立业，荣宗耀祖，故云。死哀：儒家提倡孝道，重视丧葬祭祀等，故云。 ⑯乐天：指唐代诗人白居易，字乐天。 ⑰"吾尝"以下数句：此言系改动孔子的话。孔子的原话是："吾尝终日不食，终夜不寝，以思，无益，不如学也。"(《论语·卫灵公》)

[评析]

　　中国是酒的国度，关于酒也是一个古老的话题。商纣王荒淫嗜酒而亡国，周公便作《酒诰》以戒。曹操也曾下禁酒令，说酒能误国，然而孔子后代孔融则反唇相讥："女人也误国，何以不禁婚姻？"于是酒便成了"魏晋风度"的"强项"。本文中所说的毕卓、刘伶，就是"风度"中人。其实魏晋人好酒，往往别有苦心。那时政治太黑暗，充满了恐怖，正直些的文人，不愿同流合污，又怕遭到迫害，便在酒中避祸藏身。所以酒徒往往未必是真糊涂。毕卓曾声称："一手持蟹螯，一手持酒杯，拍浮酒池中，便足了一生。"（刘义庆《世说新语·任诞》）他醉得连是谁的酒都分不清了，但总还认得酒瓮。刘伶更是头号酒徒，曾喝得烂醉，在屋里脱个精光，人家进屋看见了笑话他，他说："我以天地为屋子，房屋为衣裤，你们为什么要跑进我的裤裆里？"可见他也没有完全糊涂。这大概就是作者所说的"非醉非醒"，在作者看来，"太醉近昏，太醒近散"，如果醉得昏乱糊涂，就浑浑噩噩，跟死没有差别，人生就没有任何意义。如果太清醒，就会洞察世事，看破人生，觉得四大皆空，一切都无所谓，也就失去了人生的趣味和价值。因此，所谓"非醉非醒"，就是人如傻乎乎的婴儿赤子般单纯可爱，心胸如万里太空毫无芥蒂，看世界如梦如幻如飘渺仙境，对人事半作颠狂半作真，这样才能摆脱人生的一切牵累烦恼，在喧嚣尘世中品味人生的乐趣。这大概就是作者绝意仕进隐居深山的原因吧。如果是这样的话，那么本文就是作者的"夫子自道"了。

　　由此又涉及生死问题。在作者看来，俗人难忘生死，道人不忘生死，圣人更重视生死，他在《安得长者言》一文中说："留七分正经以度生，留三分痴呆以防死。"可见生死是谁也回避不了，他自己更不想回避的问题。因此也只有酒，饮酒的"半醉半醒"，也就是人生的"半死半生"，在"且饮"中，既是对生死的认可，也是对生死的超脱。

《花史》题词、跋①

题词

吾家田舍,在十字水中②。数重花外,设土刲、竹床及三教书③,除见道人外④,皆无益也。独生负花癖⑤,每当二分前后⑥,日遣平头长须移花种之⑦,犯风露⑧,废栉沐⑨。客笑曰:"眉道人命带桃花⑩。"余笑曰:"乃花带驿马星耳⑪。"

幽居无事,欲辑《花史》传示子孙,而不意吾友王仲遵先之。其所撰《花史》二十四卷,皆古人韵事,当与农书、种树书并传。读此史者,老于花中,可以长世;披荆畲砾⑫,灌溉培植,皆有法度,可以经世;谢卿相灌园⑬,又可以避世、可以玩世也。但飞而食肉者⑭,不略谙此味耳。

跋

有野趣而不知乐者,樵牧是也⑮;有果蓏而不及尝者⑯,菜佣牙贩是也⑰;有花木而不能享者,达人贵人是也。古之名贤,独渊明寄兴⑱,往往在桑麻松菊、田野篱落之间。东坡好种植⑲,能手接花果⑳,此得之性生㉑,不可得而强也。强之,虽授以《花史》,将艴然掷而去之㉒。若果性近而复好焉,请相与偃曝林间㉓,谛看花开花落㉔,便与千万年兴亡盛衰之辙何异㉕?虽谓二十一史尽在《左编》一史中㉖,可也。

《晚香堂小品》

[注释]

①《花史》,全名《花史左编》,是作者的朋友王路所撰。王路,字仲遵,平湖(今属浙江)人。题词是写于书前的小序,跋亦称"后序",就是写于书后的小序。 ②十字水:两河交错。 ③土剉(cuò):即土锉,瓦锅。三教:指儒、道、释(佛)。 ④道人:学道之人,指僧侣。作者隐居昆山,多与僧侣来往。 ⑤生:生性。花癖:爱花的癖好。 ⑥二分:春分与秋分。 ⑦平头:指奴仆。语出梁武帝《河中之水歌》:"珊瑚挂镜烂生光,平头奴子擎履箱。"长须:亦指奴仆。语出韩愈《寄卢仝》:"一奴长须不裹头,一婢赤脚老无齿。" ⑧犯:冒。 ⑨废:除,放弃。栉(zhì):梳头。 ⑩眉道人:作者号眉公,又以隐士自命,故称。桃花:星象学中的星名,是凶星;但民间有"桃花运"之说,意为多有男女之事。这里当取后者。 ⑪驿(yì)马星:星象学中的星名,逢此星则宜移居、远行等。这里是说花命该被移植。 ⑫畚砾(běn lì):清除瓦砾。畚,畚箕,这里作动词。 ⑬谢:辞去。卿相:泛指各种官位。灌园:指从事田园劳作。 ⑭飞而食肉者:指当权者。 ⑮樵:樵夫。牧:放牧者。 ⑯窳(yǔ):器物粗劣,引申为腐烂败坏。按此解固然可通,但较牵强。疑"窳"当作"蓏(luǒ)",因形近而误。果蓏,瓜果的总称。 ⑰菜佣:受雇佣而为人种菜的人。牙贩:小贩。牙,买卖活动的中间人。 ⑱渊明:即晋末宋初的田园诗人陶渊明。 ⑲东坡:即北宋文学家苏轼,号东坡居士。 ⑳接:嫁接。 ㉑性生:生性。 ㉒艴(fú)然:生气的样子。 ㉓相与:一起,共同。偃(yǎn):仰卧。曝:晒太阳。 ㉔谛(dì):仔细。 ㉕辙(zhé):车轮在道路上的印痕,这里比喻历史记载。 ㉖二十一史:指《史记》《汉书》等二十一部史书。《左编》:《花史左编》的省称。

[评析]

　　陈继儒的小品，随情任性、清新自由，往往轻描淡写，却饶有风致。《题词》一篇，开头几笔，先写他隐居的环境，"吾家田舍，在十字水中。数重花外，设土刲、竹床及三教书"，十分平淡自然，却颇有陶渊明"方宅十余亩，草屋八九间"的情味。然后以"皆无益也"轻轻转入自己的"花癖"，由不辞辛苦种花，引出主客关于花的戏语，欢声戏谑之中，洋溢着幽居的逸趣与旷达的情怀。由此自然谈到自己欲写《花史》，便带出朋友的这本《花史》，以"长世""经世""避世"与"玩世"数句，品味花中世道人生；末了捎带一笔，对"飞而食肉者"作了嘲讽。全文由花居谈起，信笔游走，处处不离花，又处处洋溢着花之情、花之趣、花之道，故看似闲情信笔，却深厚蕴藉、情趣盎然。

　　《跋》开头以一组排句，列出山野花木与人之间"有"而"不能享"的关系，主要将笔锋指向"达人贵人"，与《题词》末句对"飞而食肉者"的嘲讽相照应。与此鲜明对照，则是"古之名贤"陶渊明、苏东坡的田园花木之"性生"。了解陶、苏的人都知道，这"性生"，乃是一种高远拔俗的思想境界，须抛弃一切物欲俗念、名缰利锁，将一颗真心与自然山水草木完全融会才能达到，因此这是人生修养的至境，对于凡夫俗子、"飞而食肉者"来说，是"不可得而强"的。有此"性生"，再"偃曝林间，谛看花开花落"，则花既花，又非花，从花中自能悟出人生世道，那花开花落之中，自有千古兴亡、世道沧桑。这番感慨颇有哲理性，与《题词》相互呼应，相映成趣，体现了作者的思想情操与艺术趣味。

陶望龄

陶望龄（1562~1609），字周望，号石篑、歇庵，会稽（今浙江绍兴）人。万历十七年（1589）会试第一，授编修，官至国子祭酒。有《歇庵集》。

养兰说①

会稽多兰而闽产者贵②。养之法，喜润而忌湿，喜燥而畏日，喜风而避寒，如富家娇小儿女，特多态难奉③。予旧尝闻之曰④：他花皆嗜秽而溉⑤，闽兰独用茗汁⑥。以为草树香清者无如兰，味清者无如茗，气类相合宜也。休园中有兰二盆⑦，溉之如法；然叶日短，色日瘁，无何⑧，其一槁矣⑨。而他家所植者，茂而多花。予就问故⑩，且告以闻⑪，客叹曰："误哉！子之术也⑫。夫以甘食人者⑬，百谷也；以芳悦人者，百卉也。其所谓甘与芳⑭，子识之乎？臭腐之极，复为神奇，物皆然也。昔人有捕得龟者，曰龟之灵，不食也，箧藏之⑮；旬而启之，龟已饥死。由此言之，凡谓物之有不食者，与草木之有不嗜秽者，皆妄也。子固而溺所闻⑯，子之兰槁亦后矣。"

予既归，不怿⑰，犹谓闻之不妄，术之不谬。既而疑曰：物固有久而易其嗜、丧其故、密化而不可知者⑱。《离骚》曰："兰芷变而不芳兮⑲，荃蕙化而为茅。"夫其脆弱娇蹇，衔芳以自贵⑳，余固以忧其难养而不虞其易变也㉑。嗟夫！

于是使童子剔槁沃枯㉒，运粪而渍之㉓，遂盛。

《歇庵集》

[注释]

①本文谈种植兰花之事，其中当有深意。　②会（kuài）稽：地名，今浙江绍兴。闽：福建的简称。　③态：犹言怪毛病。奉：侍奉。　④旧：以前。　⑤秽：污秽，指粪便之类的肥料。　⑥茗（míng）：茶。　⑦休园：作者家的花园名。　⑧无何：不久。　⑨槁（gǎo）：枯干。　⑩就：趋，前去。　⑪闻：指上文的"他花皆嗜秽而溉，闽兰独用茗汁"之闻。　⑫术：方法。　⑬夫（fú）：发语词，无义。食（sì）：通"饲"，给人吃。　⑭所谓：犹言"之所以"，表示原因。　⑮箧（qiè）：小箱子。　⑯固：固执。溺：沉溺，比喻迷信某种偏见而不觉悟。　⑰怿（yì）：喜悦。　⑱固：本来，向来。易：改变，变换。故：指原有的特性。密化：暗中变化。　⑲芷（zhǐ）：与下句的"荃（quán）""蕙（huì）"，都是香草名。　⑳蹇（jiǎn）：跛足，这里意为病弱。衔：含。　㉑虞（yú）：料想。　㉒沃：浇灌。枯：指枯萎而未死的兰。　㉓渍（zì）：浸，泡。

[评析]

作者在这里以他的亲身经历，谈他的养兰之道，个中之意却颇耐人寻味。

文人爱兰花，古今皆然，梅兰菊竹四"君子"嘛！但"君子"有"君子"的脾气，这个不行，那个不对，毛病特多，用作者的话来说，是"如富家娇小儿女，特多态难奉"。文人也有文人的毛病，凡事爱以一己之见想当然，还特固执。就拿作者来说，其天真而执着地认为，既是清高

晚明散文选 | 47

的君子,就必然唯清高之物是好,于是执迷于清茶养兰之说。然而,结果很不幸:"叶日短,色日瘁,无何,其一槁矣。"

倒是他家之客叹出了一番道理:大凡甘甜芳香之物,必得臭腐污秽供养。灵龟虽寿,一旬不食则死;兰花清高,不溉污粪则槁。这叫"臭腐之极,复为神奇"。这话听起来有点让人吃惊,可事实明摆着,道理也不深。

可是作者还是想不通。文人的毛病还是要由更高明的文人来治,屈灵均的一句名言点拨了他:"兰芷变而不芳兮,荃蕙化而为茅。"原来"君子"也会变!于是他恍然大悟,先前的清茶养兰之说并不谬,而污粪养兰之道也非妄,错就错在"君子"变了而他却没想到。

于是他给"君子"着着实实地泡上一堆大粪,果然,"君子"盛矣。是"君子"变清高为嗜秽了,还是"君子"本来就得污秽养着,或是二者兼而有之?耐人寻味之一。花中君子如此,人间君子又如何?耐人寻味之二。

袁宗道

袁宗道（1560~1600），字伯修，号石浦，明代公安（今属湖北）人。明神宗万历十四年（1586）进士，次年入翰林院，授庶吉士，进编修；万历二十五年（1597），以翰林院修撰充东宫讲官。当时文坛上兴复古模拟之风，主张"文必秦汉，诗必盛唐"，他与弟宏道、中道极力反对，主张革新，世称"公安三袁"。在唐宋文学家中，宗道最为推崇白居易、苏轼，故名其书斋为"白苏斋"。著有《白苏斋类集》。

论文（上）①

口舌，代心者也②；文章，又代口舌者也。展转隔碍③，虽写得畅显，已恐不如口舌矣，况能如心之所存乎？故孔子论文曰："辞达而已④。"达不达，文不文之辨也⑤。

唐、虞、三代之文⑥，无不达者。今人读古书，不即通晓，辄谓古文奇奥⑦，今人下笔不宜平易。夫时有古今⑧，语言亦有古今；今人所诧奇字奥句⑨，安知非古之街谈巷语耶⑩？《方言》谓楚人称"知"曰"党"⑪，称"慧"曰"譄"⑫，称"跳"曰"跖"⑬，称"取"曰"挺"⑭。余生长楚国⑮，未闻此言。今语异古，此亦一证。故《史记》五帝三王纪改古语从今字者甚多⑯："畴"改为"谁"⑰，"俾"为"使"⑱，"格奸"为"至奸"⑲，"厥田""厥赋"为"其田""其赋"⑳，不可胜记㉑。

左氏去古不远㉒，然《传》中字句㉓，未尝肖《书》也㉔；司马去左亦不远，然《史记》句字，亦未尝肖《左》也。至于今日，逆数前汉㉕，不知几千年远矣。自司马不能同于左氏㉖，而今日乃欲兼同左、马㉗，不亦谬乎？中间历晋、唐，经宋、元，文士非乏，未有公然捃撦古文奄为己有者㉘。昌黎好奇㉙，偶一为之，如《毛颖》等传㉚，一时戏剧㉛，他文不然也。

空同不知㉜，篇篇模拟，亦谓反正㉝。后之文人，遂视为定例㉞，尊若令甲㉟，凡有一语不肖古者，即大怒骂为"野路恶道"。不知空同模拟，自一人创之㊱，犹不甚可厌；迨其后㊲，以一传百，以讹益讹㊳，愈趋愈下，不足观矣。且空同诸文，尚多己意；纪事述情，往往逼真；其尤可取者，地名官衔，俱用时制㊴。今却嫌时制不文㊵，取秦汉名衔以文之，观者若不检《一统志》㊶，几不识为何乡贯矣㊷！且文之佳恶，不在地名官衔也。司马迁之文，其佳处在叙事如画，议论超越；而近说乃云㊸：西京以还㊹，封建宫殿㊺，官师郡邑㊻，其名不雅驯㊼，虽子长复出㊽，不能成史。则子长佳处，彼尚未梦见也，而况能肖子长也乎？

或曰：信如子言㊾，古不必学耶？余曰：古文贵达，学达即所谓学古也。学其意，不必泥其字句也㊿。今之圆领方袍，所以学古人之缀叶蔽皮也㉛；今之五味煎熬，所以学古人之茹毛饮血也。何也？古人之意，期于饱口腹、蔽形体；今人之意，亦期于饱口腹、蔽形体，未尝异也。彼摘古字句入己著作者，是无异缀皮叶于衣袂之中㉜，投毛血于殽核之内也㉝。大抵古人之文，专期于达；而今人之文，专期于不达。以不达学达，是可谓学古者乎？

《白苏斋类集》

[注释]

①袁宗道的《论文》是"公安三袁"文学主张的代表作，有上、下两篇。上篇主要批驳文坛上的复古模拟之风，主张文辞应以达意为要务；下篇则指出模拟之弊的根源在于作者胸中没有真知灼见，"无意见则虚浮，虚浮则雷同矣"，所以作家应"从学生理，从理生文"。这里只选上篇。　②心：思想。古人认为心是人的思维器官。　③展转隔碍：展转，即辗转，周折。隔碍，阻隔障碍。　④辞达而已：辞，言辞。达，表达意思。语出《论语·卫灵公》。　⑤文不文：文，意谓堪成文章；不文即不成其为文章。辨：区别。作者认为文章要能准确表达思想，否则就不成其为文章。　⑥唐、虞、三代：唐、虞，传说中的远古唐尧、虞舜时代；三代，指夏、商、周三个朝代。　⑦辄：就。奇奥：奇僻深奥。　⑧夫(fú)：助词，用于句首，表示将发议论。　⑨诧(chà)：诧异，惊奇。⑩安：怎么。　⑪《方言》：汉代扬雄所著，汇集古今各地同义词语，是研究古代语言的重要典籍。　⑫諵：音tuō。　⑬跰：音chì。　⑭挻：音shān。　⑮余生长楚国：作者是湖北公安人，该地在古代属楚国，故称。　⑯《史记》五帝三王纪：指司马迁《史记》中的《五帝本纪》和《夏本纪》《殷本纪》《周本纪》。　⑰"畴"改为"谁"：例如《尚书·尧典》之"畴咨若时登庸"，《史记·五帝本纪》改为"谁可顺此事"。⑱"俾"为"使"：例如《尚书·尧典》之"有能俾乂"，《史记·五帝本纪》改为"有能使治者"。　⑲"格奸"为"至奸"：例如《尚书·尧典》之"不格奸"，《史记·五帝本纪》改为"不至奸"。　⑳"厥田""厥赋"为"其田""其赋"：例如《尚书·禹贡》"厥田惟上中，厥赋中中"，《史记·夏本纪》改为"其田上中，其赋中中"。　㉑胜：禁得起，受得住。　㉒左氏：指《左传》的作者，相传为春秋时鲁国人左丘明。

㉓《传》：指《左传》。㉔肖：相似，像。《书》：即《尚书》。㉕逆数：从后往前数。前汉：西汉。㉖自：假如。这里有既然的意思。㉗兼同左、马：既与左氏相同，又与司马迁相同。㉘挦撦（xún chě）：摘取。撦，同"扯"。奄：覆盖，包括。㉙昌黎：即唐代古文家韩愈。韩愈自谓郡望为昌黎郡（治所在今辽宁义县），因世称韩昌黎。㉚《毛颖》等传：指韩愈所著《毛颖传》等散文。㉛戏剧：开开玩笑。㉜空同：明代散文家李梦阳，字献吉，号空同子，是"前七子"的领袖，倡导复古模拟。㉝反正：回到正道。明初，统治文坛的是以"三杨"（杨士奇、杨荣、杨溥）为代表的"台阁体"，歌功颂德，粉饰太平，形式绮靡。针对这种风气，以李梦阳为首的"前七子"主张复古、拟古，提倡读古书、做学问，这对于矫正文风是有积极意义的，所以袁宗道还是加以肯定，称之为"正道"。㉞定例：既定的成例、标准，意谓规矩教条。㉟令甲：汉代皇帝颁布法令，按先后列为令甲、令乙、令丙等，"令甲"犹言"第一号法令"。㊱自：假如，倘若。㊲迨（dài）：及，等到。㊳讹（é）：错误。益：增加。㊴时制：当时的制度。㊵文：文雅。㊶检：查阅。《一统志》：指明代所编的《大明一统志》，记载全国的地理，共九十卷。㊷乡贯：籍贯。㊸近说：近人的说法。㊹西京：指西汉。西汉建都长安，东汉时迁都洛阳，遂称长安为西京，后人便以西京为西汉的代称。以还：以来。㊺封建：古时君主把土地、爵位封赏给亲戚或功臣，让他们建邦立国为诸侯。㊻官师：百官。㊼雅驯：典雅。㊽子长：司马迁字子长。㊾信：确实，果真。㊿泥：拘泥。(51)缀（zhuì）叶蔽皮：缝树叶作衣，以兽皮蔽体。缀，连结，缝纫。(52)衣袂（mèi）：衣袖，泛指衣服。(53)殽（yáo）核：殽，通"肴"，指肉类食物；核指水果。殽核泛指食物。

[评析]

明代中叶,文坛上兴起一股以"前后七子"为代表的复古模拟之风,主张"文必秦汉,诗必盛唐",不但在风格、文辞上要蹈袭古人,连地名职官、名物制度等也都要采用古称,方显得"雅训"。此风流弊日久,必然束缚作家的创作、文学的发展。于是以"三袁"为代表的"公安派"极为不满,主张革新。袁宗道的这篇《论文》(上)就是为此而作。

本文开头就旗帜鲜明地指出,文章是心声的表达,达意是文章的根本目的。接着论证,自古文章都以达意为宗,从不拟古。今人之所以觉得古文奇奥难读,那是因为古今语言变化差异的缘故,其实古人用的就是他们当时平常的语言。而复古派不知这个道理,盲目拟古,正说明他们根本不了解古文的妙处。最后,作者重申,学古就是要学古文辞以达意的实质,不能拘泥于字句,否则就不是真正的学古。

其实,关于辞以达意的主张,除了孔子"辞达而已"之外,东汉的王充(《论衡》)、唐代的刘知几(《史通》)也都已有论述。但本文提出的观点和论证的材料,都有鲜明切实的针对性,这对于革除流弊、倡导新风,无疑具有重大影响,至今仍有借鉴意义。

作为一篇论说文,观点鲜明、论证充分、逻辑严密,是必具的要素。本文一开头,先从理论上论述文章、口舌与心的关系,指出文章是为了代心达意,但由于文字的局限,文章在达意上已有先天不足,若再不尽量做到达意,还成什么文章呢?这一观点又以圣人孔子的话坐实,立论就很有力。为了论证古今语言差异和古人之文"无不达者",作者列举上古三代之文、《方言》《左传》《史记》等大量例证,充分说理。尤其富有技巧的是,这些用以论证己说、反驳对方的例证,恰恰就是对方所崇尚的古文。特别是司马迁的《史记》,不但不拟古,还把难懂的古文改成今文。就连"文起八代之衰"的一代文宗、唐代古文家韩愈,也是拟古派的偶像,可他除了"一时戏剧"之外,也不拟古。对方不是要学古吗?而所学之唯恐不及的"古"本身就不拟古,你学古而拟古,岂不是自相矛盾?这一说理,抓住了要害,不但在事实上充分有力,而且在逻辑上也巧妙严密,使文章具有不可辩驳的说服力。

在这方面,还显示了作者的锐利词锋。除上述的"以其人之道还治其人之身"外,更体现在文章的后半部分。如说司马迁,"其佳处在叙事如画,议论超越",而对方却只在地名官衔上做文章,可见他们连做梦都没见到司马迁的妙处,还能学得像司马迁吗?再如说古今语言差别,作者以古今饮食衣饰作比,指出不学古人之意而拘泥字句,就好比是把树叶兽皮缝在衣服上、把禽毛兽血放在佳肴里。这样一比,就更显得对方做法的荒唐可笑了。最后,作者还嘲笑对方:不达学古人的达,根本就不配谈什么"学古"!

当然,对于复古派,作者也不是一味地嘲讽批判。如对复古派领袖李梦阳,作者不仅客观地肯定了他的复古模拟主张在当时革除"台阁体"绮靡文风时的积极作用,还肯定李梦阳的文章"尚多己意;纪事述情,往往逼真;其尤可取者,地名官衔,俱用时制"等;而批判的是"迨其后,以一传百,以讹益讹,愈趋愈下"的恶劣影响。这样具体分析,有肯定,有批判,体现了实事求是、公正说理的作风。

由此也可以看出,作者不但在理论上主张"辞达",同时作品本身也是直抒胸臆、明白晓畅的"辞达"之作。

极乐寺纪游①

高梁桥水②,从西山深涧中来③,道此入玉河④。白练千匹⑤,

微风行水上，若罗纹纸⑥。堤在水中，两波相夹。绿杨四行⑦，树古叶繁，一树之荫，可覆数席，垂线长丈余⑧。岸北佛庐、道院甚众⑨，朱门绀殿⑩，亘数十里⑪。对面远树，高下攒簇⑫，间以水田。西山如螺髻⑬，出于林水之间。

极乐寺去桥可三里⑭，路径亦佳，马行绿荫中⑮，若张盖⑯。殿前剔牙松数株⑰，松身鲜翠嫩黄，斑剥若大鱼鳞⑱，大可七八围许⑲。

暇日曾与黄思立诸公游此⑳，予弟中郎云㉑："此地小似钱塘苏堤㉒。"思立亦以为然。予因叹西湖胜境入梦已久，何日挂进贤冠㉓，作六桥下客子㉔，了此山水一段情障乎㉕！是日，分韵各赋一诗而别㉖。

《白苏斋类集》

[注释]

①本文是一篇游记小品，作于明万历二十六年（1598）春。极乐寺在北京西直门外，建于明成化年间，是京郊游览胜地。当时作者与二弟袁宏道、友人黄大节等共游此地，因作此篇。　②高梁桥：在北京西直门外半里，跨高梁河上，故名。　③西山：北京西郊诸山总称。　④道：经过。玉河：源出北京城西北玉泉山，流入昆明湖，出而东南，绕紫禁城后注入大通河。　⑤白练：洁白的熟绢。这里比喻河水的蜿蜒明净。　⑥罗纹纸：表面有如同丝绸细皱纹的纸。这里比喻河面因微风而起的细波。⑦绿杨：即绿柳。杨、柳同科而异属，古诗文中二者常通用。　⑧垂线：指柳条低垂如线。　⑨佛庐：佛寺。道院：道观。　⑩绀（gàn）：一种深青带红的颜色。　⑪亘（gèn）：绵延。　⑫攒簇（cuán cù）：聚集

⑬螺髻（jì）：妇女的发髻，盘起色状如青螺，故称。 ⑭可：大约。 ⑮绿荫：指树荫。 ⑯盖：遮阳挡雨的器具，如车篷、伞盖之类。 ⑰剔牙松：亦称栝子松、白皮树。 ⑱斑剥：同"斑驳"，色彩光影错杂的样子。 ⑲围：古代一种计量圆周的约略单位，指两手食指与拇指合拢起来的长度，也指两臂合抱的长度。这里当为后者。 ⑳黄思立：作者之友黄大节，字斯立，或作思立，号无净，信丰（今属江西）人，万历十四年（1586）进士，授太常寺博士。 ㉑中郎：作者之弟袁宏道，字中郎。 ㉒小：稍微，略。钱塘：即今浙江杭州，时为杭州府治所。苏堤：在今杭州西湖，为宋文学家苏轼知杭州时所修建，故称。 ㉓挂进贤冠：进贤冠是古代文官所戴的一种礼帽，挂进贤冠即表示辞官退隐。 ㉔六桥：指苏堤上的六座桥，分别名为映波、锁澜、望山、压堤、东浦、跨虹。 ㉕情障：情思，欲望。佛家认为，人的情思欲望是烦恼、魔障，故称。 ㉖分韵：古人相约赋诗，先选若干字为韵，各人分拈，然后依所拈得之韵赋诗，叫作分韵。

[评析]

　　本篇仅二百多字，极为省净，却有景有情。写景，名为纪游极乐寺，却把重点放在高梁桥。先写桥下之水，从虚处西山深涧着笔，到桥下入玉河而落实。然后再由水而堤，由堤而柳；接着由河"上岸"，写岸北的佛寺道观；由岸北转到对面，写远树、水田，最后在远处的西山收笔，与开头的水"从西山深涧中来"相呼应。整个过程，用全景、远景，移动切换，十分流畅自然，浑然一体，视野极为开阔。虽是不足百字的全景浏览，却并非走马观花，而是拣金拾玉，精美生动：写河水，以"白练千匹"喻其蜿蜒明净，以"罗纹纸"状其微风行水，阵阵涟漪；写河堤，是"两波相夹"，描出春水荡漾之态；写堤岸垂柳，则树古、叶繁、色绿、荫浓、丝长，尽显春柳娇媚之姿；写佛寺道观，以青山绿水映衬"朱门绀殿"，于华美悦目中又透出几分庄严肃穆，而"亘数十里"，更见其气势壮观；写远树水田，是树攒簇、田相间，疏朗恬淡，又与对面的"朱门绀殿，亘数十里"恰成对比；写西山，以"螺髻"相喻，以林水相衬，郁林秀水簇拥着青青螺髻，不正是一幅"美人临水梳妆图"吗？然而这一切，却不见刻意求工、精心刻画的痕迹，而是意到笔随，平易简淡却点染如画，诗意盎然。

至于此游的目的地极乐寺，作者更是惜墨如金。先是以三里绿荫引入，到了寺中，却只写殿前的古松；写古松，仅写古松的巨大树身及其色彩光影。与前段的"全景"不同，这里用的是"特写"，且只有一个。极乐寺是游览胜地，可观可赏可描可状之处很多，为何都入不了作者笔下呢？也许在作者眼里心中，其他一切都不足奇，唯有这苍劲斑驳的古松，才是他钟情之所在。

耐人寻味的是，这春郊胜境，引起了二弟袁宏道关于钱塘苏堤的联想，于是便勾起作者山水情障的感慨。这大概有两个原因：其一，作者当时任东宫讲读，伴太子读书。这在旁人看来是显要之位，却每每是政治风涛之所在。这且不论，据袁宏道《抱瓮亭记》所述，宗道任此职，是"先鸡而入，每下直之时，眼中芒生；稍一假寐，而中书催讲章者又已在门，头胶枕上，欲起不得；儿童以水拭面，乃得醒，看书如在雾中"云云，原来是十足的苦差事。这对于他的"性灵"来说，当然是十二分的压抑，故而难免有挂冠退隐、作客六桥的"山水情障"。其二，作者尊崇白居易、苏轼，故名其书斋为"白苏斋"。白、苏都曾在钱塘为官，皆有政声令闻，苏堤即为苏轼所建，西湖中还有白堤，相传为白居易所建。西湖本是胜境，更兼这段情结，其"山水情障"又独钟钱塘苏堤而有"入梦已久"之叹也就不难理解了。

袁宏道

  袁宏道（1568~1610），字中郎，号石公，又号六休，是袁宗道的二弟。万历十六年（1588）中举人，万历二十年（1592）中进士。历任吴县县令、顺天府教授、吏部郎官等，万历三十七年（1609）被派往陕西任主考官，次年南归，不久病逝。其为人洒脱，为官清廉，为文真率。在创作上，诗、文俱佳，尤以散文见长；在理论上，提出一系列文学革新主张，是"公安派"的主帅、旗手，在文学史上有重要的地位。著有《袁中郎全集》。

叙小修诗[①]

  弟小修诗，散逸者多矣[②]，存者仅此耳。余惧其复逸也，故刻之[③]。

  弟少也慧[④]，十岁余即著《黄山》《雪》二赋[⑤]，几五千余言[⑥]。虽不大佳，然刻画飣餖[⑦]，傅以相如、太冲之法[⑧]，视今之文士矜重以垂不朽者[⑨]，无以异也。然弟自厌薄之[⑩]，弃去[⑪]，顾喜读老子、庄周、列御寇诸家言[⑫]，皆自作注疏[⑬]，多言外趣[⑭]；旁及西方之书、教外之语[⑮]，备极研究。既长，胆量愈廓[⑯]，识见愈朗[⑰]，的然以豪杰自命[⑱]，而欲与一世之豪杰为友。其视妻子之相聚[⑲]，如鹿豕之与群而不相属也[⑳]；其视乡里小儿[㉑]，如牛马之尾行而不可与一日居也[㉒]。泛舟西陵[㉓]，走马塞上[㉔]，穷览燕、赵、齐、鲁、吴、越之地[25]，足迹所至，几半天下。而诗文亦因之以日进，大都独抒性灵[26]，不拘格套[27]，非从自己胸臆流出，不肯下笔。有时情与境会，顷刻千言，如水东注，令人夺魄[28]。其间有佳处，亦有疵处[29]。佳处自不必言，即疵处亦多本色独造语。然予则极喜其疵处。而所谓佳者，尚不能不以粉饰蹈袭为恨[30]，以为未能尽脱近代文人气习故也[31]。

盖诗文至近代而卑极矣[32]。文则必欲准于秦、汉[33]，诗则必欲准于盛唐，剿袭模拟[34]，影响步趋[35]。见人有一语不相肖者[36]，则共指以为野狐外道[37]。曾不知文准秦、汉矣[38]，秦、汉人曷尝字字学六经欤[39]？诗准盛唐矣，盛唐人曷尝字字学汉、魏欤？秦、汉而学六经，岂复有秦、汉之文？盛唐而学汉、魏，岂复有盛唐之诗？唯夫代有升降[40]，而法不相沿[41]，各极其变[42]，各穷其趣[43]，所以可贵，原不可以优劣论也。且夫天下之物，孤行则必不可无[44]，必不可无，虽欲废焉而不能；雷同则可以不有，可以不有，则虽欲存焉而不能。故吾谓今之诗文不传矣[45]。其万一传者[46]，或今闾阎妇人孺子所唱《擘破玉》《打草竿》之类[47]，犹是无闻无识真人所作[48]，故多作真声，不效颦于汉、魏[49]，不学步于盛唐[50]，任性而发，尚能通于人之喜怒哀乐嗜好情欲，是可喜也。

盖弟既不得志于时(51)，多感慨。又性喜豪华，不安贫窘(52)；爱念光景(53)，不受寂寞。百金到手，顷刻都尽，故尝贫(54)；而沉湎嬉戏(55)，不知樽节(56)，故尝病；贫复不任贫(57)，病复不任病，故多愁。愁极则吟(58)，故尝以贫病无聊之苦，发之于诗，每每若哭若骂，不胜其哀生失路之感(59)。予读而悲之。大概情至语，自能感人，是谓真诗，可传也。而或者犹以太露病之(60)，曾不知情随境变，字逐情生㉛，但恐不达㉜，何露之有？且《离骚》一经㉝，忿怼之极㉞，党人偷乐㉟、众女谣诼㊱、不揆中情㊲、信谗贲怒㊳，皆明示唾骂㊴，安在所谓怨而不伤者乎㊵？穷愁之时，痛哭流涕，颠倒反复㊶，不暇择音㊷，怨矣，宁有不伤者㊸？且燥湿异地，刚柔异性㊹，若夫劲质而多怼㊺，峭急而多露㊻，是之谓楚风㊼，又何疑焉！

《袁宏道集笺校》

[注释]

①本文是袁宏道为其弟袁中道（字小修）的诗集所写的序，作于明万历二十四年（1596）吴县县令任上。"叙"即"序"，书前的序言。作者在文中评述了中道的为人、为诗，并由此阐述了他的文学观点，"公安派"最著名的文学主张"独抒性灵，不拘格套"，就是在本篇提出的，因此本文是"公安派"文学理论最著名的代表作。 ②逸：散失。 ③刻：古代印书，先将文字雕刻在木板上，然后以此印刷。 ④慧：聪明。 ⑤赋：一种文体，以铺叙为主，盛行于汉代，后来又多讲究句式、对仗、声律、用典等形式技巧，文人学子常以此显示才学。 ⑥几（jī）：几乎，将近。 ⑦饤饾（dìng dòu）：即"饾饤"，原意为器皿中菜蔬果品堆叠貌，后常用以比喻文辞的罗列堆砌。 ⑧傅：辅佐。相如：即西汉辞赋家司马相如，其《子虚赋》《上林赋》是汉赋的代表作。太冲：即西晋文学家左思，字太冲，其《三都赋》盛极一时。相传他写该赋，费时十年，写成之后，人们纷纷传抄，以致"洛阳纸贵"。 ⑨视：比较。矜（jīn）重：重视，自以为高明。 ⑩厌：厌弃。薄：鄙薄。 ⑪弃去：放弃不干。意谓从此再也不写赋了。 ⑫顾：但，只是。老子：春秋时道家创始人，一说即老聃，姓李，名耳，著有《老子》。庄周：即庄子，战国时人，与老子同为先秦道家代表人物。著有《庄子》一书。列御寇：战

国时道家人物，相传《列子》一书即他所著。⑬注疏：注是对原书的注解，疏是对注解的进一步疏通。⑭外趣：指书本以外的有关杂说趣事。⑮西方之书：指佛家经典。教外之语：即教外别传之语。中国佛教以禅宗影响为最大，其中的南宗，持"顿悟"说，主张不立文字，教外别传，直指人心，见性成佛。⑯廓：广大。⑰朗：明。⑱的然：公然。自命：自许，自认为。⑲视：看待。妻子：妻室儿女。⑳群：相处。相属：同类。㉑乡里小儿：乡间百姓，庸俗之人。㉒尾行：尾随而行。㉓西陵：即西陵峡，长江三峡之一，在今湖北省西部。一说指今浙江省杭州市萧山区的西陵，又名白马湖。袁中道曾于二十岁时遍游楚中，又于本文写作的前一年、他二十六岁时遍游吴越，故二说均可，但从文意看，当以前说为是。㉔塞（sài）上：边防要塞。这里当指当时的边塞重镇宣府（今河北宣化）、大同（今属山西）一带。中道曾于万历二十三年（1595）应邀到大同巡抚梅国桢的幕府作客，漫游塞上，并作有《塞游记》。㉕穷览：遍览。燕、赵、齐、鲁、吴、越：均为古代诸侯国名，约指河北、北京、山东、山西、江苏、浙江等一带地区。㉖性灵：性情，包括个性、情感、意识、趣味等方面。㉗格套：成规俗套。当时复古派标榜"格调"，主张从格律声调上学习古人，"格套"一词，当是对此而言。㉘夺魄：犹言惊心动魄、魂飞魄散，形容作品震撼人心的效果。㉙疵（cī）：毛病，缺陷。㉚蹈袭：因袭，模仿。恨：遗憾。㉛近代文人：指当时以"前、后七子"为代表的复古派文人。气习：习气。㉜卑：衰微。㉝准：以为标准，仿效。㉞剿（chāo）袭：抄袭。"剿"通"抄"。㉟影响：如影子随形，如回响应声。步趋：亦步亦趋，紧紧跟随。㊱肖：相像。㊲野狐外道：佛家称不依正道坐禅者为"野狐禅"，此犹言歪门邪道。㊳曾（zēng）：竟然。㊴曷（hé）尝：何尝。六经：先秦六部典籍《诗》《书》《礼》《乐》《易》《春秋》，儒家尊之为经，故称。欤（yú）：语气助词，这里相当于“呢”。 ㊵唯夫（fú）：只因为。夫，助词，无义。代：朝代，时代。升降：发展变化。 ㊶法：指创作方法、形式、风格等。 ㊷极：极尽。 ㊸穷：穷尽。 ㊹孤行：与众不同的行为。 ㊺今之诗文：指当代那些没有个人风格的模拟之作。 ㊻万一：万中之一，形容极小部分。 ㊼或：或许。闾（lǘ）阎：原指里巷，后引申为市井民间。孺（rú）子：儿童。《擘（bò）破玉》《打草竿》：当时流行的民歌名。 ㊽无闻无识：没有见闻知识。真人：质朴纯真之人。 ㊾效颦（pín）：即东施效颦。《庄子·天运篇》说，美女西施心口痛，皱着眉头，邻居丑女东施见了，觉得她这样更美，于是也学样，捂胸皱眉，结果更丑。后人便据此称盲目模仿而适得其反的行为为“效颦”。 ㊿学步：即邯郸学步。《庄子·秋水篇》说，燕国有个人，到赵国的都城邯郸去，见当地人走路姿势很美，就跟着学，结果不但学不像，连自己原来的走法也忘了，只好爬着回去。此义与“效颦”类同。 (51)盖：助词，无义。不得志于时：袁中道虽聪明好学，但在科举中很不得志。此时他已二十七岁，还只是秀才。（后于三十四岁时中举，四十七岁时中进士） (52)窘（jiǒng）：指处境艰难困迫。 (53)爱念：向往。光景：这里意为风光热闹。 (54)尝：这里通“常”，经常。下同。 (55)沉湎：沉迷深陷而难于自拔。多指嗜酒无度。 (56)樽（zǔn）节：同“撙节”，抑止，节制。 (57)任：承受，忍受。 (58)吟：指吟诗。 (59)不胜：禁不起，形容至极的程度。哀生失路：哀叹人生坎坷、走投无路。 (60)露：显露，露骨。病：指责，批评。 (61)逐：随着。 (62)但：只，唯有。达：达到，完全表露。 (63)《离骚》一经：《离骚》是战国时楚国诗人屈原的长篇抒情诗，诗中尽情抒发自己一片忠心反被疏远迫害的怨恨不平和不懈追求的决心，表现自己独立不群的高尚人格和深沉炽热的爱国情怀，是一部垂范千古的伟大作品，所以后人尊之为经。 (64)忿怼（fèn duì）：

愤恨。　㊿党人偷乐：指《离骚》句："惟夫党人之偷乐兮。"党人，结党营私的小人。偷乐，苟且偷安。　㊻众女谣诼（zhuó）：指《离骚》句："众女嫉余之蛾眉兮，谣诼谓余以善淫。"众女，比喻奸佞的小人。谣诼，造谣诽谤。　㊼不揆（kuí）中情：指《离骚》句："荃不察余之中情兮。"不揆，即不察，不理解。　㊽信谗贵怒：指《离骚》句："反信谗而齌怒。""贵"当作"齌（jì）"，齌怒，大怒。　㊾唾骂：鄙弃责骂。　㊿安：哪里。怨而不伤：当为"怨而不怒""哀而不伤"二语的合说。《论语·阳货》中，孔子说："诗……可以怨。"朱熹注曰："怨而不怒。"意为《诗经》中的诗歌（尤其是其中《小雅》的怨刺诗），有怨恨，但不愤怒。《论语·八佾》中，孔子曰："《关雎》乐而不淫，哀而不伤。"意为孔子评论《诗经·关雎》的音乐，快乐而不过分、哀怨而不伤痛。后代儒家便以此为"温柔敦厚"的"诗教"。司马迁认为《离骚》正符合这一标准，他说："国风好色而不淫，小雅怨诽而不乱，若《离骚》者，可谓兼之矣。"作者对这些说法表示异议。　㋆颠倒反复：指情绪失控而心神错乱。　㋇不暇：没有空闲，意为顾不上。择音：意为选择适当的表达方式。　㋈宁（nìng）：岂，哪能。　㋉燥湿异地，刚柔异性：意为《诗经》出于北方中原，《离骚》出于南方楚地，南北地气，干湿不同，民性人情也相应有刚柔之别。作者是湖北人，湖北古属楚国，故有此言以及下文"楚风"之说。　㋊若夫（fú）：至于。劲质：刚劲质朴。　㋋峭急：尖刻激烈。　㋌是：这。楚风：楚地诗风。《诗经》中有十五国风，风是指具有地方情调色彩的诗歌音乐。但十五国风中没有楚风，所以作者故作此言。

[评析]

　　在袁氏三兄弟中，中道于功名仕途最为坎坷，而于为人为文为诗则最有个性。这个性最为复古派所诟病，却最为宏道所赞赏，不为他故，只为

"独抒性灵，不拘格套"。这就是本文的核心。

在作者的笔下，中道的"性灵"，自小就很鲜明。那"今之文士矜重以垂不朽"的辞赋，他十一岁就能作，洋洋五千言，可谓"灵"矣，然而他却毫不"矜重"，"厌薄之，弃去"。这先是一大"性灵"——能而不为，因为那只是"刻画饤饾"的"格套"，毫无"性灵"可抒。不作辞赋，做什么呢？当时读书人唯一出路就是钻研四书五经、科举制义、程朱理学，以取功名。但中道却"顾喜读老子、庄周、列御寇诸家言，皆自作注疏，多言外趣；旁及西方之书、教外之语，备极研究"。这又是与世俗时风格格不入的一大"性灵"。这"性灵"到长大之后，更一发不可抑止：自命豪杰，鄙视俗事庸人；纵情山水，足迹半天下。传统儒家提倡安贫乐道，宋明理学更主张"存天理，灭人欲"，他却性喜豪华，爱念光景，沉湎嬉戏。儒家理学主张诗要"怨而不怒""哀而不伤"，他却将贫病无聊之苦、哀生失路之感，毫无节制地发泄于诗，若哭若骂，不胜其悲。凡此种种，皆"格套"所不容，而作者却认为恰恰是"性灵"之所在，虽不无瑕疵，但真实可爱，故刻画描写，呼之欲出。其实，中道并非全无"格套"之处，如文中也提及他"既不得志于时，多感慨"（后来他也中举人、中进士，为官十年），可见他也在乎功名。但作者并非有意在本文中为中道立传，他只强调中道的"性灵"，是为了进一步张扬他的"性灵说"。

在作者看来，"独抒性灵，不拘格套"，是文学作品价值之所在。他曾斥责复古派的模拟行径是"粪里嚼渣""顺口接屁"（《与张幼宇书》），主张文学创作首先要真。而中道为文，"非从自己胸臆流出，不肯下笔"，抒的是真情实感，说的是肺腑之言，所以他才能"情与境会，顷刻千言，如水东注，令人夺魄"。即使是略有疵处，但由于"多本色独造语"，"情至之语，自能感人"。同样，那些里巷妇孺所唱的《擘破玉》

《打草竿》之类，虽属下里巴人，是未读诗书无知无识的无名百姓所作，但恰恰因其无知而为"真人"所作，"任性而发"，"故多真声"，"尚能通于人之喜怒哀乐嗜好情欲，是可喜也"。这与李贽的"童心说"完全一致。

从这点出发，他批评了复古派"文必秦汉、诗必盛唐"的论调，提出了他的文学发展观。他认为，时代有发展，文学也相应有变化。各代文学之间，不能是横向的"以优劣论"，而应是纵向的发展。汉、唐文学之所以可贵，就是因为他们不抄袭模拟前人，而是"各极其变，各穷其趣"。世间万物，孤行则存，雷同则亡；各代文学，只有各具风格，才能流传万世。若按照复古派的主张，必将窒息明代文学，给文学史留下空白；而有可能填补这个空白的，将恰恰是《擘破玉》《打草竿》之类既不学汉也不拟唐而不登大雅之堂的真人真声。

"独抒性灵"贵在于真，这种真就是来自生活的真、人性的真。作者指出，中道之所以独抒性灵，慷慨悲歌，就是他的性情和生活处境所致；"情随境变，字逐情生"，"愁极而吟"，这本是极其自然的事情。然而，这却与传统的诗教产生了冲突。传统儒家认为，诗歌固然可乐可怨，但要有所节制，不可太"露"，即所谓"怨而不怒"，"哀而不伤"；即如《离骚》，连司马迁也认为备兼风、雅之教。而作者指出，"怨矣，宁有不伤者?"《离骚》恰恰是忿怼至极、明示怒骂，一点也不"怨而不伤"，这完全符合天理人情物性文法。因此，他认为，既是"独抒性灵"，就要将"情至之语"尽情抒发，不怕太露，但恐不达。很显然，作者的这些言论、观点，在当时真可谓是惊世骇俗、大逆不道的，这鲜明地体现了他的叛逆、革新的精神，对于当时乃至后代的文学都起了十分重大的影响。

与作者的为人、主张一样，这篇作品本身就是一篇"独抒性灵"的佳作。论人、谈诗、批评、说理，无不畅所欲言、淋漓酣畅。篇中夹叙夹议，时见机锋，如说弟小时作赋而厌薄之，却偏捎上"今之文士矜以垂不朽者"；复古派以模拟为高，他则偏推崇里巷歌谣，以嘲讽那些饱学之士的文才见识连十岁儿童、无知妇孺都不如。又如复古派标榜"格调"，他则主张不拘"格套"，讥刺之意，似有若无。再如"所谓怨而不伤"之语，似为含混，暗中却将孔子、朱子及太史公一并捎入。至如最后谈到中道诗歌"劲质而多怼，峭急而多露"，则称之为"楚风"，更是诙谐俏皮、机趣横生。

虎丘①

虎丘去城可七八里②。其山无高岩邃壑③，独以近城故，箫鼓楼船④，无日无之。凡月之夜、花之晨、雪之夕，游人往来，纷错如织⑤，而中秋为尤胜⑥。每至是日⑦，倾城阖户⑧，连臂而至⑨。衣冠士女⑩，下迨蔀屋⑪，莫不靓妆丽服⑫，重茵累席⑬，置酒交衢间⑭，从千人石上至山门⑮，栉比如鳞⑯，檀板丘积⑰，樽罍云泻⑱，远而望之，如雁落平沙，霞铺江上，雷辊电霍⑲，无得而状⑳。

布席之初㉑，唱者千百，声若聚蚊，不可辨识㉒。分曹部署㉓，竞以歌喉相斗㉔，雅俗既陈㉕，妍媸自别㉖。未几而摇头顿足者㉗，得数十人而已。已而明月浮空㉘，石光如练㉙，一切瓦釜㉚，寂然停声，属而和者㉛，才三四辈㉜。一箫，一寸管㉝，一人缓板而歌㉞，竹肉相发㉟，清声亮彻，听者魂消。比至夜深㊱，月影横斜，荇藻凌乱㊲，则箫板亦不复用，一夫登场，四座屏息㊳，音若细发，响彻云际，每度一字㊴，几尽一刻㊵，飞鸟为之徘徊，壮士听而下泪矣。

剑泉深不可测㊶，飞岩如削㊷。千顷云得天池诸山作案㊸，峦壑竞秀㊹，最可觞客㊺；但过午则日光射人，不堪久坐耳。文昌阁亦佳㊻，晚树尤可观。面北为平远堂旧址㊼，空旷无际，仅虞山一点在望㊽。堂废已久，余与江进之谋所以复之㊾，欲祠韦苏州、白乐天诸公于其中㊿；而病寻作(51)，余既乞归(52)，恐进之之兴亦阑矣(53)。山川兴废，信有时哉(54)！吏吴两载(55)，登虎丘者六，最后与江进之、方子公同登(56)，迟月生公石上(57)。歌者闻令来(58)，皆避匿去。余因谓进之曰："甚矣(59)，乌纱之横、皂吏之俗哉(60)！他日去官(61)，有不听曲此石上者，如月(62)！"今余幸得解官(63)，称吴客矣(64)，虎丘之月，不知尚识余言否耶(65)？

《袁宏道集笺校》

[注释]

①虎丘：山名，又名海涌山，在江苏苏州市西北阊门外山塘街，距城约三四公里。春秋时吴王阖闾葬此。相传吴王葬后三日，有白虎踞其上，故称"虎丘"。或说因其山丘形似蹲虎而名。有虎丘塔、云岩寺、剑池、千人石等名胜，素有"吴中第一名胜""江左丘壑之表"之誉。袁宏道于明神宗万历二十三年（1595）任吴县（即今苏州）县令，次年底即辞去。两年间，他六游虎丘。本文即追记其虎丘之游，尤其是中秋之夜游人会歌的盛况，写于他辞去县令之职但仍居吴时，约在万历二十四年（1596）底。 ②去：距离。可：大约。 ③邃壑（suì hè）：深山沟。 ④箫鼓：箫与鼓，都是乐器，故泛指音乐。楼船：有层楼的豪华大游船。

⑤纷错如织:纷纭交错如织布穿梭,形容游人稠密,来来往往。 ⑥尤胜:尤其胜过往常。 ⑦是日:这一天。 ⑧倾城:全城。阖(hé)户:关闭门户。 ⑨连臂:手臂紧挨,形容人群拥挤。 ⑩衣冠:古代士以上人的服装,故泛指世族、士绅。士女:男女。 ⑪迨(dài):及,至。蔀(bù)屋:草席盖顶的房屋,指代贫寒之家。蔀,覆盖屋顶的草席。 ⑫靓(jìng)妆:涂脂粉妆饰。 ⑬重茵累席:指游人随地铺上垫褥草席而坐,由于人多拥挤,褥席相互重叠。重、累,重叠。 ⑭置酒:设置酒肴。交衢(qú):通途大道。 ⑮千人石:又名"生公石"。在虎丘山中心,有一块平坦宽阔的大磐石,相传南朝梁高僧竺道生在此宣讲佛法,有千人坐在石上听讲。又传竺道生于千人石上讲《涅槃经》,无人相信,他就聚石为徒,宣讲至理,石皆点头,故俗云:"生公说法,顽石点头。"山门:寺庙大门。 ⑯栉(zhì)比:像梳篦之齿一样紧密排列。栉,梳、篦的总名;比,紧密排列。 ⑰檀(tán)板:檀木制的拍板,唱歌时用以打拍子。丘积:堆积如山丘。 ⑱樽罍(zūn léi):盛酒的器皿。云泻:如云层般流泻。 ⑲雷辊(gǔn)电霍:雷鸣电闪,比喻人声喧闹嘈杂。辊,车轮滚动。古人以为雷鸣是雷车滚动而发声。霍,迅疾。 ⑳无得而状:无法形容。状,描绘,形容。 ㉑布席:铺开褥席,意为摆开赛歌阵势。 ㉒辨识:分辨识别,指难分优劣。 ㉓分曹部署:指唱歌者由原先的混合状态逐渐形成若干小群组,轮番竞赛。分曹,分部,分组。部署,安排,布置。 ㉔竞:争。相斗:比输赢。 ㉕雅俗:高雅的与粗俗的曲调。陈:陈列,展现。 ㉖妍蚩(yán chī):美与丑,优与劣。 ㉗摇头顿足:按着歌曲节拍摇头跺脚,形容尽情歌唱的样子。 ㉘已而:后来。 ㉙练:白绢。 ㉚瓦釜(fǔ):瓦锅,瓦缶。比喻粗俗的歌调。典出《楚辞·卜居》:"黄钟毁弃,瓦釜雷鸣。" ㉛属(zhǔ):跟,随。和(hè):应和,跟着唱。 ㉜三四辈:三四位水平相当的人。辈,类,等。

㉝寸管：短笛。 ㉞缓板：以檀板打着舒缓的节奏。 ㉟竹：指箫、笛声。肉：指人声。相发：互相引发。 ㊱比至：待到。 ㊲荇（xìng）藻：水草，这里指月下的草木影子。 ㊳四座：满场在座的人。屏（bǐng）息：抑制住呼吸，形容认真听唱的样子。 ㊴度：按曲谱演唱。 ㊵几（jī）：几乎。刻：时间单位。古代以漏壶滴水计时，以一昼夜滴水高度分为一百等分，每等分为一刻，与现在的一刻钟大致相同。 ㊶剑泉：又称剑池，虎丘名胜之一，在千人石北。池呈长方形，两侧崖壁高削，清泉终年不涸。相传其下即吴王阖闾墓，阖闾生前好剑，葬时以数千名剑为殉；后秦始皇、三国吴帝等曾到此凿地求剑，却一无所得，而形成此池。 ㊷飞岩：高耸欲飞的岩壁。如削：像刀削一般平直陡峭。 ㊸千顷云：虎丘寺前的一座亭阁名。一说为山名，在虎丘山上。天池：山名，在苏州阊门外三十里，相传山上有池，池中有千叶莲花，故又称花山、华山。案：几案，书案。此谓千顷云面对远处天池诸山，如同人面对几案而坐。 ㊹峦（luán）：山峦。秀：秀丽。 ㊺觞（shāng）客：劝客饮酒。觞，酒器，这里用作动词。 ㊻文昌阁：建筑物名，今不存。 ㊼面北：朝北，北面。平远堂：建筑物名，今不存。 ㊽虞山：山名，在今江苏常熟市西北。在望：在视线中。 ㊾江进之：人名，江盈科，字进之，桃源（今属湖南）人，万历进士，曾任长洲县（治所在今苏州）县令，作者好友，"公安派"重要作家之一。 ㊿祠：祭祀。韦苏州：唐代诗人韦应物，曾任苏州刺史，故称。白乐天：唐代诗人白居易，字乐天，也曾任苏州刺史。 ㉛寻：不久，随即。作：发作。 ㉜乞归：要求辞官回家。 ㉝兴：兴致。阑（lán）：尽。 ㉞信：实在是，确实。时：时运。 ㉟吏吴：在吴县为官。两载：两年。作者于万历二十三年（1595）任吴县（即今苏州）县令，次年底即辞去。 ㊱方子公：人名。方文僎，字子公，是作者的门客。 ㊲迟（zhì）：等待。生公石：即千人石。 ㊳令：

县令。⑤⑨甚：严重。 ⑥⑩乌纱：乌纱帽，指官吏。横（hèng）：凶暴，骄横。皂（zào）吏：衙门中的差役。俗：鄙俗，恶劣。 ⑥①他日：犹言"有朝一日"。去官：辞官。 ⑥②如月：指月发誓之语，犹言"有月为证"。 ⑥③解官：解除官职，辞官。 ⑥④吴客：吴地之客。作者是湖北人，既已辞官，就是普通游客身份，故称。 ⑥⑤识（zhì）：记得，记住。

[评析]

本文是游记散文的名篇，在写作上有三个特点。其一，虎丘为江左第一名胜，佳景甚多，但本文对于自然风景只是轻描淡写，以之为背景，而着力于人文景观的描写。在写法上，由粗到精，由淡而浓，集中笔力，重点刻画。开头以低调下笔，写虎丘概貌，离城既近，又无高峰深谷，只是因近而盛，这就为全文淡于自然风景而重在人文景观定下了基调。接着写月夜花晨雪夕等良辰时游人如织的盛况，笔墨渐浓；而后以"中秋为尤胜"转入对中秋节万人空巷、蜂拥虎丘赛歌场面的精细描写。描写赛歌场面，也是如此进行。先粗写开头唱者千百，渐入分曹部署、数十人的摇头顿足、三四人属而和、一人依乐器独唱，到最后一人无乐器清唱，笔致步步精工，景致随之渐美，情亦越来越浓，直至"飞鸟为之徘徊，壮士听而下泪"时，情景交融，臻于极境。如此渐入佳境，引人入胜。

其二，善用比喻、夸张、排比、对偶等修辞手法，造语新奇，词色清丽。如第一段中"栉比如鳞，檀板丘积，樽罍云泻，远而望之，如雁落平沙，霞铺江上，雷辊电霍，无得而状"数句，一连用了七个新奇的比喻，并兼夸张、排比、对偶，描写千人石上歌者云集的盛况，极为鲜丽。又如描写赛歌场面，摹声则以"聚蚊"喻众人之声，以"瓦釜"喻粗俗之曲，以"细发"喻美妙歌喉；绘景则以"浮空"喻明月高悬，以"如练"喻月光洁白，以"荇藻"喻草木散影，十分贴切形象。再如"月之夜、花之晨、雪之夕""雁落平沙，霞铺江上""明月浮空，石光如练""月影横斜，荇藻凌乱"等句，又兼工整典雅、轻灵疏淡之美；"飞鸟为之徘徊，壮士听而下泪"，夸张形容歌手高明的演唱效果，令人悲怆动容；"千顷云得天池诸山作案，峦壑竞秀，最可觞客"，将虎丘与周围美景融为一体，不但设喻巧妙，而且意境明朗空阔，令人抒胸开怀。如此等等，显示了作者高雅的审美情趣和深厚的文学修养。

其三，由虎丘之胜而感慨抒情。明人陆云龙评本文曰："虎丘之胜，已尽于笔端矣，观绘事不如读此之灵活。"（《翠娱阁评选袁中郎先生小品》）确是中肯之论，但他只是指出了本文的虎丘之胜，却没有道出本文的虎丘之情。作者在写完赛歌场面之后，放开视野，概写虎丘其他名胜和远处之景，由平远堂之废，言及欲复之以祠韦苏州、白乐天之事，抒发其对二位苏州先贤的崇敬仰慕之情；又由此愿难酬，发出"山川兴废，信有时哉"的感慨。其愿之难酬，说是因病而辞官，其实不然。他在任吴令不久，即对友人写信说："甚烦苦，殊不如田舍翁饮酒下棋之乐也。"（《与毛太初书》）所以他由虎丘歌会联想他曾六登虎丘，却每因他是县令而令众人"皆避匿去"，由此又对官吏衙役的骄横鄙俗、官民隔如水火深感痛恨，并对自己终于解官去职、能与民同乐深感庆幸，可见他对官场的厌倦之情。文章最后以"虎丘之月，不知尚识余言否耶"作结，真挚恳切，一往情深。

满井游记①

燕地寒②，花朝节后③，余寒犹厉④，冻风时作⑤，作则飞沙走砾⑥，局促一室之内⑦，欲出不得。每冒风驰行⑧，未百步辄返⑨。

廿二日⑩，天稍和⑪，偕数友出东直⑫，至满井。高柳夹堤⑬，土膏微润⑭，一望空阔，若脱笼之鹄⑮。于时冰皮始解⑯，波色乍明⑰，鳞浪层层⑱，清澈见底，晶晶然如镜之新开而冷光之乍出于匣也⑲。山峦为晴雪所洗⑳，娟然如拭㉑，鲜妍明媚㉒，如倩女之靧面而髻鬟之始掠也㉓。柳条将舒未舒㉔，柔梢披风㉕，麦田浅鬣寸许㉖。游人虽未盛㉗，泉而茗者㉘，罍而歌者㉙，红装而蹇者㉚，亦时时有。风力虽尚劲㉛，然徒步则汗出浃背㉜。凡曝沙之鸟、呷浪之鳞㉝，悠然自得，毛羽鳞鬣之间㉞，皆有喜气。始知郊田之外，未始无春㉟，而城居者未之知也㊱。

夫能不以游堕事而潇然于山石草木之间者㊲，惟此官也㊳。而此地适与余近㊴，余之游将自始㊵，恶能无记㊶？己亥之二月也㊷。

《袁宏道集笺校》

[注释]

①满井是当时北京东北郊的一个风景区，因有一口名为"满井"的古井而得名。《长安客话》四记曰："出安定门，循古濠而东三里许，有古井一，径五尺余，飞泉突出，冬夏不竭，好事者凿石栏以束之。水常浮起，散漫四溢；井傍苍藤丰草，掩映小亭，都人探为奇胜。"本文作于明万历二十七年（1599）二月，文中记叙了游满井的所见，描绘了北京郊区初春的景色。 ②燕（yān）地：北京一带古属燕国，故称。 ③花朝（zhāo）节：民俗以农历二月十二日为百花生日（或谓二月初二、二月十五日），故称。 ④厉：尖利，意为透人肌骨。 ⑤时：时常。作：发作，这里指寒风刮起。 ⑥砾（lì）：碎石子。 ⑦局促：拘束。 ⑧驰行：快走。 ⑨辄（zhé）：总是，就。 ⑩廿（niàn）二日：指农历二月二

十二日。因前文已言及花朝节，文末又标明二月，所以这里省去月份。廿，二十。 ⑪和：和暖。与前文“余寒犹厉”相对。 ⑫偕：偕同。东直：即东直门，北京内城东面北边的一个城门。 ⑬夹堤：因柳树植于堤坝两旁，故言。 ⑭土膏：肥沃的土壤。润：湿润。因天寒时，土被冻结；此时天暖，冰冻化解，故言。 ⑮若脱笼之鹄（hú）：像飞出笼的鸟儿。指作者自己，承前文“局促一室之内，欲出不得”而言，形容自由愉快的心情。鹄，一种水鸟，即天鹅。 ⑯于时：在这时。冰皮：水表层的薄冰。解：溶解。 ⑰波色：水波的颜色。乍（zhà）：刚，才。 ⑱鳞浪：纹似鱼鳞的波浪。 ⑲晶晶然：清亮明洁的样子。新开：刚（从镜匣中）打开。泠（líng）光：清光。匣（xiá）：指镜匣。 ⑳晴雪：晴空下融化的雪水。 ㉑娟然：秀丽的样子。 ㉒妍（yán）：美丽。 ㉓倩（qiàn）女：美女。靧（huì）面：洗脸。髻鬟（jì huán）：女子头上挽束成环形的发髻。掠：梳理。 ㉔舒：舒展。 ㉕柔梢（shāo）：柔嫩的柳梢。披风：在风中散开。披，散。 ㉖浅鬣（liè）：指刚出土的麦苗。鬣，马颈上的鬃毛，这里比喻麦苗。 ㉗盛：众多。 ㉘泉：这里用作动词，指汲泉水。茗：茶，这里指煮茶而饮。 ㉙罍（léi）：酒器名，这里指举杯饮酒。 ㉚红装：穿着红衣裳。指妇女。蹇（jiǎn）：驴子，这里指骑驴。 ㉛劲：有力。 ㉜浃（jiā）：湿透。 ㉝曝（pù）沙：在沙上晒太阳。呷（xiā）浪：在水波上吸水。呷，吸饮。鳞：指鱼儿。 ㉞鳞鬣：指鱼类的鳞与背鳍。 ㉟未始无春：并非没有春意。这是承本文开头“燕地寒”而言。未始，未尝，并非。 ㊱城居：居住在城里。未之知：不知道这点。之，这，指“郊田之外，未始无春”。 ㊲夫（fú）：发语词，无义。堕（huī）事：耽误正事。堕，通“隳”，毁坏，败坏。潇然：无拘无束、悠闲自在的样子。 ㊳此官：指当时作者所任的顺天府教授，这是个闲散之职。 ㊴适：正好。与余近：与我的住处相近。当时作者住在东直房，故言。 ㊵将自始：将从此次游满井开始。 ㊶恶（wū）：怎么。记：指游记。 ㊷己亥：古时以天干地支相配纪年，此"己亥"指万历二十七年（1599）。

[评析]

　　本篇也是袁宏道山水游记小品的代表作之一，与《虎丘》相比，本文也有善于观察捕捉景致特征、笔调细腻工致、比喻新奇巧妙、语言清新流丽、写景中抒发感情等特点，但在具体表现以及其他方面，又有其十分鲜明的风格和魅力。

　　与《虎丘》重在描写人文景观不同，本文着力描绘的是春日京郊的自然风光。而欲写京郊春色之美、游春之乐，作者却先从城中余寒犹厉、飞沙走石而欲出不得之苦写起。这种欲扬先抑的写法，与《虎丘》开头略似，但《虎丘》是意在淡化自然景观，而本文则是意在反衬。这并非作者故弄玄虚、矫情作态，而是出于十分自然切实的感受和精巧的艺术构思。对于春天的感受，北方人与南方人颇有不同。南方四季常绿，冬无酷寒风沙、万物凋零之病，春则倒有春寒阴雨、泥泞潮湿之苦，故对春天并不特别敏感；而在北方，从天寒地冻到春暖花开，似乎就在几天之内换了乾坤，裹着棉袄在方寸之室憋屈了一个冬季的人们，终于能走出庭院，换上春装，尽情享受那明媚的春光。因此，当冬去而余寒犹厉时，他们对于即将到来的春天的按捺不住的渴望和为风沙所困而欲出不得的懊恼，是十分真切的。从艺术构思角度看，有了这一段的描写，才更显示出春天的可爱，更令人体会到作者为什么对景物的观察感觉是那么敏锐细致、笔底下流露出的心情是那么欣喜，那"一望空阔，若脱笼之鹄""始知郊田之外，未始无春，而城居者未之知也"的感受，也就实实在在地有了着落。

　　作者以十五个字简洁地点出时间、天气、人员、路径、地点，转入春游正题。先以"高柳夹堤，土膏微润，一望空阔，若脱笼之鹄"道出第一眼感觉、总体感受，是面的总写，然后再展开点的具体描绘。描绘又分两个层面：静态与动态。静态之景，写春水、春山、春柳、春田，这是最具春天信息的景物，因为在春风未度之前，水结冰而无波，山积雪而无翠，柳徒枝而无叶，田坚硬而无苗。如今，这一切全焕然一新，所以作者敏锐地抓住了这几个景物，并加以细致的描绘。写水，因"冰皮始解"而泛起波光鳞浪，清澈见底，并以明镜喻之，刻画其明光亮色；写山，因积雪消融而娟然秀丽，又以"倩女之靧面而髻鬟之始掠"为喻，更显其青翠欲滴、楚楚动人之态，而"洗""拭""掠"三个动词的使用，又将造物拟人，使之具有人的情感；写柳，则突出其在春风吹拂下"将舒未舒，柔梢披风"的特点，令人想见其嫩绿鹅黄迎风摇曳的柔媚可人之姿；写春田，"浅鬣寸许"，正抓住沃土初暖微润而麦苗始出之机，展现出一派田野新绿、欣欣向荣的勃勃生机。

在这波光粼粼、青山妩媚、弱柳迎风、田野新绿的春光美景中，出现了人物，描绘进入动景层次。写人物，先总叙"游人虽未盛"，可见游人也具有初春之初的特点，他们与作者一样是急不可耐的春天的第一批探访者。然后着重描绘三种人：有"泉而茗者"的清雅，有"罍而歌者"的豪爽，还有"红装而蹇者"的悠闲。这"红装而蹇者"的出现，尤为神来之笔，它不但抓住了北方农村的民俗特点，还在视觉上产生了"万里绿中点点红"的效果，而且又是骑着驴的红衣女子，这"点点红"就更加活泼而富有动感。"风力虽尚劲，然徒步则汗出浃背"，也正是这个时节的特点：乍暖还寒，但料峭寒风已挡不住春日和人心的融融暖意了。人如此，其他生灵亦然。作者又信笔描绘了鸟和鱼：鸟儿在沙滩上懒洋洋地享受着春日的和暖，鱼儿在水中调皮地逐波戏浪，它们既与春光美景融为一体，又似乎与人的情感息息相通，所以在作者眼里，它们的"毛羽鳞鬣之间，皆有喜气"。这一描写，作者采用了"心境物化"的手法。因为就客观事物而言，鸟、鱼是不可能具有人的情感的，更何况其羽毛鳞鳍，但由于作者自己心中充满了春天的喜悦，因此就"把他的心灵的定性纳入自然物里"（黑格尔《美学》），于是，客观事物也就成了他主观心灵的写照。这一层次的描写，使得原本就已十分明丽秀美的初春景色由于人物与鸟鱼的活动和作者情感的渗透而更加鲜活灵动、喜气洋溢，令人陶醉。于是作者由衷感慨："始知郊田之外，未始无春，而城居者未之知也。""始知"二字，道出了他在尽情领略大好春光后的深切感受，颇有辛词"城中桃李愁风雨，春在溪头荠菜花"（辛弃疾《鹧鸪天》）之韵味。因此，这番感慨既是对以上描绘的总结，也是对开头"欲出不得"的呼应。

袁宏道的山水游记，往往在抒发对山水自然的热爱向往之情中，表达其对官场的厌倦，这在《虎丘》一文中已有明显的体现。在本文末段，他也说道："夫能不以游堕事而潇然于山石草木之间者，惟有此官也。"他此时正任顺天府教授，是个闲散之职，但他不以此而懊恼，反而为因此有时间"潇然于山石草木之间"而庆幸，并声称"余之游将自此始"。这又一次明确表示，官场是束缚人心的羁绊，唯有山石草木才是他的"性灵"之所在。因此在本篇中，他笔底下所流溢的，不仅是醉人的春光，还是他潇洒旷达的真"性灵"。

徐文长传①

余一夕坐陶太史楼②，随意抽架上书，得《阙编》诗一帙③，恶楮毛书④，烟煤败黑⑤，微有字形。稍就灯间读之⑥，读未数首，不觉惊跃，急呼周望："《阙编》何人作者？今邪古邪⑦？"周望曰："此余乡徐文长先生书也。"两人跃起，灯影下读复叫，叫复读，僮仆睡者皆惊起⑧。盖不佞生三十年⑨，而始知海内有文长先生。噫，是何相识之晚也！因以所闻于越人士者⑩，略为次第⑪，为《徐文长传》。

徐渭，字文长，为山阴诸生⑫，声名藉甚⑬。薛公蕙校越时⑭，奇其才，有国士之目⑮。然数奇⑯，屡试辄蹶⑰。中丞胡公宗宪闻之⑱，客诸幕⑲。文长每见，则葛衣乌巾⑳，纵谭天下事㉑。胡公大喜。是时公督数边兵㉒，威震东南，介胄之士㉓，膝语蛇行㉔，不敢举头㉕；而文长以部下一诸生傲之，议者方之刘真长、杜少陵云㉖。会得白鹿㉗，属文长作表㉘，表上，永陵喜㉙。公以是益奇之㉚，一切疏记㉛，皆出其手。文长自负才略，好奇计，谈兵多中㉜，视一世士无可当意者㉝。然竟不偶㉞。

文长既已不得志于有司㉟，遂乃放浪曲糵㊱，恣情山水，走齐、鲁、燕、赵之地㊲，穷览朔漠㊳。其所见山奔海立㊴，沙起云行，风鸣树偃㊵，幽谷大都㊶，人物鱼鸟，一切可惊可愕之状㊷，一一皆达之于诗。其胸中又有勃然不可磨灭之气、英雄失路托足无门之悲㊸，故其为诗，如嗔如笑㊹，如水鸣峡，如种出土㊺，如寡妇之夜哭、羁人之寒起㊻。虽其体格时有卑者㊼，然匠心独出，有王者气㊽，非彼巾帼而事人者所敢望也㊾。文有卓识，气沉而法严㊿，不以模拟损才，不以议论伤格，韩、曾之流亚也㉛。文长既雅不与时调合㉜，当时所谓骚坛主盟者㉝，文长皆叱而奴之㉞，故其名不出于越，悲夫！喜作书，笔意奔放如其诗，苍劲中姿媚跃出，欧阳公所谓"妖韶女老，自有余态"者也㉟。间以其余，旁溢为花鸟㊱，皆超逸有致㊄。卒以疑杀其继室㊅，下狱论死㊆，张太史元汴力解乃得出㊇。

晚年愤益深，佯狂益甚㊈。显者至门㊀，或拒不纳㊁；时携钱至酒肆㊂，呼下隶与饮㊃。或自持斧击破其头，血流被面㊄，头骨皆折，揉之有声；或以利锥锥其两耳，深入寸余，竟不得死㊅。周望言晚岁诗文益奇，无刻本㊆，集藏于家㊇。余同年有官越者㊈，托以钞录，今未至。余所见者，《徐文长集》《阙编》二种而已。然文长竟以不得志于时，抱愤而卒。

石公曰㊀：先生数奇不已，遂为狂疾；狂疾不已，遂为囹圄㊁。古今文人牢骚困苦，未有若先生者也。虽然，胡公间世豪杰㊂，永陵英主㊃。幕中礼数异等㊄，是胡公知有先生矣；表上，人主悦，是人主知有先生矣。独身未贵耳㊅。先生诗文崛起，一扫近代芜秽之习㊆，百世而下，自有定论，胡为不遇哉㊇？梅客生尝寄余书曰㊈："文长吾老友，病奇于人，人奇于诗。"余谓文长无之而不奇者也，无之而不奇，斯无之而不奇也㊀，悲夫！

《袁宏道集笺校》

[注释]

①徐文长，即徐渭（1521~1593），字文清，后改字文长，号天池山人、青藤居士等，明代山阴（今浙江绍兴）人，是著名的文学家、戏剧家、书法家、画家。万历二十五年（1597），袁宏道辞去吴县县令后，漫游浙江杭州、绍兴一带，在绍兴友人陶望龄家见到徐渭的著作。万历二十七年（1599）春，他在北京，写下本文。他后来在给陶望龄的信中说："《徐文长传》虽不甚核，然大足为文长吐气。"（《答陶石篑》）　②陶太史：作者好友陶望龄，字周望，号石篑，会稽（今浙江绍兴）人。因

任职翰林院，故称太史。③帙（zhì）：包书的布套子，故称书一部为一帙。 ④恶楮（chǔ）：劣质的纸张。楮，树名，皮可造纸，故为纸的代称。毛书：拙劣的书写。 ⑤烟煤败黑：指字迹脱落。古代印书，有以烟煤和面粉替代墨汁的，年长日久，字迹就容易褪色脱落。 ⑥就：靠近。 ⑦邪（yé）：疑问助词。 ⑧僮（tóng）：未成年的仆人。 ⑨盖：助词，无义。不佞（nìng）：不才，古人对自己的谦称。 ⑩越：指今浙江一带地方。此地古代为越国，故称。 ⑪次第：编排整理。 ⑫诸生：入学的生员，通称秀才。 ⑬藉甚：同"籍甚"，盛大。 ⑭薛公蕙：薛蕙，字君采，官至吏部考功司郎中，曾任绍兴府乡试主考官。校（jiào）：考核，主试。 ⑮国士：国中杰出之士。目：称誉。 ⑯数奇（jī）：命运不好。数，命数。奇，与偶相对，偶为相遇，奇则为不遇合。 ⑰试：应试，指参加科举考试。蹶（jué）：摔倒，意为失败。 ⑱中丞：古代官名，明清时用以对巡抚的尊称。胡公宗宪：胡宗宪，字汝贞，绩溪（今属安徽）人，明嘉靖进士，曾任浙江巡抚，总督军务，率兵抗倭。后因依附奸相严嵩，严被治罪，他也入狱而死。 ⑲客：幕客，幕僚。这里用作动词，意为以之为幕客。幕：幕府，将军的府署。古时军队出征，将军以帐幕为府署，故称。 ⑳葛衣乌巾：葛布衣，黑纱头巾。这是平民的服饰，表明徐渭仍保持平民身份。 ㉑谭：同"谈"。 ㉒督数边兵：督领好几个边防重镇的军事。当时胡宗宪总督江南、江北、浙江、山东、福建、湖广诸军抗倭。 ㉓介胄（zhòu）之士：指将官。介，铠甲。胄，头盔。 ㉔膝语蛇行：跪着说话，伏地而行，形容将官们对胡宗宪的敬畏。 ㉕举头：抬头。 ㉖议者：议论的人们。方：比拟。刘真长：东晋时名士刘惔，字真长，简文帝司马昱为宰相时，待之为上宾。杜少陵：即唐代诗人杜甫。杜甫曾居于少陵西，自称"少陵野老"，后人遂以"少陵"称之。刘、杜皆品行高尚，傲视权贵。 ㉗会：适逢。得白鹿：嘉靖三十八年（1559），胡宗宪在舟山捉获两只白鹿，以为祥瑞，献给嘉靖皇帝。㉘属（zhǔ）：托付。表：章表，一种给皇帝的奏书。㉙永陵：嘉靖皇帝的陵墓。古代常以陵墓名代称该皇帝。㉚益：更加。㉛疏记：疏表奏记之类的文书。㉜中（zhòng）：切中，即结果与预期的一样。㉝当意：合意，满意。㉞不偶：与上文"数奇"的"奇"同义。徐渭虽深受胡宗宪器重，但始终只是幕客，未能谋得一官半职，所以说"不偶"。㉟有司：官府。㊱放浪：放纵。曲蘖（qū niè）：酒曲，酒母。这里指代酒。㊲齐、鲁、燕、赵：皆古诸侯国名，约指今山东、河北一带地方。㊳穷：穷尽。朔漠：北方沙漠地带。朔，北方。徐渭曾于万历四年（1576）应宣化巡抚吴兑之邀，作客宣化。该地在今河北北方，时为边防重镇。㊴山奔：形容山势高峻逶迤如奔驰状。海立：形容海浪腾空似直立状。㊵偃（yǎn）：倒伏。㊶幽谷：幽深的山谷。大都：大都市。㊷愕（è）：惊恐。㊸勃然：猛烈兴盛的样子。托足：托身投靠。㊹嗔（chēn）：怒，生气。㊺如种出土：如种子破厚土而出。比喻顽强不可抑制。㊻羁（jī）人：客游他乡之人。寒起：意为夜中因孤单寒冷，难眠而起。㊼体格：风格，格调。卑：低下，弱。㊽王者气：王侯气概。形容诗歌中有一股不可一世的至尊精神和高昂气势。㊾巾帼（guó）而事人：像妇女一样侍候人。比喻矫揉造作以取悦世人的世俗文人。望：企望。㊿气沉：气韵沉雄。法严：法度严谨。㉛韩、曾：指唐代的韩愈和宋代的曾巩，他们都是著名的古文家，名列"唐宋八大家"。流亚：同流，同类。㉜雅：素来，一向。时调：当时盛行的风气。指复古模拟之风。㉝骚坛主盟者：主持诗坛者，诗坛领袖。指"后七子"首领李攀龙、王世贞等人。骚坛，诗坛。因屈原《离骚》而称。㉞叱（chì）：呵斥。奴之：以之为奴。意为蔑视他们。㉟欧阳公：即宋代文学家欧阳修，"唐宋八大家"之一。妖韶女老，自有余态：欧阳修诗

《水谷夜行寄子美圣俞》："譬如妖韶女，老自有余态。"这是评苏舜钦的诗歌，意为苏诗如美女，虽老亦风韵犹存。这里借指徐渭的书法。 (56)旁溢：另外。花鸟：花鸟画。 (57)超逸有致：高远脱俗有情趣。 (58)卒：最终，后来。以疑杀其继室：嘉靖四十五年（1566），徐渭疑其继妻张氏不贞，将她杀死。 (59)论死：判死罪。 (60)张太史元汴（biàn）：张元汴，字子荩，任翰林修撰，故称太史。 (61)佯（yáng）狂：装疯。徐渭之疯，或真或假。 (62)显者：有权势地位的人。 (63)或：有时，有的。纳：允许进入，接待。 (64)时：时常。酒肆：酒店。 (65)下隶：地位低贱的差役。 (66)被：覆盖。 (67)竟：竟然。 (68)刻本：刻板印刷的版本。 (69)集：作品集。 (70)同年：同科考取者的互称。 (71)石公：作者的号。司马迁作《史记》，往往在人物传记后以"太史公曰"云云发表评论，遂成通例。这里也是沿用此例。 (72)囹圄（líng yǔ）：监狱。 (73)间（jiàn）世豪杰：意为几十年才出现一个的豪杰。间，间隔。世，古以三十年为一世。 (74)英主：英明之君。 (75)礼数异等：所受的礼遇优异于他人。 (76)独：只是。身：身份，名分。 (77)芜秽：杂乱污浊。 (78)胡为：何为。不遇：不得好机会，犹言"生不逢时"。 (79)梅客生：作者好友梅国桢，字客生，官兵部右侍郎。 (80)奇：这里音jī，即"数奇"，与前几句之"奇（qí）"不同。

[评析]

徐渭是著名的诗人、散文家、戏剧家、书法家、画家，在中国文学史、戏剧史、艺术史上都有很高的地位。然而他生前困顿潦倒，不为世俗所容，死后被人淡忘，诗文被尘埋。是袁宏道重新发现了他，写下这篇传，并为他刊刻文集，使他声播于时，名扬于后。明末清初文学家钱谦益在《列朝诗集小传》中说："微中郎，世岂复知有文长！"这话一点不假。

文长其人，若以一言蔽之，就是"奇"。他人奇、诗奇、文奇、书奇、画奇，本文即扣紧这个"奇"字来写。作品开头，传主文长这个奇人尚未出场，就先有一番"奇遇"：作者在随意翻书时，发现了一本"恶楮毛书，烟煤败黑，微有字形"的奇书。若是常人，也许就不屑一顾而忽略了；但偏是作者好奇，越是这样的奇书他越感兴趣，这才有了下文。只见他读未数首，便惊奇跃起，顾不得夜深人静，在灯下又读又叫，相识恨晚。可见作者也是个奇人，这叫奇人奇遇奇书，于是便有了这篇奇文。一篇小文章重振一个大人物，由此改写一部文学史、艺术史，能说不奇吗？

这个奇遇，是个悬念，下文便写文长的种种奇闻奇事。当然，作者好文长之奇，并非嗜痂成癖、猎奇求趣，而是由于文长之奇有深刻的社会背景和意义。在那样一个令人窒息的时代，"奇"往往就意味着不同俗流，甚至是叛逆、异端。如对于胡宗宪这样权倾一时、威震东南的权贵，别人是媚之唯恐不得，连手下将官都"膝语蛇行，不敢举头"；而他不过一介布衣书生，却敢于"傲之"，以葛衣乌巾与之纵谈天下事。有显者登门拜访，这对常人尤其是像他这样的不得志之人，是何等荣耀之事；而他偏不买账，拒之门外，却宁愿掏钱买酒，"呼下隶与饮"。当时诗坛盛行复古模拟，而他偏是"不与时调合"，独抒性灵，如嗔如笑，写"一切可惊可愕之状"，抒自己胸中"勃然不可磨灭之气""英雄失路托足无门之悲"。对于当时的文坛领袖，他非但不巴结逢迎，反倒是"皆叱而奴之"。甚至他晚年佯狂，以斧头利锥自残，也是一个被逼疯了的"狂人"对现实社会的悲愤抗争。这样的奇人，是当时的社会所断断不容的，因此他虽然曾得考官薛蕙、总督胡宗宪甚至嘉靖皇帝的赏识，但这不过是以其奇才聊博一些略有见识者的一时之欢，而他不幸的命运，却是注定了的。所以作者在文末说他"无之而不奇，斯无之而不奇也"，这是理所当然、丝毫不奇的，这也是像他这样的文人学子所共有的命运和遭遇。对于不满世风、张扬个性、倡导革新的作者来说，文长的"奇"，正与之志趣相投，故大加激赏，引为同调。这一点与前篇《叙小修诗》一文完全一致。事实上，徐渭与"异端"思想家李贽等人是"公安三袁"的先驱，读者只要参看本书所选他们的作品和有关评述，便可明白。作者在"石公曰"中高度评价徐渭的作品"一扫近代芜秽之习，百世而下，自有定论"，确是远见卓识。明人陆云龙评曰："摹其品，衡其诗，俱千秋定案。"（《翠娱阁评选袁中郎先生小品》）文学史的发展证实了这一点。

写人物传记，司马迁的《史记》是公认的典范，尤其像《项羽本纪》《高祖本纪》《李将军列传》等经典佳篇，那泾渭分明的爱憎、激扬悲慨的感情，不知感动了几代人。本文也是这样，写的是徐渭的传，却无处不在抒发作者个人的"性灵"。开头写发现徐渭作品，那惊喜雀跃又读又叫的激动之态和相见恨晚的仰慕之情，令人如同亲见。中间正文介绍徐渭的诗文、行状、遭遇等和末尾的"石公曰"，字里行间，无不洋溢着对徐渭的激赏和赞誉，抒发着他的同情与悲愤。正如陆云龙所说："传中亦多悲愤语不欲竟之像。"（同上）此外，本文的语言也极为精彩。如写徐渭诗歌内容，"山奔海立，沙起云行，风鸣树偃，幽谷大都，人物鱼鸟，一切可惊可愕之状"，十分简洁，却鲜明生动。又如写徐渭诗歌风格，"如嗔如笑，如水鸣峡，如种出土，如寡妇之夜哭、羁人之寒起"，一连几个比喻，形象贴切，新鲜而又生动。最后"无之而不奇，斯无之而不奇"一语，巧妙利用"奇"字的多义性，极为简练警譬，又新奇自然，令人叫绝。

拙效传①

石公曰②：天下之狡于趋避者③，兔也，而猎者得之④；乌贼鱼吐墨以自蔽⑤，乃为杀身之梯⑥。巧何用哉⑦？夫藏身之计⑧，雀不如燕⑨；谋生之术⑩，鹳不如鸠⑪，古记之矣。作《拙效传》。

家有四钝仆⑫，一名冬，一名东，一名戚，一名奎。冬即余仆也，掀鼻削面⑬，蓝眼虬须⑭，色若绣铁⑮。尝从余武昌⑯，偶令过邻生处⑰，归失道⑱，往返数十回，见他仆过者，亦不问。时年已四十余。余偶出，见其凄凉四顾如欲哭者⑲，呼之，大喜过望⑳。性嗜酒㉑。一日家方煮醪㉒，冬乞得一盏㉓，适有他役㉔，即忘之案上㉕，为一婢子窃饮尽㉖。煮酒者怜之，与酒如前㉗。冬伛偻突间㉘，为薪焰所着㉙，一烘而过㉚，须眉几火㉛。家人大笑，仍与他酒一瓶㉜。冬甚喜，挈瓶沸汤中㉝，俟暖即饮㉞；偶为汤所溅，失手堕瓶，竟不得一口，瞠目而出㉟。尝令开门，门枢稍紧㊱，极力一推，身随门辟㊲，头颅触地，足过顶上，举家大笑㊳。今年随至燕邸㊴，与诸门隶嬉游半载㊵，问其姓名，一无所知。

东貌亦古㊶，然稍有诙气㊷。少役于伯修㊸。伯修聘继室时㊹，令至城市饼㊺。家去城百里，吉期已迫，约以三日归。日晡不至㊻，家严同伯修门外望㊼。至夕，见一荷担从柳堤来者㊽，东也。家严大喜，急引至舍，释担视之㊾，仅得蜜一瓮㊿。问饼何在，东曰："昨至城，偶见蜜价贱，遂市之；饼价贵，未可市也。"时约以明纳礼(51)，竟不得行(52)。

戚、奎皆三弟仆(53)。戚尝刈薪(54)，跪而缚之，力过绳断，拳及其胸，闷绝仆地(55)，半天始苏(56)。奎貌若野獐(57)，年三十，尚未冠(58)，发后攒作一纽(59)，如大绳状。弟与钱市帽，奎忘其纽(60)，及归，束发加帽，眼鼻俱入帽中，骇叹竟日(61)。一日，至比舍(62)，犬逐之，即张空拳相角(63)，如与人交艺者(64)，竟啮其指(65)。其痴绝皆此类。

然余家狡狯之仆(66)，往往得过(67)，独四拙颇能守法。其狡狯者，相继逐去，资身无策(68)，多不过一二年，不免冻馁(69)。而四拙以无过，坐而衣食(70)，主者谅其无他(71)，计口而受之粟(72)，唯恐其失所也(73)。噫，亦足以见拙者之效也！

《袁宏道集笺校》

[注释]

①本文大约作于万历二十六年（1598），时作者在北京任顺天府教授。文中记其家中四位笨拙的奴仆的琐事，故曰“传”；四仆因“拙”而无过，得主人长期留用资养，不致失所冻饿之“效”，故曰“拙效”。②石公：作者的号。③趋避：追逐利益而逃避祸害。④得：指捕获。⑤乌贼鱼：即墨鱼，生活于海中，其体内有墨囊，遇敌则放出墨汁，使周围海水变黑，以掩护自己逃跑，故有此俗称。蔽：掩护。⑥梯：梯子，这里比喻导致墨鱼被杀的因由。梯子能助人登上难以到达的高处，而墨鱼虽以吐墨掩护自己，却也因此有助于捕者知道其所在的范围，进而达到捕获的目的，故以梯子相喻。⑦巧：机智灵巧。这里与“狡”同义而与“拙”相对。⑧夫（fú）：助词，用于句首，表示将发议论。⑨雀不如燕：麻雀灵巧，利用屋檐墙洞等藏身，但往往为人所捕杀；而燕子衔泥

垒窝，显得笨拙，但人们却爱护它而不加伤害，故言"藏身之计，雀不如燕"。⑩术：技术，手段。⑪鹳（guàn）不如鸠（jiū）：鹳鸟形似白鹤，体态轻盈灵巧，但以鱼虾等动物为食，觅食不易；而鸠鸟性笨拙，不善筑巢，但占据其他鸟类之巢居住，而且以草籽谷物等为食，觅食较易，故言"谋生之术，鹳不如鸠"。⑫钝（dùn）：迟钝，愚笨。⑬掀鼻：鼻头上翘而鼻孔朝前，即"朝天鼻"。削面：面孔瘦削。⑭虬（qiú）须：鬈曲的胡须。⑮色若绣铁：肤色棕红如铁锈。绣，当为"锈"之误。⑯从：随从。⑰过：探访，到某人处。邻：这里意为附近。生：对读书人的称呼。⑱失道：迷路。⑲四顾：前后左右地张望。顾，转头看。⑳大喜过望：为意想不到的结果而十分高兴。过望，出乎意料。㉑嗜（shì）：嗜好。㉒方：正在。醪（láo）：汁与糟混合的酒，俗称酒酿。㉓乞：讨。盏：小酒杯。㉔适：正好，恰好。他：其他。役：差事。㉕案：狭长的桌子，几案。㉖为：被。㉗与：给。如前：意为像前一回那样给他一盏酒酿。㉘伛偻（yǔ lǚ）：弯腰曲背。突：烟囱，这里当指灶口。㉙薪：柴草。着（zhuó）：接触到。㉚烘：焚烧。㉛几（jī）：几乎。火：燃烧起来。㉜他：其他，另外一种。㉝挈（qiè）：提。㉞俟（sì）：等待。㉟瞠（chēng）目：瞪着眼睛。㊱门枢（shū）：门轴。㊲身随门辟（pì）：身体随着门开而倒下。辟，开。㊳举家：全家。㊴燕邸（yān dǐ）：在北京的官邸。作者于万历二十六年（1598）三月到北京，任顺天府教授，住在东直房。燕，燕京，北京的别称，北京一带古属燕国，故称。㊵门隶：看门的奴仆。㊶古：古拙，这里意为粗朴憨厚。㊷诙气：诙谐之气，滑稽感。㊸役：奴役，使唤。伯修：作者之兄袁宗道，字伯修。㊹聘：定婚。继室：后妻。㊺市：购买。饼：面条、饽饽等面食的通称。明人王三聘《古今事物考·饮食》："《杂记》曰：凡以面食为食具者皆谓之饼，故火烧而食者呼为烧饼，水瀹而食者呼为汤饼，笼蒸而食者呼为蒸饼，而馒头谓之笼饼是也。"今则专指圆扁形、"火烧而食"者，但北方民间仍有称面条为"汤饼"的。　㊻晡（bū）：近黄昏时。　㊼家严：家父。子女对别人称呼自己的父亲。　㊽荷（hè）担：挑担。　㊾释：放下。　㊿瓮（wèng）：一种大肚小口的陶制容器。　㉛明：第二天。纳礼：指送聘礼。　㉜行：指送去聘礼。　㉝三弟：指作者之弟袁中道，在兄弟中排行老三。　㉞刈（yì）薪：砍柴。　㉟闷绝：气闷而临时停止呼吸。　㊱苏：苏醒。　㊲獐（zhāng）：动物名，似鹿而小，头小而尖，无角。　㊳冠（guàn）：行冠礼。古代男子二十岁时要举行加冠礼，把头发盘在头顶，加冠（戴帽），表示成年。　㊴攒（cuán）：集聚。　㊵奎忘其纽：意为奎忘了扣除脑后发纽的尺寸，按照脑袋连同发纽的大小买帽子。故下文说他回家束发加帽时，由于脑后无纽，帽子就显得太大，结果"眼鼻俱入帽中"。　㊶骇（hài）：这里当同"咳"，叹气之声，类似今之"嗨"。竟日：终日，整天。　㊷比舍：隔壁人家。　㊸角（jué）：角斗。　㊹交艺：武术活动中交手比试武艺。　㊺啮（niè）：咬。　㊻狡狯（kuài）：狡诈奸猾。　㊼过：罪过，过错。　㊽资身：养活自己。策：办法。　㊾馁（něi）：饥饿。　㊿坐而衣食：意为被长期留用在家而安安稳稳地有吃有穿。　㉛谅：体谅。他：其他，指其他生活来源。　㉜计口：按人口计算。言外之意是并非按他们的劳动给报酬，而是要确保他们家小的衣食。受：通"授"，给予。粟（sù）：小米，泛指粮食、口粮。　㉝失所：失去安身之处。

[评析]

　　司马迁作《史记》，为游侠、刺客等社会下层人物立传，至今为人们所称道，是因为这些人地位虽低，但人有英雄之美名，事有壮烈之流韵。袁中郎所作本篇传记的传主，论地位，是最最下等且又愚不可及的奴仆；

论事迹，尽是些鸡毛蒜皮而令人发噱的蠢事；论名气，则可能除他们的主人外无人知晓。既如此，大名鼎鼎的袁中郎为何要为他们立传？本文的价值又何在呢？

首先是叙述生动风趣，形象鲜明。这四位传主，都是拙仆，但各有各的拙法，经作者绘声绘色的描写，活灵活现，呼之欲出。冬是作者自己的仆人，故作者对他"情有独钟"，所费的笔墨最多，形象也最生动。冬之拙，可概括为一个"笨"字。除相貌奇丑外，作者写了他四件事，二详二略。第一件，是迷路之事。四十多岁的人了，迷了路，只知道几十趟地来回走，也不知道询问他人，作者"见其凄凉四顾如欲哭者，呼之，大喜过望"。这几句写其表情变化，简练传神，令人如同亲见。第二件是三次得酒而不得饮之事。先是好不容易讨得一杯，却因有事而忘，亦可谓忠于职守；婢子敢于偷饮，也无非是欺他傻。又得了一杯，却只顾弓身饮酒而忘了灶火，结果差点把胡须眉毛都烧了，令人忍俊不禁。再得一瓶，则纯因笨手笨脚，掉了酒瓶，一口也没喝上。"瞠目而出"一语，形象地刻画出他自生闷气无可奈何的神情。另两件虽也足见其笨，但却略写。有详有略，方得章法。东之拙，可概括为一个"痴"字。痴者，一点着迷也。这从他"貌亦古，然稍有诙气"已稍见端倪。所谓"诙气"，就是我们今天说的"幽默感""滑稽相"，这种人往往会出些令人意想不到的洋相。作者就抓住这一点来刻画，举了件买饼的事。东虽傻，却像猪八戒一样偏爱自作聪明。主人把买聘礼的大事郑重其事地交给他，他却着迷于"蜜价贱"，结果误了大事，还自以为得计。作者写这件事，完全符合幽默的原理：先是强调事情的重要、时间的紧迫，而东却迟迟不归，让人产生心理期待；然后写直到最后一刻东终于回来了，"家严大喜"，让人心理期待解决；却不料东买回来的不是饼而是蜜，刚才的"期待解决"原来是个"骗局"，于是期待与结果发生巨大的落差，便产生了悬念；最后东说了一通合情不合理的"歪理",于是落差便在这"歪理"所在的空间出人意外地"扯平"了,幽默也就产生了。作者具体地描述了东的"歪理","昨至城,偶见蜜价贱,遂市之;饼价贵,未可市也",从中不难想象他那一本正经的傻相和众人哭笑不得的表情。至于戚和奎,则可分别概括为"蠢"和"呆"。蠢则只有蠢力气,不会使巧劲,结果差点送了一条蠢命。呆则死心眼不知变化,买帽子忘其纽,把狗当人斗,等等。总之,这四条傻汉,各呈其傻,个个傻得冒烟,又个个傻得可爱。

其次是寓庄于谐,富有哲理。这是作者的主观动机。作者写这四拙的笑话,并非为了佐酒解闷寻开心,而是旨在提出一个生活哲理:拙之效。关于拙与巧的问题,先哲庄子在其开宗明义的《逍遥游》中就谈到狸狌因机警善跳而中机辟、樗树以臃肿无用而成大用的道理,此外还有直木先伐、甘井先竭等,民间也有"聪明反被聪明误""傻人自有傻福气"等格言。本篇则是以活生生的人和事,印证了这一道理。所以文章开头,作者就以狡兔墨鱼雀燕鹳鸠等事为引,直言作本篇之用意。在说完四拙的故事之后,作者又照应开头话题,拿其家狡狯之仆与四拙相比:狡狯者因其巧而往往得过,终遭驱逐,有冻馁之忧;四拙却因其拙而忠直无过,遂得"坐而衣食"。可见,弄巧者成拙,守拙者善全,前人之语非妄矣!

山居斗鸡记①

余向在山居②,南邻一姓金氏,隐于椽③,爱畜美鸡④。一姓蒋氏,隐于商,从燕地归⑤,得一巨鸡。燕地种原巨⑥,而此巨特甚,足高尺许⑦，粗毛厉嘴⑧，行迟迟，有野鸡状，婆娑可人⑨。群鸡见之，辄避去⑩。独㨿隐家一鸡，纵步饮啄如常，玉羽金冠，娟然更又可人⑪。然其体状，较之巨鸡，止可五之一⑫。巨鸡遇之，侮其小，随意加啅⑬。美鸡体状虽小，气不肯下，便跃起斗。巨鸡张翅雄视，时欲即下⑭；美鸡惟凝意抵防⑮，不敢重发⑯。于是各张武勇⑰，且前且后⑱，两两相持，每费余刻⑲。

巨鸡或逞雄一下⑳，美鸡自分不能当㉑，即乘来势，从匿巨鸡跨下㉒，避其冲甚巧。巨鸡一时不知美鸡置身何所，美鸡从巨鸡尾后腾起㉓，乘其不意，亦得一加于巨鸡㉔。巨鸡才一受毒，便怒张扑来；美鸡巧不及避㉕，乃大受荼毒㉖。余自初观斗至此，大抵见美鸡或得一捷㉗，则大生欢喜，且睁睁盼美鸡或再捷；而卒不可得㉘，而亦终不想及为之所㉙。

美鸡将不堪㉚，余政在烦恼间㉛，有童子从东来，停足凝眸㉜，既而抱不平，乃手搏巨鸡㉝，容美鸡恣意数啅㉞，复大挥巨鸡几掌。巨鸡失势遁去㉟，美鸡乘势蹴其后㊱，直抵其家㊲。须臾㊳，巨鸡复还追美鸡至斗所㊴，童子仍前如是㊵。

如是再四㊶，适两书生过㊷，见童子谆谆用意为此㊸，乃笑曰："我未见人而乃与畜类相搏以为事也㊹。"童子曰："较之读书带乌纱与豪家横族共搏小民㊺，不犹愈耶㊻？"两书生愧去。

余久病未尝出里许，此间锄强扶弱豪行快举㊼，了不得见㊽，见此以为奇，逢便说说，而人笑余亦笑，人不笑余亦笑，笑而跳，竟以此了一日也㊾。

《袁中郎全集》

[注释]

①本文是作者写其闲居山间时所见两鸡相斗的情景,从中寓以锄强扶弱的深意。但有人认为本文非袁宏道所作,故钱伯城《袁宏道集笺校》中未收入。　②向:先前。　③隐于掾(yuàn):意为任某个衙门的属官。甘做无权无势的属官,与隐居者不求显达差不多,故称"隐"。下文"隐于商",类此。掾,属官。　④畜:饲养。　⑤燕(yān):指今北京一带地区,因古为燕国,故称。　⑥种(zhǒng):指鸡的品种。　⑦许:表示大约的数量,犹言"左右"。　⑧厉:尖利。　⑨婆娑(suō):姿态优美的样子。可人:令人喜爱。　⑩辄(zhé):就,总是。　⑪娟然:美好的样子。　⑫止:只。可:大约。　⑬啅(zhuó):通"啄"。　⑭下:指往下攻击。因其体高大而对方矮小,故言。　⑮凝意:集中注意力,专心。抵防:防御。　⑯重(chóng):重新,再次。一本作"轻",轻易,亦可。发:发作,指跃起相斗。　⑰张:显示而不发作,如箭张弓而不射出。

⑱且前且后:意为一方前进,另一方就后退,如此互相反复。　⑲余刻:即刻余,一刻多时间。　⑳逞雄:指逞强进攻。　㉑自分:自我料定。当:抵挡。　㉒从:随即。匿(nì):躲藏。跨下:即胯下,两腿之间。　㉓腾:跳跃。　㉔一加于巨鸡:给巨鸡一个攻击。　㉕巧不及避:意为其灵巧还达不到能躲过这一扑的程度。　㉖荼(tú)毒:残害。　㉗大抵:凡是。或:有时。捷:胜利。　㉘卒:最终。　㉙为之所:为它作个安排,意即设法让它取胜。　㉚不堪:支持不住。　㉛政:同"正"。　㉜凝眸(móu):注视。　㉝搏:捕捉。　㉞容:容许,让。　㉟遁(dùn):逃。　㊱蹑(niè):追踪。　㊲抵:抵达。　㊳须臾(yú):不久。　㊴斗所:刚才相斗的地方。　㊵仍前如是:仍然像上次那样帮助美鸡。　㊶再四:指多次重复。　㊷适:恰好,适逢。　㊸谆(zhūn)谆:执着不倦的样子。　㊹人:意谓作为人,身为人类。乃:竟然。畜

(chù)：畜牲。搏：斗。以为事：把这当作一件事来做，意为这么认真地做这件事。 ㊺带乌纱：指做官。乌纱，乌纱帽，古为官帽。豪家横(hèng)族：指地方上的豪强。横，强横。 ㊻愈：更甚，超过。 ㊼豪行快举：豪壮而大快人心的行为举动。 ㊽了：全然。 ㊾了：结束，终了。

[评析]

  本文是否中郎所作，已属次要，重要的是，它是一篇极为生动有趣、寓意深远的叙事小品。

  作者笔下的这两只鸡，都很有个性。巨鸡身材高大，粗毛厉嘴。"行迟迟"，写出它矜持高傲之态；"婆娑可人"，又刻画了它华丽威武的雄姿。然而此鸡外貌虽美，德性却极劣，恃强凌弱，蛮横暴虐，对于体貌仅其五分之一却偏对它不买账的美鸡，更是必欲去之而后快。在相斗中，此鸡徒逞匹夫之勇，故时被对方钻了空子，吃了些亏；但毕竟威武强悍，终占上风。最后由于敌不过童子，"失势遁去"，可见它是强而不顽，遇见更强者，它就失去了"成仁"的勇气。

  美鸡虽身体娇小，却志向不凡。巨鸡逞强霸道，它偏不放在眼里，"纵步饮啄如常"，显示了其不畏强暴的个性。见巨鸡挑衅，它不甘示弱，奋起反抗。它不但有勇，而且有智，深知自己的实力，故"惟凝意抵防，不敢重发"。当巨鸡逞强发起攻击，它机智地避开，而且利用对方体大不灵活的弱点，索性躲到对方的胯下，乘对方彷徨不备时，发动攻击，真令人叫绝。然而它毕竟弱小，终"大受荼毒"。在"将不堪"时，有童子相助，它便乘机大报其仇，甚至紧追穷寇，直抵其家。这些又显示了它的倔强执着。

  于是二鸡一强一弱，一猛一智，斗得紧张激烈，作者也描绘得有声有色，扣人心弦。在童子出现之前，作品描写的基本是斗鸡的场面，即便是作者自述其为美鸡的得胜而高兴，并希望它再胜，这也是人们同情弱者的正常心理,还看不出作品有什么深意。

童子的到来,使得"鸡运"大转,文章也柳暗花明,别开生面。童子严惩了强横者,帮助了弱小者,令人心大快。由此招来了两书生的嘲笑,也引出了童子的妙语:"较之读书带乌纱与豪家横族共搏小民,不犹愈耶?"至此,文章的主题才显山露水,人们才恍然大悟,前面斗鸡场面的精彩描写,原来是为"锄强扶弱豪行快举"的深切用意所作的铺垫和蓄势。

由此可见,文章明写斗鸡,实为表达作者"锄强扶弱"的愿望。全文情节跌宕起伏,辗转多姿,妙趣横生,引人入胜,曲终奏雅,自然深刻,耐人寻味,堪称妙笔佳构。

袁中道

袁中道(1570~1626),字小修,与兄宗道、宏道并称"公安三袁"。自幼聪慧,十岁余即赋《黄山》《雪》五千余言,知名于时。十六岁中秀才,但此后一直失意于科场,直到三十四岁时方中举。万历四十四年(1616)中进士,授徽州府教授,国子博士,官至南京吏部郎中。其文学主张与其兄基本相同,有《珂雪斋集》。

西山十记①(选二)

记一

出西直门②,过高梁桥③,杨柳夹道,带以清溪④。流水澄澈,洞见沙石⑤;蕰藻萦蔓⑥,鬣走带牵⑦;小鱼尾游⑧,翕忽跳达⑨。亘流背林⑩,禅刹相接⑪,绿叶秾郁⑫,下覆朱户⑬,寂静无人,鸟鸣花落。

过响水闸,听水声汩汩⑭。至龙潭堤,树益茂⑮,水益阔,是为西湖也⑯。每至盛夏之月,芙蓉十里如锦⑰,香风芬馥⑱,士女骈阗⑲,临流泛觞⑳,是为胜处矣㉑。

憩青龙桥㉒。桥侧数武有寺㉓,依山傍岩,古柏阴森,石路千级。山腰有阁,翼以千峰㉔,萦抱屏立㉕,积岚沉雾㉖。前开一镜㉗,堤柳溪流,杂以畦畛㉘,丛翠之中㉙,隐见村落㉚。

降临水行㉛,至功德寺,宽博有野致㉜;前绕清流,有危桥可坐㉝。寺僧多习农事，日已西，见道人执畚者插者带笠者野歌而归㉞。有老僧持杖散步塍间㉟，水田浩白㊱，群蛙偕鸣。嘻，此田家之乐也，予不见此者三年矣！夜遂宿焉。

记二

功德寺循河而行，至玉泉山麓㊲。临水有亭，山根中时出清泉，激喷巉石中㊳，悄然如语。至裂帛泉，水仰射，沸冰结雪㊴，汇于池中。见石子鳞鳞㊵，朱碧磊珂㊶，如金沙布地㊷、七宝妆施㊸，荡漾不停，闪烁晃耀。注于河，河水深碧泓渟㊹，澄澈迅疾，潜鳞了然㊺，荇发可数㊻。两岸垂柳，带拂清波㊼。石梁如雪㊽，雁齿相次㊾。间以独木为桥，跨之濯足㊿，沁凉入骨(51)。

折而南，为华严寺，有洞可容千人，有石床可坐。又有大士洞，石理诘曲(52)，突兀奋怒(53)，较华严洞更觉险怪。后有窦(54)，深不可测。其上为望湖亭，见西湖明如半月，又如积雪未消。柳堤一带(55)，不知里数，袅袅濯濯(56)，封天蔽日。而溪壑间民方田作(57)，大田浩浩，小田晶晶。鸟声百啭(58)，杂华在树(59)，宛若江南三月矣。

循溪行，至山将穷处(60)，有庵，高柳覆门，流水清激；跨水有亭，修饬而无俗气(61)。山余出巉石(62)，肌理深碧(63)。不数步见水源，即御河发源处也(64)，水从此隐矣。

《珂雪斋集》

［**注释**］

①西山是北京西北郊群山的总称，包括百花山、灵山、妙峰山、香山、翠微山、卢师山、玉泉山等。袁中道在北京时，遍游西山，并写下十

篇游记,这里选其中记一、记二两篇。 ②西直门:北京内城靠西北的一个城门。 ③高梁桥:在西直门外,跨高梁河上。 ④带:映带,景物之间相互关联而彼此映衬。 ⑤洞:透彻,清晰。 ⑥蕴(yùn)藻:蕴藏水底的水草。萦(yíng)蔓:萦绕的藤蔓。 ⑦鬣(liè):马鬃毛,比喻水草。走:这里意为飘动。带:带子。 ⑧尾:尾随。 ⑨翕(xī)忽:迅疾的样子。跳达:同"挑达",自由往来的样子。 ⑩亘(gèn):横贯。背:背靠。 ⑪禅刹(chà):佛寺。 ⑫秾郁(nóng yù):草木茂盛的样子。 ⑬朱户:红色的门。指庙门。 ⑭汩(gǔ)汩:流水声。 ⑮益:更加。 ⑯西湖:即今北京颐和园内的昆明湖。 ⑰芙蓉:荷花。锦:一种色泽艳丽的丝织品。 ⑱馥(fù):馥郁,芳香。 ⑲士女:男女。骈阗(pián tián):络绎不绝的样子。 ⑳临流泛觞(shāng):古人一种野外饮酒活动,众人面临溪流曲水而坐,将酒杯放在流水上,让它任意漂流,流至谁的面前停住,谁就饮酒。这里当泛指水边宴饮。觞,酒杯。 ㉑胜:佳,妙。 ㉒憩(qì):休息。青龙桥:在今颐和园西北。 ㉓武:古人称"半步为武",但古人以跨出一脚、再跨出另一脚为一步,故所谓"半步为武",实则今之一步。 ㉔翼以千峰:以千峰为羽翼,即两侧有无数山峰。 ㉕萦抱:萦绕围抱。屏立:像屏风一样矗立。 ㉖岚(lán):山间的雾气。 ㉗镜:比喻水面像镜子一样明净。 ㉘畦(qí):田园中划分的长行。畛(zhěn):田间小道。 ㉙翠:指青翠的树木。 ㉚隐见(xiàn):若隐若现。见,同"现"。 ㉛降:下山。临:这里是沿着的意思。 ㉜宽博:宽广开阔。 ㉝危:高。 ㉞道人:这里指僧人。畚(běn):畚箕,以草或竹编制的盛物农具。臿:同"锸",铁锹之类的农具。 ㉟塍(chéng):田埂,田间的界路。 ㊱浩:水广大,茫茫一片。 ㊲山麓(lù):山脚下。 ㊳巉(chán):山石高峻的样子。 ㊴沸冰结雪:意为泉水喷射,如水沸腾,喷出的水柱如同冰柱,水柱顶上的水花洁白又如同结雪。 ㊵鳞鳞：形容石子像鱼鳞般细密整齐。 ㊶磊砢（kē）：形容石子如玉石堆积。磊，石堆积的样子。砢，似玉的美石。一说同“磊砢”，石子众多的样子，似不妥。 ㊷金沙布地：佛经上说，有人请佛说法，以金沙铺地，表示崇敬。 ㊸七宝：佛经中所谓七种珍宝，但具体所指说法不一，一般多指金、银、琉璃、珍珠、玛瑙、玫瑰、砗磲等。妆施：妆点摆设。 ㊹泓：水深。渟（tíng）：水积聚而平静。 ㊺潜鳞：潜在水中的鱼。了然：看得清清楚楚。 ㊻荇（xìng）发：如头发般的水草。荇，水草名，这里泛指水草。可数：形容清晰可见。 ㊼带拂：像飘带般地拂掠。 ㊽石梁：铺设水中用以捕鱼的石堰。 ㊾雁齿相次：像大雁行阵般整齐有次序地排列。齿，排列。 ㊿跨：骑坐。濯（zhuó）：洗。 (51)沁（qìn）：寒气透入。 (52)理：纹理。诘（jié）：曲折，弯曲。 (53)突兀（wù）：高耸突出。奋怒：高举，翘起。 (54)窦：小洞。 (55)一带：如同一条长长的带子。 (56)袅（niǎo）袅：婀娜柔美的样子，形容微风吹拂柳枝摇曳之态。濯濯：清朗鲜明的样子，形容柳色。 (57)壑（hè）：山谷。方：正在。田作：耕作。 (58)啭（zhuàn）：鸟声婉转。 (59)华：花。 (60)穷：尽。 (61)修饬（chì）：工致齐整。 (62)山余：山势残余之处，山尾。 (63)肌理：肌肤的纹路，这里比喻石头的纹理。 (64)御河：指紫禁城的护城河。因紫禁城为帝王所居，故称。

［评析］

袁中道生性豪放洒脱，由于科场失意，便恣情于山水。在三袁中，他是游历最多的。他曾“泛舟西陵，走马塞上，穷览燕、赵、齐、鲁、吴、越之地，足迹所至，几半天下”（袁宏道《叙小修诗》），写下大量的山水游记。这些游记，“大都独抒性灵，不拘格套，非从自己胸臆流出，不肯下笔。有时情与境会，顷刻千言，如水东注，令人夺魄”（同上），《西山十记》就是他较有代表性的佳作。

作品记他在北京时游览西山的所见所感，十记各自独立成章，但又首尾相接，浑然一体。这里所选两篇，是写由西直门外的高粱河起往西北行至青龙桥和玉泉山、寻至御河源头的沿途风光景致。作品以游踪为序，选取沿途最美之景，简笔勾勒，情趣盎然。《记一》依序描写四处景观。第一处是高粱桥外，主要写溪水和禅寺。写溪水，以水草飘动、小鱼尾游表现溪水的澄澈。写禅寺，以浓郁的绿叶和朱红的庙门构成鲜明的色彩对比。"鸟鸣花落"四字，化用古人"蝉噪林愈静，鸟鸣山更幽""人闲桂花落，夜静春山空"之法，不但勾画出景色之美，更反衬出环境的寂静，颇得佛门净地清幽之趣。第二处主要写西湖，重点描绘盛夏时十里荷花、游人宴饮的胜景，以树茂水阔、花香人众，勾勒出一派大好湖光。第三处是青龙桥附近，以古寺为中心，后有古柏石路，雾隐群峰，前有堤柳溪流，杂以畦畛，点点村落在丛丛翠绿中若隐若现，使人飘渺如入仙境。第四处是功德寺，却不见佛堂金殿、鸣磬诵经，而只见荷锄戴笠的道人踏着夕阳愉快地唱着山歌晚归，持杖的老僧在田间小道悠闲地散步，四周是水田浩白、群蛙偕鸣，其田家之乐、超然逸趣，令作者不胜欣羡，感慨万分。

《记二》紧承前篇，写玉泉山一带景色，选取其三处。第一处写水。先写两道泉水，各有特色：一道虽急流喷射却"悄然如语"，另一道则"沸冰结雪"。次写水中石子，描绘其五光十色之美。后写河，虽深泓平静，却水流迅疾，正是与他水不同之处，又以鱼儿水草刻画其清澈，以垂柳石梁独木桥加以点染，还有"跨之濯足，沁凉入骨"的触觉感受。整段描写调动听觉、视觉和触觉，准确地表现了秀丽如画的水的世界。第二处写华严寺。先简写石洞之奇险，然后着重描写远望西湖的景色：湖面明净，柳色蔽天，农田片片，鸟语花香，虽是幽燕北国，却似三月江南。第三处是玉泉山尽处、御河源头，以淡笔将庵、亭、石和水源略加交代，便收笔完篇。总之，两篇七段，移步换景，各有胜处，从中体现了作者的审美情趣和精神境界。《记一》最后作者的赞叹"噫，此田家之乐也，予不见此者三年矣"，更直接抒发了对尘嚣世界的厌恶和对超然世外的田园生活的向往之情。

中道年幼时即以洋洋五千言的《黄山赋》《雪赋》知名于时，后虽厌薄而弃之，但已深得赋家"铺采摛文、体物写志"之法。他后来诗文日进，更钟情于山水，故尤工于辞采，善于描绘。在本文中，其用词之工巧精妙，状物之生动传神，尤可称道。文章行文也具有赋的特点。基本上用短句，尤其多用四字句，如《记一》首段全为四言；同时，散句中时有骈句，显得工丽整齐，读起来也朗朗上口。总之，本文既具辞赋的辞采，又有诗歌的韵味，还兼绘画的色彩形象，堪称难得的佳作。

楮亭记①

金粟园后，有莲池二十余亩，临水有园，楮树丛生焉。予欲置一亭纳凉，或劝予：此不材木也②，宜伐之而种松柏。予曰：松柏成阴最迟③，予安能待④？或曰种桃李，予曰：桃李成阴，亦须四五年，道人之迹如游云⑤，安可枳之一处⑥？予期目前可作庇阴者耳⑦。楮虽不材，不同商丘之木⑧，嗅之狂醒三日不已者⑨，盖亦界于材与不材之间者也⑩。以为材，则不中梁栋枅栌之用⑪；以为不材，则皮可为纸，子可为药，可以染缯⑫，可以颒面⑬，其用亦甚夥⑭。昔子瞻作《宥老楮诗》⑮，盖亦有取与此。

今年夏酷暑，堂前如炙⑯，至此地则水风泠泠袭人⑰，而楮叶皆如掌大，其阴甚浓，遮樾一台⑱。植竹为亭，盖以箬⑲，即曦色不至⑳，并可避雨。日西，骄阳隐蔽层林，啼鸟沸叶中㉑，沉郁有若深山㉒。数日以来，此树遂如饮食衣服，不可暂废，深有当于予心㉓。自念设有他树㉔，犹当改而植此，而况已森森如是㉕！岂惟宥之哉，且将九锡之矣㉖，遂取之以名吾亭。

《珂雪斋集》

[注释]

①万历三十八年（1610）春，袁中道第二次会试落选，其兄宏道亦告假还乡，遂同行回到公安。时公安发大水，宏道移居沙市，中道亦在沙市买得一园居住，名曰"金粟园"。楮亭在金粟园后部，其地楮木丛生，因而为名。楮（chǔ），木名，又名"构"，古人多用其皮造纸。本文就是记在楮园建亭并以楮为亭名之事。 ②不材：不成材，即不能作为木材使用。 ③阴：通"荫"，树荫。 ④安：怎么，岂。 ⑤道人之迹如游云：中道好佛，又因科场失意，纵情山水，遍游大半个中国，故有此言。 ⑥枳（zhǐ）：木名，似橘而小。古人有"橘逾淮而北为枳"（《周礼·考工记》）之说，意为同为一物，生于淮南则成橘，为佳树；而委屈于淮北，则只能是小而无用的枳。故以之比喻人屈身于无所作为的环境之中。 ⑦期：期望。庇阴（bì yīn）：通"庇荫"，遮蔽。 ⑧商丘之木：《庄子·人间世》载：有位叫南伯子綦的人，来到商丘（地名，在今河南），见有大木，观其干，不能作栋梁、棺材；舐其叶，则口腔溃烂；嗅之，则使人发狂如酒醉。 ⑨酲（chéng）：酒醉。 ⑩界于材与不材之间：《庄子·山木》载：庄子在山中，见有大树，枝叶茂盛却不被砍伐。

宿于人家，主人将不会叫的雁杀了招待他。弟子问庄子："昨日山中之木，以不材得终天年；今主人之雁，以不材死，先生将何处？"庄子笑曰："周将处乎材与不材之间……。"界，介于二者之间。　⑪中（zhòng）：合。枅（jī）：柱子上的横木。栌（lú）：柱顶上承托栋梁的方木，即斗拱。　⑫缯（zēng）：丝织品的总称。以上三句及下文均取意苏轼《宥老楮诗》，诗中有"静言求其用，略数得五六。肤为蔡侯纸，子入《桐君录》。黄缯练成素，黝面颒作玉"等句，意为楮树皮可造纸，子可入药，果实可用来染绢、美容等。　⑬颒（huì）面：洗脸。　⑭夥（huǒ）：多。　⑮子瞻：即宋代诗人苏轼，字子瞻，号东坡。宥（yòu）：宽赦。　⑯炙（zhì）：火烤。　⑰泠（líng）泠：清凉的样子。　⑱樾（yuè）：两树交聚而成的树荫，这里意为树荫遮蔽。　⑲箬（ruò）：植物名，即箬竹，其叶宽长坚韧，可用作包裹、遮蔽等。这里即指箬叶。　⑳曦（xī）色：早晨的阳光。这里泛指阳光。　㉑沸：形容鸟声喧闹如鼎沸。　㉒沉郁：指环境幽深阴沉。　㉓当（dàng）：适合，合宜。　㉔设：假设。　㉕森森：繁盛茂密的样子。　㉖九锡：古代帝王赐给功臣或诸侯的九种物品。这里比喻作者对楮树的宠爱与褒奖。

[评析]

中道在园中建亭，因园中有楮树，便将亭命名为"楮亭"，并为此写下这篇记。

寻常之木，为何值得作文章呢？因为对于楮树，人们有所非议，而作者却情有独钟，其焦点是材与不材的问题。有人认为，楮树不似松柏桃李，它不成材，但作者认为，他只求遮荫，松柏桃李要几年方成荫，而他要云游四方，难以屈身一处，他等不及。这"道人之迹如游云，安可积之一处"一语，便道出了作者心羡僧道、情系四方山水的超然之志。但本文之意尚不在此，作者认为，楮树虽不材，却不似"商丘之木"不材到底、无益而有害，它是"界于材与不材之间者"。这"界于材与不材之间者"正是本文的主线。楮树虽难成栋梁之材，但它可造纸、为药、染缯、颓面，用途甚多，故它既非大材，亦非不材，大文学家苏东坡也写诗宽宥它。这第一段是议论说理，论其一般用途，初看无甚深意，但若以为作者仅是为楮树说点公道话，或以为是一篇关于楮树的说明文，那就错了。

议论之后，便接此话题展开了一段抒情性的描写。"今年夏酷暑，堂前如炙，至此地则水风泠泠袭人"，"日西，骄阳隐蔽层林，啼鸟沸叶中，沉郁有若深山"，读此两句，我们就已仿佛置身于其中，坐享楮荫之清凉，更不消说作者当时的感受了。难怪他"数日以来，此树遂如饮食衣服，不可暂废，深有当于予心"，并深为自己当初保留楮树而庆幸得意。因此，仅以苏东坡式的宽宥远不能尽意，他甚至表示要像天子赏赐功臣爱卿那样以"九锡"奖赏它，这最高奖赏，即以之为亭命名。在这些描写中，我们不难体会到作者对于楮树那深厚的感情。至此，作者对于楮树，已由"理"的认识上升到了"情"的交融。

然而，作者之意还不仅仅在于此。文中"深有当于予心"一语颇可玩味。"当"者，从字面上讲，是称心、合意之意。若从深一层看，楮树不但称作者之心，而且正对作者心事，彼此心心相印。在作者看来，楮之材，正如己之材。作者一生屡蹶科场，三十四岁才中举，此时已年过四十，却连连败北于会试，看来此生难成"大材"。但他一腔抱负，满腹文才，岂可以"不材"自认？因此，楮树之"界于材与不材之间"，有益于人类，有益于社会，这是楮树的树品，也是作者自己心事的寄托、人格的写照。由此看来，本文前段为后段铺垫，后段是前段的升华，全文由理入情，将楮树人格化，借楮树的形象，寓自己的心志，真乃一篇咏物抒情、托物言志的小品佳作。

爽籁亭记①

玉泉初如溅珠②,注为修渠③,至此忽有大石横峙,去地丈余④,邮泉而下⑤,忽落地作大声,闻数里。予来山中,常爱听之。泉畔有石,可敷蒲⑥,至则趺坐终日⑦。

其初至也,气浮意器⑧,耳与泉不深入,风柯谷鸟⑨,犹得而乱之。及冥而息矣⑩,收吾视,返吾听⑪,万缘俱却⑫,嗒焉丧偶⑬,而后泉之变态百出。初如哀松碎玉⑭,已如鹍弦铁拨⑮,已如疾雷震霆⑯,摇荡川岳。故予神愈静,则泉愈喧也。泉之喧者,入吾耳而主吾心,萧然泠然⑰,浣濯肺腑⑱,疏瀹尘垢⑲,洒洒乎忘身世而一死生⑳。故泉愈喧,则吾神愈静也。

夫泉之得予也㉑,予为导其渠之壅滞㉒,除其旁之草莱㉓,汰其底之泥沙㉔,濯足者有禁,牛马之蹂践者有禁。予之功德于泉者,止此耳。自予之得泉也,旧有热恼之疾㉕,根于生前㉖,蔓于生后㉗。师友不能箴㉘,灵文不能洗㉙;而与泠泠之泉遇,则无涯柴棘㉚,若春日之泮薄冰而秋风之陨败箨㉛。泉之功德于我者,岂其微哉!泉与予又安可须臾离也㉜?

故予居此数日,无日不听泉。初曦落照往焉㉝,惟长夏亭午㉞,不胜烁也㉟,则暂去之矣;斜风细雨往焉,惟滂沱淋漓,偃盖之松不能蔽也㊱,则暂去之矣。暂去之而予心皇皇然若有失也㊲,乃谋之山僧㊳,结茅为亭于泉上,四置轩窗㊴,可坐可卧。亭成而叹曰:

"是骄阳之所不能驱而猛雨之所不能逐也。与明月而偕来，逐梦寐而不舍，吾今乃得有此泉乎？且古今之乐㊵，自八音止耳㊶；今而后始知八音外，别有泉音一部。世之王公大人不能听，亦不暇听，而专以供高人逸士陶写性灵之用㊷。虽帝王之《咸》《英》《韶》《武》㊸，犹不能与此泠泠世外之声较也，而况其他乎？予何幸而得有之，岂非天所以赍予者欤？㊹"于是置几移幞㊺，穷日夜不舍㊻，而字之曰"爽籁"云㊼。

《珂雪斋集》

[注释]

①爽籁亭是作者在当阳（今属湖北）玉泉山所建的亭子。爽籁，原指秋天里风吹山林洞穴而发出的清朗美妙的声音。如唐王勃《滕王阁序》："爽籁发而清风生。"这里指泉声。爽，清朗。籁，箫类乐器，多比喻自然界的美妙声音。 ②玉泉：泉名。当阳玉泉山林茂石奇，尤以玉泉为胜，作者另有《玉泉闲游记》一文曰："然玉泉之水，实为天下绝奇。" ③修：长。渠：指泉水所注的溪流。 ④去：距离。 ⑤邮：传递，引导。 ⑥敷：铺。蒲：一种水草，可编席。这里指草席。 ⑦趺（fū）坐：盘腿而坐。 ⑧浮：浮躁。嚣（xiāo）：烦乱。 ⑨风柯：风吹树木之声。柯，树枝。谷鸟：山谷中鸟鸣之声。 ⑩冥而息：心静气平，与"气浮意嚣"相对。 ⑪收吾视，返吾听：目不视物，耳不听声，精神专注。 ⑫万缘：意为各种杂念。缘，即俗缘，道、佛家认为人的各种杂念如功名、情欲等都是对人的牵累，故称。却：摈除。 ⑬嗒（tà）焉丧偶：心境虚空、物我皆失的样子。语出《庄子·齐物论》："荅焉似丧其耦。"荅，一本作"嗒"，意为解体，崩溃。耦，一本作"偶"，意为匹

配，即肉体与精神、外物与自我。　⑭哀松碎玉：形容泉声轻微细碎，如松声哀泣、美玉碎裂。　⑮鹍（kūn）弦铁拨：响亮的琵琶声。语出苏轼《杜介熙熙堂》："遥想闭门投辖饮，鹍弦铁拨响如雷。"鹍弦，以鹍鸡（一种似鹤的鸡）的筋制作的琵琶弦。铁拨，弹拨琵琶的工具。　⑯震霆：霹雳。　⑰萧然：清冷虚空的样子。泠然：清越的样子。　⑱浣濯（huàn zhuó）：洗涤。　⑲疏瀹（yuè）：疏通，排泄。　⑳洒洒：洒脱，无牵无挂。身世：自身与人世。一：等同，无区别。道家认为，世间万物如物与我、生与死、是与非等之间并无绝对的界限差别。　㉑得：适合，相投。　㉒导：疏导。壅滞（yōng zhì）：阻塞停滞。　㉓草莱：杂草。　㉔汰：除去。　㉕热恼：焦灼烦恼。　㉖根：植根。生前：指先天。　㉗蔓：蔓延，发展。　㉘箴（zhēn）：规劝，劝诫。　㉙灵文：神妙的文章。　㉚柴棘：荆棘，原比喻狭隘忌刻之心，语出《世说新语·轻诋》："人谓庾元规名士，胸中柴棘三斗许。"这里指心中的烦恼痛苦。　㉛泮（pàn）：融化。陨：落。败箨（tuò）：枯萎的竹皮。　㉜安：哪里，怎么。须臾：片刻，一会儿。　㉝初曦（xī）：指日出时。落照：指日落时。　㉞亭午：正午。　㉟胜：禁得住，受得了。烁：发光，这里指强烈日光的曝晒烤炙。　㊱偃（yǎn）盖：形容松树枝干偃伏如车盖。　㊲皇皇然：同"惶惶然"，心中不安的样子。　㊳谋：商量。　㊴轩窗：敞亮的窗子。　㊵乐（yuè）：音乐。　㊶八音：古代乐器（乐音）分为金、石、丝、竹、土、木、匏、革八类，故称。　㊷陶写：陶冶抒发。写，通作"泻"，宣泄。　㊸《咸》《英》《韶》《武》：古代四种乐曲名，《咸》即《咸池》，《英》即《六英》，相传分别为黄帝、帝喾（一说舜）之乐；《韶》，相传为舜之乐；《武》，周武王时之乐。古人认为这些都是最为美妙典范的乐曲，孔子曾在齐国听到《韶》乐，竟一连三个月不知肉味。　㊹赍（jī）：赠送。　㊺几：几案。幞（fú）：包袱，指衣被之类。

㊻穷：穷尽。　㊼字：取字。古人出生时起名，成年后取字，并以字为尊。玉泉本有名，而作者为之取字，可见对它的钟爱与敬慕。

[评析]

　　中道为人，豪放不羁，由于科场失意，功名困顿，又多受老庄、佛家思想影响，更是厌恶尘嚣，纵情山水，寄兴林泉，独抒性灵，这在所选《西山十记》《楮亭记》以及其兄宏道《叙小修诗》等文中已可略见。万历三十八年（1610）九月，宏道不幸病故。中道与宏道志同道合、心心相印，感情十分深厚，因此，他极为悲痛，加上他秋后一病，几至不救。于是新悲旧痛，令他心念俱灰，每有出世之想。因此，他视玉泉为知音，借泉声浇心中之块垒，是不难理解的。

　　篇中最精彩之处，是对于听泉的描写，真切、细致、生动。他刚到泉边时，"气浮意嚣"，还有风声鸟鸣的干扰，泉声进不了耳朵。可见这时，泉是泉，我是我，客体与主体处于相隔或对立的关系，其根本的原因是心有杂念，六根未净。等到他心平气和，收视返听，排除杂念，物我皆忘时，泉声开始真正入耳：初如"哀松碎玉"，轻微清脆；继而如"鹍弦铁拨"，响亮激越；最后如"疾雷震霆，摇荡川岳"，轰鸣巨响。但这时还是"予神愈静，则泉愈喧"，是客体对主体的感观刺激，尚未达到完全交融的地步，但这是十分重要的一步。由于心无杂念，静寂虚空，泉声入耳之后便可入心并"主于心"，于是泉声就不仅是自然界的声音，还是一种作用于人的内心的神奇力量，它能荡涤心胸，净化人的灵魂，让人"洒洒乎忘身世而一死生"。这时，泉已非泉，我亦非我，我与物即主体与客体实现了真正的、完全的交融，因此既超越了自然，又超越了自我，进入了精神自由的至高境界，也就是高级审美体验的境界，故曰："泉愈喧，则吾神愈静也。"

　　由于有了这种至高的审美体验，作者对泉产生了深厚的感情。这感情有三个内容。一是感恩之情。他为泉水决壅导流、除草淘沙，并禁止人之濯足、牛马之践踏，但他觉得泉水为他除尽一切烦恼病根，释尽胸中所有忧愁苦痛，胜似良师益友，他所做的一切远不能报答泉水的恩德。二是依恋之情。有此山水知音，他不分朝夕风雨，无日不至，又因烈日暴雨不能前往而惶惶不安、若有所失，于是便着手建亭其上，以便骄阳难驱、猛雨难逐，片刻不离，这就有如情侣恋人之情了。三是颂扬之情。由此泉声，他联想到人间有八音，上古有至乐，但这泉声，"世之王公大人不能听，亦不暇听，而专以供高人逸士陶写性灵之用"，故远非八音古乐所能比，应另立"泉音"一部，而且是天之所赐的"世外之音"。这既体现了他鄙视世俗的高逸情怀，也表达了他对玉泉的颂扬之情。情之所至，唯有"字之曰'爽籁'"可表。爽籁者，天地之清音妙乐也，不曰"名之"或"谓之"，而曰"字之"，亦可见其情之所钟。

  本文从题目看是为亭写记，但亭因泉而来，故主要写听泉，泉之意尽，则亭之意亦尽在其中，故既切题又不拘于题。全篇在整体上，识泉、听泉、德泉、恋泉、颂泉、字泉，自然流畅，一气呵成。从局部看，如听泉一段，耳泉相隔与神泉相融，神泉相融中又有神静泉喧与泉喧神静，神静泉喧中又有松玉、琵琶、雷霆三比，组织得十分严密。其他如草莱与泥沙、濯足与牛马、根与蔓、师友与灵文、薄冰与败箨、予之功德与泉之功德、初曦落照与长夏亭午、斜风细雨与滂沱淋漓、骄阳与猛雨、明月与梦寐、八音与泉音、王公大人与高人逸士、帝王之乐与世外之音等，或排或偶，也都十分工巧严整，足见功力。

锺惺

锺惺（1574~1624），字伯敬，号退谷，竟陵（今湖北天门）人。万历进士，官至福建提学佥事。与谭元春共创"竟陵派"。其文学观点同于"公安派"的反对拟古，主张抒写"性灵"，但又不满于"公安派"的轻率俚俗，强调"孤行静寄"。其作品既有新奇峭拔、清雅脱俗之美，又有孤僻冷漠、晦涩不畅之病。著有《隐秀轩集》。

浣花溪记①

出成都南门，左为万里桥②，西折纤秀长曲③，所见如连环、如玦、如带、如规、如钩④，色如鉴⑤、如琅玕、如绿沉瓜⑥，窈然深碧、潆回城下者⑦，皆浣花溪委也⑧。然必至草堂，而后浣花溪有专名，则以少陵浣花居在焉耳⑨。

行三四里，为青羊宫⑩。溪时远时近，竹柏苍然，隔岸阴森者尽溪，平望如荠⑪。水木清华，神肤洞达⑫。自宫以西，流汇而桥者三，相距各不半里。舁夫云通灌县⑬，或所云"江从灌口来"是也⑭。

人家住溪左⑮，则溪蔽不时见⑯，稍断则复见溪⑰，如是者数处。缚柴编竹⑱，颇有次第⑲。桥尽，一亭树道左⑳，署曰"缘江路"㉑。过此则武侯祠㉒，祠前跨溪为板桥一，覆以水槛㉓，乃睹"浣花溪"题榜。过桥，一小洲横斜插水间如梭㉔，溪周之㉕，非桥不通，置亭其上，题曰"百花潭水"。由此亭还，度桥过梵安寺㉖，始为杜工部祠㉗。像颇清古㉘，不必求肖㉙，想当尔尔㉚。石刻像一，附以本传㉛，何仁仲别驾署华阳时所为也㉜。碑皆不堪读。

钟子曰㉝：杜老二居，浣花清远，东屯险奥㉞，各不相袭㉟。严公不死，浣溪可老㊱，患难之于朋友大矣哉！然天遣此翁增夔门一段奇耳㊲。穷愁奔走，犹能择胜㊳，胸中暇整㊴，可以应世㊵，如孔子微服主司城贞子时也㊶。时万历辛亥十月十七日㊷，出城欲雨，顷之霁㊸。使客游者㊹，多由监司郡邑招饮㊺，冠盖稠浊㊻，磬折喧溢㊼，迫暮趣归㊽。是日清晨，偶然独往㊾。楚人钟惺记㊿。

《隐秀轩集》

[注释]

①浣（huàn）花溪，又名百花潭，在今四川成都西郊，为锦江支流。唐肃宗时，诗人杜甫弃官入蜀，投靠剑南节度使严武，在浣花溪畔建草堂以居，世称浣花草堂。后人又在草堂原址修建了杜工部祠，以纪念这位伟大的诗人，浣花溪也因此扬名。明万历三十九年（1611），钟惺奉使四川，游览浣花溪和杜工部祠，写下了这篇游记。 ②万里桥：在四川成都市南。 ③西折：指溪水向西转折。 ④玦（jué）：一种环形而有缺口的玉珮。规：画圆的工具。以上均比喻溪水的蜿蜒迂曲之状。 ⑤鉴：镜子。比喻溪水明净。 ⑥琅玕（láng gān）：一种玉石，色青。绿沈瓜：一种深绿色的瓜。以上均比喻溪水之色。 ⑦窈然：幽深的样子。碧：绿色。潆（yíng）回：回旋，缭绕。 ⑧委：水的下游。 ⑨少陵：即杜甫。少陵，汉宣帝许后墓，在今陕西西安市南，杜甫曾居于陵西，自称"少陵野老"，后人遂以"少陵"称之。 ⑩青羊宫：道观名。相传道家

创始人老子曾乘青羊到此。　⑪荠（jì）：荠菜，或蒺藜。　⑫神肤洞达：精神舒爽，畅达肌肤。　⑬舁（yú）夫：轿夫。灌县：今属四川省。　⑭江从灌口来：杜甫诗《野望因过常少仙》中句子。江，指锦江，流经成都市南，入岷江。灌口，即灌县，古为灌口镇。　⑮人家：民居。　⑯见（xiàn）：现。　⑰断：指民居不相连。　⑱缚柴编竹：指民居以木、竹搭建而成。　⑲次第：整齐有序。　⑳树：树立。　㉑署：题字。　㉒武侯祠：诸葛亮的祠庙。诸葛亮曾被封为武乡侯，故称武侯。　㉓水槛（jiàn）：临水的亭榭。槛，栏杆。　㉔洲：水中陆地。　㉕周：环绕。　㉖梵安寺：寺名，与杜甫草堂相连。　㉗杜工部祠：杜甫祠堂，建于杜甫草堂故址。杜甫原宅于中唐时已毁，此为北宋时重建。杜甫官参谋检校工部员外郎，故称杜工部。　㉘像：指杜甫像。清古：清朗古雅。　㉙肖：相像。　㉚想当尔尔：凭想象当是如此。　㉛本传：指杜甫传。　㉜何仁仲：人名，具体不详。别驾：宋代以前官名，是州长官的佐吏。宋代有通判，其职类似别驾，故宋以后常称通判为别驾。署：代理或暂任某职。华阳：今四川华阳。　㉝锺子：作者自称。　㉞东屯：夔州（今四川奉节）东瀼溪。严武死后，杜甫离开成都，几经迁徙，后居于东屯。险奥：险峻幽深。　㉟相袭：相似，相同。　㊱可老：可以居住到老。　㊲此翁：指杜甫。夔门：夔门峡，是四川东部瞿塘峡西口。此句意谓杜甫原可在浣花溪长住到老，但由于严武死，杜甫才迁至东屯，这是老天有意派遣杜甫给夔州增添一段奇事佳话。　㊳择胜：选择胜地居住。　㊴暇整：安闲不乱。　㊵应世：应付动乱的时局。　㊶孔子微服主司城贞子：春秋时，天下纷乱，孔子周游列国，至宋国，遭大夫司马桓魋追杀，只好化装成平民，乘乱逃出，至陈国，寄居于大夫司城贞子家。微服，穿平民服装。主，以对方为主人，即客居。　㊷万历辛亥：明神宗万历三十九年，即公元1611年。　㊸霁（jì）：雨止天晴。　㊹使客：朝廷所派的使臣。　㊺监司：

监察州郡的官员。郡邑：指地方官。　㊻冠盖：指达官贵人的车马随从。稠浊：稠密拥挤，气氛污浊。　㊼磬（qìng）折：形容官员们弯腰行礼的样子。磬，古代一种石制乐器，形状曲折，似人弯腰。喧溢：极为喧闹。溢，如水溢出，形容喧闹之甚。　㊽迫暮：傍晚。迫，将近。趣（cù）：急速。　㊾偶然：随意的样子。　㊿楚人：作者是竟陵人，此地古属楚国，故称。

[评析]

　　蜀地多名山秀水，浣花溪即其中之一。但山水之胜，又往往因古代仁人雅士的踪迹而更增神韵。浣花溪又名百花潭，仅以其名便可知其秀丽，它是大诗人杜甫的流寓之地，那"长留天地，月白风清一草堂"以及在此诞生的许多流传千古的诗篇，才真正是浣花溪的精魂。于是作者欣然一游，并写下了这篇游记。

　　文章以游踪为序逐渐展开。第一段写溪水下游。先以"纤秀长曲"点出其景致的总体特色，给人以婀娜摇曳、曲水通幽的美感，再以连环、玉玦、飘带、圆规和明镜、青玉、绿瓜等一连串形象别致的比喻，具体地渲染了曲折多姿的溪流和清澈深碧的水色。这一点一染，真切细致地描绘出溪水下游的旖旎风光，颇具引人入胜之妙。

　　第二段先写青羊宫一带的景色。虽然仍描写溪岸溪水，但景致、笔调却大有变化。"溪时远时近"，先勾画出溪水在丛林中断断续续、逶迤延伸的概貌；然后再以"竹柏苍然""隔岸阴森""平望如荠"分别展示出沿溪竹柏和溪水在近观远眺中三个不同的色调层次：近景的浓密苍碧、中景的幽深浑融、远景的迷蒙淡雅，组成一幅层次分明、色调丰富的全景。"水木清华、神肤洞达"，则抒发出人在茂林修竹、碧水清流交映下那心澄虑清、气爽神明的感受。如果说前一段是一幅描绘精细、秀丽清新的工笔画，那么这里便是一幅气韵生动、境界超然的写意画。

草堂附近，是浣花溪景色的极处，美不胜收。作者的笔触沿着曲折隐现的溪流，先点出三三两两、错落有致的村落民居，再现了杜甫《水槛遣心》一诗中"城中十万户，此地两三家"的意境。"缚柴编竹，颇有次第"两句，用笔轻灵而逸趣盎然，虽未至草堂却令人依稀想见当年杜甫在蓬门花径中"肯与邻翁相对饮，隔篱呼取尽余杯"（《客至》)的情景。接着，板桥、小亭、武侯祠、小洲、梵安寺等渐次呈现，正是一派清幽闲远、沉寂肃穆的胜境，杜祠正坐落其中。写杜祠，作者只突出了杜甫像："像颇清古，不必求肖，想当尔尔。""清古"二字，简约而又传神地描绘出诗圣的气骨风采，并与周围的山川古迹融为一气。这位坎壈一生、悲歌慷慨的伟大诗人，生前与江山同襟怀，身后与天地共永存！

如前所云，杜甫是浣花溪的精魂，瞻仰草堂、缅怀杜甫是作者此行的真意所在，这在游记前部已有"然必至草堂……"数语和所引杜甫《野望因过常少仙》诗"江从灌口来"句的明提暗示，故当行至杜祠、面对杜甫遗像时，作者自然难免感慨万千，有"钟子曰……"一段议论。这段议论，是对杜甫坎坷经历、浩荡胸襟、高尚人格的赞叹，也正是全篇游记的归趣所在。

作者是明代"竟陵派"的首领，为诗为文都追求所谓"幽深孤峭""孤怀孤诣"，不仅在全文写景中处处体现，而且在对杜甫的赞叹中寄寓着他自己清高孤傲、嵚崎磊落的人格志趣。尤其值得注意的是，在全文完篇之时，他又附上一笔，"使客游者……"云云，刻画出达官显贵们虚张声势、附庸风雅的鄙俗之态，而自己则不屑为伍，清晨独往。这不但是他孤高人格的进一步表露，还是对全文主旨的进一步提点。

夏梅说①

梅之冷易知也②,然亦有极热之候③。冬春冰雪,繁花粲粲④,雅俗争赴⑤,此其极热时也。三、四、五月,累累其实⑥,和风甘雨之所加⑦,而梅始冷矣⑧。花实俱往⑨,时维朱夏⑩,叶干相守⑪,与烈日争,而梅之冷极矣。

故夫看梅与咏梅者⑫,未有于无花之时者也。张谓《官舍早梅》诗所咏者⑬,花之终、实之始也⑭。咏梅而及于实,斯已难矣⑮,况叶乎⑯?梅至于叶而过时久矣。廷尉董崇相⑰,官南都⑱,在告⑲,有《夏梅》诗,始及于叶。何者?舍叶无所为夏梅也⑳。予为梅感此谊㉑,属同志和焉㉒,而为图卷以赠之。

夫世固有处极冷之时之地㉓,而名实之权在焉㉔。巧者乘间赴之㉕,有名实之得,而又无赴热之讥。此趋梅于冬春冰雪者之人也,乃真附热者也㉖。苟真为热之所在㉗,虽与地之极冷㉘,而有所必辩焉㉙。此咏夏梅意也。

《隐秀轩集》

[注释]

①万历四十六年(1618),作者的朋友董应举作《夏梅》诗,作者深有所感,请朋友们写诗相和并画图相赠,同时写下本文,借夏梅之题,说人世之事,故曰"夏梅说"。 ②冷:这里指季节寒冷,与下文不同。易

知:梅以傲雪凌霜闻名,故曰易知。 ③热:这里字面上是与上句的"冷"相对,指季节炎热,但实际上是热闹、热门之意,与下文同。候:季节。 ④粲(càn)粲:鲜艳茂盛的样子。 ⑤雅俗:高人雅士与世俗之人。赴:前往,指前往赏梅。 ⑥实:果实。 ⑦甘雨:春雨滋润万物,故以甘甜为喻。 ⑧冷:这里是冷落之意。 ⑨往:过时,指花谢果落。 ⑩维:语助词,带有是、系之意。朱夏:夏季。古人以颜色与季节相配,夏属朱,故称。 ⑪干:枝干。相守:相互伴随守护。 ⑫夫(fú):发语词,无义。 ⑬张谓:人名,唐代诗人。其《官舍早梅》曰:"阶下双梅树,春来画不成。晚时花未落,阴处叶难生。摘子防人到,攀枝畏鸟惊。风光先占得,桃李莫相轻。" ⑭花之终:指花凋谢。实之始:指开始结果实。 ⑮斯:这,此。 ⑯况叶乎:梅先开花,再结果,最后才长叶子,故有此及下句"梅至于叶而过时久矣"之言。 ⑰廷尉:秦汉时官名,掌刑狱。明代掌刑狱的是大理寺卿,但当时习惯以古名相称,即袁宗道《论文》(上)中所谓"今却嫌时制不文,取秦汉名衔以文之"。董崇相:人名。董应举,字崇相,作者的朋友,作本文时,董应举任南京大理寺丞,是大理寺卿的副职,但也可以"廷尉"相称。 ⑱官南都:在南京做官。董作《夏梅》诗时,任南京吏部郎中,后来才升大理寺丞。南都,指南京,明太祖朱元璋建都南京,成祖朱棣即位后,迁都北京,便称南京为南都。 ⑲在告:在休假期间。告,古时官吏休假之称。 ⑳舍:舍弃,忽略。无所为:谈不上。 ㉑谊:情谊。 ㉒属(zhǔ):通"嘱",嘱咐。同志:志同道合者。和(hè):和诗,即按照别人诗歌的意思或格律作诗,以相酬答。 ㉓固:本来。 ㉔名实:名声与实利。权:权衡。 ㉕巧者:投机取巧的人。乘间(jiàn):趁机会,钻空子。赴:趋向,前往。 ㉖附:依附。 ㉗苟:如果。热之所在:指产生"热"这一现象的事物的本体。如梅,花开繁盛的"热"是现象,而就本体而言，则不论花开花落它都是梅。再如人，得势显赫是现象，而不论得势与否都是同一个人。所以好其"热"与好其"热之所在"是本质不同的两回事。　㉘虽与地之极冷：意为"真为热之所在"者虽与地之极冷而好其"热"者在表面上似乎都同样表现为好其热，但前者是好其本体，故"热"时好，"冷"时也好，后者则好于名实兼得，故专趁其地冷而势热时好，地热而势冷时则不好。故下文说"有所必辩"。　㉙辩：同"辨"，区别。

[评析]

不论是"松竹梅岁寒三友"，还是"梅兰菊竹四君子"，人们喜欢梅，歌颂梅，都是为着它凌霜傲雪的高尚品格，这是人之常情，丝毫没有任何可非议之处。至于唐代诗人张谓和作者朋友董应举偏要作诗咏梅子、梅叶，这是艺术创作上的别出心裁，或别有用意，也未必就是有意与前者较劲或比之高出一筹。因此读本篇，首先千万不要误解，以为作者是骂尽天下古今赏梅花者为趋炎附势的虚伪之徒，并号召大家从此不赏梅花而改赏梅子、梅叶。否则，不但冤煞锺老先生，连本编者也罪莫大焉。

本文从夏梅生出联想，借夏梅之题，说人世之事。作者是"竟陵派"文人，追求"幽深孤峭"，其作品往往流于冷僻晦涩。在本文中，梅只是表面文章，内中别寓深意，其实不关梅事，此其一；以"冷""热"二词的双关语意，有时指自然环境，有时指人情世态，有时二者兼指，以此迂回隐显、指桑骂槐，此其二。把握这两点，方能读懂本文。

作品开头说梅，时极冷而势极热，时热时却势极冷；接着说张谓与董应举偏独咏梅子、梅叶，叹为难得。这些都不难理解。或谓作者是在感叹世态炎凉，赞赏张、董的不同流俗、立意孤高，这也不无道理，但并非主要，关键是作者由此而"感"，引出最后一段对于人间众生相的感喟。

最后一段是作者真意所在，但也不必过于坐实。其大意是讽刺一种人，就如冒雪看梅花，既热衷于"热"之实，趋炎附势，又偏要披个"冷"之名，标榜风雅。这种伪善之人，比那种赤裸裸的势利之徒还令人恶心。有一种人虽也趋"热"，但其实是冲着"热"者其人而趋的，故当对方"冷"时他也照趋不误。这种人只要心有所好，趋冷不避祸，趋热不避嫌，秉心率性，是谓真人。两种人在本质上有天壤之别，作者提醒我们要注意区分。因此，文章虽然虚实隐显，有点晦涩，却寓意深刻，耐人寻味。

文震孟

文震孟（1574~1636），字文起，长洲（今江苏苏州）人，是著名书画家文徵明的曾孙。天启二年（1622），殿试第一，授翰林修撰。后因触犯魏忠贤，被廷杖，调任外地，不久被削职为民。崇祯初，召充日讲官，擢礼部左侍郎，兼东阁大学士，入阁参政。后又因与首辅温体仁不和，被劾去职，归家而卒。著有《姑苏名贤小记》。

邢布衣传①

邢蠢斋先生量②，字用理，居葑城之东③。屋三间，青苔满壁，折铛败席④，澹如也⑤。平生不娶，长日或不举火⑥，闭户读书，惟啖糍饼一二而已⑦。金宪陈公直道致政归⑧，严峻不交一客⑨，惟挟册就先生质疑⑩，清谈竟日⑪，不设汤茗⑫。吴文定公归自少宰⑬，过访⑭，叩其门，先生曰："我方执爨⑮，未有僮子应门⑯，奈何？"吴公乃假邻家木榻坐门外⑰，良久⑱，俟其终食乃进⑲。

先生清瘦如削，自经史释老方技⑳，无不兼通。诗甚秀逸㉑，郡守或请其诗㉒，公曰："古有采诗㉓，无献诗㉔。吾岂以为羔雉哉㉕？"因削其草㉖，门人朱存理仅收其遗数篇㉗。存理字性甫，笃学㉘，善谈名理㉙，读书杜户㉚，称其师传㉛，与同时朱凯尧民称"两朱先生"㉜。

邢参，字丽文，或云用理先生之族孙也㉝。为人沉静有蕴藉㉞，固而不陋㉟。居城市，贫，无恒业㊱，唯教授里中儿㊲，以著述自娱，无所干请㊳。尝遇大雪，诸君往视之，则屋三角已垫㊴，方坐其一角不渗者㊵。相见，但诵所得佳句㊶，绝无惨凛色也㊷。早岁丧妻，终不再娶，优游以终㊸。

论曰㊹：《诗》有之㊺："皎皎白驹，在彼空谷㊻。"又曰："独寐寤言，永矢弗谖㊼。"此则幽人隐士之概也㊽。吴故饶隐君子㊾，如邢先生，清贞介特㊿，流风穆如㉛，彼其人岂以交陈佥事、吴少宰诸公为重耶㉜？夫佥事、少宰得交邢先生乃重也㉝。"空谷""考槃"，此为称矣㉞。性甫接先曹之典型㉟，畅遗民之雅韵㊱。丽文养和靖躁㊲，汪汪德心㊳，恬泊处约㊴，矍然不淬㊵，即非厥祖㊶，乃肖孙枝矣㊷。

《古今文综》

[注释]

①本文是作者为其同乡贤士邢量所作的传。邢量，字用理，号蠢斋。布衣：平民。古代贵族官员方可衣帛（丝织品），而普通百姓则只能衣布（麻、棉织品），故称。后多以称没做官的读书人。　②邢蠢斋先生量：古人以号为尊，故称之以号并"先生"，而以名居后。　③蒡（fēng）城：地名，即今江苏苏州市吴中区。　④折：断裂。铛：一种平底的铁锅。败：破旧。　⑤澹如：不经意，无所谓。　⑥举火：生火做饭。　⑦啖（dàn）：吃。糍（cí）饼：用糯米做的饼。　⑧佥（qiān）宪：佥，官名，佥事。宪，对官员的敬称。致政：交出所掌管的政事，即辞官。　⑨严峻：严格。　⑩挟（xié）：挟持，带。就：趋向，凑近。质疑：询问疑难问题。　⑪清谈：清雅谈论。　⑫汤茗（míng）：茶水。　⑬归：指辞官归家。

少（shào）宰：古代官名，明代指吏部侍郎。 ⑭过访：拜访。 ⑮执爨（cuàn）：烧火做饭。 ⑯应门：应接门户，即有人敲门时出来开门。 ⑰假：借。榻：一种可坐可卧的简易小床。 ⑱良久：很久。 ⑲俟（sì）：等待。终食：吃完饭。 ⑳经：指儒家经书。史：历史。释：佛家学说，因创立者为释迦牟尼，故称。老：道家学说，因创始人为老子，故称。方技：方术，包括星占、医术、命相、堪舆（风水）等。 ㉑秀逸：优秀杰出。 ㉒郡守：官名，秦代后以郡为最高地方行政区划，其长官为郡守，后称"太守"。或：表示虚指的代词，视具体情况可解为有时、有人等。请：求取。 ㉓古有采诗：相传古代朝廷常派专人到各地民间采集诗歌，以了解民情风俗、考察政治得失。 ㉔无献诗：相传古代有公卿大夫献诗，但无百姓献诗，邢量是平民百姓，故云。 ㉕羔雉（zhì）：羊羔与野鸡，古人常用以为相见时的礼物，这里比喻礼物。 ㉖因：于是。削：删削。草：指诗稿。 ㉗门人：弟子。遗：遗留。 ㉘笃（dǔ）：专心致志。 ㉙名理：考察名实、辨析是非道理，类似今之逻辑学。 ㉚杜户：闭门。 ㉛称：称扬，弘扬。 ㉜朱凯尧民：人名，具体不详。 ㉝族孙：同族兄弟之孙。 ㉞蕴藉（yùn jiè）：内涵。 ㉟固：固执，指坚守其学说主张。陋：见闻不广，孤陋寡闻。一般说来，坚守一家之学者，不易吸收其他学说，故往往孤陋寡闻，但邢参既固于其学又兼收并蓄，故曰固而不陋。 ㊱恒业：固定的职业。或解作固定的产业，亦可。 ㊲里中儿：乡里的儿童。里，古代县以下的行政区划，约几十户为一里。 ㊳干请：求取。 ㊴垫：地面浸于水中。 ㊵方：正在。渗：渗漏。 ㊶但：只是。 ㊷惨凛色：寒冷畏缩的神色。惨凛，同"惨懔"，寒冷的样子。 ㊸优游：悠闲自在的样子。 ㊹论曰：作者的议论。古人惯例，在人物传记的最后，发表作者的议论，这是司马迁《史记》开创的传统。 ㊺《诗》：即《诗经》。 ㊻皎皎白驹，在彼空谷：这是《诗·小雅·白驹》中的句子。旧说以为此诗是讽刺在位者不能挽留贤人，此句即以白驹在山谷比喻贤人在野。皎皎，洁白的样子。 ㊼独寐寤（mèi wù）言，永矢弗谖（xuān）：这是《诗·卫风·考槃》中的句子。旧说以为此诗是赞美贤人在野而自得其乐之意，此句即意为贤人独睡醒来后发誓说永远不忘其乐。寐，睡觉。寤，睡醒。矢，通“誓”，发誓。谖，忘记。 ㊽幽人：深居之人，即隐士。概：气概，风度。 ㊾吴：约是今江苏一带，该地古为吴国，故称。故：原本，本来。饶：多。隐君子：隐士。 ㊿清贞介特：清高坚定，耿介独特。 (51)流风：古人留传下来的好传统、好风尚。穆如：淳和美好。 (52)彼其人：那个人，指邢量。 (53)夫（fú）：发语词，无义。 (54)称（chèn）：适合，相称。 (55)接：继承。先曹：先辈，指其老师邢量。 (56)畅：畅达，发扬。遗民：在野之人，隐士，指《白驹》《考槃》中的在野贤人。 (57)养和靖躁：颐养平和之心，平定浮躁之气。 (58)汪汪德心：意为内心充满了高尚的品德。汪汪，水广大充盈的样子，这里形容德心。 (59)恬泊：恬静淡泊。处约：处于窘困。 (60)皭（jiào）然不滓：洁白而不污黑。语出《史记·屈原贾生列传》：“皭然泥而不滓者也。”是司马迁赞扬屈原的话。 (61)即：即使。非：不相同。厥（jué）祖：其祖，指邢量。厥，其。 (62)肖（xiào）：相像。枝：比喻子孙像树枝一样层层增发而成体系。

［评析］

通常为某个人物立传，总要述其家世出身、儿时经历、一生中的重大变故、功名成就等。但本篇全然不拘此套，写邢量，除开头概述其家徒四壁而好读书外，只写他与权贵交往的三件事，总共二百来字，又以近乎相等的篇幅写其弟子、族孙的事迹。然而，我们读了此传，却对邢量其人有了深刻的印象，这是为什么呢？

写人物传记，司马迁的《史记》是不祧之祖。司马迁写人物，每有一"主宰"，即抓住人物性格命运的主要特征，加以具体描写，所以个个栩栩如生。本篇亦如此。其"主宰"就是邢量清高拔俗的高尚品格和隐逸情怀，以此为主线，突出几个具体情节。如开头的概写，只用了三个"特写镜头"："青苔满壁""折铛败席"和"啖糍饼一二"，其安贫乐道之风就已十分鲜明。以下主要写三件事。第一件是佥事陈直道来访。此人"严峻不交一客"，却破例上门请教邢量这一"布衣"，可见邢量的名士声望，这是侧面描写。正面描写是二人"清谈竟日，不设汤茗"，实在是君子之交。第二件是吴文定来访。以吴的吏部侍郎身份拜访一个布衣，这对常人来说，是多大的荣耀，可是邢量偏不买账，有意怠慢，让他在门外坐冷板凳，体现了其不事权贵的孤傲性格。第三件是他学问渊博、诗歌秀逸，却不屑于以诗当礼物向官府邀宠，更体现了他对官场的蔑视和对功名的鄙弃。这三件事，件件深入，具体形象地刻画了邢量这一高人逸士的品格风貌。甚至如"平生不娶""清瘦如削"的描写，也给人以仙风道骨的鲜明印象。

写邢量弟子和族孙，看似题外之话，却是题中之旨。尤其是其族孙邢参，贫而好学，即便雪水漫屋仍从容吟诗，活脱脱是又一个邢量，正如作者在文末所评："即非厥祖，乃肖孙枝矣。"因此，写弟子、族孙，实际上是烘托了邢量，大有红花绿叶之良效。

篇末的"论曰"，也是对太史公所开创的史传传统的继承。论中引《诗经》关于逸士的诗句，对邢量及其继承者进行了评价，这既是对邢量人品风貌的高度赞扬，也是对当时贤人在野、奸佞当道的现状的讥讽。这一段文字，情绪饱满，文气通畅，词语典雅，堪称大家手笔。

王思任

王思任（1574~1646），字季重，号遂东、谑庵，山阴（今浙江绍兴）人。万历二十三年（1595）年进士，历兴平、当涂、青浦知县，迁袁州推官，擢刑部主事，转工部，出为江西九江道按察司佥事。清军攻破南京，鲁王朱以海监国，授其礼部右侍郎兼翰林学士，进尚书。清顺治三年（1646），绍兴城破，绝食而死。其为人为文均通脱诙谐，有《王季重十种》。

小洋①

由恶溪登括苍②，舟行一尺，水皆汙也③。天为山欺④，水求石放⑤，至小洋而眼门一辟⑥。吴闳仲送我⑦，挈睿孺出船口⑧，席坐引白⑨，黄头郎以棹歌赠之⑩。低头呼卢⑪，俄而惊视⑫，各大叫，始知颜色不在人间也⑬。又不知天上某某名何色，姑以人间所有者仿佛图之⑭。

落日含半规⑮，如胭脂初从火出。溪西一带山，俱似鹦绿鸦背青⑯，上有猩红云五千尺⑰，开一大洞，逗出缥天⑱，映水如绣铺赤玛瑙。日益昝⑲，沙滩色如柔蓝懈白⑳，对岸沙则芦花月影，忽忽不可辨识㉑。山俱老瓜皮色，又有七八片碎剪鹅毛霞㉒，俱黄金锦荔㉓，堆出两朵云，居然晶透葡萄紫也㉔。又有夜岚数层斗起㉕，如鱼肚白，穿入出炉银红中㉖，金光煜煜不定㉗。盖是际㉘，天地山川，云霞日彩，烘蒸郁衬㉙，不知开此大染局作何制㉚。意者妒海蜃㉛，凌阿闪㉜，一漏卿丽之华耶㉝？将亦谓舟中之子㉞，既有荡胸决眦之解㉟，尝试假尔以文章㊱，使观其时变乎㊲？何所遘之奇也㊳！

夫人间之色㊴，仅得其五㊵，五色互相用，衍至数十而止㊶，焉有不可思议如此其错综幻变者㊷？曩吾称名取类㊸，亦自人间之物而色之耳㊹。心未曾通，目未曾睹，不得不以所睹所通者，达之于口而告之于人㊺。然所谓仿佛图之，又安能仿佛以图其万一也㊻！嗟呼！不观天地之富㊼，岂知人间之贫哉？

《王季重十种》

[注释]

①万历三十八年（1610），作者在罢官闲居时，曾遍游浙江天台、雁荡一带，写下了一组题为《游唤》的山水游记，共十一篇，本文是最后一篇。小洋，河滩名，在今浙江青田县境内。　②恶溪：河名，今名好溪，源出浙江缙云县境内，西南流至丽水。《处州府志》载："好溪，即东溪，因水怪，名恶溪。唐段成式为刺史，水怪潜去，改名好溪。"括苍：山名，在浙江东南部丽水与临海两地之间。　③汙（wū）：停积不流的水，这里形容江中多险滩，水流不畅，船行艰难。　④天为山欺：天虽高，但也被山所欺。形容山峰高入云天。　⑤水求石放：江水央求石头放行。形容江水被石头所阻。　⑥眼门一辟：眼前犹如大门敞开一样。辟，开。　⑦吴阌（hóng）仲：人名，作者的朋友。　⑧挈（qiè）：带领。睿（ruì）孺：人名，作者的朋友。　⑨引白：举杯饮酒。白，酒杯。　⑩黄头郎：汉代掌管船舶行驶的官员，这里指船夫。棹（zhào）歌：船

歌，渔歌。棹，船桨。⑪呼卢：即呼卢喝雉，指赌博。古代赌博中有卢和雉两种彩头，卢五子俱黑，是最胜彩。⑫俄：旋即，不久。⑬"始知"句：意为与天上相比，人间简直没有颜色。形容天上色彩之绚烂。⑭姑：姑且。仿佛：大体，大致。图：描绘，形容。⑮半规：半圆。规，画圆的工具。⑯鹦绿：如鹦鹉羽毛一样的绿色。鸦背青：像乌鸦背部羽毛一样的青色。⑰猩红：像猩猩血的鲜艳红色。五千尺：形容面积之大。⑱逗：招惹，引。缥（piǎo）：淡青色。⑲昒（hū）：本为黎明之意，这里指日落而天未黑时。⑳柔蓝懈白：轻柔浅淡的蓝白色。㉑忽忽：模糊不清的样子。㉒碎剪鹅毛霞：形容云霞片片如剪碎的鹅毛。㉓锦荔：即锦荔枝，俗称癞葡萄，其色金黄。㉔晶透：晶莹剔透。㉕岚（lán）：山中的雾气。斗起：竞相涌起。㉖出炉银红：刚熔化出炉的银子般的暗灰红色，形容天色。㉗煜（yù）煜：明亮闪耀的样子。㉘盖：发语词，表推测的语气。是际：这时。㉙烘：如火焚烧。蒸：如气蒸腾。郁：鲜明繁盛。衬：映衬。㉚染局：染坊。作何制：要制作（染）出什么来。㉛意者：料想，想必是。海蜃（shèn）：即海市蜃楼。㉜凌：凌驾，超越。阿闪：当作"阿閦（chù）"，佛名，住东方妙喜世界。这里指佛法。㉝卿丽：卿云，五彩祥云。㉞将：或，还是。舟中之子：指在船上的作者和朋友。㉟荡胸决眦（zì）：用杜甫《望岳》诗中"荡胸生层云，决眦入归鸟"句意。㊱假尔以文章：语出李白《春夜宴从弟桃李园序》诗："况阳春召我以烟景，大块假我以文章。"假，借，给予。尔，你。文章，指自然界绚丽的色彩。㊲时变：随时变化。㊳遘（gòu）：遇。㊴夫（fú）：发语词，无义。㊵五：指青、黄、赤、白、黑五色。㊶衍（yǎn）：繁衍，派生。㊷焉：哪里。㊸曩（nǎng）：从前。称名取类：采用同类事物来命名称呼。㊹色：用作动词，意为为色彩命名。㊺达：表达。㊻万一：万分之一。

㊼富:丰富。指色彩,下句的"贫"亦同。

[评析]

　　这是一篇别具一格的山水小品。所谓别具一格,是说作品并不像一般的山水游记那样写山之青、水之秀,而是集中笔力描绘了游览途中偶然所见日落时分的光与色的万千变化。

　　描写先从落日开始。"落日含半规","含",意为山如张开的嘴,把落日含住一半,写出了山与日的依恋之情。写落日之色,以"胭脂初从火出"相喻,那火红之色,既灿烂,又温柔。日山相依,写完日自然及山,此时的山,或绿如鹦鹉,或青如鸦背,这正是日在山后的逆光效果,绿与青构成的色彩层次,又与火红的落日形成色彩对比,十分鲜丽。在落日青山之上,是灿烂的云天,以"猩红"绘其鲜红之色,以"五千尺"状其视野之大,好一派灿烂辉煌的漫天绮罗!却似乎被人在中间"开一大洞"。这一大洞"开"得好,因为漫天火红的彩霞固然灿烂,却又不免单调,开个大洞,似乎破坏了彩霞的整体,但赢得了视觉上的丰富生动,更何况它"逗出缥天"。这"逗"字极传神。逗,招惹逗引也。于是就像有个调皮的少女,犹嫌漫天彩霞太艳,有意把它剪出个大洞,想窥探一下外面的世界,结果惹来了一片淡蓝的青天。于是大片火红之中嵌着一块淡青,暖中带点冷,相映成趣。这一派美景映在水中,又是另一番景象。水中本倒映着青山,又多白石,更加水波涟涟,于是红云青天到了水中,就确如"绣铺赤玛瑙"了。锦绣上铺着红玛瑙,那是什么样的景象!

　　日光黯淡之后,景色又完全不同了。作者的视线移向了沙滩,那是一片"柔蓝儠白",轻柔浅淡,与先前的火红灿烂大异其趣;再兼对岸"忽忽不可辨识"的芦花月影、"俱老瓜皮色"的山,整个地面是柔美迷蒙的冷色调。视线上移,却见天上依然残留着最后一点辉煌。几片云彩如剪碎的鹅毛,轻轻飘浮,在山后残阳余晖的照耀下,呈"黄金锦荔"般的金黄色,"黄金锦荔"又簇拥着"居然晶透葡萄紫"的两朵云。这一组描写,把天边的云彩画成一盘金紫相间、晶亮水灵的水果,直令人馋涎欲滴,实可谓"秀色可餐"也!而在如"出炉银红"般暗灰红的天色中,又有"夜岚数层斗起,如鱼肚白"穿入,"金光煜煜",色彩更为绚丽,画面也更具动感。

在以上两组描写中,作者犹如一位高明的摄影师,娴熟地操纵着镜头的运动和取景。以船头为"机位",第一组,镜头先从落日特写起幅(准确地说,应该从水中开始,因为在第一段中写到众人是在"低头呼卢"中发现了倒映水中的奇异景色的,不过这是虚写),然后拉出,摄下了逆光的山色;摇上,以全景表现天空;再摇下,摄下水中的天光云影。第二组,镜头从水中摇向岸边沙滩,并横移到对岸,然后依次上摇到山边、天上,表现了"金黄锦荔"和"葡萄紫"之后,拉出全景,在"金光煜煜不定"中落幅。整个过程,运动、组接十分流畅自然,分别摄取了落日、青山、云霞、蓝天、溪水、沙滩、夜岚等,十分丰富生动。作者更如一位高明的色彩师,以其生花的妙笔,运用大量极为新奇美妙的比喻,绘出了万千变幻的天光水色,绚丽斑斓,令人眼花缭乱。而他自己,更为眼前的景象惊叹不已,他觉得他的笔不能表达大自然色彩的万分之一,这是大自然在开着一个大染坊,是要与海市蜃楼争奇斗艳、与无边的佛法比试高低。这一段抒情,是对以上描写的总结与升华,其想象之雄奇瑰丽,可直追屈原与李白,故陆云龙评道:"开染局,与蜃斗丽;逞枯管,与天写色。人巧也,是配天工。"(《翠娱阁评选十六家小品》)末尾的"不观天地之富,岂知人间之贫哉?"与开头的"始知颜色不在人间也"遥相呼应,正是全文的主旨所在。

屠田叔《笑词》序①

古之笑出于一②，后之笑出于二③，二生三，三生四，自此以后，齿不胜冷也④。王子曰⑤：笑亦多术矣，然真于孩，乐于壮，而苦于老。海上憨先生者老矣⑥，历尽寒暑⑦，勘破玄黄⑧，举人间一切虾蟆傀儡马牛魑魅抢攘忙迫之态⑨，用醉眼一缝⑩，尽行囊括。日居月诸⑪，堆堆积积，不觉胸中五岳坟起⑫，欲叹则气短，欲骂则恶声有限，欲哭则为其近于妇人，于是破涕为笑。极笑之变，各赋一词⑬，而以之囊天下之苦事⑭，上穷碧落，下索黄泉⑮，旁通八极⑯，由佛圣至优旃⑰，从唇吻至肠胃，三雅四俗⑱，两真一假，回回演戏，绦龙打狗，张公吃酒⑲，夹糟带清⑳，顿令虾蟆肚瘪，傀儡线断，马牛筋解㉑，魑魅影逃，而憨老胸次亦复云去天空㉒，但有欢喜种子，不知更有苦矣。此之谓可以怨，可以群㉓，此之谓真诗，若曰"打起黄莺儿"㉔，摔开皱眉事。憨老笑了一生㉕，近又得龙耳㉖，长进笑矣，奚其词也！

《王季重十种》

[注释]

①屠田叔，名本畯，字田叔，晚年自号"憨先生"，鄞县（今属浙江宁波）人，曾任辰州知府。本文是为其所著《笑词》所写的序。　②一：一种，即谓真情开心之笑。　③二：两种，即谓有真情，也有假意。以下

"三""四"均指各种笑法。 ④齿不胜冷：意谓笑个不停。按，"齿冷"一词，出自《南史·乐预传》："人笑诸公，至今齿冷。"笑则开口，牙齿因暴露的时间长而感到冷，故云。后人因多以指耻笑，但在本文中，似不尽如此。 ⑤王子：王先生，作者自称。 ⑥海上：海边。屠田叔家乡在今浙江宁波，地处海滨，故称。 ⑦寒暑：指人情冷暖。 ⑧勘破：看透。玄黄：指天地，世间。语出《易·坤》："夫玄黄者，天地之杂也，天玄地黄。" ⑨举：全，凡是。虾蟆（há ma）：即癞蛤蟆，比喻丑恶之人。虾，通"蛤"。傀儡（kuǐ lěi）：木偶戏中的木头人，比喻被人操纵的无能小人。马牛：比喻奴才走卒。魑魅（chī mèi）：传说中的一种鬼怪。抢攘（chéng rǎng）：纷乱的样子。忙迫：匆忙急迫。 ⑩缝（fèng）：缝隙，指醉眼眯缝的样子。 ⑪日居（jī）月诸：即长年累月、年长日久之意。语出《诗经·邶风·柏舟》："日居月诸，胡迭而微？"居、诸，语气助词。 ⑫五岳坟（fèn）起：比喻愤懑不平之气郁积高涨。五岳，指泰山、华山、衡山、恒山、嵩山。坟起，高起。 ⑬赋：作诗词。 ⑭囊：囊括。 ⑮"上穷"二句：意为穷尽天地之间。白居易《长恨歌》："上穷碧落下黄泉，两处茫茫皆不见。" ⑯八极：指八方边远之地。 ⑰佛圣：指至尊至贵之人。优旃（zhān）：据《史记·滑稽列传》，是秦代宫中专供人调笑取乐的侏儒。这里指身份至卑至贱的人。 ⑱三、四：泛指各种各样，并非实指。下句的"两""一"亦同。 ⑲张公吃酒：与下句"夹糟带清"均亦当有所指，具体不详。按，俗谚有"张公吃酒李公醉"之说，不知是否有关。 ⑳糟：酒糟。清：清酒，与"糟"相对。㉑解（xiè）：通"懈"，松懈。 ㉒胸次：胸中。空：指无云。 ㉓"此之谓"二句：语出《论语·阳货》："诗可以兴，可以观，可以群，可以怨。"怨，发泄不满、讥刺时事。群，合群，与人沟通交往。 ㉔若：好像。打起黄莺儿：指唐代诗人金昌绪《春怨》诗："打起黄莺儿，莫教枝上啼。啼时惊妾梦,不得到辽西。"这首诗歌表现少妇思念正在戍边的丈夫,以梦中的快乐代替现实中的愁苦,并以少妇的口吻道出,天真痴情,故可谓"真诗"。　㉕了(liǎo):终了,了却。　㉖龙耳:当指墓穴。典出《晋书·郭璞传》:"璞尝为人葬,帝微服往观之,因问主人何以葬龙角,此法当灭族,主人曰:'郭璞云此葬龙耳,不出三年当致天子也。'"屠田叔曾于生前自建坟墓,此言当指此事。

[评析]

明代有个有趣的现象,即一边是道学家们板着面孔训诫人们如何恪守旧礼教,而另一边却是文人们放浪形骸、笑口常开。当时流传的笑话书不知有多少,现存的就不下一二十种,其中著名的有江盈科的《雪涛谐史》,浮白主人的《笑林》,潘游龙的《笑禅录》,冯梦龙的《笑府》《广笑府》《古今谭概》,等等。这是何故,且待历史学家、社会学家们研究,但有一点可以肯定,他们的笑,并不全是欢乐,而是以笑当哭,以笑当骂,嘲讽世态,讥刺人情,即所谓"嬉笑怒骂,皆成文章"。这在本篇即可见一斑。

屠田叔的《笑词》,今已不传,其中内容据作者所云,是这位"憨先生"在阅尽人情冷暖、世态炎凉之后用"醉眼一缝"而"尽行囊括"的"人间一切虾蟆傀儡马牛魑魅抢攘忙迫之态",这其中也许有政治的黑暗,有官场的腐败,有道学的虚伪,有文人的堕落,以及还有其他三教九流、五行八作的种种鬼蜮伎俩、男盗女娼等。对于这些丑类恶态,憨先生心中如"五岳坟起",悲愤至极,却欲叹无息,欲骂无声,欲哭无泪,于是只好破涕为笑。这笑虽属无奈,但又别无选择。在这苦笑中,将上上下下、形形色色的荒唐无耻、丑恶无赖,从里到外尽行揭露,让它们穷形尽相、丑态毕露,于是"憨老胸次亦复云去天空,但有欢喜种子,不知更有苦矣"。

可见，笑虽是人类的天性，但正如作者在本文开头所指出的那样："古之笑出于一，后之笑出于二，二生三，三生四，自此以后，齿不胜冷也"，就是说随着社会的发展，由自然本能而逐渐带上深刻的社会内涵。这种虽属无奈却别无选择的笑，既是内心感情的宣泄，也是对现实社会的抗争，在某种情况下，它也许不失为一种可取的人生态度和处世方式。正因为如此，他认为《笑词》完全符合孔子"兴、观、群、怨"的诗教标准，是"真诗"。

作者自号"谑庵"，为人纵放诙谐，为官、为政、为诗、为文，莫不以戏谑用事，但他绝不是个玩世不恭的无聊文人。张岱《王谑庵先生传》曰："先生初县令，意轻五斗，儿视督邮，偃蹇仕途，三仕三黜"；晚年的两黜，"人方耽耽虎视，将下石先生，而先生对之调笑狎侮，谑浪如故，不肯少自贬损也"。国家危亡，奸佞当道，他置生死于度外，写下《让马瑶草》一文，痛骂权奸；国破家亡时，他以绝食殉国。这些都足见他是个耿介孤高、不畏强暴、颇有肝胆骨气的正直之士。因此，在本文中，他对屠田叔其人其作的分析评价，可谓知人论世，实际上也是借憨先生之酒杯，浇自己胸中之块垒。因此，本文与其说是对屠田叔的评价赞许，还不如说是作者的"夫子自道"。作品文笔纵放，亦雅亦俗，寓庄于谐，痛快淋漓，读其文则如见其人、如闻其声。"文如其人"，斯之谓也。

让马瑶草①

阁下文采风流，才情义侠，职素钦慕②。当国破众疑之际，爱立今上③，以定时局，以为古之郭汾阳、今之于少保也④。然而一立之后，阁下气骄满腹，政本自由⑤，兵权独握，从不讲战守之事，而只知贪黩之谋⑥，酒色逢君⑦，门墙固党⑧，以致人心解体，士气不扬，叛兵至则束手无策⑨，强敌来而先期以走⑩，致令乘舆播迁⑪，社稷丘墟⑫。阁下谋国至此，即喙长三尺⑬，亦何以自解也！

以职上计⑭，莫若明水一盂⑮，自刎以谢天下⑯，则忠愤节义之士尚尔相亮无他⑰。若但求全首领⑱，亦当立解枢权⑲，授之才能清正大臣，以召英雄豪杰，呼号惕厉⑳，犹当幸望中兴㉑。如或逍遥湖上㉒，潦倒烟霞㉓，仍效贾似道之故辙㉔，千古笑齿已经冷绝㉕。再不然如伯嚭渡江㉖，吾越乃报仇雪耻之国，非藏垢纳污之区也，职当先赴胥涛㉗，乞素车白马以拒阁下。

上干洪怒㉘，死不赎辜㉙。阁下以国法处之，则当束身以候缇骑㉚；私法处之，则当引领以待鈲䥯㉛。

《王季重十种》

[注释]

①这是作者声讨权奸马士英的文章。马士英，字瑶草，贵州贵阳人，万历进士，崇祯末任凤阳总督。李自成攻克京师，推翻明王朝，马士英以江北四总兵实力，拥立福王朱由崧（弘光皇帝），在南京建立小朝廷，自任东阁大学士，进太保，独揽政权，不为抗清复国之计，却结党营私，起用阉党阮大铖，迫害东林党人，排斥史可法等抗敌志士。其倒行逆施终于导致弘光小朝廷的崩溃，清顺治二年（1645），南京城破，他窜至浙江，后被清兵所杀。让，谴责。 ②职：作者自称，犹言卑职。素：素来，向来。 ③爰(yuán)：于是，乃。今上：当今皇上，指福王朱由崧。 ④郭汾(fén)阳：即郭子仪，唐朝大将。唐玄宗时，安禄山叛乱，他任朔方

晚明散文选 | 131

节度使，击破史思明；玄宗入蜀，肃宗即位，他任关内河东副元帅，收复长安、洛阳，因功升为中书令，后又封为汾阳郡王。于少保：即于谦，明代名臣。明英宗正统十四年（1449），发生"土木之变"，英宗为瓦剌军所俘，于谦时任兵部尚书，拥立景帝，并在北京城外击退瓦剌军，以功加封少保。　⑤政本自由：意为一切政令都由自己决定。　⑥黩（dú）：贪污。　⑦逢：逢迎。君：君王。　⑧门墙固党：建立门户宗派，结成死党。　⑨叛兵：指驻于武昌的左良玉军队，当时曾进逼南京。　⑩强敌：指清兵。　⑪致令：致使。乘（shèng）舆：帝王所用之车，借指帝王。播迁：流离迁徙。弘光元年（1645），清兵南下，弘光帝逃至安徽芜湖，被清兵俘虏，次年被杀于北京。　⑫社稷：土地神与谷神，帝王所必祭，因以为国家的代称。丘墟：荒丘废墟，比喻国家破亡。　⑬即：即使。喙（huì）：鸟兽的嘴，因借指人的嘴，含贬义。　⑭上计：上策，最好的计策。　⑮莫若：不如。明水一盂：言外之意是叫马士英祭祀（亦即告罪）过列祖列宗，然后自杀。明水，古代祭祀时以铜鉴所取的露水。　⑯谢：谢罪，认罪。　⑰尚：犹，还。尔：助词，无义。亮：通"谅"，原谅。无他：没有别的意见。　⑱全：保全。首领：头颅。　⑲枢（shū）权：大权。枢，枢纽，比喻中心要害之处。　⑳呼号：高呼号叫，意即激昂奋发。惕厉：为某种危险而忧惧，这里意为以国难相激励。　㉑中兴：复兴。　㉒逍遥湖上：意为隐居江湖。　㉓烟霞：指山水之中。　㉔贾似道：南宋时权臣，台州（今浙江临海）人。他是宋理宗的贾贵妃之弟，以右丞相领兵救鄂州，私下向蒙古忽必烈纳币求和。宋度宗时，更是大权独揽，不事抵抗，终因兵败被革职放逐，后为监送人所杀。辙（zhé）：覆辙，覆灭的老路。　㉕千古笑齿已经冷绝：意为千古之后犹被人耻笑。此句化用"齿冷"一词。《南史·乐预传》："人笑褚公，至今齿冷。"笑则开口，牙齿因暴露的时间长而感到冷，故云。后人因多以指耻笑。　㉖如伯嚭（pǐ）渡江：伯嚭，人名，又称太宰嚭，春秋时吴国大臣，原为楚国大夫，后出亡奔吴，以功被任为太宰，善于逢迎，深得吴王宠信。吴破越，他受越王贿赂，许越媾和，并谗害伍子胥。越王卧薪尝胆而国兴，灭吴，他又投降越国。伯嚭先渡江奔吴，后又降越。越国即今浙江一带，故以此喻马士英逃窜浙江。㉗胥涛：胥即伍子胥，春秋时吴国大臣，因劝吴王拒绝越国求和，为伯嚭谗害，死后投尸于江。相传后来人们常见他乘素车白马，立于涛头之中，故称胥涛。㉘干（gān）：冒犯。洪：大。㉙辜：罪过，过失。㉚束身：把自己捆绑。缇骑（tí qí）：身穿红衣的马队，古代指贵官的侍从，这里指明代专事侦查、捕人的差役。㉛引领：伸长脖子。鉏麑（chú ní）：春秋时晋国人。晋灵公荒淫残暴，大臣赵盾多次进谏，灵公便派他去刺杀赵盾。后为赵盾忠心所感动，触槐自杀。这里以之指代刺客。

[评析]

这是一篇慷慨愤激、大义凛然的檄文。马士英、阮大铖等人结党专权、祸国殃民的罪行，与历史上的董卓、李林甫、秦桧、严嵩等权奸一样，为人们所切齿痛恨。作者身当其时，目睹其罪行及其所导致的国破家亡的惨重后果，义愤填膺，遂写下此文，愤怒声讨，代表了人民的心声。

作品开头，先肯定了马士英起初拥立福王、安定时局的积极作用，接着就对马的罪行进行了尖锐无情的揭露和声讨。他揭露马的罪行主要是：第一，专横霸道，大权独揽；第二，上蔽君王，下结死党；第三，贪赃枉法，不务抗战；第四，涣散人心，临阵脱逃；第五，祸国殃民，丧失江山。这些罪状，条条有据，句句在理，作者一一历数，痛揭无遗，直令奸贼"即喙长三尺"，亦无以自解；而令天下人进一步看清奸贼面目，拍手称快。至于马贼的出路，作者指出了几条：若隐藏江湖，潦倒一生，将被天下人耻笑万年；若逃窜浙江，则具有报仇雪耻传统的浙江人民决不肯藏污纳垢,将坚决把奸贼拒之门外,作者即是带头者。因此,马贼的出路只有一条,交出政权,自刎以谢天下,这样才能激励天下豪杰,国家才有望中兴。最后,作者严正表示:他已做好了必死的准备,只等奸贼动手。

　　文章感情强烈,笔力充沛,如飞瀑直下,酣畅淋漓。行文散中带骈,读之朗朗上口,优美典雅。文中用典巧妙,如"明水一盂",用古代祭祀之典,揭露马士英不但有负于君王、有罪于苍生,亦辱没了马家的列祖列宗,死有余辜;又如借贾似道之事,将马贼与历史上的奸佞联系起来,痛骂他不但罪孽深重,而且厚颜无耻;最妙的是借用了与浙江有关的伯嚭与伍子胥之事,指出马贼与伯嚭一样是千古罪人。浙江之地,古有卧薪尝胆报仇雪耻的勾践,今有如作者一样敢赴胥涛以死拒贼的忠直之士。"吾越乃报仇雪耻之国,非藏垢纳污之区"一语,熔铸了历史传统与时代精神,字字铿锵,声闻千古。总之,全文虽仅三百字左右,却始终激扬着凛凛正气、飒飒英风,读之令人回肠荡气、慷慨激昂。至于文末"束身以候缇骑""引领以待鉏麑"之语,作者也毫不食言。清兵南渡钱塘,他闭门大书"不降"二字;绍兴城破,他绝食而死,实现了其视死如归的诺言。其忠直的品格、高尚的气节,足可令人景仰。

冯梦龙

冯梦龙（1574~1646），字犹龙，又字子犹，别号龙子犹、墨憨斋主人等，长洲（今江苏苏州）人。崇祯三年（1630）取得贡生资格，任江苏丹徒县训导，七年升福建寿宁知县。十一年离任归乡。传世有话本集《喻世明言》《警世通言》《醒世恒言》（世称"三言"），民歌集《挂枝儿》《山歌》，笔记小品集《古今谭概》《笑府》《智囊》《情史》等。

序《山歌》①

书契以来②，代有歌谣③，太史所陈④，并称"风""雅"⑤，尚矣⑥。自楚骚唐律争妍竞畅⑦，而民间性情之响遂不得列于诗坛⑧，于是别之曰山歌，言田夫野竖矢口寄兴之所为⑨，荐绅学士家不道也⑩。唯诗坛不列，荐绅学士不道，而歌之权愈轻⑪，歌者之心亦愈浅⑫。今所盛行者，皆私情谱耳⑬。虽然，桑间濮上⑭，国风刺之⑮，尼父录焉⑯，以是为情真而不可废也。山歌虽俚甚矣⑰，独非郑、卫之遗欤⑱？且今虽季世⑲，而但有假诗文⑳，无假山歌，则以山歌不与诗文争名，故不屑假。苟其不屑假㉑，而吾藉以存真㉒，不亦可乎？抑今人想见上古之陈于太史者如彼㉓，而近代之留于民间者如此，倘亦论世之林云尔㉔。若夫借男女之真情㉕，发名教之伪药㉖，其功于《挂枝词》等㉗，故录《挂枝词》而次及《山歌》。

《山歌》

[注释]

①《山歌》是冯梦龙约于万历四十年（1612）前后所编的一部民歌集，共十卷，所收录大多为吴地民歌。本文是其序文。　②书契：文字。契，刻。古代文字以刀刻，故称。　③代：历代。　④太史所陈：相传古代帝王常派人到民间采诗，经整理，"命太师陈诗以观民风"。太史，当即太师，朝廷中掌音乐教化的官员。　⑤并称：意为相提并论。风：指《诗经》中的"十五国风"，是周代部分诸侯国的民间诗歌。雅：指《诗经》中的"大雅"和"小雅"，其诗歌多为贵族士大夫所作。　⑥尚：高。意为当时民歌的地位很高。　⑦楚骚：指楚辞，战国时由楚国的屈原等人创立的诗体，因以屈原的《离骚》为代表作，故称。唐律：指唐诗，唐诗多为律诗，故称。争妍（yán）竞畅：争奇斗艳，广泛流传。妍，美、艳。畅，通畅。　⑧性情之响：表达真情实感的歌声。　⑨野竖：乡间儿童。矢口：随口。矢，直，意为口随心想，直言表白。寄兴（xìng）：借诗歌以抒发自己的兴致感情。　⑩荐绅：通"缙绅"，指有官位有身份的人。道：说，提起。　⑪权：秤砣，引申为分量、地位。　⑫浅：浮浅。　⑬私情：指男女私情。谱：歌。　⑭桑间濮（pú）上：桑间，古代卫国地名，在濮水之上，为男女幽会之所，故多爱情民歌。《汉书·地理志下》："卫地有桑间濮上之阻，男女亦亟聚会，声色生焉。"这些爱情诗歌，儒家经师多以为是"淫诗"，是导致亡国的靡靡之音。《礼记·乐记》："桑间濮上之音，亡国之音也。"这里当指《诗经》中郑、卫、邶、鄘等国风中的爱情诗歌。　⑮国风刺之：儒家经师认为"国风"中的爱情诗是讥刺当时礼崩乐坏、淫风大行的。　⑯尼父（fǔ）：指孔子。孔子名丘，字仲尼，"父"是古时对男子的美称。录焉：相传《诗经》原有诗歌三千余篇，孔子作了删减整理，剩下三百多篇，故云这些爱情诗是孔子

有意保留下来的。　⑰俚（lǐ）：鄙俗，不文雅。　⑱独：难道。　⑲季世：末世。古人排行以伯、仲、叔、季为序，季为最末，故云。　⑳但：只。　㉑苟：假如，如果。　㉒藉（jiè）：凭借。真：指山歌中的真情实感。　㉓抑：或者。　㉔倘：犹言倘若如此。论世：研究时代社会的发展。林：比喻丰富的资料。云尔：犹言"如此罢了"。　㉕若夫（fú）：至于。　㉖发：显示。名教：礼教。礼教讲求正名定分，故称。　㉗《挂枝词》：作者的另一部民歌集。

[评析]

明代盛行假道学，一些"荐绅学士家"为诗为文，酸文假醋，面目可憎。物极必反，大量的通俗文学在民间流行，这些作品虽文不雅驯，甚至俚俗粗鄙，却表现了人的真性情，受到了一些进步文学家的注意和肯定，李贽主张"童心说"，标举《西厢》《水浒》，袁宏道主张"独抒性灵"，赞扬《擘破玉》《打草竿》，汤显祖创作《牡丹亭》等，都是张扬人性之"真"，以反对道学之"假"。而在提倡、创作通俗文学方面，冯梦龙可算是最杰出的代表。本篇小序，就是他在理论上阐述通俗文学应有的地位和作用。

在本文中，作者明确表示，他编选《山歌》，就是要"借男女之真情，发名教之伪药"。道学家们提倡复古，推崇诗书，标榜孔孟，本文就针对这些立论。首先，"书契以来，代有歌谣"，民歌比什么都古；其次，当年周天子"命太师陈诗以观民风"，这些诗就是民歌，列于六经之首的《诗经》之中，名曰"国风"，与"荐绅学士"们所作的"雅"具有同等地位。最后，这些民歌正是孔子所录。可见民歌自古就很受尊崇。为什么呢？"以是为情真而不可废也。""情真"是民歌的最可贵之处，是其所以为"经"的关键所在。古之民歌如此，今之民歌又何尝有异？

但是，随着文学的发展，"民间性情之响"的民歌反被挤出了诗坛。

这是因为它被认为是"田夫野竖矢口寄兴之所为",故"荐绅学士家不道也",可见这完全是"荐绅学士家"们的偏见。由于这一偏见,导致"歌之权愈轻,歌者之心亦愈浅","今所盛行者,皆私情谱耳",这不是民歌本身的过错。即便如此,民歌仍不失其应有的价值。《诗经》中那些"桑间濮上"的郑、卫之音,不也是"皆私情谱耳",甚至被人斥为"淫诗"吗?但它"情真",有"观风察政"之效,所以不可废而被孔子所录。而今之山歌,虽"俚甚",但它正是"郑、卫之遗",当年不可废,如今岂可废得?

对比今之诗文,"但有假诗文,无假山歌",因此,山歌比起那些"荐绅学士家"们的诗文来,更真,更具有认识时代、考察社会的作用,故更有存的价值。此外,它能"借男女之真情,发名教之伪药",更具有重大的现实意义。

由此可见,本文立论巧妙,论据充分,逻辑严密,虽字不过三百,却颇有说服力。

曹学佺

曹学佺（1574~1647），字能始，号石仓，侯官（今福建福州）人。万历二十三年（1595）进士，授户部主事，后任四川右参政、按察使。天启间，官广西参议，因得罪魏忠贤党羽，被劾削职，家居二十余年。明亡后，自缢殉节。有《石仓诗文集》《蜀中广记》等。

尹恒屈诗序①

语云②："千里一士，比肩而立③。"志难得也④。余数奔走道路⑤，游于山川间，未尝不亟求友之思⑥，而危独立之叹也⑦。

去年，从豫章来⑧，登匡庐⑨，泛彭蠡⑩，凌天门⑪，蹑采石⑫，秋尽始抵秣陵⑬，遇蜀尹武部恒屈。恒屈已有先容予者⑭，见迟良久。余骤而得恒屈⑮，而后喜可知也。于是乎与恒屈称莫逆⑯。予本投闲⑰，恒屈好懒；余性佞佛⑱，恒屈清斋⑲，其为趣况一也⑳。予之所友，恒屈之友；恒屈之友，即余之友，其为交游一也。临池谈艺，必尽短长；对弈衔杯㉑，迭为胜负㉒，其为犄角一也㉓。高台流水，引眺何极㉔；春花秋月，命赏都遍㉕，其为留连一也㉖。夫人也㉗，因其所同而同之，则莫不同矣；因其所异而异之，则莫不异矣。予与恒屈之为人，有不期同而同者焉㉘；而其为诗，唯日求异以致其同者焉。今恒屈之诗何如哉？其在楚者㉙，非乎在蜀者也；在金陵者㉚，非乎在楚者也，盖骎骎日异而岁不同矣㉛。古之人如

晚明散文选 | 139

是也，其可量乎哉！余乃走数年，往来几千里，始见此人耳。

恒屈今别去，将归蜀，溯流而上㉜，直至江源㉝。其自三山、九华以至浔阳、钟蠡之间㉞，则余去年未见恒屈时路也；其自武昌、荆门以至巫峡、锦官之乡㉟，则恒屈昔年未见余时路也。风景不同，山川如昔，怀人天末㊱，扣舷而歌㊲，予知又有不容已于言者矣㊳。

《石仓诗文集》

[注释]

①尹恒屈，人名，生平事迹不详，从文中看，当是作者的一位挚友。本文是作者为其诗集所写的序。 ②语：指成语、谚语或古书上的话。 ③"千里"二句：意为千里之内只有一个人能与自己志趣相投。比肩，并肩，相当。 ④志：情志，志趣。 ⑤数（shuò）：屡次，频繁。 ⑥亟（jí）：迫切。 ⑦危：忧惧。独立：孤独，指没有知心朋友。 ⑧豫章：地名，即今江西南昌。 ⑨匡庐：山名，即庐山，在今江西。 ⑩泛：泛舟，乘船。彭蠡（lǐ）：湖名，即鄱阳湖，在今江西。 ⑪凌：凌驾，登上顶峰。天门：山名，在今安徽。 ⑫蹑：踩，踏。采石：地名，即采石矶，在今安徽马鞍山市长江东岸，形势险要，为江防重镇，多有古迹。 ⑬秣（mò）陵：地名，指南京。 ⑭先容：事先介绍。 ⑮骤：忽然。 ⑯莫逆：无所违逆，即情投意合的朋友。 ⑰投闲：置身于清闲。 ⑱佞（nìng）佛：信佛。 ⑲清斋：清心斋戒。 ⑳趣况：情趣。 ㉑对弈（yì）：下棋。衔杯：饮酒。 ㉒迭：更迭，轮流。 ㉓犄（jī）角：对手。 ㉔引眺：放眼远望。何极：指极远之处。 ㉕命赏：相约共赏。 ㉖留连：留恋不舍。 ㉗夫（fú）：发语词，无义。 ㉘不期：无意。 ㉙楚：指今湖北、湖南一带地区。因该地区古为楚国，故称。 ㉚金陵：地名，即上文的秣陵。战国时楚威王于此地埋金以镇王气，故称。秦时改为秣陵。今指南京。 ㉛盖：大概。骎（qīn）骎：马疾行的样子，比喻时间

迅速流逝。 ㉜溯（sù）流：逆流。 ㉝江源：长江上游。指四川。 ㉞三山：山名，在今南京西南长江东岸，以有三座山峰而得名。九华：山名，在今安徽青阳西南，以有九座山峰形似莲花而得名。浔（xún）阳：地名，指今江西九江。钟蠡：当亦为地名，具体不详。 ㉟武昌、荆门：均为地名，今属湖北。巫峡：峡名，长江三峡之一，在今湖北、四川之间。锦官：地名，指今四川成都。乡（xiàng）：通"向"，方向。 ㊱怀人天末：杜甫有《天末怀李白》诗，这里借以表示对尹恒屈的思念。 ㊲扣舷：叩击船舷打拍子。 ㊳"予知"句：承上文"恒屈已有先容予者"句而言，意为尹恒屈又会有别人无法事先告诉我的新的变化。

[评析]

　　自古以来，人们每叹千金易得而知音难遇，尤其是仁人君子，鄙于势利之交、酒肉之友，珍重的是心灵的契合、志趣的相投，所以本篇开头所引古语"千里一士，比肩而立"，是毫不夸张的。作者自言他走南闯北、涉水跋山而苦于挚友难觅，也是不难理解的。唯其如此，才有了下文与恒屈相遇的欣喜及相别的惆怅。

　　作者与尹恒屈也并非一见倾心之交，他事先已听人介绍过，可谓神交已久，却无缘相见。有了这一"悬念"，因此一旦见面，自然一见如故，欣喜异常。但作者并没有大肆铺叙渲染他如何欣喜，只说了一句"而后喜可知也"，便"絮絮叨叨"地诉说他们之间的几大"一也"：趣况一也，交游一也，犄角一也，留连一也。总之，情投意合，心心相印，实可谓君子之交。更可贵的是，他们之间并非是刻意求同，而是"不期同而同"，由神交而深交，自然而必然。但也并非彼此等同一人，在诗艺方面，他们"日求异以致其同者焉"，各有见解，相互切磋，异中求同，这就是古人所谓"和而不同"。这种精神上的自然之同与艺术上的异中求同，是友情的最高境界。所以作者最关心、最欣喜的是朋友在艺术上的进步："其在楚者，非乎在蜀者也；在金陵者，非乎在楚者也，盖骎骎日异而岁不同矣。"这是只有最深挚的艺友才会有的感情，局外人是难以真切体会的。

文章最后写到离别之情，又是"絮絮叨叨"，这回是数地名：哪些地方是"余去年未见恒屈时路也"，哪些地方是"恒屈昔年未见余时路也"。这令人想起一首南朝时的乐府民歌："江陵去扬州，三千三百里；已行一千三，所有二千在。"这种扳着指头数路程的描写，看起来似乎是废话，却正是最深切的思念与牵挂的自然流露，可谓语极淡而情极浓。更何况作者数的又尽是他们曾经不得相见的路程，其中更有一种惋惜惆怅之情，颇耐人寻味。文章最后，作者对着挚友的归程无奈地长叹："风景不同，山川如昔，怀人天末，扣舷而歌，予知又有不容已于言者矣。"其一往深情，令人欷歔。

钱伯庸文序[①]

今之作文者，如人相见，作揖曲躬之际，阔别致谢，寒温都尽；及其执茶对坐，别无可说，不过再理前词，往往重复。又如俗人唱曲，以一句为数句，以一字为数字，不死不活，希图延场[②]；及其当唱之处，又草草读过而已。噫！此所谓时套也。今之作揖不如是，则人必怪之；唱曲不如是，则无人击节赏音[③]。作文之趋于时尚亦如是矣。其病在于无师友传授，而少浸润之于义理[④]，徒逞其私臆[⑤]，求作新奇，不知反落俗套矣。

钱生伯庸[⑥]，其家师于岳水部之初[⑦]，以之初书谒见于予[⑧]。予观其人，不为时俗所染，岂非欲随地求师而汲汲于义理者⑨？予愧浅率⑩，不足以答伯庸。伯庸归，试以其文质之尔师之初⑪。之初之作人，无时套者也，其论文亦如之。

《石仓诗文集》

[注释]

①钱伯庸，人名，生平事迹不详，从文中看，当是作者一位朋友的弟子。本文是作者为其文集所写的序。　②延场：拖延场时。　③击节：边听曲边打着节拍，这是人在全情投入地赏曲时常有的动作。　④浸润：长期逐渐地熏陶滋养。义理：讲求经义、探究名理的学问，这里当泛指正确的道理。　⑤徒：只是。逞：尽情施展。私臆：个人臆想。　⑥生：对读书人的称呼，犹言书生。　⑦师：师从。岳水部之初：岳之初，当是作者的朋友，生平事迹不详。水部，官名，属工部，遂为对工部司官的一般称呼。　⑧谒（yè）见：请见，进见。　⑨汲汲：迫切的样子。　⑩浅率：浮浅粗率。　⑪其文：指本文。质：询问。尔：你。

[评析]

　　本文作者借为人作序，对当时文坛陋习提出了严肃的批评。文章以两个比喻开头：俗人相见，套话连篇却没有真正该说的话；俗人唱曲，拖延字句，不死不活，当唱时反而唱不出来。这两个比喻揭露出当时流行的一种虚浮空洞的不良文风。然而可悲的还不仅仅在作者这边，"今之作揖不如是，则人必怪之；唱曲不如是，则无人击节赏音"，这种虚浮空洞的文章反而受到社会普遍的赞赏，于是形成一个低俗的欣赏者与低俗的作者互动的怪圈，以致虚浮空洞之风愈演愈烈。

　　作者进一步指出这种陋习的根源，即在于人们缺乏师友的传授、"义理"的根基。这一见解是十分中肯的。就当时而言，固然复古派强调模仿古人有很大的保守性，但他们主张读古书、做学问，也并非无一可取。而"公安派"强调独抒性灵，提倡个性，无疑是革新主张，但此风盛行，使得一些人片面地致力于标新立异，而忽视了深厚扎实的学问基础，就导致了作品的轻薄浅率，其个性和新奇也就走向反面，落入了媚俗邀宠的俗套。与此相反，岳之初做人、论文均"无时套者"，其弟子钱伯庸"不为时俗所染"，"欲随地求师而汲汲于义理"，故而深得作者的赞赏。作者的这些批评与见解，可谓切中时弊。

张鼐

张鼐,生卒年不详。字世调,号侗初,华亭(今上海松江)人,万历三十二年(1604)进士,改庶吉士,授检讨,迁司业。天启时,向皇帝陈言十事,为宦官魏忠贤所忌恨。后擢南京礼部右侍郎,上疏引疾,魏忠贤责之以诈疾要名,削其籍。崇祯初复官,协理詹事府,不久改吏部右侍郎,未及上任而卒。著有《宝日堂集》等。

与姜箴胜门人[①]

杜门不见一客者[②],三月矣。留都散地[③],礼曹冷官[④],而乞身之人[⑤],其冷百倍。然生平读书洁身[⑥],可对衾影[⑦],即乡曲小儿忌谤相加[⑧],无怪也。独念国家所重者人材,君子所惜者名行[⑨];今设为风波之世局[⑩],令小人得驾为陷阱[⑪],而驱局外之人以纳其中[⑫],纵不为斯人名行惜[⑬],其如国家人材一路何[⑭]?人材坏而国事坏,国事坏而士大夫身名爵位与之俱坏。吁,可惧也!

不佞归矣[⑮]!有屋可居,有田可耕,有书可读,有酒可沽[⑯];西过震泽[⑰],南过武林[⑱],湖山之间,赋诗谈道,差堪自老[⑲]。官居卿贰[⑳],年逾五十,而又黄门弹事[㉑]。止云文章无用[㉒],恐滥金瓯[㉓],不减一篇韩昌黎《送杨少尹序》[㉔]。嘻,可以归矣!况又朝局以为庸縻[㉕],而天子以为才望[㉖],即宗伯墓门一片石[㉗],即年邀惠悙史[㉘],不称好结局哉?可以归矣!

谛观年来士大夫风尚㉙，愈趋愈下，鳃鳃惟异己是除㉚，私人是引㉛。楚人为楚人出缺㉜，秦人为秦人营迁㉝，不论官方㉞，不谈才品，目中岂复有君父，而堪以服天下挽世运乎㉟？亦终必亡而已。水落石出，岂谓高庙神灵㊱，竟不顾冲圣而任此辈横行哉㊲？

足下讲臣也㊳，朝夕对扬重瞳㊴，须留一段光明于胸中，即不宜轻发㊵，以逢时忌㊶；而因事陈规㊷，婉词微讽㊸，当有旋转妙用㊹，莫负此千载遭逢也㊺！吾辈口不宜快，而心固不可不热㊻。

二疏已上㊼，速去为幸㊽，扁舟已买江上矣㊾。

《宝日堂集》

[注释]

①本文是作者写给其弟子姜逢元的信，当作于他在南京礼部右侍郎任上称病引退而被魏忠贤弹劾削职时。姜逢元，字仲訒，号篯胜，余姚（今属浙江）人。万历四十一年（1613）进士，选庶吉士，崇祯时官至礼部尚书。门人，弟子。 ②杜门：闭门。 ③留都：指南京。明初建都南京，成祖时迁都北京，于旧都南京置留守，故称。散（sǎn）地：闲散之地。 ④礼曹：礼部。时作者为南京礼部右侍郎。冷：清冷，意为无权无势。 ⑤乞身：请求退职回家。 ⑥洁身：即洁身自好，保持清白。 ⑦可对衾（qīn）影：意为问心无愧。语出刘昼《新论·慎独》："故身恒居善，则内无忧虑，外无畏惧，独立不惭影，独寝不愧衾。"衾，被子。影，自己的影子。 ⑧即：即使。乡曲小儿：鄙陋小人，指魏忠贤一伙。 ⑨名行：名节品行。 ⑩设为：造成，形成。风波之世局：险恶的时局。天启年间，宦官魏忠贤把持朝政，培植亲信党羽，形成"阉党"，大肆进行特务活动，残酷迫害异己忠良，政治十分黑暗恐怖。 ⑪驾：架构。 ⑫局

外之人：异己之人，反对者。当指东林党人及其同情支持者。魏党横行，有东林党人与之斗争，魏党遂大兴党狱，搜捕东林党人及其同情支持者。 ⑬纵：纵然，即使。斯人：这些人。 ⑭路：方面。 ⑮不佞（nìng）："我"的谦称，犹言"不才"。归：辞官回家。 ⑯沽（gū）：买酒。 ⑰震泽：今江苏太湖的古称。 ⑱武林：山名，即浙江杭州灵隐山。这里指杭州。 ⑲差：大体，略。堪：可。 ⑳卿贰：尚书的副职。卿，周代把执政大臣分为天、地、春、夏、秋、冬六官，称为"六卿"，后代沿为吏、户、礼、兵、刑、工六部尚书，故尚书亦称卿。贰，副职，时作者任南京礼部侍郎，侍郎是副长官，故称。㉑黄门：宦官，指魏忠贤阉党。弹（tán）事：指魏忠贤弹劾作者称病告退为诈疾之事。 ㉒止：只。 ㉓滥：败坏。金瓯（ōu）：指国家。 ㉔韩昌黎：唐代文学家韩愈，因其自称郡望昌黎（今辽宁义县），故称。《送杨少尹序》：韩愈散文作品。杨少尹即唐代诗人杨巨源，官国子司业，告老还乡，韩愈作此文为他送行。 ㉕朝局：朝廷中主持政局者，指魏党。庸：平庸无能。縻（mí）：束缚，妨碍。 ㉖才望：有才能声望。 ㉗宗伯：礼部尚书、侍郎即相当于周代春官大宗伯、少宗伯，作者官侍郎，故称。石：指墓碑。 ㉘即年：到那年。邀惠：请求赠予。惇（dūn）史：记录敦厚品德的史传（指墓志铭）。惇，敦厚。 ㉙谛（dì）：仔细。 ㉚鳃（xǐ）鳃：惊恐忧惧、心怀鬼胎的样子。 ㉛私人：亲近的人、亲信。引：引荐，提携。 ㉜楚：与下句的"秦"一样，都是地名，但均与今之所谓"张三""李四"类似，并非实指。出缺：原任官离位而其职暂缺待补。这里意为谋求官位。 ㉝营迁：营求升迁。 ㉞官方：任官的制度章程。 ㉟服：驾驭。 ㊱高庙：指明朝的宗庙。 ㊲冲圣：指明熹宗，即天启皇帝。冲，幼小，明熹宗十六岁即位，故称。 ㊳讲臣：讲解经书之臣。姜逢元时任国子司业（国子监的副长官），掌儒学训导。 ㊴对扬：对答称扬。重瞳（chóng tóng)：指皇帝。相传舜目重瞳，即一目中有两个瞳仁，故称。 ㊵轻：轻率，随便。发：发表意见。 ㊶逢：触犯。时忌：指当朝者（即魏党）的忌讳。 ㊷因事陈规：根据具体情况进陈规劝之言。 ㊸婉词：委婉之言。微讽：暗示讽谏。 ㊹旋转：扭转局势，挽回事态。 ㊺千载遭逢：指姜逢元担任讲官这一大好机会。 ㊻固：坚决，一定。 ㊼二疏：指作者所上的两篇称病引退的疏奏。 ㊽去：离开，指离任回家。 ㊾扁（piān）舟：小船。

[评析]

  明末政治腐败，党争剧烈。尤其是天启年间，魏党擅权，结党营私，排斥异己，士大夫较为正直者均受其迫害。作者就是其中之一。而其门人姜逢元，此时正任国子司业，后来他参与编纂迎合魏党之意的《三朝要典》，每搁笔感叹，魏忠贤视其为东林同党而勒令其闲住，可见他亦与其师同道。作者在被劾回家时写下这封信，一为表明心迹，二为告诫正处在政治漩涡中的门人。

  文章的第一段述说了自己对国事的担心。他认为，自己虽官居清冷，又遭弹劾迫害，但深幸自己洁身自好、问心无愧。他所担心的是大批人材深陷魏党的政治陷阱，而导致国事日坏。这一段语气沉重，体现了一个正直的士大夫忧国忧民的高尚情怀。

  第二段抒发了自己引退的心情。之所以"可以归矣"，一则归后生活优游，余生无虞；二则自己可算功成名就，又有魏党的弹劾，可视为当年韩愈的送行文，差可谓身荣名显、衣锦还乡；三则自己未负皇恩，清白忠诚，可名垂青史。整段以三个"归矣"联成，自宽自慰，语气轻松诙谐，却正反映出作者心底的无奈与悲凉，可以说是"带泪的笑"。

  第三段是对魏党的声讨。他揭露魏党心无君王，目无国法，结党营私，导致世风日下、国运衰败。他还指出，天意人心必不容此辈横行，最终的结局是丑类必亡而水落石出。这一段语气转为愤激慷慨，表达了鲜明的立场和坚定的信念。

第四段则是对门人的告诫。他告诫对方，处在政治漩涡中心，要讲究策略，既要谨慎从事，小心保护自己，又要利用机会，婉言规劝，努力为国为君作点贡献。"吾辈口不宜快，而心固不可不热"一语，是他的人生总结，以此告诫对方，既是关心，也是勉励，同时又是自勉。这一段语气极为亲切诚恳，体现了其深厚的师者之道、长者之情。

由上可以看出，作者虽退出了政治舞台，离开了是非之地，但心情是十分沉重复杂的。表现在信中，起伏曲折，娓娓坦陈，既是对晚辈的呵护教诲，又像是对挚友的肝胆相照，一片忠臣赤子之心，足可感人。

李流芳

李流芳（1575～1629），字长蘅，一字茂宰，号香海、泡庵，晚年又号慎娱居士，嘉定（今属上海）人。万历三十四年（1606）中举，天启初，北上应会试，到京郊时，听说魏忠贤气焰嚣张，便赋诗而还，从此绝意进取。性好山水，工书画。著有《檀园集》。

游虎丘小记①

虎丘，中秋游者尤盛。士女倾城而往②，笙歌笑语，填山沸林③，终夜不绝，遂使丘壑化为酒场④，秽杂可恨。

予初十日到郡⑤，连夜游虎丘。月色甚美，游人尚稀，风亭月榭间⑥，以红粉笙歌一两队点缀⑦，亦复不恶。然终不若山空人静独往会心⑧。尝秋夜与弱生坐钓月矶⑨，昏黑，无往来⑩，时闻风铎及佛灯隐现林杪而已⑪。又今年春中，与无际舍侄偕访仲和于此⑫，夜半月出无人，相与趺坐石台⑬，不复饮酒，亦不复谈，以静意对之⑭，觉悠悠然欲与情景俱往也。

生平过虎丘⑮，才两度见虎丘本色耳。友人徐声远诗云："独有岁寒好，偏宜夜半游。"真知言哉⑯！

《檀园集》

[注释]

①本文是作者游览苏州虎丘而写的游记。虎丘，山名，又名海涌山，在江苏苏州市西北阊门外山塘街，距城约三四公里。春秋时吴王阖闾葬此。相传吴王葬后三日，有白虎踞其上，故称"虎丘"。或说因其山丘形似蹲虎而名。山中多有名胜古迹。　②士女：男女。　③填：填塞。沸：沸腾，形容声音喧闹。　④壑（hè）：山谷。　⑤郡：指苏州。苏州时为苏州郡府，故称。　⑥榭（xiè）：建于高台上的亭子。　⑦红粉：歌女。⑧会心：指领会景色之美。　⑨弱生：当系人名，作者之友。钓月矶（jī）：虎丘名胜之一。矶，水边突出的岩石。　⑩无往来：意为无游人来往。　⑪风铎（duó）：风铃。杪（miǎo）：树梢。　⑫无际：人名。舍侄：对人谦称自己的侄子。仲和：人名。　⑬跌（fū）坐：盘腿而坐。⑭静意：清静之心。　⑮过：来到。　⑯知言：知心之言。

[评析]

对于山水景色的欣赏，因人而异。同样一个虎丘，袁中郎与李流芳之所好就恰恰相反。大约袁中郎性情豪爽洒脱，又身为县令，好俗亲民，故尤喜欣赏士女云集彻夜赛歌的盛况（详见本书所选其《虎丘》一文）。而长蘅却别有情趣，据说其读书之处檀园，"水木清华，市嚣不至，一树一木，皆长蘅父子手自位置，琴书萧闲，香茗郁烈，客过之者恍如身在图画中"（钱谦益《列朝诗集》）。可见其性好清幽而厌尘杂。对于虎丘，他在《江南卧游册题词·虎丘》一文中写道："虎丘宜月，宜雪，宜雨，宜烟，宜春晓，宜夏，宜秋爽，宜落木，宜夕阳，无所不宜，而独不宜于游人杂沓之时，盖不幸与城市密迩，游者皆以附膻逐臭而来，非知登览之趣也。"在本文中，他再一次对袁中郎所热衷的场面表现了极大的反感与厌恶："遂使丘壑化为酒场，秽杂可恨。"

作者厌恶这种场面，是因为这种人文景观尤其是那些"皆以附膻逐臭而来，非知登览之趣"的游人破坏了虎丘的本色。虎丘的本色是什么？依文中所言，是：山空、人静、岁寒、夜半，此时夜色昏黑、万籁俱寂，偶或有阵阵微风吹动寺庙檐角的风铃，发出一二声响，如豆的佛灯在林间树梢显隐明灭。但这还只是一方面。作为欣赏者，还必须"以静意对之"，具体说来，就是：携一二知交，盘腿静坐，心无尘杂，万念俱灭，与空山作会心的交流。于是情景交融，物我合一，便不知有我，也不见有物，"觉悠悠然欲与情景俱往也"，完全是一个精神高度自由的审美境界。

这似乎是参禅悟道的境界。是古代文人的闲情逸趣，还是山川自然的美之真谛所在？这对我们现代人或许有所启示。

作品在写法上颇有匠心。开头先写人文景观的"秽杂可恨"，为下文之"静"作了景物与情绪上的反衬与铺垫。然后写"亦复不恶"的此次之游，作为过渡，引出"山空人静，独往会心"的主题，于是便接入以往两次"见虎丘本色"的回忆描写，以落实主题。三种境界，三种审美体验，逐步过渡落实，极为自然。同时在景物描绘上，用笔十分准确自然，简淡省净。如开头写中秋盛况，以"填""沸""酒场"状之，场面之秽杂和作者的厌恶之情溢于言表；写"亦复不恶"之景，则以"风亭月榭""红粉笙歌"勾勒，静中有动；而写"虎丘本色"，则以"风铎""佛灯"点缀，更显"山空人静"，且禅韵悠然，意境深远。这当与作者工诗善画有关。

沈德符

沈德符（1578~1642），字景倩，又字虎臣，嘉兴（今属浙江）人。万历四十六年（1618）举人。儿时随祖、父居北京，颇闻朝章掌故，后整理编成《野获编》（又名《万历野获编》），颇有史料价值。著有《清权堂集》等。

陈增之死①

矿税流毒，宇内已无尺寸净地②，而淮徐之陈增为甚③。增名下参随程守训者④，徽人也⑤，首建矿税之议。自京师从增以出⑥，增唯所提掇⑦，以为侄婿。又不屑与诸参随为伍⑧，自纳银助大工⑨，特授中书舍人⑩，直武英殿⑪。自是愈益骄恣⑫，署其衔曰："钦差总理山东、直隶矿税事务，兼查工饷"⑬，以示不复服属内监⑭。旋于徽州起大第⑮，建牌坊⑯，揭黄旗于黄竿曰"帝心简在"⑰，又扁其堂曰"咸有一德⑱"。

是时山东益都知县吴宗尧疏劾陈增贪横⑲，当撤回，守训乃讦宗尧多赃巨万⑳，潜寄徽商吴朝俸家㉑。上如所奏严追㉒。宗尧徽人，与朝俸同宗也㉓，自是徽商皆指为宗尧寄赃之家㉔，必重赂始释㉕。又徽州大商吴养晦者，家本素封㉖，荡尽㉗，诡称有财百万㉘，在兄、叔处，愿助大工。上是之㉙，行抚按查核㉚。守训与吴姻连㉛，遂伪称勘究江淮不法大户及私藏珍宝之家㉜，出巡太平、安庆等府㉝，许人不时告密问理㉞，凡衣食稍温厚者，无不严刑拷诈㉟，祸及妇孺矣。又署棍徒仝治为中军官㊱，晨夕鼓吹举炮㊲。

时巡南畿者㊳，为御史刘曰梧㊴，遇之于途，见其导从旗帜弓戟较督抚加盛㊵，令呵止之㊶。程以彼此奉使为达㊷，刘竟无以难之㊸。唯稍畏淮抚李三才㊹，不敢至李所㊺，住泰州㊻。李亦密为之备㊼，佯以好语陈增曰㊽："公大内贵臣㊾，廉干冠诸敕使㊿，今微有议者[51]，仅一守训为祟耳[52]，他日坏乃公事[53]，祸且及公[54]。虎虽出柙[55]，盍自缚而自献之？[56]"增初闻犹峻拒[57]，既又歆之曰[58]："守训暴敛[59]，所入什佰于公[60]。公以半献之朝，以半归私帑[61]，其富可甲京师也[62]。"增见守训跋扈渐彰[63]，不复遵其约束，心愠已久[64]，因微露首肯意[65]。李中丞觉之[66]，潜令其家奴之曾受守训酷刑者出首于增[67]，云："守训有金四十余万，他珍宝瑰异无算[68]，并畜龙凤僭逆之衣[69]，将谋不轨[70]。"李又怵增急以上闻[71]："公不第积谤可雪[72]，上喜公勤[73]，即司礼印可得也[74]。"增以为诚言，果以疏闻。上即命李三才捕送京师治罪，及追所首多赃。

增既失上佐[75]，迹已危疑[76]，其部曲亦有戒心[77]，所朘取不能如岁额[78]。上疑增屡岁所剥夺且不赀[79]，又苛责之[80]。李中丞又使人胁之[81]，谓："阁臣密揭入奏[82]，上又允矣[83]。"又曰："某日缇骑出都门矣[84]。"增不胜愧悔[85]，一夕雉经死[86]。名下狐鼠惧罪[87]，实时鸟兽散去[88]。其署中所蓄，中丞簿录以献[89]。江淮老幼歌舞相庆。

说者云[90]："淮抚匿增金钱巨万[91]，所进不过十之二一耳。"此固未足信[92]。即有之[93]，诛翦长鲸[94]，其功不细，以此酬庸[95]，亦何不可？

《野获编》

[注释]

①明万历中，由于几次大规模用兵，国库空虚。万历二十四年（1596），乾清、坤宁两宫遭火，次年，皇极、建极、中极三殿又遭火，营建乏资，于是矿税大兴。到各地征收矿税的，是由皇帝派出的宦官，称为矿税太监。这些矿监乘征税之机，贪污舞弊，横行不法，陈增就是其中最典型者。本文即记载他贪污横行和案发后畏罪而死的过程。　②宇内：国内。　③淮徐：淮安府与徐州，约在今江苏北部一带地方。　④参随：官名。　⑤徽人：徽州人。程守训是徽州歙县（时为徽州治所，今属安徽）人，故称。　⑥从：跟从。　⑦提掇（duō）：提拔，选取。　⑧为伍：同等，并列。　⑨大工：指皇帝钦定的工程，即失火宫殿的修建工程。　⑩中书舍人：官名，明代设于内阁的中书科，掌缮写文书。　⑪直：通"值"，值班。武英殿：宫殿名。明初为加强中央集权，废丞相，另设华盖殿、谨身殿、武英殿、文华殿及文渊阁、东阁等大学士为皇帝顾问。　⑫骄恣：骄横放肆。　⑬署：签，题。衔：头衔。　⑭服属：从属。内监：掌管皇宫内务的衙门，由宦官充任主管。　⑮旋：旋即，不久。起：修建。第：宅第。　⑯牌坊：旧时为表彰品节高尚者而建的建筑物。　⑰揭：高举。　⑱扁：通"匾"，匾额。这里作动词，挂匾。咸有一德：语出《尚书·咸有一德》，相传是商初大臣伊尹告诫商王太甲所作，意为"君臣皆有纯一之德"。　⑲益都：地名，今属山东。疏劾：上奏疏弹劾。横（hèng）：骄横，横暴。　⑳讦（jié）：攻击，揭发。巨万：形容数额巨大。　㉑潜：暗中。　㉒严追：严加追查。　㉓同宗：同一个家族。　㉔自是：从此。指：被指控。　㉕重赂：多给贿赂。释：放过。　㉖素封：没有受封（官爵封邑）却与受封者一样富有，即富比封侯。　㉗荡：放荡，挥霍。　㉘诡：欺诈。　㉙是之：以之为然，即同意了他（吴养晦）的要求。　㉚抚按：巡抚与巡按，原均为中央朝廷临时派出巡抚监察各行省

的官员，事罢即回京，后逐渐成为各行省实际上的长官。查核：调查核实。㉛姻连：两家有婚姻关系。㉜勘究：勘查，查究。江淮：指长江下游及淮水流域，即今江苏、安徽一带地区。㉝太平、安庆：府名，在今安徽芜湖、安庆一带。㉞许：准许。问理：审问，审理。㉟诈：指逼供。㊱署：暂任官职，这里意为私自封官。棍徒：无赖之徒。仝(tóng)治：棍徒的名字。㊲鼓吹举炮：击鼓吹号鸣炮，此为仪仗，以炫耀势力排场。㊳巡：巡按。南畿(jī)：指南京附近地区。畿，王都所处的千里范围。明初建都南京，成祖时迁都北京，以南京为留都，故称。㊴御史：官名，明代属都察院，掌监察。㊵导从：前导及随从。旗帜弓戟(jǐ)：指仪仗队中所用的各种旗帜兵器。督抚：总督与巡抚。㊶呵(hē)止：呵斥制止。㊷彼此奉使：意为彼此都是奉皇帝的使命出差，地位相当。达：表示，致意。㊸难(nàn)：责难，反驳。㊹淮抚：指凤阳诸府巡抚。李三才：人名，字道甫，万历进士，当时以右佥都御史总督漕运、巡抚凤阳诸府。㊺李所：指李三才统辖的地方。㊻泰州：地名，今属江苏。㊼密为之备：意为暗中准备对付他。㊽佯(yáng)：假装。陈：陈述。㊾公：对对方的尊称。大内：宫廷内。㊿廉干：廉明干练。冠(guàn)：居于首位。敕使：皇帝任命的使臣。㈤议：非议。㈤祟(suì)：祸害。㈤他日：犹言有朝一日。坏乃公事：意为坏了你的大事。㈤且：将要。㈤虎虽出柙(xiá)：老虎虽已出了笼子，比喻程守训脱离了管束而在地方上横行霸道。柙，关野兽的笼子。㈤盍(hé)：何不。㈤峻拒：严厉拒绝。㈤既：既而，此后不久。歆(xīn)：使悦服，以利益打动对方。㈤暴敛：凶残地搜刮财富。㈥入：收入。什佰：十倍百倍。㈥私帑(tǎng)：私人钱库。㈥其：指陈增。甲：居第一。㈥跋扈(bá hù)：专横残暴。彰：显露。㈥愠(yùn)：怒。㈥因：于是。首肯：点头同意。㈥中丞：对巡抚的尊称。汉代，御史台的长官称中丞；明代制度，以副都御史或佥都御史放往外省任巡抚，故称巡抚为中丞。 ㊆出首：检举，告发。 ㊈他：其他。珍宝瑰异：犹言奇珍异宝。无算：不计其数。 ㊉畜：通"蓄"，储藏。龙凤僭（jiàn）逆之衣：上绣龙凤图案而有僭越反叛之罪的衣服。古代对于服饰图案有严格的规定，龙凤之衣是帝王所专用，他人私有，则表明有篡夺帝位的野心。僭，僭越，超越制度所规定。 ⑰图：图谋。不轨：违法之事，指篡夺帝位。 ⑱怵（chù）：引诱鼓动而使其动心。上闻：使皇上听到，即上奏皇帝。 ⑲不第：不但。积谤：所积累的一切诽谤之言。雪：昭雪，全部清除。 ⑳勤：勤于政事。 ㉔司礼：明代宦官官署名，即司礼监，位居其他各监、司、局（统称二十四衙门）之首，尤其是明武宗（正德皇帝）时宦官刘瑾专权之后，司礼监遂专掌朝廷机密，批阅奏章，实权在首辅（首席大学士，相当于宰相）之上。 ㉕既：已经。上佐：犹言最得力助手，指程守训。 ㉖迹：形迹。危疑：意为十分可疑，时刻有败露的危险。 ㉗部曲：指亲信部下。戒心：警戒之心，即既害怕罪行显露，又害怕被陈增出卖，便不敢再像以往那样横征暴敛了。 ㉘脧（juān）：剥削。岁额：指皇帝所规定的每年定额。 ㉙不赀（zī）：不可计量。 ㉚苛责：严令索求。 ㉛胁：威胁。 ㉜阁臣：内阁大臣。密揭：即揭帖，明代内阁直达皇帝的一种秘密文件。 ㉝允：准许。 ㉞缇骑（tí qí）：身穿红衣的马队，古代指贵官的侍从，这里指明代专事侦查、捕人的差役。都（dū）门：京都城门。 ㉟不胜：形容至极的程度。 ㊱雉（zhì）经：自缢。雉，野鸡，人自缢，俯颈闭气如野鸡之死，故云。据《明史·陈增传》载，陈增死于万历三十三年（1605）。 ㊲狐鼠：比喻陈增手下的爪牙。 ㊳鸟兽散去：如鸟兽般四散逃离。 ㊴簿录：造册登记。 ㊵说者云：意为有人传说。 ㊶淮抚：指李三才。匿：私藏。 ㊷固：固然，当然。 ㊸即：即使。 ㊹诛翦（jiǎn）：诛杀剪除。翦，同“剪”。长鲸：大鲸鱼，比喻陈增巨贪。 (95)酬：报酬。庸：功劳。

[评析]

宦官为祸，是明代政治社会的一大弊病，而矿监问题，则是万历中后期波及全国的一桩公害。当时为祸最大的，除本文所写的陈增之外，还有辽东的高淮、福建的高寀、湖广的陈奉等。这些矿监借皇帝的名义，在各地横征暴敛、贪污舞弊、荼毒苍生，因而激起各地民变。有些官吏上书反映情况、反对矿监，万历皇帝非但置若罔闻，还将一些人贬谪、罢官甚至加以迫害。这些在《明史》中多有记载。本文所记，则是《明史》中所没有的具体情节，因此大可补正史之不足。

文章写陈增的罪行，主要体现在其侄婿程守训身上。这大约是因为程是陈的最得力助手，陈增的所作所为大多通过他来实现，是幕前先锋；而陈增则老谋深算，躲在幕后。因此程之罪，即陈之罪。程本是陈手下一名小小的参随，但他攀上了陈的侄婿之亲，又“自纳银助大工”，因此颇受皇帝恩宠。从此他小人得志，骄横跋扈。作者主要写他自署钦差总理大臣头衔、起大第、建牌坊、揭黄旗、扁其堂、盛仪仗、畜龙凤僭逆之衣等，这些不但体现了他的骄横跋扈，还表现了他图谋不轨、妄图篡夺帝位的野心。而这正是封建王朝的大忌，因此就为后来李三才的智除二贼提供了极有利的把柄。此外，作者还写程守训巧取豪夺的罪行，借攻讦吴宗尧，迫害敲诈广大徽商，伪称勘究江淮不法大户及私藏珍宝之家，对“凡衣食稍温厚者”，严刑拷诈，祸及妇孺。

陈、程二贼敢于如此跋扈，显然是因为他们颇受皇帝宠信，故有恃无恐。知县吴宗尧上书弹劾他们，却被反咬一口，还祸及广大徽商。御史刘曰梧责其仪仗太盛，也遭反唇相讥。其实，如前所述，当时民变也好，大臣进谏也好，都无法阻止矿监的横行，主要是因为一则当时宦官权势太重，二则国库空虚，皇帝利令智昏。因此要除掉他们，并非易事，好的办法，就是智取。李三才就是以此获得成功的。

李三才的智取成功，是因为他抓住了要害。欲除陈增，须先除其幕前的"上佐"程守训，此其一。程守训罪恶昭彰，且犯篡逆之大忌，是最有利的把柄，此其二。贪财好利，利令智昏，是一切小人的致命之处，陈增贪利，必以利诱之；陈、程以利相结，也必以利破之，此其三。陈增做贼心虚，此其四。这四点中，又是以第三点即"利"的问题为要害之要害。于是他第一步，以利为突破口，"伴以好语"，利用陈增对程守训的"心愠已久"，对陈增先晓之以害，再动之以利，使其产生出卖程守训的念头。第二步，让程家曾受酷刑的家奴告发程守训的罪行，让陈增意识到问题的严重性。第三步，画个"司礼印"的"大饼"以进一步诱惑，终于让陈增下决心出卖程守训。程案既发，其他部曲心存戒心而有所收敛，收入顿减，引起皇帝不满，于是第四步，利用皇帝的不满施加威胁，制造恐慌，终于使陈增自缢而亡。就这样，李三才不烦一兵一卒，仅凭三言两语，"遥控"皇帝之手，轻轻松松地除去了这颗社会大毒瘤。

文章最后，引了句关于李三才暗吞陈增赃款的"说者曰"，作者既以"固不可信"予以否定，又以"其功不细"为其"即有之"而辩解，当然是表示对李三才的功绩的肯定。然而对于传闻之本身，他的态度多少有点暧昧。在我们今天看来，这当然并非不可能，但既无史料为证，也就只好姑妄听之了。

艾南英

艾南英（1583~1646），字千子，号天佣子，东乡（今属江西）人。天启四年（1624）中举，因对策中有讽刺魏忠贤语，罚停三科。思宗（崇祯帝）即位，诏许会试，不第。清兵南渡，艾南英入闽，受唐王召见，陈《十可忧疏》，授兵部主事，寻擢监察御史。曾组织"豫章社"，推崇唐宋派归有光散文，反对复古。著有《天佣子集》。

自叙①

予年十有七以童子试受知于平湖李养白先生②，其明年春为万历庚子③，始籍东乡县学④。迄万历己未⑤，为诸生者二十年⑥，试于乡闱者七年⑦，饩于二十人中者十有四年⑧，所受知邑令长凡二人⑨，所受知郡太守凡三人⑩，所受知督学使者凡六人⑪。于是先后应试之文积若干卷，既删其不足存者，而其可存者，不独虑其亡佚散乱⑫，无以自考⑬，又重其皆出于勤苦忧患惊怖束缚之中，而且以存知己之感也⑭。乃取而寿之梓⑮，而序其所以择之之意⑯。

曰：嗟乎，备尝诸生之苦，未有如予者也。旧制⑰，诸生于郡县，有司按季课程⑱，名季考；及所部御史入境⑲，取其士十之一而校之⑳，名观风㉑。二者既非诸生黜陟进取之所系㉒，而予又以懒慢成癖，辄不及与试㉓。独督学使者于诸生为职掌其岁考㉔，则诸生之黜陟系焉，非患病及内外艰㉕，无不与试者。其科考则三岁大比㉖,县升其秀以达于郡㉗,郡升其秀以达于督学,督学又升其秀以试于乡闱。不及是者㉘,又有遗材大收以尽其长㉙,非是涂也㉚,虽孔孟无由而进㉛。故予先后试卷,尽出是二者㉜。

试之日,衙鼓三号㉝,虽冰霜冻结,诸生露立门外。督学衣绯坐堂上㉞,灯烛辉煌,围炉轻暖自如㉟;诸生解衣露足㊱,左手持笔砚,右手持布袜,听郡县有司唱名㊲,以次立甬道㊳,至督学前。每诸生一名,搜检军士二名,上穷发际㊴,下至膝踵㊵,倮腹赤踝㊶,为漏数箭而后毕㊷。虽壮者,无不齿震冻栗㊸,腰以下,大都寒冱僵裂㊹,不知为体肤所在㊺。遇天暑酷烈,督学轻绮荫凉㊻,饮茗挥箑自如㊼;诸生什佰为群㊽,拥立尘垒中㊾,法既不敢执扇㊿,又衣大布厚衣;比至就席㉛,数百人夹坐,烝熏腥杂㉒,汗洇浃背㉝,勺浆不入口㉞,虽设有供茶吏,然率不敢饮㉟,饮必朱钤其牍㊱,疑以为弊㊲,文虽工㊳,降一等。盖受困于寒暑者如此。

既就席,命题㊴。题以一教官宣读㊵,便短视者㊶;一书牌上㊷,吏执而下巡,便重听者㊸。近废宣读㊹,独以牌书某学某题㊺,一日数学㊻,则数吏执牌而下。而予以短视㊼,不能见咫尺㊽,必屏气嗫嚅询傍舍生㊾,问所目㊿。而督学又望视台上,东西立瞭高军四名㉛,诸生无敢仰视四顾、丽立伸欠、倚语侧席者㉒。有则又朱钤其牍,以越规论㉓,文虽工,降一等。用是腰脊拘困㉔,虽溲溺不得自由㉕。盖所以絷其手足便利者又如此㉖。

所置坐席,取给工吏㉗。吏大半侵渔所费㉘,仓卒取办临时㉙,规制狭迫㉚,不能舒左右肱㉛,又薄脆疏缝㉜,据坐稍重㉝,即恐折仆㉞。而同号诸生常十余人㉟,虑有更号㊱,率十余坐以竹联之,手足稍动,则诸坐皆动,竟日无宁时㊲,字为跛踦㊳。而自闽中一二督学重怀挟之禁⁸⁹，诸生并不得执砚。砚又取给工吏，率皆青刓顽石⁹⁰，滑不受墨，虽一事足以困其手力⁹¹。不幸坐漏痕承檐所在⁹²，霖雨倾注⁹³，以衣覆卷，疾书而毕事⁹⁴。盖受困于胥吏之不谨者又如此⁹⁵。

比阅卷，大率督学以一人阅数千人之文⁹⁶。文有平奇虚实繁简浓淡之异，而主司之好尚亦如之⁹⁷，取必于一流之材，则虽宿学不能无恐⁹⁹，而予常有天幸然¹⁰⁰。高下既定，督学复衣绯坐堂上，郡县有司候视门外，教官立阶下，诸生俯行以次至几案前¹⁰¹，跽而受教¹⁰²，噤不敢发声¹⁰³。视所试优劣，分从甬道、西角门以出¹⁰⁴。当是时，其面目不可以语妻孥¹⁰⁵。盖所为拘牵文法以困折其气者又如此¹⁰⁶。嗟乎！备尝诸生之苦，未有如予者也。

至入乡闱，所为搜检防禁、囚首垢面、夜露昼暴、暑暍风沙之苦¹⁰⁷，无异于小试¹⁰⁸，独起居饮食稍稍自便¹⁰⁹。而房司非一手¹¹⁰，又皆簿书狱讼之余¹¹¹，非若督学之静专屏营、以文为职¹¹²。而予七试七挫¹¹³，改弦易辙¹¹⁴，智尽能索¹¹⁵。始则为秦汉子、史之文¹¹⁶，而闱中目之为野¹¹⁷；改而从震泽、毗陵成弘先正之体¹¹⁸，而闱中又目之为老¹¹⁹；近则虽以《公》《穀》《孝经》、韩、欧、苏、曾大家之句¹²⁰，而房司亦不知其为何语。每一试已¹²¹，则登贤书者虽空疏庸腐稚拙鄙陋¹²²，犹得与郡县有司分庭抗礼¹²³。而予以积学二十余年，制艺自鹤滩、守溪¹²⁴，下至弘、正、嘉、隆大家¹²⁵，无所不究¹²⁶；书自六籍、子、史¹²⁷，濂、洛、关、闽¹²⁸，百家众说，阴阳、兵、律¹²⁹，山经、地志¹³⁰，浮屠、老子之文章¹³¹，无所不习，而顾不得与空疏庸腐稚拙鄙陋者为伍¹³²。每一念至，欲弃举业不事¹³³，杜门著书¹³⁴，考古今治乱兴衰之故，以自见于世¹³⁵，而又念不能为逸民以终老㊱。嗟乎！备尝诸生之苦，未有如予者也。

　　古之君子有所成就，则必追原其扬历勤苦之状以自警㊲，上至古昔圣人，昌言交拜，必述其艰难创造之由㊳。故曰：逸能思初㊴，安能惟始。故予虽事无所就，试卷亦鄙劣琐陋不足以存，然皆出于勤苦忧患惊怖束缚之中，而况数先生者㊵，又皆今世名人巨公，而予以一日之艺㊶，附弟子之列㊷。语有之：知己重于感恩。今有人于此㊸，衣我以文绣㊹，食我以稻粱㊺，乐我以台池鼓钟㊻，然使其读予文而不知其原本圣贤、备见古今与道德性命之所在㊼，予终不以彼易此㊽。且予淹困诸生㊾，既无以报知己，而一二君子，溘先逝者㊿，又无以对先师于地下。以其出于勤苦忧患惊怖束缚之中，而又以存知己之感，此试卷之所为刻也。若数科闱中所试(51)，则世皆以成败论人，不欲尘世人之耳目(52)，又类好自表见、形主司短长(53)，故藏而匿之，然终不能忘其姓名。骐儿五岁能读书(54)，将封识而使掌之(55)，曰：此某司理、某令尹为房考时所摈也(56)，既以阴志其姓名(57)，而且使骐儿读而鉴(58)，鉴而为诡遇以逢时(59)，无如父之拙也。

《天佣子集》

[注释]

　　①本文是作者为自己参加岁考、科考的试卷集写的自序，作于万历四十七年（1619）。　②有（yòu）：通"又"，用于整数与零数之间。童子试：即童生试，简称童试，明清两代的初级入学考试，包括县试、府试、院试三个阶段，院试合格者称为生员，俗称秀才。受知：受人知遇，这里指试卷受到考官的选拔推荐。平湖：地名，今属浙江。　③明年：第二

年。万历庚子：古人常以皇帝年号及天干地支纪年，此为明神宗万历二十八年，即公元1600年。　④始：才。籍：入学籍，即录取为生员。　⑤迄（qì）：到。万历己未：万历四十七年，即公元1619年。　⑥诸生：指已入学的生员。　⑦乡闱（wéi）：乡试。明代每三年在各省省会举行的考试，考中者称举人。闱，考场。七年：指参加七次乡试。　⑧饩（xì）：赠人粮食。这里指补为廪（lǐn）生。明代，官府每月发给学生廪米六斗，以补助其生活。但这有一定限额，宣德元年规定，在京府学为六十人，在外府学为四十人，州学为三十人，县学为二十人。后增广名额，便称原额内者为廪膳生员，简称廪生；增额者为增广生员，简称增生。　⑨邑令长（zhǎng）：即知县。邑，县。令长，古代大县的长官称令，小县的称长，到明代已不分大小均称知县。凡：总共。　⑩郡太守：即知府。郡，秦汉时比县高一级的行政区划，其长官为太守，唐以后渐废，而代之以州、府，至明代则以郡太守为知府的别称。　⑪督学使者：学官名，即提督学政，由朝廷选派进士出身的官员担任，到各地主持生员考试，任期三年。　⑫不独：不仅。佚（yì）：失。　⑬考：查考。　⑭存知己之感：意为留下对那些推荐选拔试卷的考官的感激之情。　⑮寿之梓（zǐ）：意为刻印成书以永久流传。寿，永久。梓，木名，为雕版印书的最佳材料，故为雕版的代称。　⑯序：这里作动词，意为写序以帮助。　⑰旧制：历来规定，惯例。　⑱有司：官吏。因官吏各有专司，故称。按季课程：每三个月考试一次，检测学习进程。课，考核。　⑲所部御史：即巡抚。明代以都御史或副、佥都御史巡抚各省，故称。入境：到任。　⑳校（jiào）：考查。　㉑观风：本为古代天子派人到民间采集诗歌以考察政治得失和民情风俗，明清时则指学政及地方官到任时考查士子。　㉒黜（chù）：降，退。陟（zhì）：升，进。系：维系。　㉓辄（zhé）：总是，每次都。不及：到不了，轮不上。与（yù）：参与，在其中。　㉔岁考：明代制度，督学使者到任，三年两试诸生，以六等试优劣，叫做岁考。一、二等有赏，如补为廪生、增生等；四等以下则处罚。㉕内外艰：父母丧。艰，亲丧。母丧称内艰或母艰，父丧称外艰或父艰。㉖科考：督学使者选拔优等生员参加乡试的考试。大比：原指乡试，这里当指乡试前非正式的大考，即科考。乡试三年一次，科考是每次乡试的预考，故曰"三岁大比"。㉗秀：优秀者。㉘不及是者：指因各种原因而未能参加科考的人。㉙遗材大收：指补考。凡因故未能参加科考的，可以参加一次补考，称"录遗"或"大收"。㉚涂：同"途"，途径。㉛虽：即使。孔孟：孔子与孟子。进：进身，即取得功名前途。㉜是二者：指岁考与科考。㉝衙鼓：衙门前的大鼓。三号：三声号令。㉞衣（yì）：穿。绯（fēi）：指大红色的官服。㉟轻暖：穿着丝绵、皮裘之类轻且暖和的衣服，这里即指暖和。自如：舒适自在。㊱解衣露足：解开衣服赤着脚。这是为了防止挟带舞弊。㊲唱名：叫名字。㊳次：次序。甬道：两旁有墙的通道。㊴穷：尽。发际：头发丛中。㊵踵（zhǒng）：脚后跟。㊶倮（luǒ）：同"裸"，裸露。踝（huái）：脚跟。㊷为漏数箭：意为历时数刻。古代以漏壶计时，壶中盛水，壶底穿孔，壶中立箭，箭上刻有度数，随着壶中之水渐漏而浅，箭上的刻度逐渐显露，以此知时。㊸栗（lì）：战栗，发抖。㊹冱（hù）：冻结。㊺不知为体肤所在：意为麻木，失去知觉。㊻轻绮（qǐ）：细薄而轻的绫绸。㊼茗（míng）：茶。箑（shà）：扇子。㊽什佰：同"十百"，意为几十上百。㊾拥：拥挤。尘坌（bèn）：尘埃。㊿法：依法，按规定。(51)比至：等到。就席：就座。(52)烝（zhēng）熏腥杂：热气汗气体臭混杂熏人。烝，同"蒸"。(53)汗浃浃（jiā）背：汗流浃背。浃，侵淫。(54)勺浆：一勺水。(55)率（shuài）：大多，通常。(56)朱钤（qián）其牍：用红色的印记盖在试卷上。钤，印记。牍，指试卷。(57)弊：作弊。(58)工：巧妙，好。

(59)命题：出题目。明清科举考试，须作八股文，由主考官从“四书”中摘取一句为题目，考生据题按规定的程序（八股）敷衍成文。 (60)教官：学官，指教授、学正、教谕、训导等。 (61)短视：近视。 (62)书：写。 (63)重听：听觉不灵，耳背。 (64)近：近来。 (65)某学某题：某县学某题目。明代岁考时，某督学所属府、县的在学生员均在同一考场应试，各府学、县学试题不同，故须注明某学某题。下句“一日数学”亦因此而言。 (66)数：好几个。 (67)以：因为。 (68)咫（zhǐ）尺：比喻很近。咫，古代长度名，周代一咫为八寸，约合今市尺六寸二分二厘。 (69)屏（bǐng）气：抑制呼吸，形容畏惧谨慎的样子。嗫嚅（niè rú）：小声又吞吞吐吐的样子。傍（páng）舍生：邻舍的考生。傍，通“旁”。舍，席舍。 (70)所目：指所看见的题目。 (71)瞭高军：指在高处瞭望监督考场的军士。 (72)丽立：并立。丽，偶。伸欠：伸腰哈欠。倚语侧席：斜侧身体与邻座说话。 (73)越规：逾越规定，犯规。 (74)用是：因此。拘困：拘束困乏。 (75)溲溺（sōu nì）：小便。 (76)絷（zhí）：拘束。 (77)给（jǐ）：供给。工吏：指负责修建考场置办用具的官吏。 (78)侵渔：侵吞。 (79)仓卒（cù）：同“仓促”。 (80)规制：规格。狭迫：狭小局促。 (81)舒：舒展。肱（gōng）：小臂，这里泛指四肢。 (82)疏缝：编织疏松。 (83)据：倚靠。 (84)恐：恐怕，可能。折仆：座席断折而使人跌仆。 (85)号：号房，即考场中的席舍，以《千字文》中文字次序编号（如“天字第一号”之类），故称。 (86)虑：担心。更（gēng）号：调换座位。 (87)竟日：终日，整天。 (88)跛踦（bǒ qī）：形容字体歪斜。 (89)怀挟（xié）：挟带。禁：禁令。 (90)青刓（wán）顽石：意为用坚硬的青石刻削而成。刓，刻，削。 (91)一事：指磨一次墨。 (92)漏痕：漏雨的地方。承檐：屋檐底下。 (93)霖雨：连绵大雨。 (94)疾：快速。毕事：完事。 (95)胥吏：在官府中办理文书的小吏。不谨：指办事马虎。 (96)大率：大体上，通常。

⑨⑦主司：主考官。好（hào）尚：爱好崇尚。　⑨⑧取必于一流之材：意为考官必定从所喜好的人中选取人才。　⑨⑨宿学：饱学之士。　⑩⑩天幸：意为好运气。　⑩①俯行：低着头走。　⑩②跽（jì）：长跪，即两膝着地，上身挺直。　⑩③噤（jìn）：闭口不言。　⑩④角门：指小门、边门。　⑩⑤孥（nú）：儿女。　⑩⑥拘牵：拘束牵制。文法：文章法度，指平奇虚实繁简浓淡之类。因折：困顿挫损。　⑩⑦暴（pù）：同"曝"，曝晒。暍（yē）：受暴热。　⑩⑧小试：这里指上述的岁考、科考。　⑩⑨起居：指一般的身体活动。　⑩⑩房司：考官之一，即房官，又称房考官。明清科举试卷，按考生所习各经，分房校阅，每房由一人负责（即房官），择取优秀试卷推荐给主考官，以决定取舍。　⑩⑪簿书狱讼之余：意为阅卷是他们日常处理公文、诉讼等之外的工作。因房官一般是主考，在教官、推官、知县中选任，阅卷并非他们的本分职责，故云。　⑩⑫非若：不像，不如。静专：静心专注。屏（bǐng）营：惶恐的样子，这里形容认真从事。　⑩⑬七试七挫：指前文所说七次参加乡试均告失败之事。　⑩⑭改弦易辙：改弦更张、中途易辙，指不断改变所治之学。详见下文。　⑩⑮智尽能索：竭尽才智能力。　⑩⑯子：指诸子百家之文。史：指历史著作，如《左传》《战国策》《史记》《汉书》等。　⑩⑰闱中：指考官们。目：看作。野：不正统。　⑩⑱从：学习。震泽：江苏太湖的旧称，代指王鏊。王鏊字济之，吴县（今江苏苏州）人，明成化年间乡试、会试皆第一，被誉为"时文正宗"，著有《震泽集》，故称。毗（pí）陵：指明代人唐顺之。唐顺之字应德，号荆川，明世宗嘉靖年间会试第一，其古文、时文（八股文）均为明中叶一大宗。他是武进（今江苏常州）人，该县古属毗陵郡，故称。成：成化，明宪宗年号。弘：弘治，明孝宗年号。先正：先贤。　⑩⑲老：过时。　⑫⓪《公》：指《公羊传》。《穀》：指《穀梁传》。《公羊传》《穀梁传》与《孝经》均为儒家经典。韩：指韩愈。欧：指欧阳修。苏：指苏洵、苏轼、苏辙。

晚明散文选 | 167

曾：指曾巩。以上数人均为唐宋古文家。⑫已：完毕。⑫登贤书：语出《周礼·地官》："乡老及乡大夫群吏，献贤能之书于王，王再拜受之，登于天府，内史贰之。"后世遂以称乡试中式。空疏：空洞不切实际。庸腐：平庸迂腐。稚拙：无知愚蠢。⑫分庭抗礼：平起平坐，地位相等。科举时代，士人一旦中举，即使不做官，其社会地位也与郡县官吏相当，故云。⑫制艺：即八股文。鹤滩：即钱福，字与谦，号鹤滩，松江华亭（今属上海）人，弘治中试礼部廷对皆第一，当时与王鏊齐名，有"钱王"之称。守溪：人名，具体不详。或说是王鏊的字，但王鏊字济之，不闻另有"守溪"的字或号。另明代有陈琼，别号"守溪处士"，钱塘人，其他不详，不知是否即此人。⑫弘、正、嘉、隆：指明弘治、正德、嘉靖、隆庆诸朝。⑫究：探究，研习。⑫书：指经典古籍。六籍：六经，指《诗》《书》《礼》《乐》《易》《春秋》等六部儒家经典。⑫濂、洛、关、闽：指宋代理学家周敦颐、程颢、程颐、张载、朱熹等人。"濂"即周敦颐，字茂叔，著有《通书》等，为宋代理学之宗，他是道州营道（今湖南道县）濂溪人，时称"濂溪先生"，故称。"洛"即程颢、程颐兄弟。程颢字伯淳，时称"明道先生"；程颐字正叔，时称"伊川先生"。"二程"是河南洛阳人，故称。"关"即张载，字子厚，郿县（今属陕西）横渠镇人，时称"横渠先生"，曾屏居关中南山讲学，故称。"闽"即朱熹，宋代理学之集大成者，字符晦，婺源（今属江西）人，侨居建州（今福建建瓯），故称。⑫阴阳：阴阳家著作。兵：兵书。律：律历。⑬山经、地志：地理书。⑬浮屠：即"佛陀"，简称"佛"。这里指佛经。老子：相传为春秋时人，著有《老子》，为道家创始人。⑬顾：但，只是。⑬举业：即举子业，科举时代应试的文章。事：从事。⑬杜门：闭门。⑬自见（xiàn）于世：在社会上显明自己的名声。⑬逸民：无官职而不问世事的闲散之人。⑬扬历：为官的经历。⑬"上至"三句：用《尚书》中《大禹谟》《益稷》篇典故。古昔圣人，指大禹。《大禹谟》："益赞于禹曰……禹拜昌言。"伪孔传："昌，当也，以益言为当，故拜受而然之。"《益稷》："帝曰：'来禹，汝亦昌言。'禹拜曰……"之后便述其治水之事。此即"昌言交拜，必述其艰难创造之由"之意。 ⑬⑨逸能思初：意为安逸时要能思念当初。下句"安能惟始"与此句完全相同。 ⑭⓪数先生者：指前文所谓"所受知"的李养白先生以及邑令长、郡太守、督学使者等人。 ⑭①一日之艺：对自己学业的谦称。 ⑭②附弟子之列：科举时代，考生对考官均自称弟子，故云。 ⑭③今有人于此：古文中表示假设的一种习惯说法。 ⑭④衣（yì）：穿，给人穿。文绣：指华美的衣服。 ⑭⑤食（sì）：吃，给人吃。稻梁：稻米与谷子，泛指精细的食物。 ⑭⑥台池：亭台池塘，指园林。鼓钟：指音乐。 ⑭⑦使：假使。备：完全。道德性命：道与德、性与命都是中国古代哲学范畴，这里主要指宋明理学关于这些方面的思想观点。 ⑭⑧彼：指"衣""食""乐"等。易：交换。此：指作者的这些应试之文。 ⑭⑨淹困诸生：意为一直只是诸生而毫无进展。淹，停留。困，困厄。 ⑮⓪溘（kè）先逝者：指已去世的考官。溘，忽然，古人多称人死去为"溘逝"。 ⑮①若：至于。数科闱中所试：指几次正式参加乡试的试卷。 ⑮②尘：污染。 ⑮③表见（xiàn）：表现。形：显露。短长：这里只取"短"义，意为短处，过失。 ⑮④駼（táo）儿：作者的长子，名斯駼。 ⑮⑤识（zhì）：标志。掌：掌管，保管。 ⑮⑥司理：官名，即推官，掌诉讼断案。令尹：明清时对知县的称呼。房考：即房官。摈（bìn）：摈弃，排斥。 ⑮⑦阴：暗中。志：记住。 ⑮⑧鉴：以此为鉴。 ⑮⑨诡遇：指以不正当的手段猎取功名。逢时：意为碰时运。

[评析]

关于明清科举制度的腐败，在各种教科书和小说影视中都已有所反映，但是像本篇，以一个科举考试的参加者和受害者的亲身经历，对"备尝诸生之苦"作详尽的描述，这样的作品还是不多的，我们可以从中获得更直接、更深刻的了解和体验。

在科举时代，通过考试获取功名，是读书人的唯一进身之阶。科举功名，在很大程度上就是读书人的人生价值、社会地位的体现，因此无数读书人皓首穷经，为科举功名耗费了一生的心血。宋代朱熹作《四书集注》，明代科举大都以此为八股文试题的出处，考生也只能以朱熹的注解和历代儒家经典为据进行论述，而不能自由发挥，形式则必须严格遵照八股的程序要求。这样的考试，当然也能使一些饱学有才之士得以选拔，但毕竟是一种陈腐僵死的制度，严重束缚了大量读书人的思想。作者就是其中不幸的受害者。据文中自称，论八股，他学遍当代名人大家，论读书，他经史子集、百家众说、天文地理、佛道经典等无所不习，但自十八岁成诸生到写本文，整整二十年，前后参加七次乡试，却"七试七挫"，这其中自有许多极不合理之处。因此，对于科举的弊端与危害，他是有着切身刻骨的体验的。失败之余，他把二十年来所参加的岁考、科考试卷文章刻印成书。这些试卷文章，在我们今天看来是其自珍之敝帚，已没有什么价值，但这篇《自叙》却颇值一读。

本文中所描述的，主要是他参加岁考、科考的经历及其中所饱尝的艰辛困苦。这可概括为四个方面。其一，是身体皮肉之苦。为接受检查，即使是"冰霜冻结"的大冷天，考生们也必须"解衣露足"，为时数刻的检查下来，瑟瑟发抖，全身麻木；而在"天暑酷烈"的大热天，则"数百人夹坐，烝薰腥杂，汗淫浃背"，既不能打扇，也不能喝水。其二，是精神屈辱之苦。固然，为了防止舞弊，实行各种检查防范措施，在今天也不能避免，但当时对诸生们的检查防范却是非人道的。考前，必须接受两名军士的搜身检查，既不管天寒地冻，也不顾斯文扫地，堂堂学子，裸腹赤脚，从头发至脚跟，细细搜索。考场中，戒备森严，上有督学望视台上，四周有军士高处瞭望；考生不得打扇、饮水、伸腰哈欠，近视者不敢问题目，砚台不得自带，连小便都不得自由，否则便"朱钤其牍，疑以为弊，文虽工，降一等"。直可谓名为考生，形同囚犯。其三，是官吏盘剥之苦。由于承办官吏从中渔利，考场设施十分简陋低劣：座席狭迫松散，令人局促困厄，坐不安稳；座位以竹子相连，互相影响，连字都写不工整；以质低价廉的顽石为砚，磨墨费劲；若逢雨天又坐于屋漏房檐所在，则饱受风雨侵袭之苦。其四，是评卷不公之苦。阅卷者往往不顾考生的各种文章风格，凭个人所好取其一种，故虽宿学也可能被埋没，以致于狼狈不堪，"其面目不可语妻孥"。令作者最为不平的，是乡试的阅卷，尤其是那些兼职的房考官，不学无术，心怀偏见，故作者虽博览饱学，又不断改弦易辙以投其所好，却七试七挫；而最终登贤书的，往往是那些"空疏庸腐稚拙鄙陋"之徒。这些痛苦经历的描述，基本反映了学子们所遭受的身心摧残，揭露了科举制度的弊端。

文章在写作上，主要有两大特点。其一，描写十分具体详尽。篇中详细介绍了他求取功名的经历，受知的人数，各种考试的名目，考试的艰辛屈辱，治学的内容和过程，以及选编试卷集的想法动机，等等，全都不厌其烦，娓娓道来。尤其是对于考试中艰辛屈辱的描写，分类条陈，并对场景过程作细致的刻画，十分生动，令人感同身受。描述中采用了对比手法，将考官的舒适自在与考生的辛苦万状作鲜明的对照。其二，描写中饱含强烈的感情。作品以三次"备尝诸生之苦，未有如予者也"贯穿全篇，反复感叹，描写考试中的艰辛屈辱，字里行间，如泣如诉。写他怀才不遇，却为功名所累而欲罢不能的心情，流露出十分的无奈与悲哀。写选编试卷集的想法动机，历数所受知的恩师，充满知己之感、怀念之情；而对那些摈弃其试卷的考官和那些不学无术而小人得志的登贤书者，则充满了讥讽、鄙视和愤愤不平之气。至于最后写到他封存乡试试卷，记下考官姓名，让"驹儿读而鉴，鉴而为诡遇以逢时，无如父之拙也"，则是故作反语，是其愤激之至的感情的强烈抒发。

谭元春

谭元春（1586~1637），字友夏，号鹄湾，又号蓑翁，竟陵（今湖北天门）人。天启七年（1627），举乡试第一；崇祯时参加会试，屡试不第，终染病卒于旅舍。他与钟惺齐名，并称"钟谭"，同为"竟陵派"的创始人，作品具有幽深孤峭的风格。有《谭友夏合集》，并与钟惺合编《唐诗归》《古诗归》。

题《秋寻草》①

予赴友人孟诞先之约②，以有此寻也③。是时秋也，故曰"秋寻"。

夫秋也④，草木疏而不积，山川淡而不媚，结束凉而不燥⑤。比之春，如舍佳人而逢高僧于绽衣洗钵也⑥；比之夏，如辞贵游而侣韵士于清泉白石也⑦；比之冬，又如耻孤寒而露英雄于夜雨疏灯也⑧。

天以此时新其位置⑨，洗其烦秽，待游人之至。而游人者不能自清其胸中以求秋之所在，而动曰"悲秋"⑩。予尝言宋玉有悲，是以悲秋；后人未尝有悲而悲之，不信胸中而信纸上，予悲夫悲秋者也。

天下山水多矣，老子之身不足以了其半⑪，而辄于耳目步履中得一石一湫⑫，徘徊难去。入西山恍然⑬，入雷山恍然⑭，入洪山恍然⑮,入九峰山恍然⑯。何"恍然"之多耶?然则予胸中或本有一"恍然"以来,而山山若遇也⑰。

予乘秋而出,先秋而归⑱。家有五弟,冠者四矣⑲,皆能以至性至情佐予之所不及⑳,花棚草径、柳堤瓜架之间,亦可乐也。曰"秋寻"者,又以见秋而外,皆家居也㉑。诞先曰:"子家居诗少,秋寻诗多,吾为子刻《秋寻草》㉒。"

《谭友夏合集》

[注释]

①《秋寻草》是作者的诗集,本文是为这部诗集写的小序。 ②孟诞先:名登,字诞先,武昌人,曾官云南腾越知州,善古文词,是作者的朋友。 ③以:因此。 ④夫(fú):发语词,无义。 ⑤结束:装束,这里当指气象、天气。 ⑥高僧:道行修养高深的僧人。绽(zhàn)衣洗钵(bō):此用唐诗人王维《同崔兴宗送瑗公》诗"绽衣秋日里,洗钵古松间"句典故,意指秋日古松。绽,缝补。钵,僧人的食具。 ⑦贵游:显贵的游伴。侣:结伴。韵士:清高风雅之士。 ⑧孤寒:孤独贫寒。 ⑨新其位置:意为呈现出新的气象。 ⑩悲秋:宋玉《九辩》:"悲哉秋之为气也,萧瑟兮草木摇落而变衰。" ⑪老:终老。子:你。了(liǎo):看完。 ⑫辄:往往。湫(qiū):水潭。 ⑬西山:山名,在武昌西。恍然:猛然领悟、豁然开朗的样子。 ⑭雷山:山名,在武昌南。 ⑮洪山:山名,在武昌东。 ⑯九峰山:山名,在武昌南。 ⑰山山:每座山。遇:知遇,投契。 ⑱先秋而归:意为在秋天未结束时先回来。 ⑲冠:指年过二十。古时男子二十要举行加冠礼,以示成年,故称。 ⑳至性至情:最纯真质朴的性情。佐:辅佐,协助。所不及:指自

己未能顾及之处。　㉑家居：居留在家。　㉒刻：刻印成书。

[评析]

　　自从宋玉作《九辩》发出"悲哉秋之为气也"的感叹之后，"悲秋"就成了中国文学史上的一个传统的创作主题，大凡骚人墨客，逢秋必悲。这大概是因为古代文人春风得意者少，而怀才不遇、伤时悯乱者多，故每逢秋至，则所见所感多为秋风萧瑟、木落草衰、寒塘水冷、孤雁声哀，因此留下不少脍炙人口的"悲秋"佳作，这就属于作者所说的"宋玉有悲，是以悲秋"之类，是"为情造文"。但有人从此认定了"悲秋"一条死理，东施效颦，无悲也悲，这就是所谓"为赋新词强说愁"，是"为文造情"，故作者嘲笑这些人，"不信胸中而信纸上"，他为这些"悲秋者"悲哀。

　　作者眼里的秋天，是与悲秋者截然不同的景象。秋天里，天高气爽，万象更新，一切烦嚣污秽都已涤清，"草木疏而不积，山川淡而不媚，结束凉而不燥"。同时，他还用了几个新奇别致的比喻，把秋天与其他季节相比：春天是妖冶艳丽的美女，而秋天是仙风道骨的高僧；夏天是炙手可热的显贵，而秋天是清泉白石间的雅士；冬天是孤独寒酸的贫士，而秋天是夜雨疏灯中的英雄。因此秋天无处不美，一石一湫，令人徘徊难舍，就连家中的花棚草径、柳堤瓜架，也饶有乐趣。

　　为什么作者看秋天是这么美好呢？是他心中唯有所乐而一无所悲吗？想来未必。就凭他四十多岁才中举、会试屡次不中的困顿经历，他心中就不可能无悲。但关键是如他所言，"自清其胸中以求秋之所在"，"胸中或本有一'恍然'以来"，也就是说，不但无悲者不必悲秋，有悲者也应荡涤胸中的烦嚣俗虑，以豁达爽朗的心胸去拥抱秋天，这样才能"入西山恍然，入雷山恍然，入洪山恍然，入九峰山恍然"，以至于山山皆为知己，处处都是美景。

　　这篇小序，借秋之题而发挥，除了独辟蹊径，唱出了一首秋的颂歌，表现了他独抒性灵不同流俗的艺术趣味之外，还揭示了关于人生态度和审美规律这两个深刻的问题。人不能无悲，但要随时"自清胸中"，以坦荡豁达的心胸去面对生活，面对自然，才能从自然、生活中发现美感，寻得乐趣。山水本无哀乐悲喜，春之可赏可伤，秋之可悲可乐，全在于审美主体即人的主观情志，心喜则见万物皆可喜，心悲则见万物皆可悲，黑格尔所谓"人把他的环境人化了""人把他的心灵的定性纳入自然物里"（《美学》），王国维所谓"有我之境，以我观物，故物皆着我之色彩"（《人间词话》），说的就是这个道理。

谭叟诗引[①]

隔寒河四五村[②]，有谭叟者，教童子村中。或邀其童子去，不得馆[③]，即行吟沟坞间[④]，称诗里中[⑤]，里中人辄笑骂之曰[⑥]："牛亦自称作诗耶[⑦]？"叟闻之大笑。

常襟其诗过予[⑧]，予多外出，叟即袖其诗去[⑨]。后数月复来，又不值[⑩]，又去。如是者三年，无倦容怒色。园丁问翁何事，亦不告以袖中物。一日，逢舍弟[⑪]，搜袖中良久，出一帙投之[⑫]，曰："尔兄归[⑬]，为我示之[⑭]。"舍弟手其本[⑮]，荒荒然无全纸[⑯]，笑而应之曰："诺[⑰]。"

予客归[⑱]，舍弟出其帙如叟旨[⑲]。予性不敢妄测人高下[⑳]，虽褐夫星卜[㉑]，必凝思穷幅[㉒]，度其所以笔起墨止[㉓]，故得叟诗，即屏人深读[㉔]。其蛮蛙之音、唾败之句已了半帙[㉕]，予犹望其能佳，而最后乃得《老夫病起》三诗,如闻其呻吟,如见其枯槁,如扶筇待老友至㉖,如白发妻在旁喃喃不已。人固贵自重㉗,予虽年如叟、病如叟,不能为此奥语也㉘。自是始与叟往来如三党㉙。久之,又阅一诗,复佳,积之,得二十三首,刻焉㉚。

叟僵羸如柴㉛,举止语气如初不识字人,听予去取其诗㉜,皆茫然,觉非其初意。叟名学,未有字,或呼为讷庵。谭居士曰㉝:"安知古工诗者㉞,不尽如此叟与㉟?"

《谭友夏合集》

[注释]

①谭叟,据本文所记,是一位乡村塾师,姓谭名学,无字,人称"讷庵"。叟,对老人的称呼。本文是作者为谭叟的诗歌集而写的引,即小序。 ②寒河:河名,在竟陵县(今天门)西南。 ③馆:书塾,这里指教书。 ④行吟:边走边吟诗。沟:小河,沟渠。坞(wù):四面高而中间低的山地。 ⑤称:称扬,标榜。里:乡里。 ⑥辄(zhé):总是,每次都。 ⑦牛:这是里中人对谭叟的揶揄,谓其粗鄙蠢笨如牛。 ⑧襟:怀藏。过:拜访。 ⑨袖:藏于袖中。 ⑩值:遇。 ⑪舍弟:对人谦称自己的弟弟。 ⑫帙(zhì):包书的布套子,这里意为卷、册。 ⑬尔:你。 ⑭示:看。 ⑮手:拿着。 ⑯荒荒然:残破散乱的样子。全:完整。 ⑰诺:答应之词,犹言"好的""行"。 ⑱客:出门在外。 ⑲如叟旨:遵照谭叟的旨意。 ⑳性:生性。妄:随意。测:估量。 ㉑虽:即使。褐(hè)夫:穿着粗布衣服的贫贱之人。星卜:以占星象卜卦为职业的人。这也是地位卑贱之人。 ㉒凝思:集中精力。穷幅:指看完全部诗稿。 ㉓度(duó):揣摩,思量。所以笔起墨止:意为从头到尾是

怎么写的。㉔屏（bǐng）：退避，躲开。㉕蛩（qióng）蛙之声：蟋蟀与青蛙的声音，比喻诗歌拙劣。唾败：像唾沫和腐烂之物，比喻诗句粗鄙。了（liǎo）：尽，充满。㉖筇（qióng）：竹名，适于作手杖，故为手杖的代称。㉗固：本当。重：稳重，不狂妄。㉘奥语：指表达深切感情的诗句。奥，深。㉙自是：从此。三党：指父族、母族、妻族亲戚。㉚刻：刻印成书。㉛僵：僵直，指身板干瘪。羸（léi）：瘦弱。㉜听：听任。去取：删除或保留。㉝谭居士：作者自称。㉞安：怎，哪里。工：擅长，精通。㉟与：语气词，相当于"呢""吗"。

[评析]

谭叟其人，论地位，是个乡村的穷塾师，无字无号，"僵羸如柴，举止语气如初不识字人"；论写诗，多半是"蛩蛙之音、唾败之句"，连村里人都不拿他当回事。作者身为"竟陵派"领袖，颇有名气，却为什么要煞有介事地为他的诗写序呢？主要是作者欣赏谭叟的三个方面：其一是谭叟为人真率纯朴。他能教书就教书，教不成书就自顾自地"行吟沟坞间"，且自我感觉良好，"称诗里中"，遭里人笑骂，也不在乎，甚至"闻之大笑"。请人看诗稿，也就"荒荒然无全纸"地给人家，全无修饰。其二是谭叟学诗认真，求教诚恳。谭叟不顾乡里人的嘲笑，得空便行吟；请作者看诗稿，作者常不在家，他一次又一次地去，三年如一日，不厌其烦，毫无倦容怠色，直到最后托作者之弟转交，可见其态度之谦虚、心意之诚笃；作者为之感动，与之成至交。谭叟经作者点拨，诗艺大进，居然成集，可谓有志者事竟成。其三，其诗虽大多粗鄙浅陋，但诗如其人，真率有感情。如《老夫病起》三首，"如闻其呻吟，如见其枯槁，如扶筇待老友至，如白发妻在旁喃喃不已"，令作者目为"奥语"而自叹不如，对之刮目相看。

这些归纳起来，就是一个"真"字。作者对老人的赞赏，完全是出于这一点，所以从中体现了他在为人为诗方面的观点主张。此外，文中还体现了作者诚笃厚道的为人。对于谭叟这样的贫贱塾师、蹩脚诗人，乃至"褐夫星卜"之流，他也从不以地位看人，不妄测人高下，每有求教，"必凝思穷幅，度其所以笔起墨止"。对于谭叟的诗稿，虽"荒荒然无全纸"，但他毫无嫌弃之心，认真对待，"屏人深读"。即使大多"蛩蛙之音、唾败之句"，他还是"望其能佳"，直至读到"奥语"，深为感动，自叹不如，并与老人深交，不断指点，乃至为其诗集刻印写序。在文末他说："安知古工诗者，不尽如此叟与？"则将老人与"古工诗者"相提并论。以作者当时在文坛上的地位名气，能待人如此、论人如此，实令人钦佩。

作品名为小引，实为一篇人物小传。作者通过生动的情节和一些具体典型的细节刻画老人的音容笑貌，可谓惟妙惟肖。评论老人的诗，"如闻其呻吟，如见其枯槁，如扶筇待老友至，如白发妻在旁喃喃不已"，四个比喻，极为切至别致，体现了他"孤怀孤诣"的风格。

游乌龙潭记①

初游乌龙潭记

白门游②，多在水。矶之可游者③，曰燕子④，然而远；湖之可游者，曰莫愁、曰玄武⑤，然而城外；河之可游者，曰秦淮⑥，然而朝夕至⑦。唯潭之可游者，曰乌龙，在城内，举异即造⑧，士女非实有事于其地者不至，故三患免焉⑨。

予壬子过而目之⑩。己未⑪，友人茅子止生适轩其上⑫。轩未壁⑬，阁其左方。阁未窗未栏⑭，亭其湄⑮，氅其几⑯，皆略有形，即与予往观之。登于阁，前冈倒碧⑰，后阜环青⑱，潭沉沉而已⑲。有舟自邻家出，与阁上相望者，宋子献孺、傅子汝舟⑳，往来秋色上。茅子曰："新秋可念㉑，当与子泛于沄沄淰淰之中㉒，不以舟，以筏，筏架木朱槛㉓，制如幔亭㉔。"越三日，筏成。

《谭友夏合集》

[注释]

①乌龙潭，在今南京城西清凉山侧，相传晋时潭中有乌龙出现，故名。万历四十七年（1619），作者之友茅止生在潭边建宅，筑轩其上，作者应茅之邀，曾三次游览此潭，并写下"初游""再游""三游"等三篇游记。三篇各有特色，又实为一个有机的整体，为便于阅读欣赏，这里把三篇编在一起，并总名之曰"游乌龙潭记"。②白门：指南京。南京为六朝时京城，正南城门曰宣阳门，世称"白门"。③矶（jī）：水边突出的岩石。④燕子：即燕子矶，位于南京城外长江岸边，因其突出于江中，形似飞燕，故名。⑤莫愁：即莫愁湖，在南京城水西门外。相传古有女子名莫愁，乐府诗《莫愁乐》："莫愁在何处？莫愁石城西。"石城在今湖北钟祥，但南京古称石头城，故世人误以为莫愁为南京女子，此湖为其旧居。玄武：即玄武湖，俗称后湖，南朝时称练湖，在南京城东北玄武门外。⑥秦淮：即秦淮河，流经南京西郊入长江。南京是六朝金粉之地，秦淮河畔又是歌妓聚集的场所，灯红酒绿，繁华名天下。⑦朝夕至：早晚都去，意为整天都在秦淮河边，已无游趣。⑧舁：抬。舁（yú）：通"舆"，轿子。造：到达。⑨三患：指前文所谓"远""城

外""朝夕至"。患,毛病,不利。 ⑩壬子:古人常以天干地支纪日,此为万历四十年,即公元1612年。目:看,意为只是看看而未能游览。 ⑪己未:万历四十七年,即公元1619年。 ⑫茅子止生:即茅元仪,字止生,号石民,浙江归安人,官至副总兵,是作者的朋友。适:适逢,正好。轩:带有栏杆的小屋,这里作动词,指建轩。 ⑬未壁:意为没有隔墙。 ⑭未窗、未栏:意为没有开窗,也没有建栏杆。以上均指轩、阁尚为初建,未加精修。 ⑮亭:立。湄(méi):水边。 ⑯甃(zhòu):用砖砌。 ⑰倒碧:倾倒着绿色,形容碧绿的山色倒映在水中。 ⑱阜:山。 ⑲沉沉:深沉平静。 ⑳宋子献孺、傅子汝舟:皆人名,作者的朋友。 ㉑新秋:初秋。可念:令人向往。 ㉒泛:在水面飘荡。沄(yún)沄:水流动的样子。淰(niǎn)淰:水平静无波的样子。 ㉓槛(jiàn):栏杆。 ㉔幔(màn)亭:以帐幔覆盖的亭子。

再游乌龙潭记

潭宜澄,林映潭者宜静,筏宜稳,亭阁宜朗①,七夕宜星河②,七夕之客宜幽适无累③。然造物者岂以予为此拘拘者乎④?

茅子,越中人⑤,家僮善篙楫⑥。至中流,风妒之⑦,不得至河荡⑧,旋近钓矶⑨,系筏垂下⑩。雨霏霏湿幔⑪,犹无上岸意。已而雨注下⑫,客七人、姬六人⑬,各持盖立幔中⑭,湿透衣表⑮。风雨一时至,潭不能往⑯,姬惶恐求上⑰,罗袜无所惜⑱。客乃移席新轩⑲,坐未定,雨飞自林端,盘旋不去,声落水上,不尽入潭,而如与潭击⑳。雷忽震,姬人皆掩耳欲匿至深处㉑。电与雷相后先,电尤奇幻,光煜煜入水中㉒,深入丈尺,而吸其波光,以上于雨,作金银珠贝影㉓,良久乃已㉔。潭龙窟宅之内,危疑未释㉕。是时风物倏忽㉖，耳不及于谈笑，视不及于阴森㉗，咫尺相乱㉘；而客之有致者㉙，反以为极畅，乃张灯行酒，稍敌风雨雷电之气㉚。忽一姬昏黑来赴㉛，始知苍茫历乱㉜，已尽为潭所有㉝，亦或即为潭所生。而问之女郎来路㉞，曰不尽然㉟。不亦异乎㊱？

招客者㊲，为洞庭吴子凝甫㊳；而冒子伯麟、许子无念、宋子献孺、洪子仲韦及予与止生为六客，合凝甫而七。

《谭友夏合集》

[注释]

①亭阁宜朗：意为亭阁周围的景致应疏朗开阔。　②七夕：农历七月七日晚上。民间传说，七夕牛郎织女在天河相会。星河：银河，天河。　③幽适无累：幽静闲适无所牵累。　④造物者：指自然界。拘拘：拘束局限，指局限于以上几个"宜"。按，此句典出《淮南子·精神训》："伟哉，造化者其以为我为此拘拘。"　⑤越中人：浙江人。浙江一带古为越国，茅元仪（止生）是浙江归安人，故称。　⑥家僮：僮仆。篙楫（jí）：竹篙与船桨，这里指驾船筏。浙江是水乡，故人多善篙楫。　⑦妒：妒忌，这里是拟人手法，意为逆风阻碍。　⑧河荡：指潭中央。　⑨旋：旋即，不久。钓矶：突出水中可坐以垂钓的大石。　⑩垂：通"陲"，指大石旁边。　⑪霏（fēi）霏：雨丝密集的样子。　⑫已而：后来，不久之后。注：倾注。　⑬姬：美女，指伴游的歌妓。　⑭盖：伞。　⑮衣表：衣服。表，外衣。　⑯往：前往，意为继续游潭。　⑰上：指上岸。　⑱罗袜：丝袜。无所惜：无所顾惜。当指下筏上岸须涉水，则必沾湿袜子，故言。　⑲乃：于是就，只好。席：座席。新轩：指茅止生所新建的小屋，详见"初游"篇。　⑳"不尽"二句：指雨点落至水面又溅起，似乎不

全是落入潭中，而是要敲击潭面，形容雨点之大。　㉑匿：躲藏。深处：指屋角等处。　㉒煜（yù）煜：明亮辉煌的样子。　㉓金银珠贝影：形容雨在闪电照耀下折射的各种光彩。影，光影。　㉔良久：很久。已：停止。　㉕"潭龙"二句：此为作者想象潭中的龙宫里，乌龙也为如此风雨雷电而恐惧惊疑。窟宅，指龙宫。危疑，恐惧惊疑。释，解除，消除。　㉖风物：风光景物。倏（shū）忽：迅疾，转眼之间，形容变化之快。　㉗阴森：指屋内阴暗。　㉘咫（zhǐ）尺：形容很近的距离。　㉙致：情致，韵致。　㉚敌：抵御。　㉛赴：赶来。按，此姬当为迟到者，故前文云"客七人，姬六人"。　㉜苍茫历乱：指刚才的大风雨。　㉝已尽为潭所有：意为只有乌龙潭一带才有。　㉞来路：指来的路上的风雨情形。　㉟不尽然：不全是这样。　㊱异：奇怪。　㊲招：邀请。　㊳洞庭：山名，在今江苏太湖中。

三游乌龙潭记

予初游潭上，自旱西门左行城阴下①，芦苇成洲，隙中露潭影。七夕再来，又见城端柳穷为竹②，竹穷皆芦，芦青青达于园林。后五日，献孺招焉③，止生坐森阁未归④，潘子景升、钟子伯敬由芦洲来⑤，予与林氏兄弟由华林园、谢公墩取微径南来⑥，皆会于潭上。潭上者，有灵应⑦，观之。

冈合陂陀⑧，木杪之水坠于潭⑨。清凉一带⑩，丛灌其后⑪，与潭边人家檐霤沟勺入浚潭中⑫，冬夏一深⑬。阁去潭虽三丈余，若在潭中立，筏行潭，无所不之⑭，反若住水轩⑮。潭以北，莲叶未败⑯，方作秋香气⑰，令筏先就之⑱。又爱隔岸林木，有朱垣点深翠中⑲，令筏泊之。初上蒙翳⑳，忽复得路，登登至冈㉑。冈外野畴方塘㉒，远湖近圃㉓。宋子指谓予曰㉔："此中深可住㉕，若冈下结庐㉖，辟一上山径㉗，频空杳之潭㉘，收前后之绿，天下升平，老此无憾矣㉙！"已而茅子至，又以告茅子。

是时残阳接月，晚霞四起，朱光下射，水地霞天㉚。始犹红洲边，已而潭左方红，已而红在莲叶下起，已而尽潭皆颓㉛，明霞作底，五色忽复杂之。下冈寻筏，月已待我半潭。乃回篙泊新亭柳下㉜，看月浮波际，金光数十道，如七夕电影㉝，柳丝垂垂拜月，无论明宵㉞，诸君试思前番风雨乎㉟？相与上阁㊱，周望不去㊲。适有灯起荟蔚中㊳，殊可爱㊴。或曰："此渔灯也。"

《谭友夏合集》

[注释]

①旱西门：南京西城门名，与"水西门"相对而名，又名清凉门。城阴：城北。 ②端：尽头。穷：尽。 ③献孺：即宋献孺，曾与作者再游乌龙潭，见"再游"篇。 ④止生：即茅止生（元仪），详"初游"篇。坐：因为。森阁：楼阁名。 ⑤潘子景升：即潘之恒，字景升，戏曲家。锺子伯敬：即锺惺，字伯敬，作者挚友。 ⑥林氏兄弟：指林楙与林古度兄弟，福清（今属福建）人，作者挚友。华林园：南京园名，原为三国时东吴宫苑。谢公墩：在南京半山，东晋时名相谢安曾登此墩，故名。宋王安石改为半山园。微径：小道。 ⑦灵应：神灵感应的征象。因相传潭中有乌龙，故云。 ⑧合：会合。陂陀（pō tuó）：高低不平。 ⑨杪（miǎo）：树梢。 ⑩清凉：山名。 ⑪丛灌：很多小水流。 ⑫檐霤沟：屋檐下承接滴水的小沟。匀：均。浚（jùn）：深。 ⑬一：一样。 ⑭无所不之：意为竹筏到哪儿，楼阁倒影也跟到哪儿。之，往。 ⑮水轩：临

水而带走廊栏杆的小屋。　⑯败：衰败。　⑰方：正在。　⑱就：靠近，前往。　⑲垣（yuán）：墙。点：点缀。　⑳蒙翳（yì）：覆盖遮蔽，这里指草木覆盖遮蔽的坡岸。　㉑登登：不断攀登。　㉒野畴（chóu）：田野。　㉓圃：菜园。　㉔宋子：即宋献孺。　㉕深：幽深。　㉖结庐：盖房屋。　㉗辟：开辟。径：小路。　㉘頫（fǔ）：同"俯"，俯视。空杳（yǎo）：空明开阔。　㉙老：终老，老死。　㉚水地霞天：地面上的水映射着天空的霞光。　㉛赪（chēng）：赤红色。　㉜新亭：指茅止生新建的小屋。详见"初游"篇。　㉝七夕电影：指前次游潭时所遭的雷电光影。详见"再游"篇。　㉞无论：犹言"先别说"。明宵：明月朗照之夜。　㉟前番风雨：亦指前次游潭时所遭风雨。　㊱相与：一起。　㊲周望：眺望四周。　㊳荟蔚（huì wèi）：繁茂的草木。　㊴殊：特别，尤其。

[评析]

　　在这一组乌龙潭游记中，"初游"只是一篇序言。开头先写南京各可游之处，但有"三患"，相比之下，得出唯有乌龙潭最值得一游的结论。然后写友人茅止生在潭边新建小轩，他应邀前去观赏。这座小轩，反复出现于三篇游记中，在结构上，潭是主线，它是副线，使三篇之间文气更为贯通；而在游览中，它每为观景点，又起到了沟通游者与潭景的作用。而且由于这座小轩，才先有了初游。其实初游并没有游，只是登阁总览，见"前冈倒碧，后阜环青，潭沉沉而已"。这时有舟自邻家出，与阁上相望，于是便有了乘筏游潭之约，这才有了再游、三游。而竹筏，是后来两次游潭的重要"道具"，因此它与小轩一样，贯穿于三篇游记之中。全篇由泛谈"三患"而导入潭，由潭而及轩，由轩而生游潭之兴，由游兴而生编筏之想，直至筏成，文笔步步收拢，水潭、游兴、轩阁、竹筏，四者搭成游潭的基本框架，为以后两游做好了准备。

再游才开始真正的游，筏已成，客有七，有善篙楫的僮子，还有伴游的美人，可谓万事俱备了。所以一开头，作者就一连端出六个"宜"来，摆开一副乘此东风畅游一番的架势。

然而，"然造物者岂以予为此拘拘者乎"一问，文气陡转，万事俱备，东风不来，却来了暴风骤雨，方知刚才的六"宜"乃作者有意先吊起人的胃口，再令人失落，如此才更见风雨之境的绝而险，而于绝险之中别求畅意快感，此乃"竟陵派""孤峭"本色。

筏至中流，"风妒之"，此模仿杜甫《舟前落花》诗"影遭碧水潜勾引，风妒红花却倒吹"句写法，将自然人格化。人力斗不过天力，故只好回篙系筏，但"犹无上岸意"，可见游兴之浓，天力斗不过人心。只是怜于美人之求，才"移席新轩"，于是新轩成了极赏潭上风雨雷电之畅的最佳观景点，照应了"初游"。

下面写风雨雷电，是本文最精彩之处。写雨："声落水上，不尽入潭，而如与潭击。"明明是雨落潭中，却不写雨落而写声落，因为作者看到的是雨点落下又跳起，听到的是雨点重重敲击潭面的声音，于是狂暴的大雨似乎成了顽童的戏耍、鼓点的奏鸣。写雷："雷忽震，姬人皆掩耳欲匿至深处。"这完全是写实，但美人惊雷，却是别有一番情趣。写闪电："光煜煜入水中，深入丈尺，而吸其波光，以上于雨，作金银珠贝影。"电光由天而入水，将波光吸走，交给了雨，于是变幻出铺天盖地的金银珠贝，这是多么瑰丽奇幻的神笔！作者甚至还想象，此时"潭龙窟宅之内"，连龙王都惊惶恐惧。于是风雨雷电，天地人神，交织出一幅极其美妙的图景，无怪乎"客之有致者，反以为极畅，乃张灯行酒"，说是以御寒气，实为尽其畅意——灯光酒色中观赏风雨雷电，这岂是六"宜"所能有的情趣？而此时又节外生枝，忽来一姬，带来了外面的消息，原来"苍茫历乱，已尽为潭所有，亦或即为潭所生"。局部风雨，本是夏秋天气的正常现象，但经作者这么一说，却令人顿觉奇中生奇：莫非真是潭中乌龙在呼风唤雨？

三游是在再游的五日之后，此番除了"七夕"之外，其他诸宜皆备了，因此游得十分从容悠闲，而游记也写得舒展细腻，意境深远，别有幽趣，充分体现了"竟陵派""孤行静寄""幽情单绪"的艺术风格。

作品先从潭外写起，以简淡的笔墨，勾勒出潭外的芦苇、杨柳、竹林，而潭水仅是隙中微露之影，隐约依稀，朦朦胧胧。然后再从潭外起伏的山岗、清凉山后的丛灌、潭边人家的水沟，逐渐引入潭中。这就有如一幅山水长卷，慢慢展开，步步引人入胜。又顺着游踪，依次出现了水中阁影、"方作秋香气"的莲叶、翠绿丛中的点点红墙、冈外的野畴方塘、远湖近圃等，又将视线引向潭外，展现出疏朗恬淡的意境。宋献孺的一段话，是对这一景致的提点，更表达了作者与众人的生活情趣。

"残阳接月，晚霞四起，朱光下射，水地霞天"，顿时给清幽杳远的画面开出绚丽灿烂一景，文章陡起波澜。但此景并非突如其来，而是从洲边、潭左方到莲叶下，由远及近，逐渐染红，直至"尽潭皆颓"，方以五色涂抹。这一段描写，犹如乐曲中的华彩片断，激昂明亮。此后境界又渐趋宁静幽远。回到潭中，明月似乎有约，它"已待我半潭"，是朋友，还是情人？总之它令人想起七夕的约会，那"月浮波际，金光数十道"，不正像七夕的电光么？柳丝垂垂拜月，又似人有情难舍。此番情景与前番风雨，截然不同又似曾相识，恍恍惚惚，耐人寻味。而此时，茂林丰草中，又忽见渔灯点点，闪烁隐现，更觉幽杳空灵，文章至此结束，情境却绵邈无穷。

徐弘祖

徐弘祖（1587~1641），清代时因避乾隆皇帝弘历讳，改写为徐宏祖，字振之，号霞客，江阴（今属江苏）人。自幼博览古今史籍和地志图经。及长，无意仕进，游历名山大川。自二十二岁游太湖起，三十多年间，遍历华东、华北及西南各地。在游览中，他把每日的经历见闻详细记述。他去世后，友人把他的这些日记整理编辑成《徐霞客游记》。

游雁宕山日记[①]

自初九日别台山[②]，初十日抵黄岩[③]，日已西，出南门三十里，宿于八岙[④]。

十一日。二十里，登盘山岭[⑤]，望雁山诸峰，芙蓉插天[⑥]，片片扑人眉宇[⑦]。又二十里，饭大荆驿[⑧]。南涉一溪，见西峰上缀圆石，奴辈指为两头陀[⑨]，余疑即老僧岩[⑩]，但不甚肖[⑪]。五里，过章家楼[⑫]，始见老僧真面目：袈衣秃顶，宛然兀立[⑬]，高可百尺[⑭]；侧又一小童，伛偻于后[⑮]，向为老僧所掩耳[⑯]。自章楼二里，山半得石梁洞，洞门东向，门口一梁，自顶斜插于地，如飞虹下垂。由梁侧隙中层级而上[⑰]，高敞空豁[⑱]。坐顷之[⑲]，下山，由右麓逾谢公岭[⑳]，渡一涧，循涧西行，即灵峰道也[㉑]。一转山腋[㉒]，两壁峭立亘天[㉓]，危峰乱叠[㉔]，如削，如攒[㉕]，如骈笋[㉖]，如挺芝[㉗]，如笔之卓[㉘]，如幞之欹[㉙]。洞有口如卷幕者，潭有碧如澄靛者[㉚]，双鸾、五老㉛,接翼联肩。如此里许㉜,抵灵峰寺。循寺侧登灵峰洞。峰中空,特立寺后㉝,侧有隙可入。由隙历蹬数十级㉞,直至窝顶㉟,则窅然平台圆敞㊱,中有罗汉诸像。坐玩至暝色㊲,返寺。

十二日。饭后,从灵峰右趾觅碧霄洞㊳。返旧路,抵谢公岭下。南过响岩,五里,至净名寺路口,入觅水帘谷,乃两崖相夹,水从崖顶飘下也。出谷五里,至灵岩寺。绝壁四合,摩天劈地㊴;曲折而入,如另辟一寰界㊵。寺居其中,南向,背为屏霞嶂㊶。嶂顶齐而色紫,高数百丈,阔亦称之㊷。嶂之最南,左为展旗峰,右为天柱峰。嶂之右胁介于天柱者㊸,先为龙鼻水。龙鼻之穴,从石罅直上㊹,似灵峰洞而小。穴内石色俱黄紫,独罅口石纹一缕,青绀润泽㊺,颇有鳞爪之状,自顶贯入洞底,垂下一端如鼻,鼻端孔可容指,水自内滴,下注石盆。此嶂右第一奇也。西南为独秀峰,小于天柱,而高锐不相下㊻。独秀之下为卓笔峰,高半独秀㊼,锐亦如之。两峰南坳㊽,轰然下泻者,小龙湫也㊾。隔龙湫与独秀相对者,玉女峰也。顶有春花,宛然插髻㊿。自此过双鸾,即极于天柱○51。双鸾止两峰并起,峰际有僧拜石,袈裟伛偻,肖矣。由嶂之左胁介于展旗者,先为安禅谷,谷即屏霞之下岩。东南为石屏风,形如屏霞,高阔各得其半○52,正插屏霞尽处。屏风顶有蟾蜍石○53,与嶂侧玉龟相向○54。屏风南去,展旗侧褶中○55,有径直上。磴级尽处,石阃限之○56。俯阃而窥,下临无地○57,上嵌腔峒○58。外有二圆穴,侧有一长穴,光自穴中射入,别有一境,是为天聪洞,则嶂左第一奇也。锐峰叠嶂,左右环向,奇巧百出,真天下奇观!而小龙湫下流,经天柱、展旗,桥跨其上,山门临之○59。桥外含珠岩在天柱之麓,顶珠峰在展旗之上。此又灵岩之外观也○60。

十三日。出山门，循麓而右，一路崖壁参差㉑，流霞映彩。高而展者，为板嶂岩；岩下危立而尖夹者㉒，为小剪刀峰。更前㉓，重岩之上，一峰亭亭插天㉔，为观音岩。岩侧，则马鞍岭横亘于前，鸟道盘折㉕。逾坳右转，溪流汤汤㉖，涧底石平如砥㉗。沿涧深入，约去灵岩十余里，过常云峰，则大剪刀峰介立涧旁。剪刀之北，重岩陡起，是名连云峰。从此环绕回合，岩穷矣㉘。龙湫之瀑㉙，轰然下捣潭中㉚。岩势开张峭削㉛，水无所着㉜，腾空飘荡，顿令心目眩怖㉝。潭上有堂㉞，相传为诺讵那观泉之所㉟。堂后层级直上，有亭翼然面瀑㊱。踞坐久之㊲，下饭庵中。雨帘纤不止㊳，然余已神飞雁湖山顶㊴，遂冒雨至常云峰。由峰半道松洞外㊵，攀绝蹬三里㊶，趋白云庵。人空庵圮㊷，一道人在草莽中㊸，见客至，望望去㊹。再入一里，有云静庵，乃投宿焉。道人清隐，卧床数十年，尚能与客谈笑。余见四山云雨凄凄㊺，不能不为明晨忧也。

十四日。天忽晴朗，乃强清隐徒为导㊻。清隐谓湖中草满，已成芜田，徒复有他行㊼，但可送至峰顶㊽。余意至顶㊾，湖可坐得㊿，于是人捉一杖㊿¹，跻攀深草中㊿²。一步一喘，数里，始历高巅㊿³。四望白云，迷漫一色，平铺峰下；诸峰朵朵，仅露一顶，日光映之，如冰壶瑶界㊿⁴，不辨海陆。然海中玉环一抹㊿⁵，若可俯而拾也。北瞰山坳壁立㊿⁶，内石笋森森㊿⁷，参差不一，三面翠崖环绕，更胜灵岩。但谷幽境绝㊿⁸，惟闻水声潺潺，莫辨何地。望四面峰峦，累累下伏如丘垤㊿⁹，惟东峰昂然独上⑩⁰，最东之常云犹堪比肩⑩¹。导者告退，指湖在西腋一峰，尚须越三尖⑩²，余从之⑩³。及越一尖，路已绝；再越一尖，而所登顶已在天半。自念《志》云⑩⁴：宕在山顶，龙湫之水，即自宕来。今山势渐下，而上湫之涧，却自东高峰发脉[105]，去此已隔二谷，遂返辙而东[106]，望东峰之高者趋之。莲舟疲不能从[107]，由旧路下。余与二奴东越二岭，人迹绝矣。已而山愈高[108]，脊愈狭[109]，两边夹立，如行刀背。又石片棱棱怒起[110]，每过一脊，即一峭峰，皆从刀剑隙中攀援而上，如是者三。但见境不容足，安能容湖[111]？既而高峰尽处，一石如劈。向惧石锋撩人[112]，至是且无锋置足矣[113]。踌躇崖上[114]，不敢复向故道[115]。俯瞰南面，石壁下有一级，遂脱奴足布四条[116]，悬崖垂空，先下一奴，余次从之，意可得攀援之路。及下，仅容足，无余地，望崖下斗深百丈[117]。欲谋复上，而上崖亦嵌空三丈余，不能飞陟[118]。持布上试，布为突石所勒[119]，忽中断。复续悬之[120]，竭力腾挽[121]，得复登上岩。出险，还云静庵，日已渐西。主仆衣履俱敝[122]，寻湖之兴衰矣[123]。送别而下，复至龙湫，则积雨之后，怒涛倾注，变幻极势[124]，轰雷喷雪[125]，大倍于昨。坐至暝始出，南行四里，宿能仁寺。

十五日，寺后觅方竹数握[126]，细如枝。林中新条[127]，大可径寸[128]，柔不中杖[129]，老柯斩伐殆尽矣[130]。遂从歧度四十九盘[131]，一路遵海而南[132]，逾窑岙岭，往乐清。

《徐霞客游记》

[注释]

①雁宕（dàng）山，在浙江东南的温州地区，山顶有湖荡，秋天归雁多宿于此，故亦称雁荡山，简称雁山。有南雁宕、中雁宕、北雁宕，本篇指的是北雁宕，在浙江乐清北。山有灵峰、灵岩、观音洞、大小龙湫等名胜，是著名的风景区。作者于万历四十一年（1613）四月第一次游览此山，写下这篇游记。这次游历，他由于不明道路，没能找到山顶的雁

湖,遂于十九年后(崇祯五年,1632)再游雁荡,终于如愿,并写下《游雁宕山日记(后)》。 ②台山:即天台山,名山之一,在浙江东部。 ③黄岩:地名,今属浙江。 ④八岙(ào):地名。岙,山中的低平之地。 ⑤盘山岭:在黄岩与乐清之间。 ⑥芙蓉插天:形容群峰并立,如莲花片片,直插云天。芙蓉,莲花。 ⑦扑人眉宇:形容山峰近在眼前。 ⑧饭:吃饭。大荆驿(yì):大荆山驿站,在乐清县东北。驿,驿站,古时供往来人员暂住、换马等的处所。 ⑨头陀:梵文Dhūta的音译,多指赤脚行游化缘的僧人。 ⑩老僧岩:在雁荡山东,从东西两侧看去状若老僧,故名。 ⑪肖(xiào):相像。 ⑫章家楼:楼名,明人章巘所建。 ⑬宛然:很相像的样子。兀(wù)立:高耸直立。 ⑭可:大约。 ⑮伛偻(yǔ lǚ):弯腰曲背的样子。 ⑯向:先前。掩:遮蔽。 ⑰层级而上:沿石阶一级一级地上去。 ⑱豁(huò):宽敞,广阔。 ⑲顷:片刻时间。 ⑳麓(lù):山脚。谢公岭:山岭名,相传晋宋时诗人谢灵运曾至此,岭上有落屐亭。 ㉑灵峰道:通往灵峰的道路。灵峰,雁荡山中的著名山峰之一,山顶有二石突起,相对如合掌,山下附近有罗汉洞、碧霄洞等名胜。 ㉒山胁:山腰。 ㉓亘(gèn)天:直贯天空。 ㉔危:高而险。 ㉕攒(cuán):聚集。 ㉖骈(pián)笋:并列的竹笋。骈,两马并行,引申为并列。 ㉗挺芝:挺立的灵芝。 ㉘卓:直立。 ㉙幞(fú):幞头,古代的一种头巾,形制很多,这里当指高高翘起的那一类。欹(qī):倾斜。 ㉚靛(diàn):青蓝色的染料。 ㉛双鸾(luán):峰名,状如一对鸾鸟起舞,故名。五老:峰名,峰顶分为五个小峰,故名。 ㉜许:表示约数,犹言"左右"。 ㉝特立:独立,矗立。 ㉞磴(dèng):石阶。 ㉟窝:指洞底。 ㊱窅(yǎo)然:深远的样子。 ㊲暝色:天色昏暗。 ㊳趾:脚趾,这里指山脚。 ㊴摩天:与天接触,形容极高。劈地:刀劈地面,形容石壁陡峭。 ㊵寰(huán)界:世界。

④①屏霞嶂（zhàng）：山名，状若屏障，故名。嶂，状如屏障的山峰。④②称（chèn）：相当。④③胁：侧。介：处于二者之间。④④罅（xià）：裂缝。④⑤绀（gàn）：青中带红之色。④⑥锐：尖。不相下：意为不差于天柱峰。④⑦高半独秀：高度只有独秀峰的一半。④⑧坳（ào）：山中低洼之地。④⑨小龙湫（qiū）：水潭名，为雁荡山名胜之一。湫，水潭。(50)髻（jì）：发髻。(51)极：止，最终到达。(52)高阔各得其半：意为高度与宽度都是屏霞嶂的一半。(53)蟾蜍（chán chú）：动物名，状如青蛙，俗称"癞蛤蟆"。(54)玉龟：指玉龟石。相向：相面对。(55)褶（zhě）：皱褶，指山的纵向凹凸脉络。(56)阈（yù）：门槛。(57)下临无地：向下看不到地面，形容其势高悬。(58)崆峒（kōng tóng）：突出的山崖。(59)山门：指灵岩寺门。临：面对。(60)灵岩：指灵岩寺。外观：寺外的景观。(61)参差（cēn cī）：高低错落的样子。(62)尖夹：尖峰并立相夹。(63)更前：再往前。(64)亭亭：耸立的样子。(65)鸟道：只有鸟才能飞过的小道，形容山道极为狭窄险绝。盘折：回环曲折。(66)汤（shāng）汤：水流湍急的样子。(67)砥（dǐ）：磨刀石。(68)穷：穷尽，到尽头。(69)龙湫：指大龙湫，水潭名，雁荡山名胜之一。(70)捣：撞击。(71)开张：平铺展开。峭削：如刀削般陡峭。(72)着：着落，触及。(73)心目眩怖：心惊目眩。(74)堂：平台。(75)诺讵（jù）那：东晋时外国高僧，曾带数百弟子游雁荡山，在此观瀑。(76)翼然：像鸟展翅般。面：面对。(77)踞坐：蹲坐。(78)廉纤：细小的样子。(79)雁湖：雁荡山顶的湖荡，又名平湖，为大雁栖止之处，雁荡山就是因此而得名。(80)峰半：半山腰。(81)绝：陡峭。(82)圮（pǐ）：倒塌，毁坏。(83)草莽：杂草丛。(84)望望：头也不回地走开的样子。(85)凄凄：阴沉寒凉的样子。(86)强（qiǎng）：勉强，尽力请求。徒：徒弟。导：向导。(87)复有他行：又有其他地方要去。(88)但：只。(89)意：想。(90)坐得：意为轻而易举地走到。

(91)人：每人。 (92)跻（jī）：登。 (93)历：这里指到达。高巅：山顶。 (94)冰壶瑶界：指仙境。冰，形容洁白。壶，指天。相传古代有个叫施存的人，通变化之术，常悬一壶，壶中可变化为天地日月，自号壶天。瑶界，指瑶池、瑶台等神仙居住的地方。 (95)玉环：指玉环岛，在雁荡山东面的海上，今设为县。一抹：形容如画图上的一笔。 (96)瞰（kàn）：远望。壁立：指山坳周围石崖如墙壁直立。 (97)石笋：细高直立如竹笋的石头。森森：繁密的样子。 (98)绝：边际。 (99)累（lěi）累：层叠的样子。丘垤（dié）：小土堆。 (100)昂然：高高立起的样子。 (101)犹堪：犹可，还能。比肩：并肩，不相上下。 (102)越：翻越。尖：山峰。 (103)从：听从。 (104)《志》：当指《大明一统志》，一说指朱谏的《雁山志》。 (105)发脉：发源。 (106)返辙（zhé）：掉转车行方向，这里指回头走。 (107)莲舟：人名，与作者同游的僧人。 (108)已而：此后，后来。 (109)脊：山梁。 (110)棱（léng）棱：尖锐的样子。怒起：突起。 (111)安：岂，哪里。 (112)向：向来，本来。撩：挑逗，这里指纠缠、烦扰。 (113)且：更加。无锋置足：意为石锋尖利无处可以踩脚。 (114)踌躇（chóu chú）：犹豫不决的样子。 (115)故道：指来时所走的道路。 (116)足布：绑腿。 (117)斗：通“陡”。 (118)陟（zhì）：升，登。 (119)勒（lè）：刻，割。 (120)续：指把断处联结起来。 (121)腾：跳。挽：拉。 (122)敝：破败。 (123)兴（xìng）：兴致。 (124)极势：极尽各种形态。 (125)轰雷喷雪：声音如雷轰响，水花喷溅洁白如雪。 (126)方竹：一种杆略带方形的竹子，可作手杖。数握：几把。 (127)新条：新长成的竹子。 (128)径寸：直径约有一寸。 (129)中（zhòng）：适宜。 (130)老柯：老竹子。殆尽：几乎没有了。 (131)歧：歧路，另一条道路。四十九盘：山岭名，岭上道路曲折盘旋，故名。 (132)遵海：沿着海边。

[评析]

《徐霞客游记》是一部富有科学价值的地理学著作，同时也是一部富有审美价值的山水游记散文作品。本文就是结合这两方面特点的优秀作品。

与全书其他篇章一样,本文记事也是以时间、游踪先后为顺序。作者游雁荡山,前后共用了五天,而真正所游的是四天。每天所记,各有中心,并根据不同的景物特点和人物活动情况,采用不同的笔法,因而详细生动,引人入胜。

第一天,记从进山到灵峰寺的一段景观。作者这一段以奇峰异石为主,观察仔细,描写多用比喻手法。如刚进山,望雁山诸峰,以"芙蓉插天"为喻,描绘了群峰如荷花瓣片片立起高耸云天之状,秀美可爱;又以"片片扑人眉宇",表现了山势的高峻及其给人的感受。对老僧岩的观察描写,尤为仔细。先写其"不甚肖";然后随着游踪的深入、视角的转换而逐渐显其"真面目",作者以"袈衣秃顶,宛然兀立,高可百尺;侧又一小童,伛偻于后,向为老僧所掩耳",细致地刻画了老僧岩的形状、姿态、高度以及与"小童"的关系,逼真传神。写石梁,以"飞虹"为喻,富有气势。写灵峰道上的峭壁危峰,则以博喻手法,一连以"如削,如攒,如骈笋,如挺芝,如笔之卓,如幞之敧"数比,极尽其千姿百态。而写双鸾峰、五老峰,则以暗喻手法,分别以"接翼"和"联肩"表现,贴切而富有动感。

第二日,写屏霞嶂南面的景观。这一带景致众多,关系复杂,作者以灵岩寺为观景点,以屏霞嶂为中心,分两路描写。先写嶂之右边,以天柱峰为中心,分别描写了龙鼻穴、独秀峰、卓笔峰、小龙湫、玉女峰、双鸾峰、僧拜石等,其中以龙鼻穴为重点,具体描绘,并标明它是"嶂右第一奇"。次写嶂之左边,以展旗峰为中心,分别描写了安禅谷、石屏风、蟾蜍石、天聪洞等,并以天聪洞为重点,标明它是"嶂左第一奇"。这一段基本是客观描写,描写中有总有分,有远望中的形势,有游历中所见,有简笔速写,有重点素描,因此景物虽多,却繁而不乱,既犹如一张详尽的地图，介绍总体概貌，又突出了最佳景点，给人以鲜明印象。

第三日，记由灵岩寺右行的一路景观。先以"崖壁参差，流霞映彩"总写壮观景象，然后依次略写板嶂岩、小剪刀峰、观音岩、马鞍岭、常云峰、大剪刀峰、连云峰等。而描写的重笔则在大龙湫瀑布。作者以"轰然"表现瀑布的声威，以"捣"表现瀑布的冲击之力，以"腾空飘荡"表现瀑布水花飘洒、水气冲腾的壮丽景象；"心目眩怖"，既表现了人的感受，又反衬了瀑布的神威；而诺讵那观瀑之事，又点出了瀑布的历史宗教文化内涵。最后写到"神飞雁湖山顶"，"余见四山云雨凄凄，不能不为明晨忧也"，为第二日的惊险游历作了铺垫和过渡。

第四日，写为寻找雁荡山顶湖荡而历尽千难万险的经过，以人物活动为主。天气由昨天的"云雨凄凄"变为今天的"忽晴朗"，人也转忧为喜；又有清隐徒为导，作者又平添"湖可坐得"的信心。于是他不畏山高草深，一步一喘地攀登。向导走了之后，他又带着这份信心越过两座尖峰。此时形势陡转，他发现情况不妙，只好回头另寻他路，而同行的莲舟中途退却，一路人迹已绝，这些无疑是对他的考验。而此时的道路又更加艰险，"山愈高，脊愈狭"，他从"刀背"上走过去了；"石片棱棱怒起"，他"从刀剑隙中攀援而上"，"如是者三"。直至最后，"一石如劈"，"无锋置足"，他用绑腿悬空下去，却被卡在"仅容足"之地，脚下是"斗深百丈"的无底深谷，头上是"嵌空三丈余"的悬崖，绑腿布条也被利石割断，可谓是上下不得、陷于绝境。最后他还是"竭力腾挽"，终于脱险，而"主仆衣履俱敝，寻湖之兴衰矣"。这一过程，写得跌宕起伏，险象环生，惊心动魄。其中写山石之狰狞、悬崖之险峻、形势之危急，细致真切，繁密紧凑，扣人心弦；而作者的心理，从开头的欣喜、自信、坚定到疑虑、踌躇、求生乃至最后扫兴，逐层显现。至于写景，在本段中则为次要，且是融入人物活动中。如"四望白云，迷漫一色，平铺峰下；诸峰朵朵，仅露一顶，日光映之，如冰壶瑶界，不辨海陆。然海中玉环一抹，若可俯而拾也"一段，写作者攀上高巅时所见的云海奇观，境界开阔奇幻，景色瑰丽壮美，抒发了作者明朗雄阔的胸怀。总之这一段，作者把叙事、写景、抒情等融为一体，令人如亲历其境，是全文的最精彩部分。

游黄山日记（后）①

戊午九月初三日②。出白岳榔梅庵③，至桃源桥，从小桥右下，陡甚，即旧向黄山路也④。七十里，宿江邨⑤。

初四日。十五里，至汤口⑥。五里，至汤寺⑦，浴于汤池⑧，扶杖望朱砂庵而登⑨。十里，上黄泥冈，向时云里诸峰⑩，渐渐透出，亦渐渐落吾杖底。转入石门⑪，越天都之胁而下⑫，则天都、莲花二顶⑬，俱秀出天半⑭。路旁一歧东上⑮，乃昔所未至者，遂前趋直上，几达天都侧。复北上，行石罅中⑯。石峰片片夹起，路宛转石间，塞者凿之，陡者级之⑰，断者架木通之，悬者植梯接之⑱。下瞰峭壑阴森，枫松相间，五色纷披⑲，灿若图绣。因念黄山当生平奇览，而有奇若此，前未一探，兹游快且愧矣。时夫仆俱阻险行后，余亦停弗上；乃一路奇景，不觉引余独往。既登峰头，一庵翼然⑳，为文殊院㉑，亦余昔年欲登未登者。左天都，右莲花，背倚玉屏风㉒。两峰秀色，俱可手揽㉓。四顾奇峰错列，众壑纵横，真黄山绝胜处。非再至，焉知其奇若此？遇游僧澄源至㉔，兴甚勇㉕。时已过午，奴辈适至㉖，立庵前，指点两峰。庵僧谓："天都虽近而无路，莲花可登而路遥，只宜近盼天都[27]，明日登莲顶。"余不从，决意游天都，挟澄源、奴子[28]，仍下峡路。至天都侧，从流石蛇行而上[29]，攀草牵棘，石块丛起则历块[30]，石崖侧削则援崖[31]，每至手足无可着处，澄源必先登垂接[32]。每念上既如此，下何以堪[33]？终亦不顾。历险数次，遂达峰顶。惟一石顶，壁起犹数十丈[34]，澄源寻视其侧，得级，挟予以登，万峰无不下伏，独莲花与抗耳[35]。时浓雾半作半止[36]，每一阵至，则对面不见；眺莲花诸峰，多在雾中。独上天都，予至其前，则雾徙于后；予越其右，则雾出于左。其松犹有曲挺纵横者，柏虽大干如臂，无不平贴石上如苔藓然。山高风巨[37]，雾气去来无定，下盼诸峰，时出为碧峤[38]，时没为银海[39]。再眺山下，则日光晶晶，别一区宇也。日渐暮，遂前其足，手向后据地，坐而下脱[40]，至险绝处，澄源并肩手相接。度险下至山坳，暝色已合[41]，复从峡度栈以上[42]，止文殊院[43]。

初五日。平明[44]，从天都峰坳中北下二里，石壁岈然[45]，其下莲花洞，正与前坑石笋对峙[46]，一坞幽然[47]。别澄源下山，至前歧路侧，向莲花峰而趋。一路沿危壁西行[48]，凡再降升[49]，将下百步云梯，有路可直跻莲花峰[50]，既陡而磴绝[51]，疑而复下。隔峰一僧高呼曰："此正莲花道也！"乃从石坡侧度石隙，径小而峻，峰顶皆巨石鼎峙[52]，中空如室，从其中迭级直上，级穷洞转，屈曲奇诡，如下上楼阁中，忘其峻出天表也[53]。一里，得茅庐，倚石罅中，方徘徊欲升，则前呼道之僧至矣。僧号凌虚，结茅于此者[54]，遂与把臂陟顶[55]。顶上一石，悬隔二丈，僧取梯以度，其巅廓然[56]。四望空碧[57]，即天都亦俯首矣。盖是峰居黄山之中，独出诸峰上，四面岩壁环耸，遇朝阳霁色，鲜映层发，令人狂叫欲舞。久之，返茅庵。凌虚出粥相饷㊺，啜一盂㊾。乃下至歧路侧，过大悲顶㊿，上天门㊱。三里，至炼丹台㊲，循台嘴而下㊳。观玉屏风、三海门诸峰㊴，悉从深坞中壁立起。其丹台一冈中垂，颇无奇峻；惟瞰翠微之背㊵，坞中峰峦错耸㊶，上下周映，非此不尽瞻眺之奇耳。还过平天矼㊷，下后海㊸，入智空庵，别焉。三里，下狮子林㊹，趋石笋矼㊺，至向年所登尖峰上，倚松而坐，瞰坞中峰石回攒，藻缋满眼㊻，始觉匡庐、石门㊼，或具一体㊽，或缺一面，不若此之闳博富丽也㊾。久之，上接引崖㊿，下眺坞中，阴阴觉有异。复至冈上尖峰侧，践流石，援棘草，随坑而下，愈下愈深，诸峰自相掩蔽，不能一目尽也。日暮，反狮子林。

初六日。别霞光㊆，从山坑向丞相原㊇。下七里，至白沙岭，霞光复至，因余欲观牌楼石㊈，恐白沙庵无所指者，追来为导。遂同上岭，指岭右隔坡，有石丛立，下分上并，即牌楼石也。余欲逾坑溯涧，直造其下，僧谓："棘迷路绝，必不能行。若从坑直下丞相原，不必复上此岭；若欲从仙灯而往㊉，不若即由此岭东向。"余从之，循岭脊行㊊。岭横亘天都、莲花之北㊋，狭甚，旁不容足，南北皆崇峰夹映㊌。岭尽北下，仰瞻右峰罗汉石㊍，圆头秃顶，俨然二僧也㊎。下至坑中，逾涧以上，共四里，登仙灯洞。洞南向，正对天都之阴㊏，僧架阁连板于外㊐，而内犹穹然㊑，天趣未尽刊也㊒。复南下三里，过丞相原，山间一夹地耳。其庵颇整，四顾无奇，竟不入。复南向循山腰行五里，渐下，涧中泉声沸然㊓，从石间九级下泻，每级一下，有潭渊碧，所谓九龙潭也。黄山无悬流飞瀑，惟此耳。又下五里，过苦竹滩㊔，转循太平县路㊕，向东北行。

《徐霞客游记》

[注释]

①黄山在今安徽省歙县境内，是我国著名的风景区之一。相传黄帝曾与容成子、浮丘公在此炼丹，故名。山有三十六峰，以天都、莲花二峰为最高，山间云烟似海，多奇松秀石，蔚为壮观。作者曾于明神宗万历四十四年（1616）第一次游览黄山，本篇所记是他于万历四十六年（1618）第二次游黄山时的情景。　②戊午：明万历四十六年（1618）。　③白岳：山名，在黄山西南。　④旧向黄山路：指作者于两年前初游黄山时所走之路，小路。　⑤江邨：镇名，在黄山东北。　⑥汤口：镇名，在黄山脚下。　⑦汤寺：寺名，始建于唐玄宗开元十八年（730），原名祥符寺，因靠近汤泉，故称。　⑧汤池：即汤泉，温泉，水中有朱砂，浴之可治病。　⑨朱砂庵：寺名，原名慈光寺，始建于明嘉靖年间，在朱砂峰下，其右为天都诸峰，左为莲花诸峰。　⑩向时：先前。　⑪石门：峰名，两石壁夹峙如门，故名。　⑫天都：峰名，为黄山主峰。胁：旁边。　⑬莲花：峰名，为黄山另一高峰，与天都峰并为黄山两大峰。因山峰峭壁形似莲花，故名。　⑭秀：挺秀，特立。天半：半空。　⑮歧：歧路，小路。　⑯罅（xià）：缝隙。　⑰级：石阶。这里作动词，意为开凿石阶。　⑱悬：指道路上下悬空中断。植：树立。　⑲纷披：错杂的样子。　⑳翼然：指屋檐如鸟展翅欲飞的样子。　㉑文殊院：寺名，今已不存。　㉒玉屏风：峰名，即玉屏峰。　㉓手揽：用手揽抱。形容就在近旁。　㉔游僧：四处云游的僧人。澄源：游僧的名字。　㉕兴（xìng）：兴致，游兴。　㉖奴辈：跟从的奴仆们。　㉗盼：看。　㉘挟（xié）：扶持。　㉙流石：滑溜的山石。蛇行：像蛇一样爬行。　㉚历：越过。　㉛侧削：旁侧如刀削一样平直陡峭。援：攀缘。　㉜垂接：垂手接引。　㉝堪：受得了。　㉞壁起：如墙壁一样陡立。　㉟抗：抗衡，匹敌。　㊱半作半止：时兴时止。

㊲巨：大。　㊳碧峤（jiào）：碧绿的尖峰。因满山松柏青翠，故曰碧。峤，锐而高的山。　㊴银海：形容云雾弥漫。　㊵下脱：向下挪身而行。

㊶暝（míng）色已合：天色已黑。暝色，暮色。　㊷栈（zhàn）：栈道。在崖壁上打桩架木而成的通道。　㊸止：歇息。　㊹平明：天色刚亮。　㊺岈（xiā）然：山谷深而空的样子。　㊻石笋：山峰名。因其形似竹笋，故名。　㊼坞（wù）：四周高而中央低的山地。　㊽危壁：高峻的石壁。　㊾凡：一共。再：两次。　㊿跻（jī）：登。　(51)陟（zhì）：登。磴（dèng）：山路的石阶。　(52)鼎峙：如鼎足般直立对峙。　(53)天表：天外。　(54)结茅：搭建草屋而居。　(55)把臂：挽臂。　(56)巅：顶部。廓：空廓。　(57)空碧：空荡碧蓝。意为不见山峰，只有碧蓝的天空。　(58)饷（xiǎng）：以食物款待人。　(59)啜（chuò）：喝。盂：一种盛器。　(60)大悲顶：山峰名。　(61)天门：地名，在天都峰山脚下。　(62)炼丹台：在炼丹峰上。相传古道人容成子和浮丘公曾在此炼丹，黄帝服用七粒而升天。

(63)台嘴：指炼丹台突出的部位。　(64)三海门：峰名，在石门峰与炼丹峰之间。　(65)翠微：峰名。　(66)错耸：错落耸立。　(67)平天矼（gāng）：峰名，在炼丹峰上，多怪石、怪松。　(68)后海：峰名。　(69)狮子林：峰名，在炼丹峰左。　(70)石笋矼：峰名，在始信峰上，石如笋状耸立，周围多怪石。　(71)回攒（cuán）：回曲簇聚。　(72)藻缋（zǎo huì）：色彩。　(73)匡庐：即庐山，在江西。石门：山名，在浙江青田。　(74)具一体：具备某一方面。　(75)闳（hóng）博：包罗万象。　(76)接引崖：山崖名。　(77)霞光：僧名。　(78)丞相原：地名。相传宋代丞相程元凤曾在此读书，故名。　(79)牌楼石：即天牌石，俗称“仙人榜”。　(80)仙灯：洞名。相传洞口有灯，明朗如星，故名。　(81)岭脊：山岭突出部位，如人体的脊背。　(82)横亘（gèn）：横贯。　(83)崇峰：高峰。夹映：相夹而相互映照。　(84)罗汉石：石形似罗汉，故名。　(85)俨（yǎn）然：宛然，如真的一般。　(86)阴：北面。古人以山之南、水之北为阳，山之北、水之南为阴。 (87)阁：阁道。 (88)穹（qióng）然：大而深的样子。 (89)天趣：天然的趣味。刊：刻，削。 (90)沸然：如水沸腾的样子。 (91)苦竹滩：即苦竹溪，在九龙潭下，离汤口五里。 (92)太平县：县名，在黄山北约百里。

[评析]

在《徐霞客游记》中，本文是最具代表性的一篇。

作为一部科学考察著作，准确、具体、翔实的记述是十分必要的。作者再游黄山，共游了四天，每天的游览区域、行程路线、里程方位以及沿途所历所见主要景点的地貌山势、景致特征等，都记载得清清楚楚、井井有条，我们可根据他的记述，画出一张黄山游览的导游图。

当然，如果仅限于这些，那本篇充其量也不过是一份旅游过程的流水账或枯燥乏味的地理图志。令人可喜的是，作者在记述中，展示了他高妙的审美情趣和文学才能，以清新秀丽的笔触，形象生动地描绘了黄山壮丽迷人的自然风光，并从中抒发了一位大旅行家特有的胸襟怀抱。黄山诸峰，以天都、莲花二峰为著。黄山诸景，以奇峰秀石、雾气云海、奇松怪柏为佳。本篇即以这些为主展开描写。在描写中，作者善于捕捉景致的特征，进行细致生动的刻画。这在写登天都峰一段最为突出。如作者始登天都，“向时云里诸峰，渐渐透出，亦渐渐落吾杖底。转入石门，越天都之胁而上，则天都、莲花二顶，俱秀出天半”这几句，描写了随着人的越登越高，山峰与云雾之间先是云雾隐山、再是山峰破云、最后是二峰特秀的微妙变化，准确形象，视野开阔。其中“透”“落”“秀”等几个动词的使用，更增强了景致的动感与活力。“复北上，行石罅中，石峰片片夹起，路宛转石间，塞者凿之，陡者级之，断者架木通之，悬者植梯接之”这几句，以“片片”状石峰之险削高耸，以“夹起”状众峰之层叠紧挨，又与道路的断续险阻相互衬托，刻画出黄山的奇险。“下瞰峭壑阴森，枫松相间，五色纷披，灿若图绣"，则以高处俯瞰的特殊角度，描绘出红枫青松在"峭壑阴森"底色映衬下缤纷灿烂的图景，十分浓丽鲜明。最为精彩的是对云雾松柏的描写："时浓雾半作半止，每一阵至，则对面不见；眺莲花诸峰，多在雾中。独上天都，予至其前，则雾徙于后；予越其右，则雾出于左。其松犹有曲挺纵横者，柏虽大干如臂，无不平贴石上如苔藓然。山高风巨，雾气去来无定，下盼诸峰，时出为碧峤，时没为银海。再眺山下，则日光晶晶，别一区宇也。"这里写云雾的半作半止、来去无定、或左或右、时出时没。人在其中，似与之嬉戏玩耍；山在其中，似随之隐现浮沉，真是一幅变幻流动、气象万千的黄山云海图！在云雾变幻中，青松或曲或挺、或纵或横，翠柏则似苔藓，紧贴岩石，十分简洁而贴切地描画出黄山松柏的千奇百怪、生机勃勃。而山下的"日光晶晶，别一区宇"，不但写出在黄山高处俯瞰到的壮美景色，又反衬出山上云海中如同仙境般的美妙。此外，写黄山奇石，莲花峰顶，是"皆巨石鼎峙，中空如室，从其中迭级直上，级穷洞转，屈曲奇诡，如下上楼阁中，忘其峻出天表也"；而罗汉石，则"圆头秃顶，俨然二僧也"，均以细致的描写和形象的比喻，刻画出各自的奇趣。至于"四望空碧，即天都亦俯首矣……四面岩壁环耸，遇朝阳霁色，鲜映层发，令人狂叫欲舞""惟瞰翠微之背，坞中峰峦错耸，上下周映，非此不尽瞻眺之奇耳""瞰坞中峰石回攒，藻绩满眼"等，也都从不同的角度，描写了黄山各处或空阔、或鲜丽、或奇崛、或华美的景致，令人如同亲历黄山那美不胜收的奇景。

尤值一提的是，本篇不但描写黄山的美景，还体现了作者不畏艰险、求奇探新的勇敢精神。潘耒在为《徐霞客游记》所作的序中说："登不必有径，荒榛密箐，无不穿也；涉不必有津，冲湍恶泷，无不绝也。峰极危者，必跃而踞其巅；洞极邃者，必猿挂蛇行，穷其旁出之奥。途穷不忧，行误不悔。暝则寝树石之间，饥则啖草木之实。不避风雨，不惮虎狼，不计程期，不求伴侣，以性灵游，以躯命游。"这在本篇中处处可见。他此番是二游黄山，便偏走前番未走之道、探前番未探之奇。如开始登山不久，"路旁一歧东上，乃昔所未至者，遂前趋直上，几达天都侧"；又北上，行于石罅险道中，见到壮丽奇景时，便"因念黄山当生平奇览，而有奇若此，前未一探，兹游快且愧矣"；这时，"夫仆俱阻险行后，余亦停弗上"，可是，"乃一路奇景，不觉引余独往"；当他登上了"昔年欲登未登"的文殊院，领略到"真黄山绝胜处"时，便欣喜感叹："非再至，焉知其奇若此！"这些行为描写、心理刻画和抒情议论，都真切地表达了一个勇敢者特有的志趣和情感。接着他又欲继续登天都，当庵僧以天都无路，只宜近盼相劝时，"余不从，决意游天都"，于是他攀草牵棘，历块援崖，"每念上既如此，下何以堪？终亦不顾"，这"不从""决意""不顾"，更体现了他的顽强意志。在以后的游览中，也都处处描写他如何历难历之险、探未探之奇。于是黄山壮美奇丽的自然奇观与作者勇敢顽强的人文精神相互生发、完美交融，使得本篇成为众多黄山游记、山水散文中独具魅力的艺术精品。

宋应星

宋应星（1587~?），字长庚，奉新（今属江西）人。万历举人，历官江西分宜教谕、福建汀州府推官、安徽亳州知州等。崇祯十七年（1644）辞官归里，后曾出仕南明，约卒于清顺治年间。他是明代著名的科学家，著有《天工开物》《野议》《论气》《谈天》等。

《天工开物》序①

天覆地载②，物数号万③，而事亦因之④，曲成而不遗⑤，岂人力也哉！事物而既万矣，必待口授目成而后识之⑥，其与几何⑦？万事万物之中，其无益生人与有益者⑧，各载其半⑨。世有聪明博物者⑩，稠人推焉⑪。乃枣梨之花未赏⑫，而臆度楚萍⑬；釜鬵之范鲜经⑭，而侈谈莒鼎⑮。画工好图鬼魅而恶犬马⑯，即郑侨、晋华⑰，岂足为烈哉⑱？

幸生圣明极盛之世，滇南车马⑲，纵贯辽阳⑳，岭徼宦商㉑，衡游蓟北㉒，为方万里中，何事何物不可见见闻闻？若为士而生东晋之初、南宋之季㉓，其视燕、秦、晋、豫方物㉔，已成夷产㉕，从互市而得裘帽㉖，何殊肃慎氏之矢也㉗？且夫王孙帝子，生长深宫，御厨玉粒正香㉘，而欲观耒耜㉙；尚宫锦衣方剪㉚，而想象机丝㉛。当斯时也，披图一观㉜，如获重宝矣。

年来著书一种，名曰《天工开物卷》㉝。伤哉贫也㉞！欲购奇考证㉟，而乏洛下之资㊱；欲招致同人㊲，商略赝真㊳，而缺陈思之馆㊴。随其孤陋见闻，藏诸方寸而写之㊵，岂有当哉㊶！吾友涂伯聚先生㊷，诚实动天，心灵格物㊸，凡古今一言之嘉、寸长可取㊹，必勤勤恳恳而契合焉㊺。昨岁《画音归正》㊻，繇先生而授梓㊼；兹有后命㊽，复取此卷而继起为之㊾，其亦夙缘之所召哉㊿！卷分前后，乃“贵五谷而贱金玉”之义(51)。《观象》《乐律》二卷(52)，其道太精(53)，自揣非吾事(54)，故临梓删去(55)。丐大业文人(56)，弃掷案头(57)，此书于功名进取毫不相关也。

时崇祯丁丑孟夏月(58)，奉新宋应星书于家食之问堂(59)。

《天工开物》

[**注释**]

①《天工开物》是宋应星最重要的一部著作，该书全面系统地记述了我国古代农业和手工业的生产技术和经验，是我国古代科学技术史上的重要文献。本文是作者的自序，介绍了编撰此书的用意和经过，体现了作者的科学精神和求实精神。 ②天覆地载：天之所覆盖，地之所承载，即为天地之间。 ③号：号称。 ④因之：与之相同，意为也同样“号万”。因，因袭，相同。 ⑤曲成而不遗：以各种方式出现而无所遗漏。语出《易·系辞上》：“曲成万物而不遗。” ⑥口授：意为听人讲解。目成：亲眼看见。 ⑦其与几何：意为对于世间事物来说能有多少。与，对于。 ⑧生人：人民。 ⑨载：承担。 ⑩博物：通晓万物。 ⑪稠人：众人。推：推崇，赞许。 ⑫乃：竟然。枣梨之花：比喻寻常之物（下文“釜鬵之范”亦同）。赏：识别。 ⑬臆度（duó）：主观猜测。楚萍：楚地所产的水萍果实，比喻罕见难知之物（下文“莒鼎”亦同）。《孔子家

语·致思》载,楚王渡江,船碰上一个又红又圆的东西,手下群臣谁也不认识,后来问孔子,孔子说,这叫"萍实",是吉祥之物,只有霸者才能得到。　⑭釜鬵(fǔ xín):锅类的器物。范:铸造器物的模子。鲜(xiǎn):少。经:经历,见识。　⑮侈(chǐ)谈:高谈阔论。侈,夸大,过分。莒(jǔ)鼎:莒国的铜鼎。莒国是春秋时的一个小国,在今山东莒县一带。《左传·昭公七年》载,晋国国君曾将"莒之二方鼎"赐与郑国大夫子产。　⑯画工好(hào)图鬼魅而恶(wù)犬马:绘画的工匠喜欢画鬼魅而不爱画狗马。《韩非子·外储说左上》载,齐王问画工什么最好画什么最难画,画工说,鬼魅最好画,狗马最难画。因为狗马人人常见,要画得像不容易,而鬼魅谁也没见过,所以好画。这是比喻那些聪明博物者只会卖弄玄虚,而对于现实中的事物却只是一知半解。　⑰即:即使。郑侨:指春秋时郑国大夫子产,姓公孙,名侨,学识广博,人称"博物君子"。晋华:指西晋时文学家张华,亦以博闻广识著称,著有《博物志》一书。　⑱烈:盛,指见识极其广博。　⑲滇(diān):地名,指今云南,古为滇国,故称。　⑳贯:贯穿。辽阳:指今辽宁的辽河之北地区。古人称山之南、水之北为阳。　㉑岭徼(jiào):指岭南一带地区。岭,指五岭,即越城、都庞、萌诸、骑田、大庾等,在今广东、广西、湖南、江西交界处。徼,边境。　㉒衡:通"横"。蓟(jì)北:指今河北北部一带地区。蓟,古代燕国的都城,在今北京。　㉓东晋之初、南宋之季:东晋、南宋时,长江以北地区多被异族侵占。季,末年。　㉔燕、秦、晋、豫:指今河北、陕西、山西、河南等地区。方物:地方物产。㉕夷产:异国的物产。夷,古代对境外民族或国家的称呼。　㉖互市:两国之间的边境贸易。裘(qiú)帽:皮衣皮帽。这是游牧民族或国家的特产。㉗殊:不同。肃慎氏之矢:肃慎氏是周代时住在今东北一带的少数民族,其地的特产楛木箭杆和石制箭镞,是向周王朝进贡之物。这里比喻珍稀难得之物。矢，箭。 ㉘御厨：皇帝的厨房。玉粒：形容精美的饭食。 ㉙耒耜（lěi sì）：翻土的农具。 ㉚尚宫：皇宫中的女官。锦衣：锦绣衣服。 ㉛机丝：织布机与丝线。 ㉜披：展开。图：指《天工开物》书中的插图。 ㉝《天工开物卷》：原书名。天工，自然的创造。开物，开启人的智慧，语出《易·系辞上》："夫易，开物成务。" ㉞伤哉贫也：最令人伤心的是贫穷。语出《礼记·檀弓下》："伤哉贫也，生无以为养，死无以为礼也。" ㉟奇：指各种稀奇珍贵的实物资料。 ㊱洛下之资：指雄厚的资金。洛下，洛阳。洛阳自古为繁华都市，多富豪，故称。 ㊲同人：志趣相同之人。 ㊳商略：商量研讨。赝（yàn）：假。 ㊴陈思之馆：指招待同人的处所。陈思，即三国时诗人曹植，封为陈王，死后谥思，故称。曹植富文才，又是王侯，故当时许多文士纷纷到他门下为宾客。馆，招待宾客之馆舍。 ㊵诸：意同"之于"。方寸：指内心。 ㊶岂有当（dàng）哉：哪有正确的呢。这是谦虚的说法，意为难免有不正确之处。 ㊷涂伯聚：人名，涂绍煃，字伯聚，江西新建人，万历进士，官至广西左布政使。 ㊸格物：推究事物的道理。 ㊹嘉：美，善。寸长：一寸之长，形容微小。 ㊺勤勤恳恳：热情诚恳。契合：赞同，支持。 ㊻昨岁：去年。《画音归正》：此书已佚。 ㊼繇（yóu）：同"由"。因天启皇帝名由校，崇祯皇帝名由检，明人避讳，遂用"繇"字。授梓（zǐ）：刻版付印。梓，木名，古人多用之雕刻书版，故为书版的代称。 ㊽兹：今。后命：指刻印《画音归正》之后的要求，意为让作者拿出新的著作来出版。 ㊾此卷：指《天工开物》书稿。为：指刻印出版。 ㊿夙（sù）缘：旧日的缘分。召：招致。 (51)"卷分前后"二句：《天工开物》共十八卷，其先后次序以汉代人晁错《论贵粟疏》"贵五谷而贱金玉"的观点为原则，将关于谷物粮食的《乃粒》置于首卷，将《珠玉》置于末卷。 (52)《观象》：讲天文气象方面的知识。《乐律》：讲音乐律吕方面的知识。(53)精：精微，深奥。(54)揣：揣度，思量。非吾事：意为不是我所擅长之事。(55)临梓：即将刻版时。(56)丐：请求。大业：追求大事业，指求科举功名、做官荣显之事。(57)弃掷案头：意为扔到桌旁，不必读它。(58)崇祯：明思宗朱由检的年号。丁丑：古人常用天干地支纪年，崇祯丁丑即崇祯十年（1637）。孟夏月：夏季第一个月，即四月。古人以孟、仲、季为每季三个月的排序。(59)家食之问堂：作者的居室堂名。语本《易·大畜》："不家食，吉。"不家食，即做官吃朝廷俸禄；家食，即不做官而自食于家。

[评析]

《天工开物》是一部记述我国古代农业和手工业生产技术和经验的科学文献。在科举时代，读书人大多热衷于圣贤之书、八股时文，醉心于高头讲章、诗文辞赋，对于这种无关风雅的知识是不屑一顾的。而作者却在贫穷乏资的困难条件下，编撰这种"于功名进取毫不相关"的科普著作，充分体现了他注重科学、讲求实际的精神，在当时是极为难能可贵的。

本文介绍了作者编撰此书的用意和成书经过。文章开头，指出天地之间，各种事物数以万计，而人的认识却极为有限。过去那些号称广闻博识的人，都只会凭主观臆测，在那些稀有罕见的事物上卖弄学识，而对日常事物尤其是对与国计民生密切相关的生活生产知识却茫然无知。在这一段，作者强调了认识各种事物的重要性，并主张认识事物必须注重实际，尤须从与日常生活关系密切的入手，老老实实，不要故弄玄虚。

第二段，作者认为，当今天下一统，交通便利，在以往南北割据时代被视为珍稀罕见的东西，在如今已随时随地可见可闻。因此，编撰此书，对于人们，尤其是对于那些长在深宫、锦衣玉食而不知稼穑艰难的王公贵族们来说，具有十分重要的认识价值。

文章还谈到著书出版的情况。在那样的时代，一个穷读书人要编写这么一部科学著作，"欲购奇考证，而乏洛下之资；欲招致同人，商略赝真，而缺陈思之馆"，其艰辛是可想而知的。幸而有朋友的热情帮助，此书才得以出版。文章最后，谈到书中的情况。"卷分前后，乃'贵五谷而贱金玉'之义"，体现了他对国计民生问题的重视。至于原有的《观象》《乐律》两卷，尽管已费尽心血写成，但考虑到自己对此并不太擅长，故临出版时还是毅然割爱了。这又充分体现了作者严谨负责、实事求是的科学精神。

虽是一部科学著作的序言，但文章还是写得富有文采。文中使用了许多典故，如楚萍、莒鼎、画工好图鬼魅而恶犬马、肃慎之矢、伤哉贫也、洛下之资、陈思之馆、贵五谷而贱金玉等，用得贴切自然，使文章典雅含蓄、耐人寻味。同时，作品还多用骈俪对偶的句式，如"枣梨之花未赏，而臆度楚萍；釜鬵之范鲜经，而侈谈莒鼎""滇南车马，纵贯辽阳，岭徼宦商，衡游蓟北""东晋之初，南宋之季""御厨玉粒正香，而欲观未耜；尚宫锦衣方剪，而想象机丝""诚实动天，心灵格物"等，工整优美，读来朗朗上口。此外，作品在叙述行文中，充满强烈的感情。如第一段，对那些故作玄虚、卖弄博学的人，嘲讽他们连枣梨釜鬵之类的寻常之物都未能遍识，却偏臆想楚萍侈谈莒鼎，这种人，就像那些"好图鬼魅而恶犬马"的蹩脚画工一样。对于朋友的热情帮助，他深表感激，"其亦凤缘之所召哉"，发自肺腑，深切感人。最后，"丐大业文人，弃掷案头，此书于功名进取毫不相关也"一语，既是自嘲，又是讽世，颇有一番感慨。

华淑

华淑(1589~1643),字闻修,号断园居士,无锡(今属江苏)人。家有小筑曰断园,常引客唱和其中。于诗苦心数十年,别成杼轴。辑有《闲情小品》。

题《闲情小品》序①

夫闲②,清福也,上帝之所吝惜、而世俗之所避也。一吝焉而一避焉,所以能闲者绝少。仕宦能闲③,可扑长安马头前数斛红尘④;平等人闲⑤,亦可了却樱桃篮内几番好梦⑥。盖面上寒暄,胸中冰炭⑦,忙时有之,闲则无也;忙人有之,闲则无也。昔苏子瞻晚年遇异人呼之曰:"学士昔日富贵,一场春梦耳。"⑧夫待得梦醒时,已忙却一生矣。名缰利锁⑨,可悲也夫!

余今年栖居友人山居⑩,泉茗为朋⑪,景况不恶。晨起推窗,红雨乱飞⑫,闲花笑也;绿树有声,闲鸟啼也;烟岚明灭⑬,闲云度也⑭;藻行可数⑮,闲池静也;风细帘清,林空月印⑯,闲庭悄也。以至山扉昼扃⑰,而剥啄每多闲侣⑱;帖括困人⑲,而几案几多闲编⑳;绣佛长斋㉑,禅心释谛㉒,而念多闲想,语多闲辞。闲中自计㉓,尝欲拚闲地数武㉔,构闲屋一椽㉕,颜曰"十闲堂"㉖,度此闲身,而卒以病废㉗,亦以好闲不能致也㉘。

长夏草庐㉙,随兴抽检㉚,得古人佳言韵事,复随意摘录,适意而止，聊以伴我闲日，命曰"闲情"。非经，非史，非子，非集㉛，自成一种闲书而已。然而庄语足以警世㉜，旷语足以空世㉝，寓言足以玩世㉞，淡言足以醒世㉟。而世无有醒者，必曰此闲书不宜读而已。人之避闲也，如是哉！然而吾自成其非经非史非子非集之闲书而已㊱。

《闲情小品》

[注释]

①本文是作者为其所辑《闲情小品》一书所作的序。文中专论闲情问题，代表了当时一部分士大夫文人的人生观和审美情趣。 ②夫（fú）：发语词，无义。 ③仕宦：为官。 ④扑：拍掉，掸除。长安：地名，即今陕西西安，自古有许多朝代建都于此，故常以之指代京都。斛（hú）：量器名，古代以十斗（南宋末年为五斗）为一斛。数斛，是极言尘土之多。红尘：指繁华闹市的尘土。因忙于仕宦，奔走于京城闹市，遂使马头蒙上厚厚的尘土；若能清闲，就可扑去这些尘土，意即无须让马头蒙尘了。 ⑤平等人：普通人，寻常百姓。 ⑥樱桃篮内几番好梦：《太平广记》卷二八一《樱桃青衣》载：唐代卢生科举失败，梦见一女子，挎一篮樱桃，在此女帮助下，他娶妻生子，中第做官，梦醒而悟，从此断绝名利之念。 ⑦"盖面上"二句：意谓世间人都是在名利场中忙忙碌碌，彼此间表面上客套寒暄，心里却如冰与炭一样不能兼容，难以轻松无累地做人。 ⑧"昔苏子瞻"三句：宋人赵令畤《侯鲭录》载：一位老妇对苏轼说："内翰昔日富贵，一场春梦。"苏子瞻，即苏轼，字子瞻。异人，奇异之人。学士，苏轼曾任翰林学士，故称。 ⑨墦（fán）、垄：均指坟墓。 ⑩栖（qī）居：寄居。山居：在山里的居所。 ⑪茗（míng）：茶。 ⑫红雨：指落花。因其纷纷飘落如雨，故称。 ⑬岚（lán）：山中

的雾气。明灭：时明时暗。这是云彩影响日光所致。　⑭度：飘游而过。　⑮行（xìng）：通"荇"，一种水生植物，这里泛指水草。　⑯空寂。印：月光照耀，留下光与影，故称。　⑰山扉（fēi）：指山中房舍之门。扃：锁，关闭。　⑱剥啄：叩门。侣：伙伴，朋友。　⑲帖（tiě）括：指科举考试文章。囷：烦。　⑳几（jī）案：指书桌、书案。几多：许多。编：书籍。　㉑绣佛：以彩丝绣成的佛像。长斋：终年素食。　㉒禅心：佛教用语，指清静寂定之心。释：指佛家。谛：佛教用语，指真实无谬的道理。　㉓计：打算。　㉔武：步。　㉕构：建构。一橼：一间。　㉖颜：门楣，这里指在门楣上题名。　㉗废：放弃，打消念头。　㉘致：达到，实现。　㉙长夏：夏天白天长，故称。　㉚兴（xìng）：兴致。抽检：抽取查阅。　㉛"非经"四句：古人将书籍分为经、史、子、集四类，经指儒家经典，史指史书，子指诸子百家著作，集指诗文集子。作者谓其书非此四类，即为闲书。　㉜庄语：庄重之语。警世：警策世人。　㉝旷语：旷达之语。空世：看破世事。　㉞寓言：有所寓意之言。玩世：玩味世事。　㉟淡言：平淡而无深意之言。醒世：让世人醒悟，意为让人从对名利的痴迷中醒悟过来，归于悠闲淡泊。　㊱自：径自。

[评析]

本文通篇就讲一个"闲"字。作者认为，闲是极为难得的清福，而世人执迷不悟，不论是仕宦之人还是寻常百姓，终日忙忙碌碌，奔走于滚滚红尘，戴着假面具，做着富贵梦，将一生埋葬于名利之中，是为可悲。因此，他想让世人从对名利的痴迷中醒悟过来，这就是他要编辑《闲情小品》的目的。

在文章第二段，作者描写了他自己闲居的景况：住在与世隔绝的深山，与山泉香茗为友，看花开花落，听声声鸟鸣；远望闲云飞渡、烟岚明灭，近对清池水草、空山明月；来往的多是与他一样悠闲的朋友，几案上放的是科举帖括之外的闲书；终日里吃斋念佛，参禅悟道，心想闲事，口说闲话……在这一段中，作者善于捕捉各种清心脱俗、富有美感逸趣的自然景物和生活内容，用十五个"闲"字，构成排比铺张之势，精心组织营造了一个不食人间烟火的世外仙境，写得清雅飘逸，令人赏心悦目。陈所闻在为《闲情小品》所作的序中说："闻修风标简峻，似靖节先生；宇度空明，似香山居士；排宕纵横、风流标举，又似坡髯化身。"在本文尤其是第二段，确有陶渊明、白居易和苏东坡的几分神韵。

作者极力追求这种闲适恬静的意境，正反映了一部分士大夫文人对尘世喧嚣与名利纷争的厌倦和对个性解放身心自由的向往，体现了他们的生活态度和审美趣味，在当时有一定的代表性。然而，这样的闲情逸致，恐怕也只有像作者这样的饱食终日无所用心的士大夫文人才可能有。人毕竟不能脱离现实，社会也需要发展进步，凡夫俗子是不太可能像作者那样清闲的，这大概也就是作者所谓"世无有醒者"的缘故吧。即使作者自己"尝欲挣闲地数武，构闲屋一椽"，这活儿就不轻；果然，他终"以好闲不能致也"，只好寄居在朋友家，可见他的"闲"也只是借来的，他也无法真正地一味"闲"下去。不过，即便如此，在竞争激烈、人欲横流的现实生活中，尽可能少一些功利与浮躁，多一些恬淡与闲逸，让身心从名缰利锁中释放出些许自由的空间，人生就可能多一些乐趣，世界也可能多一分美好。若此，细读本文，当能从中得到几分陶冶与启示。

叶绍袁

叶绍袁（1589~1648），字仲韶，号天寥道人，吴江（今属江苏）人。天启五年（1625）进士，累官南京武学教授、北京国子监助教、工部虞衡司主事等，后因不满魏忠贤专权祸国，弃官家居。后辗转苏南浙西，贫病而死。著有诗集《秦斋怨》和散文小品集《叶天寥四种》。此外有《午梦堂集》，是他与妻女的酬唱集。

甲行日注[①]（节选）

（乙酉八月）二十七日　丙午[②]

雨。晓起理装，家人辈至庵中拜别[③]。余曰："此行也，若幸中兴有期[④]，则归来相见亦有日；不然，从此永诀矣。两幼主室家之好未完（俉、倕未婚）[⑤]，岂不痛心！然留之事虏[⑥]，必不可！我亦无可奈何耳。三孙不及见其长大，幸为我善视之[⑦]。踞湖山先陇松楸[⑧]，幸念之毋忘。闻虏令，遁不降者[⑨]，籍入[⑩]。不腆数亩与环堵之室[⑪]，不暇计矣。顾夫人、公子[⑫]，向受钱唐公之托[⑬]，今亦有愧九原[⑭]，当令善返昆山耳[⑮]。诸妇女可寄西方尼庵[⑯]，汝辈但为谋其糊口者，俾无冻馁以死[⑰]，感且不朽。"家人伏地哭，余亦泣。登舟，二兄幼舆、叔秀侄来送。侄孙舒胤亦来，时年十五，泪潸潸不止矣。既发，冒雨至栖真寺，即香上人简庵[⑱]。夜，可生上人为祝发焉[⑲]。即此后或有黄冠故乡之思[⑳]，但恐彭泽田园，门非五柳㉑；辽东归鹤，华表无依耳㉒！

[注释]

①《甲行日注》为《叶天寥四种》之一，是叶绍袁自乙酉（1645）秋弃家为僧至戊子（1648）九月二十五日即死前二日的日记。其出家那天是甲辰之日（八月二十五日），遂取屈原《九章·哀郢》"甲之鼂吾以行"句意，名其日记曰"甲行"。日记记录了他三年流亡生活的经历，充满了家国沦亡的悲痛。全书共二册，八卷，这里节选其中一小部分。 ②丙午：古人以天干地支纪日，这里即指八月二十七日。以下类此。 ③辈：们。庵：小寺庙，多指尼姑所居，但有时也指和尚所居。 ④中兴：复兴，指重振明王朝。期：时日。 ⑤两幼主：两个小儿子，指作者之子世倌、世倕（chuí）。室家之好：婚姻大事。语出《诗经·周南·桃夭》："之子于归，宜其室家。" ⑥事：服事，事奉。虏：对入侵异族的蔑称，这里指清兵。 ⑦幸：希望，但愿。善视：好好照顾。 ⑧踞：蹲或坐，这里犹言"坐落"。先陇松楸（qiū）：祖先的坟墓。陇，通"垄"，坟墓。松楸：松木与楸木，树木名，古人常种于坟墓上，这里指代坟墓。 ⑨遁：逃亡，隐匿。降（xiáng）：投降。 ⑩籍入：没收家产。 ⑪不腆（tiǎn）：区区，不多。腆，厚。环堵：四面土墙，形容房屋简陋。 ⑫顾夫人、公子：作者好友顾汉石（详下句注）的夫人和儿子。 ⑬向：原先。钱唐公：即顾汉石，曾任钱唐令，后为清兵所搜捕，不屈而死。钱唐，即钱塘，今杭州。 ⑭九原：墓地，这里指地下死者，即顾汉石。 ⑮昆山：地名，今属江苏。 ⑯西方：即"西天"，西天为佛法发源地，故这里指佛家。 ⑰俾（bǐ）：使。馁（něi）：饿。 ⑱即：就，来到。香上人：与下句的"可生上人"均为寺庙中的僧人。上人，对僧人的尊称。 ⑲祝发：指和尚剃度削发。 ⑳黄冠故乡之思：回乡务农的愿望。语出杜甫《遣兴》："上疏乞骸骨，黄冠

归故乡。"黄冠，农夫所戴的竹笠草帽之类。　㉑"但恐"二句：东晋诗人陶渊明任彭泽县令，人称"陶彭泽"；后不为五斗米折腰，弃官归田，在家门前种五株柳树，自号"五柳先生"。　㉒"辽东"二句：《搜神后记》载，辽东人丁令威，学道于灵虚观，后化为鹤，回到辽东，停于城门的华表之上，有少年要射杀，鹤言："有鸟有鸟丁令威，去家千岁今来归。城郭如故人民非，何不学仙冢累累。"遂飞去。辽东，古地名，在今辽宁义县一带地区；华表，古时建于城墙、宫殿、坟墓等前作为标志或装饰的大柱。以上用两个典故，是说将来若回到家乡，但故土沦丧，江山变色，已无栖身之处了。

（乙酉九月）初四日　壬子

瞳昽日出矣①。方鼓枻②，又雨。过石门③，颓墙废垣④，残毁驳裂⑤；野店无烟，晨星数人⑥。兵火后光景，真可叹息！次西塘⑦，又值舻舟⑧，幸疾雨飞往，舻舟不见。津梁疲矣⑨，迷途生怅⑩。昏雾归鸦，荻花无语⑪。又如槕道漏天⑫，淋漓不止。正旁徨间⑬，有漾水庵屹然水湄⑭，系缆而登。主僧嗣明，留宿水阁中。绿萍覆池，衰柳依依，堤上笼烟曳雨⑮，满目凄凉！

[注释]

①瞳昽（tóng lóng）：太阳初出天色由暗渐明的样子。　②方：正要。鼓枻（yì）：摇动船桨，指开船。　③石门：地名，今浙江桐乡石门镇。　④颓：倒塌。垣（yuán）：墙。　⑤驳：通"剥"，破，裂。　⑥晨星数人：意为路上的行人像早晨的星星一样稀稀几个。　⑦次：停靠。　⑧值：碰上，遇见。　⑨津梁疲矣：意为行船疲倦。典出南朝宋刘义庆

《世说新语·言语》："庾公尝入佛图见卧佛,曰:'此子疲于津梁。'"津梁,渡口和桥梁,在典中比喻引渡众生的佛法,本文中指行船。 ⑩怅:感伤之情。 ⑪荻(dí):芦苇一类的植物。 ⑫僰(bó)道漏天:意为多雨。僰道,古县名,故城在今四川宜宾西南,此地秋夏多雨,有大漏天、小漏天之称。 ⑬旁徨:同"彷徨",心神不安、举止无措的样子。 ⑭湄(méi):水边。 ⑮曳:(yè):拖,垂挂。

十六日　甲子

　　晴。风日霁洁①,纤云不飞②;花影移纸窗上③,萧疏如画④,能无"思发花前"之叹⑤!初食苦珠,似榛栗而小⑥,同豆煮之,则苦味出矣。山中最多。

[注释]

　　①霁(jì):雨止天晴。洁:指天气晴朗明丽。 ②纤:细。 ③移:指映射,照到。 ④萧疏:错落疏朗的样子。 ⑤能:这里是"岂能"之意。思发花前:语出隋代诗人薛道衡《人日思归》诗:"入春才七日,离家已二年。人归落雁后,思发在花前。"思,归思。发,开,动。花未开,而人的归思已动,故曰"在花前"。 ⑥榛(zhēn)栗:榛树的果实,似栗子而小。

十七日　乙丑

　　晴。宁初又来(宁初于初七日辞归)①,云:"田园尚犹如故,室庐亦幸偷存②;故乡风景,则半似辽阳以东矣③,但村人未会吹芦管耳④!"

[注释]

①宁初：人名，当为随同作者出行者。　②室庐：房屋。偷存：苟且保存。　③"则半似"句：意为故乡都被清兵占领了。辽阳以东，今辽宁东部一带地方，是满族人聚居之地。　④吹芦管：典出唐代诗人李益《受降城》诗："回乐峰前沙似雪，受降城外月如霜。不知何处吹芦管，一夜征人尽望乡。"此句意为思念家乡之情，与李益诗中所写的一样，只是没有人吹芦管而已。

二十日　戊辰

晴。与子夏坐石上看红叶①。赪霞千片②，错绕青翠间，斜阳半挂，四无人声。凉风微动，叶叶如欲吐语。

[注释]

①子夏：人名，具体不详。　②赪（chēng）：赤红色。

（十月）十二日　庚寅

晴。薄暮①，登庐后山岗，一望寥廓②。王伯敬云："人言愁，我亦欲愁③。"门前红黄满地④，睹之怆然！

[注释]

①薄暮：傍晚。　②寥廓（liáo kuò）：空阔。　③"王伯敬"三句：王伯敬，名安期，字伯敬，东晋时人。《晋书·王湛传》："湛子安期至下邳，登北山望，叹曰：'人言愁，我始欲愁。'"意为触景而生愁情，人人都不例外。　④红黄：指落叶。

（十一月）十六日　甲子

晴。冷。张庆常来①，方弱冠②，亦僧服，自楚中归③，云："长江数千里，苍茫无一庐舍④。焚僇之惨⑤，不忍举目⑥！"

[注释]

①张庆常：人名，具体不详。　②弱冠：《礼记·曲礼上》："二十曰弱，冠。"冠，行冠礼，古代礼俗，男子二十岁行冠礼，表示成人。后人遂以指代二十岁左右年纪。　③楚中：指今湖北、湖南一带地区，古为楚国，故称。　④庐舍：房屋。　⑤焚僇（lù）：焚烧杀戮。僇，通"戮"，杀。　⑥举目：抬头看。

（丙戌五月）初八日①　癸丑

晴。陈孝将来②。患难相别，见如再世③。云金阊有商航④，载大松木，皆是孝陵园中物也⑤。谁无心胸⑥，其能忍此⑦！

[注释]

①丙戌：1646年。　②陈孝将：人名，具体不详。　③再世：又一个人世。　④金阊（chāng）：江苏苏州的别称，因城西阊门外旧有金阊亭而得名。商航：大商船。　⑤孝陵：明太祖朱元璋的陵墓。　⑥心胸：指感情。　⑦其：岂，怎能。

（丁亥十二月）初九日①　乙亥

晴。佺就医邓尉二十余日矣②，杳无消息来，故俏、倕往视之，先至溪拉侗偕去③。晚间枯林戢响④,斜月皎幽,东窗对影⑤,一尊黯绝⑥!颜子之乐,自在箪瓢⑦;予不堪忧者,家国殄瘁⑧,岂能忘心!李陵所云⑨:"胡笳互动,边声四起,独坐听之,不觉泪下。⑩"

[注释]

①丁亥:1647年。 ②佺(quán):作者之子世佺,字星期。邓尉:山名,在江苏吴县。 ③溪:当为地名。侗(tóng):作者之子世侗,字开期。 ④戢(jí):收敛,止息。 ⑤对影:对着影子,指独自饮酒。李白《月下独酌》诗:"举杯邀明月,对影成三人。" ⑥尊:盛酒器。黯(àn)绝:伤心至极。 ⑦"颜子"二句:典出《论语·雍也》:"子曰:贤哉回也,一箪食,一瓢饮,在陋巷,人不堪其忧,回也不改其乐。"颜子,即颜回,孔子弟子。 ⑧殄瘁(tiǎn cuì):困病,指灾难深重。⑨李陵:西汉时将军,与匈奴交战,因寡不敌众而投降,但内心十分痛苦。 ⑩"胡笳"四句:见南朝梁萧统《文选》所载李陵《答苏武书》,其中"独坐"原文作"晨坐"。胡笳,塞北、西域一带民族的一种吹奏乐器。互动,相互引发吹响,犹言"此起彼伏"。边声,边塞上特有的风鸣马嘶等声响。

[评析]

这部日记,饱含作者的亡国之痛、家园之思。这种真挚深厚的情感,蕴藏在真切细致的叙述和简洁隽永的描写之中。如开头的"二十七日 丙午"一则,记他与家人的一段诀别之词,先表示唯有王朝中兴才有望重逢,又以"然留之事虏,必不可"为先决,写对子女之事的牵挂,对祖先坟茔的托付,对田园房产的舍弃,对朋友的亲属安置和内心的愧疚,以及对家中妇女生活的安排,等等。这些娓娓道来,具体详尽,将家事与国难、儿女私情与忠节大义交织融合,字里行间处处洋溢着愤然诀别和痛苦无奈之情。家人老小哭别,连十五岁的侄孙也"泪潜潜不止",则可想见那凄切悲壮的生离死别场面。晚上剃度之后,作者想到:"即此后或有黄冠故乡之思,但恐彭泽田园,门非五柳;辽东归鹤,华表无依耳!"表现了他既思念家乡又不忍见家乡沦陷、江山易主的凄苦心情。

在这种心情下,作者虽遁入空门,却又无时不在关心着故国家乡的变故,因此日记中往往记下来自外界的消息。这些记录都十分简洁而典型,如"十七日 乙丑"一则记宁初说:"田园尚犹如故,室庐亦幸偷存;故乡风景,则半似辽阳以东矣,但村人未会吹芦管耳!""(十一月)十六日 甲子"一则记张庆来说:"长江数千里,苍茫无一庐舍。焚僇之惨,不忍举目!"寥寥数语,却极为惨痛。"(丙戌五月)初八日 癸丑"一则记陈孝将说:"金阊有商航,载大松木,皆是孝陵园中物也。"孝陵是明代开国皇帝朱元璋的陵墓,是明王朝的祖坟,墓木被伐,是明朝之奇耻大辱,故作者极为沉痛:"谁无心胸,其能忍此!"在这些记录中,作者还十分注意与来人见面时的描写如张庆常来,"方弱冠,亦僧服";陈孝将来,"患难相别,见如再世",等等。这些记录与描写都十分细微深入地刻画了作者的心情。

作者的沉痛悲切心情,还形象地体现在对景物的描写刻画上。如"颓墙废垣,残毁驳裂;野店无烟,晨星数人""昏雾归鸦,荻花无语""绿萍覆池,衰柳依依,堤上笼烟曳雨,满目凄凉""枯林戢响,斜月皎幽""登庐后山岗,一望寥廓""红黄满地,睹之怆然"等,在作者笔下,这些景物无不带有人的感情,无声地诉说着人间的灾难和作者的哀伤。甚至如"风日霁洁,纤云不飞;花影移纸窗上,萧疏如画""颓霞千片,错绕青翠间,斜阳半挂,四无人声。凉风微动,叶叶如欲吐语"等,这些美景也常常勾起作者的哀伤之情。乃至作者连"初食苦珠"都深有凄苦的感触。这正是作者情之所至,所以一切客观景物全都染上了他的主观色彩,此即王国维所谓"一切景语皆情语"(《人间词话》)。这使得作品感情深厚,气氛浓郁,具有高度的艺术感染力。

作者还善于使用典故。书名"甲行",就巧妙地使用屈原《九章·哀郢》"甲之鼂吾以行"句意,表明与当年秦兵南下、楚都沦陷,屈子流离颠沛忧国伤民是同一景况、同一情怀。至于篇中,还有如"彭泽田园""辽东归鹤""思发花前""吹芦管""人言愁,我亦欲愁""颜子之乐,自在箪瓢""李陵所云"等。这些典故的使用,使作品更加深沉蕴藉、典雅隽永。

刘侗

刘侗（约1593~约1637），字同人，号格庵，麻城（今属湖北）人。崇祯六年（1633）中举，次年成进士，授吴县知县，赴任途中卒于扬州舟中。他与谭元春相友善，是"竟陵派"的重要作家。著有《龙井崖诗》《雉草》等。其代表作是与于奕正合作的《帝京景物略》。

三圣庵①

德胜门东②，水田数百亩，沟洫浍川上③，堤柳行植④，与畦中秧稻分露同烟⑤。春绿到夏，夏黄到秋。都人望有时⑥：望绿浅深⑦，为春事浅深⑧；望黄浅深，又为秋事浅深⑨。望际⑩，闻歌有时：春插秧歌，声疾以欲⑪；夏桔槔水歌⑫，声哀以啈⑬；秋合酺赛社之乐歌⑭，声哗以嘻⑮，然不有秋也⑯，岁不辄闻也⑰。

有台而亭之⑱，以极望⑲，以迟所闻者⑳。三圣庵，背水田庵焉㉑。门前古木四，为近水也㉒，柯如青铜㉓，亭亭㉔。台，庵之西。台下亩㉕，方广如庵㉖。豆有棚，瓜有架，绿且黄也，外与稻畼同候㉗。台上亭，曰"观稻"，观不直稻也㉘，畦陇之方方、林木之行行、梵宇之厂厂㉙、雉堞之凸凸㉚，皆观之。

《帝京景物略》

[注释]

①三圣庵是北京内城北的一座小庙。本文描写的是庵周围的农田景色。 ②德胜门：北京内城北面靠西的一个城门。 ③沟洫（xù）：田间水沟。浍（kuài）：田间水沟，这里作动词，指沟渠纵横通达。川：广阔平坦的原野。 ④行（háng）植：排列成行地种植。 ⑤畦（qí）：田园中划分的长行，这里当指块块水田。分露同烟：意为杨柳与水稻分享着露水，同被烟雾所笼罩。 ⑥都（dū）人：京都的人们。 ⑦浅深：由浅到深。 ⑧春事：指春天的播种之事。 ⑨秋事：指秋天的收获之事。 ⑩际：之间，时候。 ⑪疾：壮，宏亮。《荀子·劝学》："顺风而呼，声非加疾也，而闻者彰。"以：而。欲：柔顺。 ⑫桔槔（jié gāo）：一种在井上汲水的装置。这里作动词，指用水车汲水。 ⑬啭（zhuàn）：婉转。 ⑭合酺（pú）：聚会饮酒。赛社：丰收时祭神以表感恩。赛，祭祀酬神。社，土地神。 ⑮哗：喧闹。嘻：欢乐。 ⑯有秋：指秋天的好收成。 ⑰岁不辄（zhé）闻也：意为这一年就往往听不到了。辄，总是，往往。 ⑱亭：作动词，建亭。 ⑲极望：远望。指望绿、望黄等。 ⑳迟（zhì）：等待。所闻：所听到的。指以上各种歌声。 ㉑庵：作动词，建庵。焉：于此。 ㉒为：因为。 ㉓柯：树枝。 ㉔亭亭：直立的样子。 ㉕亩：田园。 ㉖方广：方正大小。 ㉗同候：同一气候时令。意为随着节气时令的变化而一起变绿变黄。 ㉘直：只，仅仅。 ㉙梵（fàn）宇：佛寺，庙宇。厂（hǎn）厂：形容庙宇高敞的样子。 ㉚雉堞（zhì dié）：城墙上端呈凹凸形的矮墙，通称女墙。

[评析]

本文选自《帝京景物略》，该书描写北京名胜古迹、岁时风俗等，文笔冷隽孤峭，体现了"竟陵派"的风格。久居都市的人们，厌倦了灯红酒绿、车水马龙，这时来到郊野山村，看看碧绿的原野，听听纯朴的民歌，定是别有一番情趣。三圣庵就是这样的一个好去处。

作品描绘了三圣庵附近的田野风光。开头以简单的几笔，勾勒出水田、沟渠、堤柳、秧稻，又以"分露同烟"淡淡一抹，一股清新之气便扑面而来。然后在"望"与"闻"上着力渲染。这渲染却十分单纯：所望的只有稻秧，颜色只有绿与黄以及浅和深的简单变化；所听的只有农夫的歌声，随春、夏、秋三种季节而不同。然而这单纯中却蕴含着深厚的农民感情：绿色由浅而深，那是春播者的欢欣；黄色由浅而深，那是秋收者的期盼；春、夏、秋的田歌，也因着季节的变化、年成的好坏、心情的不同，而各有喜怒哀乐。这不禁令人联想起陶渊明的田园诗"平畴交远风，良苗亦怀新"（《怀古田舍》），不正是这样的境与情吗？

在大块染色之后，笔墨渐收到观景点三圣庵来，以近景亭台、小庵、老树，略加点缀，轻灵疏淡，由台带出豆棚瓜架，"绿且黄也，外与稻杨同候"，与远处的田野稻秧遥相呼应，画面更加丰富，田园气息也更为浓郁。最后由亭向外辐射，"畦陇之方方、林木之行行、梵宇之厂厂、雉堞之凸凸"，参差错落，是为远景点缀，将画面作最后的收拾。

全篇有如一幅田园山水画，有勾，有染，有点，景物之间，勾连映带，有声有色，有景有情，充溢着浓郁而清新的乡野田园气息，使人忘却了都市的喧嚣、尘俗的烦恼，仿佛置身于世外桃源之中。

水尽头^①

观音石阁而西^②，皆溪，溪皆泉之委^③；皆石，石皆壁之余^④。其南岸皆竹，竹皆溪周而石倚之^⑤。燕故难竹^⑥，至此林林亩亩^⑦。

竹丈始枝⑧，笋丈犹箨⑨，竹粉生于节⑩，笋梢出于林，根鞭出于篱⑪，孙大于母⑫。

过隆教寺而西⑬，闻泉声。泉流长而声短焉，下流平也。花者，渠泉而役乎花⑭；竹者，渠泉而役乎竹，不暇声也⑮。花竹未役⑯，泉犹石泉矣⑰。石罅乱流⑱，众声渐渐⑲，人踏石过，水珠溅衣⑳。小鱼折折石缝间㉑，闻跫音则伏㉒，于苴于沙㉓。

杂花水藻，山僧园叟不能名之㉔。草至不可族㉕，客乃斗以花㉖，采采百步耳㉗，互出㉘，半不同者㉙。然春之花尚不敌其秋之柿叶㉚，叶紫紫，实丹丹㉛，风日流美㉜，晓树满星㉝，夕野皆火㉞。香山曰杏㉟，仰山曰梨㊱，寿安山曰柿也㊲。

西上圆通寺㊳，望太和庵前㊴，山中人指指水尽头儿㊵，泉所源也。至则磊磊㊶，中两石角如坎㊷，泉盖从中出㊸，鸟树声壮㊹，泉喑喑㊺，不可骤闻㊻，坐久，始别㊼，曰："彼鸟声，彼树声，此泉声也。"

又西上广泉废寺㊽，北半里，五华寺。然而游者瞻卧佛辄返㊾，曰："卧佛无泉。"

《帝京景物略》

[注释]

①水尽头，又名水源头，在北京西郊卧佛寺附近的樱桃沟，故又称樱桃泉。本文描绘了这一带的景色。　②观音石阁：水尽头附近的一个小庙。作者同书另有《卧佛寺》一文曰："石上观音阁，如屋复台层，阁后复壁，斧刃侧削，高十仞，广百堵。"　③委：与"源"相对，指水的下流。　④壁：陡峭如墙壁的巨石，即石壁。　⑤周：环绕，周围。倚：靠，在旁边。　⑥燕（yān）：指北京。北京古为燕国都城，故称。难竹：

难以生长竹子。⑦林林亩亩：成林成亩，形容竹子众多、繁盛。⑧丈：长至一丈高。枝：长出枝桠。⑨箨（tuò）：笋壳，这里作动词，意为笋壳尚未脱落。⑩竹粉：指竹节附近所生的一层白色粉末状物质。⑪鞭：指竹根旁出横生的侧根，其状似鞭，故称。⑫孙：指由竹鞭生出的小竹。母：指竹鞭。⑬隆教寺：寺名，在观音阁西半里左右。⑭渠泉：开渠引出泉水。役：役使，服务，这里意为浇灌。乎：于。⑮不暇声也：意为泉水忙于浇花灌竹，而无暇发出声响。暇，空闲。⑯花竹未役：没有浇灌花竹，意为泉水所流经无花无竹之处。⑰泉犹石泉：指泉水在石中流淌。因泉本出石中，至此又在石中流淌，故曰。⑱罅（xià）：缝隙，指石与石之间的间隙。乱流：散乱的水流。⑲澌（sī）澌：形容水声。⑳渐（jiān）：沾湿。㉑折（tí）折：安闲从容的样子。㉒跫（qióng）音：脚步声。伏：埋伏，躲藏。㉓苴（chá）：水中的浮草。㉔园叟：老园丁。名：叫出名字。㉕族：族类，这里作动词，意为分门别类。㉖斗以花：以竞猜花名为游戏。意谓古有斗草之戏，如今草类太多难辨，只好斗花。㉗采采：采而又采。㉘互出：相互出示。㉙半不同者：多半人所采之花不相同。㉚敌：匹敌，相比。㉛实：果实。丹：红。㉜风日流美：风和日丽。㉝晓：早晨。星：形容柿果晶亮如星。㉞野：山野。火：形容柿果繁密鲜红，如同火烧。㉟香山：在北京西郊，为京都名胜之一。曰杏：意为以杏著称。当时香山多杏，故言。㊱仰山：也在北京西郊，其地多梨。㊲寿安山：即水尽头、樱桃沟所在之山。㊳圆通寺：寺名，唐代时名大觉寺。㊴太和庵：庵名，属圆通寺。㊵指指：一再指点。㊶磊（lěi）磊：石头堆积的样子。㊷坎（kǎn）：坑。㊸盖：表示轻微的推测。㊹鸟树声：鸟叫声和风吹树声。壮：大，响。㊺喈（jiè）喈：鸟叫声，这里指泉水声。泉声如鸟鸣，故下句曰："不可骤闻。"㊻骤闻：一下子听出来。㊼别：分辨。

㊽广泉废寺：广泉寺的废址。　㊾卧佛：卧佛寺中有号称"冶铜五十万斤"铸造的卧姿铜佛像，故以名寺。

[评析]

  文章写泉水，却又每每不正面写泉水，而由泉水带出许多景致来：蓬勃生长的竹林，叫不出名字的杂花野草，轻快活泼的小鱼，满山遍野的柿子……敷彩点染，绘就一幅生机勃勃、溢彩流光的山野美景图。

  然而这一切，又都离不开泉水。由于泉水的滋养，难生竹子的幽燕北国，愣是长出了竹子，且"林林亩亩"，异常高大粗壮，"孙大于母"，风和雨润的南国也不过如此吧？由于泉水的滋养，才有了悠游自在、敢与游人嬉戏玩耍的鱼儿。由于泉水的滋养，才有了连山僧园叟都叫不出名字的水藻杂花、难分族类的遍地野草。由于泉水的滋养，才有了溢紫流丹、如星似火的漫山红柿。由于泉水的滋养，才有了招风的大树、欢叫的小鸟……不写泉水，而写这些，其实是处处体现泉水，处处在落实泉水，它们与泉水，可谓貌离而神合，形散而神聚。如果说前一层意思是以主带宾的话，那么这一层则是以宾衬主，宾主相得，和谐交响，这才令人痴迷。无怪乎人们"瞻卧佛辄返"，谁让它无泉来着？

  作品在描写刻画上极为精巧新奇。写竹子，历数竹竿、竹枝、竹笋、笋壳、竹粉，连伸出篱笆外的竹根、竹鞭、孙竹也不放过，一一描写，一派生机，充分体现了泉水的滋养之功。写泉水无声，却说是它忙于浇花灌竹，"不暇声也"，水通人情，水具人德，可谓一绝。写小鱼，"折折石缝间，闻跫音则伏，于苴于沙"，淡笔轻施，却尽显鱼儿活泼调皮之态。写杂花野草，偏从游人着笔，草类众多，无法斗草，只好斗花，却不料"采采百步耳，互出，半不同者"，原来花之繁并不亚于草之盛。由春花自然转向秋柿，明明是北地深秋，本应一片萧瑟，却偏有秋柿挺身而出与春花叫板，你看："叶紫紫，实丹丹，风日流美，晓树满星，夕野皆火"，活活开出一片灿烂天地，令人目荡神摇。总之，一切山泉鱼鸟、寻常草木，在作者笔下，全都具有人的情感、人的趣味，故而全篇充满生命的律动、盎然的生机。人称其文"縻弦侧调"，却正是作者匠心独出之处，只是须反复咀嚼、细细把玩才可领略其妙。

吏部古藤①

吴文定公手所植藤②，在吏部右堂。质本蔓生，而出土便已干直③。其引蔓也④，无箪委之意⑤，纵送千尺⑥，折旋一区⑦，方严好古⑧，如植者之所为人。方夏而花⑨，贯珠络璎⑩，每一虆一串⑪，下垂叶阴中，端端向人⑫。蕊则豆花⑬，色则茄花，紫光一庭中，穆穆闲闲⑭。藤不追琢而体裁⑮，花若简淡而隽永⑯，又如王文恪之称公文也⑰。公植藤时，维弘治六年⑱，距今几二百年矣，望公愈高以邈⑲，而藤愈深芜⑳。莆田方公兴邦有《古藤记》㉑，刻石藤下㉒。

又仁和郎公瑛、秀水李公日华所记礼部仪制司㉓，有优钵罗花焉㉔，金莲花也，开必自四月八日，至冬而实㉕，如鬼莲蓬㉖；脱去其衣㉗，中金色佛一尊者，核也。花不知何人植之，而奇以其花。今其种不存，亦不更传㉘。然唐岑嘉州有《优钵罗花歌》㉙，则是花东渡久矣㉚。礼部司厅亦藤，无奇者，重以其人。文定诸所服用砚石㉛、一竹冠、一竹杖，人间传宝之；士尚介尚玄者，或记或铭之㉜。

《帝京景物略》

[注释]

①本文描写了北京吏部衙门右堂的一株古藤，该藤是明代吴宽手植。吴宽，字原博，号匏翁，长洲（今江苏苏州）人，成化八年（1472）进士，授修撰；弘治八年（1495），擢吏部右侍郎，丁忧服满后转左侍郎，改掌詹事府，入东阁；弘治十六年（1503），进礼部尚书。为官清正自守，品行高洁，博学善文。死后赠太子太保，谥文定。　②手：亲手。　③干直：挺拔直立。　④引：延伸。　⑤𩧢（duǒ）委：下垂。　⑥纵送：纵马奔驰的样子，这里指藤蔓蓬勃生长。　⑦折旋：曲折盘旋。一区：布满一大片地方。　⑧方严：方正严谨。好（hào）古：崇尚古风，不随流俗。　⑨方：正，当。花：开花。　⑩贯珠络璎（yīng）：意为就像珠子成串，玉石相连。贯，贯穿。络，连接。璎，似玉的美石。　⑪鬣（liè）：马颈上的长毛，这里指成排成丛的藤花。　⑫端端：端正大方的样子。　⑬蕊（ruǐ）：指花朵形状。　⑭穆穆闲闲：庄重肃穆、闲雅从容的样子。　⑮追：刻意。琢：雕琢，这里指修饰装扮。体裁：意为富有风采。　⑯简淡：朴素平淡。隽（juàn）永：韵味悠长。　⑰王文恪（kè）：即王鏊，字济之，正德初官至户部尚书、文渊阁大学士，卒谥文恪。称：称赞。　⑱维：助词，无义。弘治六年：公元1493年。按，据《明史·吴宽传》，吴宽任吏部右侍郎在弘治八年，此前任少詹事兼侍讲学士。若此，则似不应有弘治六年在吏部植藤之事，此记载可能有误。　⑲望：远望。这里指时间之远，故有瞻仰、缅怀之意。高以邈：崇高而深远。　⑳深芜：茂密繁盛。　㉑莆田：地名，今属福建。方公兴邦：人名，具体不详。　㉒刻石：刻在石碑上。　㉓仁和：地名，即今浙江杭州。郎公瑛：即郎瑛，字仁宝，著有《七修类稿》。秀水：地名，即今浙江嘉兴。李公日华：即李日华，字君实，著有《味水轩日记》等。仪制司：

官署名，属礼部。　㉔优钵罗花：花名，原产印度。　㉕实：结果实。㉖鬼莲蓬：当为植物名，具体不详。　㉗衣：外壳。　㉘更：再。传：指繁殖。　㉙岑（cén）嘉州：即唐代诗人岑参，曾官嘉州刺史，故称。　㉚东渡：渡海到东方国土来。优钵罗花自西方印度传至中国，故言。　㉛服：用。㉜尚：崇尚。介：耿介，坚持气节而不同流俗。玄：玄远，清高深沉。或：有的。铭：铭刻在石碑或器物上。

[评析]

京都可记之物甚多，而本文所写的吏部古藤。论其本身，不过寻常之藤，毫无奇异之处，然而它是一代名臣吴宽所亲手种植，花以人重。因此名为写藤，实为写人，将藤品与人品融为一体，通过写藤表达对吴宽的崇敬与怀念，这是本文最大的特色。

作品一开头便点明"吴文定公手所植藤"。以吴宽的谥号"文定"并加"公"字称之，就已表达了崇敬之情；同时又特意强调是"手"所植，更加重了藤的分量。先写藤之生长，"质本蔓生，而出土便已干直"。其实藤之出土早在二百多年以前，作者何以见得？因此这"干直"，是作者有意以粗壮的藤干象征吴宽的气节坚定、硬骨铮铮。藤蔓虽长，却"无觯委之意"，象征吴宽毫无折腰屈节、苟从俗流之态。"纵送千尺，折旋一区"，写出藤的蓬勃生长，布满庭院，象征着吴宽英姿勃勃；又以"方严好古，如植者之所为人"，进一步指出吴宽方正严谨，有古代英贤的遗风。写完藤干枝叶，接下来写藤花。"方夏而花，贯珠络璎，每一鬖一串，下垂叶阴中"，写出了藤花的繁盛华丽，绽蕊怒放；"端端向人"，象征吴宽品行端方，胸怀坦荡。"穆穆闲闲"，象征吴宽庄重肃穆、闲雅从容的气质风度。"藤不追琢而体裁，花若简淡而隽永，又如王文恪之称公文也"，则象征吴宽的文如其人，质朴无华、简约平淡而深沉蕴藉、韵味悠长。当年吴宽种下此藤，"距今几二百年矣，望公愈高以邈，而藤愈深芜",藤在而人亡,睹藤而思人,这越来越深密繁茂的藤,正寄托着作者对吴宽的崇敬与缅怀,一往而情深。

在正面写藤之后,作者又特意拿优钵罗花反衬。此花来自印度,其核如金色佛像,可谓一大奇花;况且东渡到中国已有大几百年,前有唐代大诗人岑参为之作歌,后有郎瑛、李日华等名人为之作记,亦可谓名花了,但"花不知何人植之,而奇以其花";而藤却正相反,"无奇者,重以其人"。这一对比,更体现了藤的价值和作者记藤的用意。最后,作者简单记述了世人对吴宽遗物的珍视,进一步落实了"无奇者,重以其人"的主题,表明吴宽流风广被、余韵长存,崇敬缅怀者并非作者一人。

魏学洢

魏学洢（1596~1625），字子敬，嘉善（今浙江嘉兴）人。其父魏大中，官给事中，因上疏弹劾宦官魏忠贤而惨遭迫害，死于狱中，他也因此受到魏党的威逼迫害，悲愤而死。著有《茅檐集》。

核舟记①

明有奇巧人曰王叔远②，能以径寸之木③，为宫室、器皿、人物，以至鸟兽、木石，罔不因势象形④，各具情态。尝贻余核舟一⑤，盖大苏泛赤壁云⑥。

舟首尾长约八分有奇⑦，高可二黍许⑧。中轩敞者为舱⑨，箬篷覆之⑩。旁开小窗，左右各四，共八扇。启窗而观⑪，雕栏相望焉⑫。闭之，则右刻"山高月小，水落石出"⑬，左刻"清风徐来，水波不兴"⑭，石青糁之⑮。

船头坐三人，中峨冠而多髯者为东坡⑯，佛印居右⑰，鲁直居左⑱。苏、黄共阅一手卷⑲。东坡右手执卷端⑳，左手抚鲁直背。鲁直左手执卷末，右手指卷，如有所语。东坡现右足，鲁直现左足，各微侧，其两膝相比者㉑，各隐卷底衣褶中。佛印绝类弥勒㉒，袒胸露乳，矫首昂视㉓，神情与苏、黄不属㉔，卧右膝㉕，诎右臂支船㉖，而竖其左膝，左臂挂念珠倚之㉗，珠可历历数也㉘。

舟尾横卧一楫㉙。楫左右舟子各一人㉚。居右者椎髻仰面㉛，左手倚一衡木㉜，右手攀右趾㉝，若啸呼状。居左者右手执蒲葵扇㉞，左手抚炉，炉上有壶，其人视端容寂㉟，若听茶声然。

其船背稍夷㊱，则题名其上，文曰"天启壬戌秋日㊲，虞山王毅叔远甫刻㊳"，细若蚊足，钩画了了㊴，其色墨㊵。又用篆章一㊶，文曰"初平山人"㊷，其色丹㊸。

通计一舟㊹，为人五㊺；为窗八；为箬篷，为楫，为炉，为壶，为手卷，为念珠各一；对联、题名并篆文，为字共三十有四㊻。而计其长曾不盈寸㊼。盖简桃核修狭者为之㊽。

魏子详瞩既毕㊾，诧曰㊿：嘻，技亦灵怪矣哉㊀！庄、列所载㊁，称惊犹鬼神者良多㊂，然谁有游削于不寸之质而须麋了然者㊃？假有人焉㊄，举我言以复于我㊅，亦必疑其诳㊆。今乃亲睹之。繇斯以观㊇，棘刺之端，未必不可为母猴也㊈。嘻，技亦灵怪矣哉！

《虞初新志》

[注释]

①核舟是明代微雕艺人王毅以桃核为材料、以宋代文学家苏轼泛舟赤壁为素材雕刻而成的作品。本文是对这一微雕作品的介绍和描写。　②奇巧：技艺非凡。　③径寸：直径为一寸。这里是形容其小，并非确指。　④罔（wǎng）：无。因势象形：根据材料的原有形态模拟雕刻成所创作的形象。　⑤贻（yí）：赠送。　⑥盖：大概。大苏：指苏轼，即苏东坡。苏轼与其弟苏辙都是宋代著名文学家，人们分别称他们为"大苏""小苏"。赤壁：地名，不止一处，苏轼所游赤壁是今湖北黄冈的赤壁矶。苏轼曾两次游赤壁，并写成前后两篇《赤壁赋》，此核舟即以此为素材而创作。但在苏轼两篇《赤壁赋》中，并未标明有黄庭坚、佛印参与共游，

故在此句前加一"盖"字,有不十分确定之意。 ⑦有奇(jī):有余。 ⑧可:大约。黍:谷物名,去皮后称黄米,古人常以之为计量长度。许:表示大约之数,犹言"左右""上下"。 ⑨轩敞:高起而里面空敞。 ⑩箬(ruò)篷:用箬叶做的船篷。箬,植物名,其叶似竹叶,宽大坚韧,可用作包裹或编制笠、篷等。 ⑪启:开。 ⑫雕栏:雕刻着花纹的栏杆。相望:左右相对。 ⑬"山高月小,水落石出":苏轼《后赤壁赋》中的句子。 ⑭"清风徐来,水波不兴":苏轼《前赤壁赋》中的句子。 ⑮石青:一种青翠色的矿物染料。糁(sǎn):这里是以粉屑涂洒之意。 ⑯峨冠:戴着高高的帽子。峨,高。髯(rán):胡须。 ⑰佛印:即佛印禅师,名了元,字觉老,苏轼的朋友。 ⑱鲁直:即黄庭坚,字鲁直,宋代文学家、书法家,与苏轼并称苏黄。 ⑲手卷:横幅的书画卷子,可在手上横着舒卷观阅,故称。 ⑳卷端:指手卷的前端。古人书写习惯是从右到左,故苏轼右手所执为前端,黄庭坚左手所执为卷末。 ㉑其两膝:指苏轼的左膝与黄庭坚的右膝。比:并,紧靠。 ㉒绝类:极像。弥勒:即佛寺中常见的袒胸露腹、笑容满面的弥勒佛。 ㉓矫:抬,举。昂:高,仰。 ㉔不属:不相关。 ㉕卧:平放。 ㉖诎(qū):同"屈",弯曲。支:支撑。 ㉗倚:靠。之:指左膝。 ㉘历历:清晰的样子。 ㉙楫(jí):船桨。 ㉚舟子:船夫。 ㉛椎髻(zhuī jì):头发在头顶挽成椎形的发髻。 ㉜衡:同"横"。 ㉝攀:抓。 ㉞蒲葵:植物名,叶似棕榈,可制扇。 ㉟视端容寂:目光端正(指正视着茶炉),神色平静。 ㊱船背:船的底部。夷:平。 ㊲天启:明熹宗(朱由校)的年号。壬戌(rén xū):古人以天干地支纪年,此指天启二年,即公元1622年。 ㊳虞山:山名,在今江苏常熟,这里即以指代常熟。王毅叔远甫:意为姓王名毅,字叔远。甫,古人习惯,名与表字连称时,在表字的后面缀一"甫"字,表示前面两个字是表字。 ㊴钩画:一钩一画。了

(liǎo) 了：清清楚楚。 ㊵墨：黑。 ㊶篆章：篆字的图章。 ㊷初平山人：王毅的别号。 ㊸丹：红。 ㊹通计：总计，全部计算。 ㊺为：指雕刻。 ㊻有（yòu）：通“又”，古人习惯用于整数与零数之间。 ㊼曾(zēng)：竟然，还。盈：满。 ㊽简：拣，挑选。修狭：长而窄，狭长。 ㊾魏子：作者自称。详瞩（zhǔ）：仔细看。 ㊿诧（chà）：惊讶。 (51)灵怪：神奇。 (52)庄、列：指《庄子》和《列子》，先秦道家著作，记载有许多精工巧匠之事。 (53)称：称赞。惊犹鬼神者：犹如鬼神所创造的令人惊奇之事。良多：很多。 (54)游削：游刃，走刀。削，古代一种用来修削木简或竹简上的文字的小刀，这里指雕刻用的小刀。不寸：不到一寸。质：材料。须麋（mí）：同“须眉”，胡须与眉毛。了（liǎo）然：清晰，清楚。 (55)假：假如。 (56)举：列举。我言：指作者在上文中对核舟的那些介绍描写。复：告诉。因为那些话原是作者说的，现在假设由别人告诉他，故言“复”。 (57)诳（kuáng）：欺骗，迷惑。 (58)繇（yóu）：同“由”。因天启皇帝名由校，崇祯皇帝名由检，明人避讳，遂用“繇”字。斯：此。 (59)“棘刺”二句：典出《韩非子·外储说左上》，说有人在燕王面前夸口，声称能在棘刺的顶端雕刻母猴，后被人识破。棘刺，酸枣树的尖刺。

[评析]

本文名为“记”，记是一种说明性的文体，要求记事清晰，有条不紊，层次分明。这一点，本文堪称典范。作品开头先简介核舟作者王叔远的微雕技艺，便立即转入正文。正文先介绍核舟的长度、高度，然后分中、前、后、底四部分。先从中间的船舱写起。船舱由上面的箬篷到旁边的小窗，小窗又分开与合。开时写窗外的左右雕栏，合时分别写窗左右的对联，并交代了对联的字色。次写船头。也从中间的苏东坡写起，因为苏东坡是泛舟的主人。先整体介绍苏东坡与黄庭坚、佛印的方位关系，然后先写苏、黄的形体、手、足关系以及各自的动作；次写佛印，从整体形态到右膝右臂、左臂左膝，再到左臂上的念珠等具体部位、细节。再次写船尾。以一条船桨为中心，分别写左右两船夫，对每一位船夫也都分别写其左右手的动作以及各自的神态。最后写船底，分别介绍题名、印章以及各自的颜色。四个部分详介完之后，又对整条核舟的内容加以总结统计，并强调核舟的微小，与前文"舟首尾长约……"相呼应。最后，作者发表评论，结束全文。全文有总有分，有详有略，有叙有议，把核舟从总体到局部再到细节介绍得清清楚楚，不失分毫。

本文尤为精彩的是对于五个人物的刻画。苏东坡与黄庭坚，都是诗人、书法家，论交情，黄是"苏门四学士"之一，论书法，苏、黄并称齐名，两人是知交挚友，故作品描绘了他们共赏手卷的情景："东坡右手执卷端，左手抚鲁直背。鲁直左手执卷末，右手指卷，如有所语。"二人亲密无间地谈诗论艺，彼此间心领神会，十分具体生动。佛印是佛门弟子，故形神都与苏、黄大为不同。"绝类弥勒，袒胸露乳"，显示出此人的旷达豪放；"矫首昂视，神情与苏、黄不属"，似乎他对于苏、黄的热烈讨论不屑一顾，自顾自地对着江山风月参禅悟道。至于两位舟子，一则"左手倚一衡木，右手攀右趾，若啸呼状"，是为动态；一则"视端容寂，若听茶声然"，是为静态，一动一静，相衬相应，活灵活现。因此，五个人物各具神态个性，互不重复，又浑然一体，有声有色，生气盎然。固然这些都是核舟雕刻者的杰出创造，但作者正是抓住了这一微雕杰作的最传神之处，加以精心描绘，表现出核舟雕刻者高妙的艺术创造力和精湛的雕刻工艺。此外，他还一方面反复强调核舟之小，一方面极为具体细致地描写每一个局部细节，乃至对联、题字、印章的内容、字色，笔画"细若蚊足，钩画了了"、佛印手上的念珠"珠可历历数也"等。作者的这些精彩生动的描写，是以文字展现了核舟雕刻者的惊人技艺，让人充分领略了这一微雕艺术品的风貌。陆次云在《古今文绘》中评价本文说："刻核舟者神于技，记核舟者神于文。摩拟人物于纤微之中，意态神情毕出，何异道子（吴道子，唐代著名画家）写生？君曰'技亦灵怪矣哉'，余曰'文亦灵怪甚矣！'"此言一点不假。

  作品的最后评论也颇有特色。首尾以相同的"嘻，技亦灵怪矣哉！"作正面的赞叹，而中间三个层次则从反面下笔：《庄子》《列子》所叹为鬼斧神工者很多，却不及此；若非自己亲眼看见，别人拿这些话告诉我，我也不信；《韩非子》所嗤为不可能的，现在看来完全有可能。有正有反，有古典记载，有现实假设，充分表现了作者的由衷赞叹之情。

张岱

张岱（1597~1689），字宗子，又字石公，号陶庵，又号蝶庵居士。山阴（今浙江绍兴）人，侨居杭州。出身于仕宦家庭，少时聪明博学，诸艺皆通；然不求仕进，好游乐。明亡后，隐居剡溪山中，发愤著书。明清之际最重要的散文作家，作品多写山水景物、日常琐事，流露出其对旧王朝的眷恋和对明清之际传统风俗文化变迁的浩叹。著有《琅嬛文集》《陶庵梦忆》《西湖梦寻》《石匮书》等。

《夜航船》序①

天下学问，唯夜航船中最难对付②。盖村夫俗子③，其学问皆预先备办，如瀛洲十八学士、云台二十八将之类④，稍差其姓名，辄掩口笑之⑤。彼盖不知十八学士、二十八将虽失记其姓名，实无害于学问文理；而反谓错落一人⑥，则可耻孰甚⑦。故道听途说，只辨口头数十个名氏，便为博学才子矣。

余因想吾八越⑧，唯余姚风俗，后生小子无不读书，及至二十无成⑨，然后习为手艺。故凡百工贱业，其性理、纲鉴⑩，皆全部烂熟，偶问及一事，则人名、官爵、年号、地方，枚举之未尝少错⑪。学问之富，真是两脚书厨⑫；而其无益于文理考校⑬，与彼目不识丁之人无以异也⑭。

或曰："信如此言⑮，则古人姓名总不必记忆矣。"余曰不然。

姓名有不关于文理，不记不妨，如八元八恺、厨俊顾及之类是也⑯；有关于文理者，不可不记，如四岳、三老、臧谷、徐夫人之类是也⑰。

昔有一僧人，与一士子同宿夜航船。士子高谈阔论，僧畏慑⑱，卷足而寝⑲。僧听其语有破绽，乃曰："请问相公，澹台灭明是一个人⑳？是两个人？"士子曰："是两个人。"僧曰："这等㉑，尧舜是一个人？两个人？"士子曰："自然是一个人。"僧人乃笑曰："这等说起来，且待小僧伸伸脚。"

余所记载，皆眼前极肤浅之事，吾辈聊且记取，但勿使僧人伸脚则亦已矣，故即命其名曰"夜航船"。

《琅嬛文集》

[注释]

①《夜航船》是张岱编撰的一部书。此书杂采古代典籍中的资料，分为天文、地理、人物、考古等二十个大类，一百三十个子目，四千多个条目，内容十分丰富。本文是为该书写的自序。书名之义，见于本文。②夜航船：江南水乡中一种用于客货运输、传邮交通、航行于夜间的船。③盖：大概。 ④瀛（yíng）洲十八学士：唐高祖时，秦王李世民开文学馆，招揽贤才，以杜如晦、房玄龄、虞世南等十八人兼文学馆学士，号十八学士。瀛洲是传说中的仙山，当时选中者为天下人所倾慕，称为"登瀛洲"。云台二十八将：东汉明帝追念功臣，于永平三年（60），命人在南宫云台画邓禹、马成等二十八将图像，故称。 ⑤辄（zhé）：就。⑥错：差错。落：遗漏。 ⑦孰甚：比什么都严重。 ⑧八越：明代绍兴府下属山阴、会稽、萧山、诸暨、余姚、上虞、嵊县、新昌等八县，这

一带又为古代越国之地,故称。 ⑨无成:指无任何功名。 ⑩性理:宋明理学以谈性理为主,故理学又称"性理之学"。这里指理学著作。如明初胡广等奉成祖之命将宋代理学著作汇编成《性理大全》。纲鉴:宋代理学家朱熹曾作《通鉴纲目》,明清人取其体例编历代史,于"纲目""通鉴"各取一字,谓之"纲鉴",如王世贞《纲鉴》、吴乘权《纲鉴易知录》等。 ⑪枚举:一一列举。少:稍,略微。 ⑫两脚书厨:讽喻读书多而不能应用的人。典出《南齐书·陆澄传》:"澄当世称为硕学,读《易》三年,不解文义;欲撰《宋书》,竟不成。王俭戏之曰:'陆公,书厨也。'"厨,通"橱"。 ⑬考校(jiào):考证校订。 ⑭目不识丁:不识一字。《旧唐书·张弘靖传》:"今天下无事,汝辈挽得两石力弓,不如识一丁字。" ⑮信:诚,的确。 ⑯八元八恺(kǎi):《左传·文公十八年》:"昔高阳氏有才子八人,苍舒、隤敳、梼戭、大临、尨降、庭坚、仲容、叔达,齐圣广渊,明允笃诚,天下之民谓之八恺。高辛氏有才子八人,伯奋、仲堪、叔献、季仲、伯虎、仲熊、叔豹、季狸,忠肃共懿,宣慈惠和,天下之民谓之八元。"厨俊顾及:《后汉书·党锢列传》:"指天下名士,为之称号。上曰'三君',次曰'八俊',次曰'八顾',次曰'八及',次曰'八厨',犹古之'八元''八凯'也。""俊者,言人之英也。"指李膺、荀翌等八人。"顾者,言能以德行引人者也。"指郭林宗、宗慈等八人。"及者,言其能导人追宗者也。"指张俭、岑晊等八人。"厨者,言能以财救人者也。"指度尚、张邈等八人。 ⑰四岳:尧舜时四方诸侯之长。三老:指古时掌管教化的乡官。臧谷(zāng gǔ):臧,奴隶。谷,僮子。徐夫人:战国时人,姓徐,名夫人。 ⑱畏慑(shè):畏惧慑服,指被士子的高谈阔论吓倒。 ⑲卷(quán):膝盖弯曲,蜷缩。 ⑳澹(tán)台灭明:人名,孔子的弟子,复姓澹台,名灭明。 ㉑这等:如此,这般。

[评析]

　　作者编撰《夜航船》，博采众书，包罗万象，洋洋二十卷、四千多条目，可谓是博洽正经的大学问之书，却名之为"夜航船"，这似乎风马牛不相及，令人摸不着头脑，于是作者在这篇序中说出一番道理。

　　作者家乡绍兴是江南水乡，夜航船便是一道景观。人们夜晚乘船，睡又睡不着，看又无可看，唯一可消遣的就是聊天吹牛。而绍兴又是人文荟萃之地、诗书礼乐之乡，重教兴学，人人读书，即使是村夫俗子、百工贱业，也是人人烂熟于性理纲鉴，个个堪称两脚书橱，平时没有显摆学问的机会，于是夜航船便是他们大展雄才的唯一天地。这时，读书人可千万小心，否则极有可能出尽洋相。这大致有两种情况。其一，读书人大有不学无术之辈，如文中那位士子，连孔子弟子澹台灭明是一个人、著名的圣人尧舜是两个人都不知道，其出洋相自然活该。其二，大凡做学问，有两种。一种是生吞活剥、食古不化的"两脚书橱"，这种人对于十八学士、二十八将之类可谓记得滚瓜烂熟、不爽厘毫，但"其无益于文理考校，与彼目不识丁之人无以异也"，那些村夫俗子就是属于此类；另一种是重于"文理考校"，有益于此者，该记的一定得记，无益于此者，不记也无妨，有出息的读书人当属此类。不过在夜航船中，他们往往吃亏，反被村夫俗子们"掩口笑之"。但作者认为，这不足为耻，只能算是村夫俗子的浅薄无知。简言之，读书做学问，一忌粗率空疏、不学无术，二忌食古不化、做"两脚书橱"。作者以夜航船这一独特的景观为话题，极富风土民俗之趣，更借此谈出一番深刻的道理，似乎漫不经心，却浅显巧妙，诙谐生动，耐人寻味。

　　然而更精彩的还在后头。作者说了个士子与僧人的故事。先是士子自命学问高深，高谈阔论，趾高气扬；而僧人为之畏慑，缩着脚诚惶诚恐。随着士子破绽百出，僧人不禁"幸灾乐祸"地得意起来，但妙就妙在他并不说破，只是笑道："这等说起来，且待小僧伸伸脚。"极为含蓄地揶揄了牛皮吹破的士子，令人忍俊不禁。于是作者借此谈到了自己所著书的命名缘故：天下学问只用于夜航船，自己著书只为了"勿使僧人伸脚"。

这谓之自谦亦可，谓之幽默亦可，反正作者把该说的都说了，读者也自可心领神会。

《陶庵梦忆》序①

陶庵国破家亡，无所归止②，披发入山③，駴駴为野人④。故旧见之⑤，如毒药猛兽，愕窒不敢与接⑥。作自挽诗⑦，每欲引决⑧，因《石匮书》未成⑨，尚视息人世⑩。然瓶粟屡罄⑪，不能举火⑫，始知首阳二老，直头饿死，不食周粟⑬，还是后人妆点语也⑭。

饥饿之余，好弄笔墨。因思昔人生长王谢⑮，颇事豪华，今日罹此果报⑯。以笠报颅⑰，以篑报踵⑱，仇簪履也⑲；以衲报裘⑳，以苎报绨㉑，仇轻暖也㉒；以藿报肉㉓，以粝报粻㉔，仇甘旨也㉕；以荐报床㉖，以石报枕㉗，仇温柔也㉘；以绳报枢，以瓮报牖㉙，仇爽垲也㉚；以烟报目㉛，以粪报鼻，仇香艳也；以途报足㉜，以囊报肩㉝，仇舆从也㉞。种种罪案，从种种果报中见之。

鸡鸣枕上，夜气方回㉟，因想余生平，繁华靡丽，过眼皆空，五十年来总成一梦。今当黍熟黄粱㊱，车旅蚁穴㊲，当作如何消受？遥思往事，忆即书之，持向佛前，一一忏悔。不次岁月㊳，异年谱也；不分门类，别《志林》也㊴。偶拈一则㊵，如游旧径，如见故人，城郭人民㊶，翻用自喜㊷。真所谓“痴人前不得说梦”矣㊸。

昔有西陵脚夫为人担酒㊹，失足破其瓮，念无以偿，痴坐伫想曰㊺：“得是梦便好。”寒士乡试中式㊻，方赶鹿鸣宴㊼，恍然犹意非真，自啮其臂曰㊽：“莫是梦否？”一梦耳㊾，惟恐其非梦，又惟恐其是梦，其为痴人则一也。

余今大梦将寤㊿，犹事雕虫(51)，又是一番梦呓。因叹慧业文人(52)，名心难化(53)，政如邯郸梦断(54)，漏尽钟鸣(55)，卢生遗表，犹思摹拓二王，以流传后世(56)。则其名根一点(57)，坚固如佛家舍利(58)，劫火猛烈(59)，犹烧之不失也。

《琅嬛文集》

[注释]

①《陶庵梦忆》是张岱在明亡后所著的一部散文集，共八卷。陶庵是作者的别号。书中追怀往事，杂记各种山川名胜、市井琐事、世俗民情，寄托了国破家亡、往事如梦的感慨。本文是为该书写的自序。 ②归止：归宿。 ③披发：披散着头发。古人尤其是读书人通常是束发加冠，披发则有放浪不羁之意。山：指嵊县（今属浙江）的西白山，又名小白山。清顺治三年（1646），作者躲避清兵于此。 ④駴（xiè）駴：同“骇骇”，令人吃惊的样子。 ⑤故旧：故交旧友。 ⑥愕窒：惊讶得屏住了呼吸。接：接近。 ⑦自挽诗：自我哀悼的诗歌。晋末诗人陶渊明有《挽歌诗》三首，张岱曾和之，作《和挽歌辞》三首（见《张子诗秕》）。 ⑧引决：自杀。 ⑨《石匮（guì）书》：作者所撰写的一部纪传体明史，二百二十卷。书名取司马迁《史记·太史公自序》“石室金匮之书”语意。匮，是“柜”的古字。石室金匮，意为以石为室，以金为柜，

是珍藏重要图书之所。　⑩视息：观看和呼吸，意为苟活偷生。　⑪瓶：指装粮食的瓦器。粟：泛指粮食。罄（qìng）：空。此句用陶渊明《归去来兮辞》"瓶无储粟"语意。　⑫举火：生火做饭。　⑬"始知"三句：相传殷商遗民伯夷、叔齐，因周武王灭殷，二人逃至首阳山，不食周粟，终于饿死。直头，吴越方言，"竟至"之意。　⑭"还是"句：意为伯夷、叔齐二人其实是在山上没有吃的才饿死，所谓"不食周粟"，是后人为宣扬气节而为他们粉饰妆点的说法。　⑮昔人：指从前的自己。王谢：东晋时，王、谢两家是豪门望族，有如王导、谢安等达官显宦，后人遂以"王谢"为豪门望族的代称。作者的高祖、曾祖、祖父、父亲四代均为明朝官僚，为山阴名门世家，故称。　⑯罹（lí）：遭遇不幸之事。果报：因果报应。　⑰笠：竹笠。颅：头颅。　⑱篑（kuì）：一作"蒉"，竹或草编的筐子，这里当指草鞋。踵（zhǒng）：脚跟。　⑲仇：仇恨，报复。簪（zān）：古时富贵者用于插连发髻和冠帽的头饰。履：鞋。　⑳衲（nà）：打补丁的衣服。裘：皮袍。　㉑苎（zhù）：粗麻布。絺（chī）：细葛布。　㉒轻暖：指质地精良而又轻又暖和的衣服。　㉓藿（huò）：豆叶，可作野菜充饥。　㉔粝（lì）：粗米。粻（zhāng）：精米。　㉕甘旨：甘甜美味的食物。　㉖荐：草褥子。　㉗石：指用作枕头的石块。　㉘温柔：指暖和柔软的床被枕褥等。　㉙"以绳"二句：古人常以"绳枢瓮牖"形容寒门陋屋，如汉贾谊《过秦论》："陈涉，瓮牖绳枢之子，甿隶之人。"意谓寒门陋屋，没有像样的房门窗户，只以草绳拴门板，以破瓦罐的口为窗户。枢（shū），门轴。瓮（wèng），瓦罐。牖（yǒu），窗。　㉚爽垲（kǎi）：指明亮干爽的宅第。　㉛烟：指山中的烟雾。　㉜途：道路。意谓步行走路。　㉝囊：袋子。意谓肩负袋子。　㉞舆（yú）：车轿。从：随从的仆役。　㉟夜气：指人的纯洁善良本性。语出《孟子·告子上》："梏之反复，则其夜气不足以存；夜气不足以存，则其违禽兽不远矣。"孟子认为，人在夜间，暂离世事，心中易发善良之念，这正是人的本性的显现。　㊱黍熟黄粱：意为从美梦中醒来。典出唐代沈既济的传奇《枕中记》。说卢生在邯郸（今属河北）旅馆中遇道士吕翁，吕翁给他一个枕头，他枕之入梦，梦中享尽人间富贵，醒后方悟一切富贵皆如梦虚空，而此时旅馆主人所蒸黄粱犹未熟。　㊲车旅蚁穴：意同"黍熟黄粱"。典出唐代李公佐的传奇《南柯记》。说淳于棼梦至槐安国，娶公主，任南柯太守；后与敌战败，公主亦死，被遣回。梦醒后，见槐树南枝下有蚁穴，方知这就是刚才梦中的槐安国。　㊳次：依次编排。　㊴《志林》：即《东坡志林》，宋代苏东坡的笔记，后人分类编辑而成。　㊵拈（niān）：随意抽取。　㊶城郭人民：指旧地故人。典出《搜神后记》，说辽东人丁令威，学道于灵虚观，后化为鹤，回到辽东，停于城门的华表之上。有少年要射杀，鹤言："有鸟有鸟丁令威，去家千岁今来归；城郭如故人民非，何不学仙冢累累。"遂飞去。　㊷翻：反而。用：因。　㊸痴人前不得说梦：语见宋代释普济《五灯会元·道行禅师》。因痴人容易将梦中之事当真，故云。这里作者自比痴人，明知书中所记皆如梦，却"偶拈一则，如游旧径，如见故人，城郭人民，翻用自喜"，故以此自嘲。　㊹西陵：地名，又名西兴，在今浙江萧山西。脚夫：挑夫，以替人挑担为生的人。　㊺伫（zhù）想：默想。　㊻乡试：科举考试的一种，三年一次，考中者为举人。中（zhòng）式：科举考试被录取。　㊼鹿鸣宴：乡试发榜次日所举行的宴会，由州县长官宴请各考官及中式者。唐时，宴会上歌《诗经·小雅·鹿鸣》，故称。　㊽啮（niè）：咬。　㊾一：同样。　㊿大梦将寤（wù）：意为人生如一场大梦，梦醒即一生将尽。寤，醒。　㉛事：从事。雕虫：虫，虫书，是秦代书体的一种，汉代学童必学此体，故以"雕虫"比喻微不足道的小技。西汉末作家扬雄曾称写作辞赋为"童子雕虫篆刻"，故后人又以此指诗文创作。　㉜慧业文人：语出

《宋书·谢灵运传》："太守孟顗事佛精恳，而为灵运所轻，尝谓顗曰：'得道应须慧业文人，生天当在灵运前，成佛必在灵运后。'"（按，此本当误。《南史·谢灵运传》作"得道应须慧业，丈人生天当在灵运前，成佛必在灵运后"，当是）慧业，佛家语，指生来赋有智慧的业缘。 ㊳名心：功名之心。化：消除。 ㊴政：通"正"。邯郸（hán dān）梦断：即上文"黍熟黄粱"之事。 ㊵漏尽钟鸣：古代用铜壶滴漏计时，漏尽则天明；又以鸣钟报晓，也是天明之意。这里意为天明梦断，则应醒悟而不能再有功名之心。 ㊶"卢生遗表"三句：明代戏剧家汤显祖根据沈既济的《枕中记》作《邯郸梦》，增加情节，说卢生临死前给皇帝上表，表示要留下书法，以流传后世。遗，遗留。表，臣子给皇帝的疏奏表章。摹拓（tà），摹写，临摹。二王，指东晋书法家王羲之、王献之父子。 ㊷名根：根，根性。佛家有"六根"之说，谓人的眼、耳、鼻、舌、身、意六者为罪孽根源，作者则认为功名之心也是一"根"，故称。 ㊸舍利：即佛骨。相传佛祖释迦牟尼死后火化，"灵骨分碎，大小如粒，击之不坏，焚亦不燋"（《魏书·释老志》），称为"舍利"，为弟子所收留供奉。 ㊹劫火：佛家语，指毁灭世界的大火。佛家认为，世界若干万年要毁灭一次，然后再生，叫作一劫，其时有火、水、风三灾出现。

[评析]

从本文中可以看出，作者的思想是十分复杂矛盾的。他生长在豪门大户，从小锦衣玉食、豪华奢靡。而随着清兵南下，国破家亡，他披发入山，过着野人般的生活，"瓶粟屡罄，不能举火"，甚至写好了自挽诗，几次想到自杀。这巨大的生活反差，引起他内心深处强烈的震动。他抚今思昔，从佛家因果报应学说中找到了答案：如今的穷愁困厄，正是从前种种豪华奢靡的"罪案"的报应。

由此进一步想，过去的五十年，所有的豪华奢靡，又正如黄粱、南柯，美梦一场，甚至整个人生和世界，也都是一场大梦。既然如此，如今美梦已醒，该大彻大悟了吧？然而毕竟往事萦怀，旧情难忘，于是"遥思往事，忆即书之，持向佛前，一一忏悔"。然而，既为"罪案"而"忏悔"，却又"偶拈一则，如游旧径，如见故人，城郭人民，翻用自喜"。可见罪也好，悔也好，梦也好，都未必尽然。西陵脚夫希望现实是梦，而寒士却希望现实不是梦，可见是梦非梦，均因人因事而异。对于作者来说，豪华已是过眼云烟，而今唯有罪案苦涩，所以是梦；而毕竟往事难忘，个中亦有情味，所以又非梦。可见在"梦"的问题上，他与脚夫、寒士一样，都把梦当了真，都是"不得说梦"的"痴人"。

因为是"痴人"，所以"名心难化"。天下慧业文人，个个哀叹人生，但都无不想着垂文自见、留名千古；卢生虽已"邯郸梦断，漏尽钟鸣"，但死前还惦记着"摹拓二王，以流传后世"；而作者自己，"大梦将寤，犹事雕虫"，故作此《陶庵梦忆》，更"因《石匮书》未成，尚视息人世"。因此作者无奈而坦诚地承认：佛心虽有，但俗念难除，尤其对于文人来说，除了佛家所谓"六根"之外，更有"名根"一点，坚如舍利，劫火难焚。

综观全文，有国破家亡之痛，更有个人身世之悲；有对当前困厄的悲叹，更有对往日奢华的悔恨；有世事沧桑、人生如梦的感慨，更有往事难忘、俗念难消的无奈。第二段以对偶铺陈的手法，历数今昔因果报应，将其悔恨之意尽情宣泄。第四段列举脚夫与寒士说梦之事，绘声绘色，诙谐生动。全文文字不多，却辗转深切，坦陈胸襟，十分沉痛动人。

《西湖梦寻》序①

余生不辰②，阔别西湖二十八载③。然西湖无日不入吾梦中，而梦中之西湖实未尝一日别余也。

前甲午、丁酉④，两至西湖，如涌金门、商氏之楼外楼、祁氏之偶居、钱氏余氏之别墅及余家之寄园一带湖庄⑤，仅存瓦砾。则是余梦中所有者，反为西湖所无。及至断桥一望⑥，凡昔日之歌楼舞榭、弱柳夭桃⑦，如洪水淹没，百不存一矣。余乃急急走避，谓余为西湖而来，今所见若此，反不若保吾梦中之西湖为得计也⑧。因想余梦与李供奉异⑨。供奉之梦天姥也，如神女名姝⑩，梦所未见，其梦也幻；余之梦西湖也，如家园眷属，梦所故有，其梦也真。

今余儑居他氏已二十二载⑪，梦中犹在故居。旧役小奚⑫，今已白头，梦中仍是总角⑬；夙习未除⑭，故态难脱。而今而后，余但向蝶庵岑寂，蘧榻纡徐⑮。惟吾旧梦是保⑯，一派西湖景色，犹端然未动也⑰。儿曹诘问⑱，偶为言之，总是梦中说梦，非魇即呓也⑲。余犹山中人归自海上，盛称海错之美，乡人竞来共舐其眼⑳。嗟嗟，金齑瑶柱㉑，过舌即空，则舐眼亦何救其馋哉？第作《梦寻》七十二则㉒，留之后世，以作西湖之影。

《琅嬛文集》

[注释]

①《西湖梦寻》也是张岱于明亡后所作的一部散文集,全书共五卷,分"总记"及北、西、中、南四路和"外景"六个部分,凡七十二则,追忆记载了杭州西湖一带的湖山胜景,从中寄寓了亡国之痛、家园之思。本文是为该书写的自序,作于清康熙十一年(1672)七月。　②不辰:不得其时,意为遇到国破家亡的乱世。　③二十八载:本文作于1672年,前推二十八年,即明朝灭亡的"甲申(1644)之变"。　④甲午:古人以天干地支相配纪年,此为清顺治十一年(1654)。丁酉:指清顺治十四年(1657)。　⑤涌金门:西湖古迹。商氏:指明代吏部尚书商周祚。祁氏:指祁彪佳。详见本书所选其作品及有关介绍。钱氏:指明代东阁大学士钱象坤。余氏:指明代翰林院修撰余煌。湖庄:指西湖周围的庄园。　⑥断桥:在西湖白堤东头,"断桥残雪"是西湖十景之一。　⑦榭(xiè):建于高土台上形似亭的建筑物。弱柳:柔弱低垂的柳枝。夭桃:艳丽的桃花。语出《诗经·周南·桃夭》:"桃之夭夭,灼灼其华。"　⑧得计:所愿得逞,如愿。　⑨李供奉:指李白。李白曾应诏供奉翰林,故称。李白曾作《梦游天姥(mǔ)吟留别》诗,描写他梦游天姥山神仙世界的情景。天姥,山名,在今浙江新昌东。　⑩姝(shū):美女。　⑪僦(jiù):租借。他氏:别人家。清顺治七年(1650),张岱租借山阴人诸公旦的快园居住。有《快园记》一文记其事。　⑫奚:奴仆。　⑬总角:指少年。古人未成年时,束发为结,形状如兽角,故称。　⑭夙(sù):旧。　⑮"余但向"二句:《庄子·齐物论》:"昔者庄周梦为蝴蝶,栩栩然蝴蝶也,……俄然觉,则蘧(qú)蘧然周也。不知周之梦为蝴蝶与?蝴蝶之梦为周与?"意为梦境与现实难分难定。张岱遂以此自号为"蝶庵",称其卧榻为"蘧榻",有亦梦亦真、非梦非真之意。纡(yū)徐:缓步而行,辗转徘徊。　⑯惟:只要。　⑰端然:安稳的样子。　⑱儿曹:孩儿们。诘(jié):问。　⑲麾

(yǎn)：梦魇，梦中惊叫。呓（yì）：梦呓，梦话。 ⑳"余犹"三句：山里人到海边吃了海味回来，人们就来舔他的眼睛以解馋。比喻其向人说昔日的西湖胜景，只是以虚幻聊解求知之欲而已。盛称，极力称赞。海错，海味。错，错杂，海中物产种类繁多，故称。舐（shì），舔。 ㉑金齑（jī）瑶柱：均为海味菜肴名。 ㉒第：但，且。

[评析]

张岱作《陶庵梦忆》《西湖梦寻》，总是一个"梦"字，人生如梦，世事如梦，往事如梦，家国如梦……因此在这两部书的自序里，也都围绕着"梦"字作文章。不过，前篇序里的"梦"，较多的是他个人的身世之悲，而本文的"梦"，则更多的是亡国之痛。他曾侨居杭州，西子湖畔有他家的"寄园"，他在这里度过了无数美好的时光，对于他来说，西湖就是他的第二故乡。而随着"甲申之变"，国破家亡，他"披发入山"，从此，风光旖旎的西湖，就只剩下了他梦中的记忆。文章第一句话"余生不辰，阔别西湖二十八载"，就点出了正是国家的灾难造成了他个人的不幸、西湖的变迁，将个人、西湖的命运与国家的命运联系起来。"然西湖无日不入吾梦中，而梦中之西湖实未尝一日别余也。"这两句话看似重复，一向惜墨如金语言简练的作者，却在此不避重复之嫌，可见这二十八年来他对西湖是怎样的魂牵梦萦，苦苦思念！

接着，作者回忆起阔别西湖后他曾两次看望西湖的情景："则是余梦中所有者，反为西湖所无。"当年那连云的宅第、豪华的湖庄，如今只剩下了一堆瓦砾；昔日的歌舞楼台、柳绿桃红，已如洪水淹没，一片凄凉。但作者并没抒写他心中是如何地悲伤沉痛，只是说："余乃急急走避，谓余为西湖而来，今所见若此，反不若保吾梦中之西湖为得计也。"与梦中的西湖相比，成了劫后余灰的西湖竟如此惨不忍睹，还是走为上计吧，眼不见心不烦，别让这惨相破坏了美丽的梦境。这里不着一个"悲"字，却恰恰是悲痛至极，欲诉而无语，欲泣而无声。由梦，作者又联想到李白的梦游天姥。同样是梦，同样是美，李白的梦是未见的幻影，是欢欣热切的向往；而自己的梦，"如家园眷属，梦所故有"，是曾有过的真真切切的事实，是沉痛苦涩的追忆。真真切切地有过，又真真切切地毁了，这才令人撕心裂肺！

紧承"保吾梦中之西湖"之意，作者谈到了撰写《西湖梦寻》的动机。作者虽然阔别西湖，僦居他氏，但觉得还是生活在故居里，往事仍然，故人依旧，凤习未除，故态难脱。然而那白头的奚奴、岑寂的山居毕竟无时不在眼前。当年庄生梦蝶，不知是谁梦谁，如今自己仿佛也正是这般情景，故他号庵为"蝶庵"、称榻为"蘧榻"。但庄生是达观，自己却是无奈。即便如此，他还是希望"惟吾旧梦是保，一派西湖景色，犹端然未动也"，让这点可怜幻影支撑自己、搪塞子孙。明知这是"梦中说梦，非魇即呓"，也明知这是不见海错，舔眼解馋，但梦毕竟是美好的，留给后人，也算是历史的见证，或如先人的遗像，让子孙一睹风采，一念辉煌。

湖心亭看雪①

崇祯五年十二月②，余往西湖。大雪三日，湖中人鸟声俱绝。是日更定矣③，余拏一小舟④，拥毳衣炉火⑤，独往湖心亭看雪。雾凇沆砀⑥，天与云与山与水，上下一白。湖上影子，惟长堤一痕⑦，湖心亭一点，与余舟一芥⑧，舟中人两三粒而已。

到亭上，有两人铺毡对坐，一童子烧酒，炉正沸。见余大喜，曰："湖中焉得更有此人⑨！"拉余同饮。余强饮三大白而别⑩。问其姓氏，是金陵人⑪，客此⑫。

及下船，舟子喃喃曰⑬："莫说相公痴⑭，更有痴似相公者。"

《陶庵梦忆》

[注释]

①湖心亭，在杭州西湖。张岱在《西湖梦寻》卷三有《湖心亭》一文曰："湖心亭旧为湖心寺，湖中三塔，此其一也。明弘治间，按察司佥事阴子淑秉宪甚厉，寺僧怙镇守中官，杜门不纳官长，阴廉其奸事，毁之，并去其塔。嘉靖三十一年，太守孙孟寻遗迹，建亭其上。露台亩许，周以石栏，湖山胜概，一览无遗。数年寻圮。万历四年，佥事徐廷裸重建。二十八年，司礼监孙东瀛改为清喜阁，金碧辉煌，规模壮丽，游人望之如海市蜃楼。烟云吞吐，恐滕王阁、岳阳楼俱无甚伟观也。春时，山景、睃罗、书画、古董，盈砌盈阶，喧阗扰攘，声息不辨。夜月登此，阒寂凄凉，如入鲛宫海藏。月光晶沁，水气滃之，人稀地僻，不可久留。"本文描写了作者前往湖心亭看雪的情景。 ②崇祯五年：崇祯是明思宗朱由检的年号（1628~1644），崇祯五年即公元1632年。 ③更（gēng）定：指晚上七、八点钟时。古时一夜分为五更，此时打鼓报告初更开始，故称。 ④拏（ná）：牵引，这里指驾船。 ⑤拥：簇拥。意为人在毳衣炉火的簇拥之下。毳（cuì）衣：毛皮衣服。毳，鸟兽的细毛。 ⑥雾凇（sōng）：雾气遇寒而凝结于树枝或其他物体上的冰雪状物。沆砀（hàng dàng）：洁白迷茫的样子。 ⑦长堤：指西湖中的苏堤。张岱在《西湖梦寻·苏公堤》中说：宋代诗人苏轼知杭州时，"请浚西湖，聚葑泥，筑长堤，自南之北，横截湖中，遂名苏公堤"。 ⑧芥：一种小草，这里用

以形容小船在广阔天地中显得十分微小。　⑨焉：哪，怎么。　⑩白：古时罚酒用的酒杯，这里泛指酒杯。　⑪金陵：地名，即今之南京。　⑫客：客游，旅居。　⑬舟子：船夫。喃喃：连续不断小声细语的样子。　⑭相公：古时对有身份的男子的尊称。

[评析]

本文全篇加上标点，还不足二百字，但字字句句可圈可点、可赏可玩，可谓小品中的精品。

本文开头，点出时间，是在十二月，正是腊月严寒之时。西湖景色，常人都以春天为最美，作者在《湖心亭》中，也描绘此亭壮丽喧阗的春景，而他此时却偏拣严冬游西湖，"大雪三日，湖中人鸟声俱绝"。这不禁令人想起唐代柳宗元著名的《江雪》："千山鸟飞绝，万径人踪灭。"往日莺歌柳浪、士女骈阗的繁华胜景，如今已被三日大雪封杀荡尽，非但不见人影、不闻人声，连鸟儿也慑于严寒不见踪影了。这一个"绝"字，顿时把人带入了肃杀冷寂的冰天雪地之中。此时还是"更定"时分，这就更使人纳闷：冒寒赏雪，也就罢了，可为何不在白天而偏挑夜晚呢？"余拏一小舟，拥毳衣炉火"，这又是一奇。"拥"者，簇拥也，人被厚厚的皮裘和熊熊的炉火簇拥着，这分明应是在家中御寒的情景，却又偏偏在冰天雪地中的一小舟上。可见此君是卯足了劲，决计一游了。行文至此，蓄势已足，于是"独往湖心亭看雪"的"独"字，就有了十足的分量。这"独"与柳宗元《江雪》的后两句"孤舟蓑笠翁，独钓寒江雪"的意境一样，不但是形单影只的"独"，更是一种孤寂落寞的心境，一种孤行静寄的品格，一种不同凡俗率尔独往的幽情单绪、孤高情怀。"竟陵派"的"孤峭"风格，在此得到了很好的继承。

于是作者笔下出现了他所一心向往的雪景。"雾凇沆砀"，仅以四字，写出寒气弥漫、四野苍茫的景象。而"天与云与山与水，上下一白"，却连用三个"与"字,这看似累赘重复,其实大有妙处。设想若作"天云山水",似乎更简练,而且与"上下一白"四字对称,但多少给人以四者并列的感觉;而其间各加一"与"字,则突出了四者相连的情景,下句的"一"字就更有了着落,前后呼应,更加重了天地笼统浩白浑莽的气象。此是总写,以下则分写堤、亭、舟、人在天地间的"影子"。这些"影子"用"痕""点""芥""粒"来表现,可谓妙绝。长堤用"痕",是因其在远处,以空气透视原理,故只是淡淡一抹,隐隐约约,似有若无。亭子用"点",是因为它是建筑物,尽管大雪三日四野皆白,毕竟没能把它掩埋,屋顶之下,仍是原貌,在夜色幽暗之下,自然成"点",与"上下一白"正构成对比反差,与远处的"长堤一痕"相互照应。小舟用"芥"、舟中人用"粒",芥者小草也,粒者米粒沙粒之谓。在茫茫雪野中,小舟如草,有渺小微贱、悬浮飘零之感;人处其上,自然如沙尘米粒,微不足道。因此这几笔描写,有如一幅淡墨山水画,在大片白底上寥寥几笔,技法上有点有抹,色调上有黑白浓淡,空间上有远近大小,构成一种淡雅空灵的意境。然而又更像一首抒情诗,抒发着宇宙茫茫、人生几何的感慨,正是一种孤情幽绪,照应了"独"的主题。不过,这一处描写似乎有两个"破绽":其一,舟是自己所乘,舟中人即自己,自己看自己,何来"芥""粒"之喻?其二,此时已是"更定",冬日昼短,早已天黑,怎见这些景色?殊不知此处亦有奥妙。中国画家画山水,往往虚拟一个观景点,以想象与写生结合,作者即采用了这种方法,将自己虚设为处于远处高处的观察主体,于是实际中的自己及其小舟也自然成了虚拟中的被观察的客体了。此时虽是"更定",然而由于天地湖山银妆素裹,雪光辉映,景物大体仍依稀可辨,这正是雪景的独特之处,再加上作者的想象沟通,故有此神来之笔。诗心匠意,虚虚实实,原未可以俗见度之。

作者原自以为乃"独往"之客,却不料"到亭上,有两人铺毡对坐"。于是事有突如其来之变,文有奇峰突起之笔。其人"是金陵人,客此",可见也是和作者一样怀抱的看雪人。"一童子烧酒,炉正沸",这熊熊的炉火和沸腾飘溢的酒香,顿时给雪地寒天带来了融融的暖气,也给万籁俱寂的环境和作者落寞孤寂的心情带来了意外的喜气。其人"见余大喜",其实这何尝不是作者的大喜?其人"湖中焉得更有此人"的惊叹,又何尝不是作者的惊叹?这一喜一叹中,流露出作者内心天涯遇知己、吾道不孤的兴奋与激动。何以见得?有"拉余同饮,余强饮三大白而别"为证。"强"者,不善饮而勉为其难也。素昧平生,何必勉为其难?酒逢知己,得意忘形也。

文末出现了个舟子,这似乎与开头所说的"独往"相矛盾。其实又不然。舟子虽与作者同往,但他无意赏雪,只是个提供服务的被动者,与作者是同船而异趣,所以就赏雪而言,作者自然是"独往"。正因为如此,这舟子对于作者的雪夜游西湖始终大感不解,又遇上夜游的金陵客,更是惑上加惑,所以他终于忍不住喃喃曰:"莫说相公痴,更有痴似相公者。"这一"痴"字,在舟子是嗔怪之意,而对于作者来说却十分得意受用,因为俗人的不解,正体现了他的孤高拔俗;更有痴者,正应了作者的其道不孤。因此,这舟子一节看似自然记叙之笔,却大有奇情妙趣,足可玩味。

柳敬亭说书①

南京柳麻子②,黧黑③,满面疤癗④,悠悠忽忽⑤,土木形骸⑥。善说书,一日说书一回,定价一两。十日前先送书帕下定⑦,常不得空。南京一时有两行情人⑧,王月生、柳麻子是也⑨。

余听其说景阳冈武松打虎白文⑩,与本传大异⑪。其描写刻画,微入毫发,然又找截干净⑫,并不唠叨呶夬⑬。声如巨钟,说至筋节处⑭,叱咤叫喊⑮,汹汹崩屋⑯。武松到店沽酒⑰,店内无人,謈地一吼⑱,店中空缸空甓皆瓮瓮有声⑲。闲中着色⑳,细微至此。主人必屏息静坐倾耳听之㉑,彼方掉舌㉒;稍见下人咕哗耳语㉓,听者欠伸有倦色㉔,辄不言㉕,故不得强㉖。每至丙夜㉗,拭桌剪灯,素瓷静递㉘,款款言之㉙,其疾徐轻重㉚,吞吐抑扬㉛,入情入理,入筋入骨㉜。摘世上说书之耳而使之谛听㉝,不怕其不齰舌死也㉞。

柳麻子貌奇丑,然其口角波俏㉟,眼目流利㊱,衣服恬静㊲,直与王月生同其婉娈㊳,故其行情正等㊴。

《陶庵梦忆》

[注释]

①柳敬亭:原名曹逢(一作遇)春,因避仇而改名换姓。泰州(今江苏泰州市姜堰区)人,明末著名的说书艺人。曾为权臣马士英、阮大铖的幕客,恨其奸邪,离去。入南明将领左良玉幕下,左死后,流落民间说书。本文记其说书的情景。②柳麻子:柳敬亭的绰号,因"满面疤癗",故称。③黧(lí)黑:黑中带黄的颜色。④疤癗(lěi):疤痕疙瘩。⑤悠悠忽忽:形容为人放浪随便,对什么都满不在乎。⑥土木形骸:把自己的形体看成土木一样,形容不加修饰。以上两句典出南朝宋刘义庆《世说新语·容止》:"刘伶身长六尺,貌甚丑顇而悠悠忽忽,土木形骸。"⑦书帕:明代官场惯例,地方官入京拜见长官,以一书一帕为礼,后来便发展为官场行贿,以帕包书,藏金银于其中。这里指说书的定

全。　⑧行（háng）情人：声价很高的人。行情，本指商品货物的时价，这里指艺人的声价。　⑨王月生：当时南京著名的歌妓，字微波。作者在《陶庵梦忆》卷八有《王月生》一文专门记载其人其事。　⑩白文：当时说书有大书、小书两种，小书说兼唱，功夫重在唱；大书则不唱，重在说时的语言、表情等。白文即大书。　⑪本传（zhuàn）：指《水浒传》中关于武松打虎的记叙。　⑫找截：说书术语。找，补叙铺张。截，收结停止。　⑬哱夬：音、义均不详。各家所注，或音 bō xuè，意为杂乱无条理；或属下句，音 bó guài，意为大声吆喝。均未知所据，今姑从前者。　⑭筋节处：关键之处。　⑮叱咤（chì zhà）：大声呼叫吆喝。　⑯汹汹：声势很大的样子。崩屋：似要把房屋震塌。　⑰沽（gū）酒：买酒。　⑱謈（pò）：大声吼叫的样子。謈，一本作"蓴"。　⑲甓（pì）：砖，这里指陶罐瓦罈之类的器具。瓮（wèng）瓮：象声词，犹"嗡嗡"，形容空缸空甓等共鸣之声。　⑳闲中：指常人不经意之处。着色：渲染。　㉑屏（bǐng）息：屏住呼吸，形容神情专注。倾耳：侧着耳朵，形容注意听。　㉒掉舌：转动舌头，意为开口说书。　㉓下人：指书场中跑腿服务的仆人。咶嗶（chè bì）：低声絮语的样子。　㉔欠伸：呵欠伸腰。　㉕辄（zhé）：就。　㉖强（qiǎng）：勉强。　㉗丙夜：夜半三更时。　㉘素瓷：精致雅洁的白瓷茶杯。静递：悄悄递上。　㉙款款：从容缓慢的样子。　㉚疾：快速，急切。徐：徐缓。　㉛吞：收声。吐：发声。抑：压低声音。扬：提高声音。　㉜入筋入骨：意为深入表现故事的精神气韵。　㉝谛听：仔细听。　㉞齰（zé）舌死：咬断舌头而死，形容羞愧至极。语出《史记·魏其武安侯列传》："魏其必内愧，杜门齰舌自杀。"　㉟口角：口齿。波俏：流丽有神的样子，这里指口齿伶俐。　㊱流利：形容柳敬亭说书时目光顾盼流转、生动有神的样子。　㊲恬静：整洁素雅。　㊳直：径直。意为二者虽有美丑之别，但在神韵上可直接相比。婉娈（luán）：美好。　㊴正等：完全相同。

晚明散文选 | 259

[评析]

　　关于柳敬亭，除张岱外，还有许多当时名人如钱谦益、吴伟业、黄宗羲、周容等为之作文立传。一个说书艺人，能获此殊荣，亦可谓一大文化景观。在众家之作中，本文最为脍炙人口。

　　篇名"柳敬亭说书"，显然作者无意为柳敬亭立传，而只写其说书一端。描写柳敬亭的说书艺术，从其说武松打虎一例说起，主要评其四个方面：其一，富有创造性。武松打虎之事，有《水浒》本传在先，但柳敬亭不照搬本传，而是"与本传大异"。艺术贵在创新，这是他赢得听众的第一步。但并非凡有"大异"就一定好，还须异得精彩，因此其二，"描写刻画，微入毫发"，即绘声绘色，细致生动，尤其在常人不经意之处着力渲染。如武松沽酒一段，进店一声大吼，柳敬亭不但描绘其"謦地一吼"，还刻画出"店中空缸空甓皆瓮瓮有声"这一"吼"的效果，这就是"闲中着色"，方见打虎勇士的威风。但并非处处都须"微入毫发"，而是其三，"找截干净，并不唠叨哕夬"，也就是说要看情况，需要时大力铺叙渲染，到火候时则见好就收，开合得体，张弛有度，干净利落，有条不紊。其四，声音洪亮，富有声势，尤其善于在筋节关键之处，"叱咤叫喊，汹汹崩屋"，利用声音优势渲染高潮效果。

　　此外，作者还描写了柳敬亭说书的品格和风度。他说书时，"主人必屏息静坐倾耳听之，彼方掉舌；稍见下人咕哗耳语，听者欠伸有倦色，辄不言"。他虽是受雇而说书，出钱的是主人，但主宰者是自己，不说便不说，谁也"不得强"。这固然与他作为红极一时的"行情人"有关，但更主要是他视说书艺术为神圣，一不肯出卖尊严，二不愿亵渎艺术。而且，半夜说书，桌须拭净，灯须剪亮，杯须素瓷，茶须静递，然后不紧不慢，"款款言之，其疾徐轻重，吞吐抑扬，入情入理，入筋入骨"，十足的大家风度。以上这些描写，活灵活现，神完气足，令人觉得柳敬亭就在面前,"款款言之"地说着景阳冈武松打虎。

作品文字简短而跌宕起伏,开合自如。一开头就直呼"麻子",并进一步描绘其丑陋放浪,"黧黑,满面疤癗,悠悠忽忽,土木形骸",可谓一贬到底。然而从"善说书"起,一路直褒:"一日说书一回,定价一两。十日前先送书帕下定,常不得空",直至与当红歌妓王月生相提并论。这一贬一褒,先抑后扬,文章一开头便有了波澜。王月生色艺双绝,其为"行情人"本不足为怪;而柳敬亭奇丑无比,为何也有如此声价?于是就有了包袱(悬念)。下文就具体描写其说书艺术,解开这个包袱。描写中以自己耳闻目睹的武松打虎为实例,其中又重点突出"到店沽酒"一段细节。有亲身体验的实例,又有典型细节,故着墨不多而生动形象,令人信服。接着由此展开,描写其说书的品格风度,神情气韵;然后以令天下说书人羞愧欲死的高度赞扬收束。文章最后,又再次提起"柳麻子貌奇丑",且又以王月生"作陪",照应开头。但开头是说他貌丑而价高,拉出美人王月生是为了反衬烘托,加强悬念效果;而到结尾时,价高问题已经解决,此时则是说他貌丑而神美,于是外貌上丑夫与美女的巨大落差,在精神气质上获得了一致,完美地解决了美丑悬殊而"行情正等"的问题。

西湖香市①

西湖香市,起于花朝②,尽于端午③。山东进香普陀者日至④,嘉湖进香天竺者日至⑤,至则与湖之人市焉,故曰"香市"。

然进香之人，市于三天竺，市于岳王坟⑥，市于湖心亭⑦，市于陆宣公祠⑧，无不市，而独凑集于昭庆寺⑨，昭庆两廊故无日不市者。三代八朝之骨董⑩，蛮夷闽貊之珍异⑪，皆集焉。至香市，则殿中甬道上下⑫、池左右、山门内外⑬，有屋则摊，无屋则厂⑭；厂外又棚，棚外又摊。节节寸寸⑮，凡胭脂簪珥、牙尺剪刀⑯，以至经典木鱼、孩儿嬉具之类⑰，无不集。

此时春暖，桃柳明媚，鼓吹清和⑱，岸无留船，寓无留客，肆无留酿⑲。袁石公所谓"山色如娥，花光如颊，波纹如绫，温风如酒"⑳，已画出西湖三月。而此以香客杂来，光景又别。士女闲都㉑，不胜其村妆野妇之乔画㉒；芳兰芗泽㉓，不胜其合香芫荾之熏蒸㉔；丝竹管弦㉕，不胜其摇鼓欲笙之聒帐㉖；鼎彝光怪㉗，不胜其泥人竹马之行情㉘；宋元名画，不胜其湖景佛图之纸贵㉙。如逃如逐，如奔如追，撩扑不开㉚，牵挽不住。数百十万男男女女、老老少少日簇拥于寺之前后左右者，凡四阅月方罢㉛。恐大江以东㉜，断无此二地矣㉝。

崇祯庚辰三月㉞，昭庆寺火。是岁及辛巳、壬午洊饥㉟，民强半饿死㊱。壬午虏鲸山东㊲，香客断绝，无有至者，市遂废。辛巳夏，余在西湖，但见城中饿殍舁出㊳，扛挽相属㊴。时杭州刘太守梦谦，汴梁人㊵，乡里抽丰者㊶，多寓西湖，日以民词馈送㊷。有轻薄子改古诗诮之曰㊸："山不青山楼不楼，西湖歌舞一时休。暖风吹得死人臭，还把杭州送汴州。㊹"可作西湖实录㊺。

《陶庵梦忆》

[注释]

①本文记叙了明末杭州西湖香市的盛况和后来的衰落情景。市，买卖，集市。　②起：开始。花朝（zhāo）：民俗以农历二月十二日为百花生日（或谓二月初二、二月十五日），故称。　③尽：结束。　④普陀：山名，在浙江舟山群岛中，是我国佛教圣地之一。日：每天。　⑤嘉湖：指今浙江嘉兴、湖州一带地方。天竺（zhú）：寺名，指西湖的上、中、下三天竺寺。　⑥岳王坟：南宋抗金名将岳飞的坟墓，在西湖边栖霞岭下。　⑦湖心亭：在西湖中。详见所选《湖心亭看雪》。　⑧陆宣公祠：唐代名臣陆贽的祠庙，在西湖边孤山山麓。陆贽死后谥号宣，世称陆宣公。　⑨昭庆寺：寺名，在西湖边。作者在《西湖梦寻》卷一有《昭庆寺》一文记叙甚详。　⑩三代：指夏、商、周。八朝：指汉、魏及六朝。但这里"三代八朝"是泛指古代，并非确指。骨董：古董。　⑪蛮夷闽貊（mò）：泛指四方异族及外国。蛮，指南方民族。夷，指东方民族。闽，指今福建一带。貊，指东北民族。珍异：奇珍异宝。　⑫甬（yǒng）道：庭院里居中的通道。　⑬山门：佛寺的大门。因佛寺多在山中，故称。　⑭厂：没有墙壁的房子。这里当指临时搭建的陋屋。　⑮节节寸寸：形容摊、棚密集紧挨，略无空隙。　⑯簪（zān）：用以固定发髻的头饰。珥（ěr）：耳饰。牙尺：象牙做的尺子。　⑰经典：当指佛经。嬉具：玩具。　⑱鼓吹：打击吹奏，指音乐声。清和：指乐声悠扬和美。　⑲肆：酒店。酿：酒。　⑳袁石公：指袁宏道，号石公。详见本书所选其作品的有关介绍。"山色如娥"四句：袁宏道《西湖》（见《袁中郎全集》卷八）一文中的句子。原文中"温风如酒"在"波纹如绫"之前。　㉑士女：指城市大户人家男女。闲都：娴雅美丽。　㉒不胜：比不上，镇不住。村妆野妇：乡下妇女。乔画：意为浓妆艳抹。乔，做作，装假。　㉓芳兰芗（xiāng）泽：芗泽，香气。兰花是品味高雅之花，故此当指

士女们身上清幽高雅的香气。㉔合香芫荽（yán suī）：当指低贱植物制成的香料，乡下农妇所用。芫荽，一种有香味的植物，俗称香菜。㉕丝竹管弦（xián）：指琴、箫之类高雅的乐器。㉖摇鼓欱（hē）笙：当指低俗的音乐，甚或是商贩招揽生意的乐器音响。欱，吸，这里意为吹吸。吹笙之法，有吹有吸，故云。聒（guō）帐：嘈杂。㉗鼎彝（yí）：指古代的青铜器。光怪：即光怪陆离，意为色彩斑斓，形状奇异。㉘行（háng）情：价格。㉙佛图：佛像，佛教绘画。纸贵：当即"洛阳纸贵"之略语，意为抢手走俏。㉚撩扑：拨拉。㉛凡：总共。四阅月：经历四个月。阅，经历。㉜大江以东：长江由今江西九江至江苏南京为西南、东北流向，这一段以东，即约指今安徽南部及江苏、浙江一带地区。㉝断：断然，肯定。二：第二。㉞崇祯：明思宗朱由检的年号。庚辰：古以天干地支相配纪年，此即崇祯十三年（1640）。㉟辛巳：崇祯十四年。壬午：崇祯十五年。洊（jiàn）：一再，连续。饥：饥荒。㊱强半：过半，大半。㊲虏：贼寇，强盗。鲠（gěng）：阻塞。㊳饿莩（piǎo）：饿死之人的尸体。舁（yú）：抬。㊴扛挽：指扛尸体、送葬的人。属（zhǔ）：接连。㊵汴（biàn）梁：地名，即今河南开封市，曾为北宋京都。㊶抽丰：即俗语"打抽丰""打秋风"，意为利用各种借口向他人索取财物。㊷以民词馈（kuì）送：意为有意让其乡里包揽民间诉讼以获益。㊸轻薄子：诙谐放浪的人。诮（qiào）：讥讽。㊹"山不"四句：此诗是戏改南宋诗人林升的《题临安邸》诗，原诗是："山外青山楼外楼，西湖歌舞几时休。暖风熏得游人醉，直把杭州作汴州。"㊺实录：真实情况的记录。

[评析]

本文通过对西湖香市的描写，反映了明代后期经济的发展和商品交易的繁荣。

文章首先介绍了香市的由来。杭州自古是繁华的都市，素有人间天堂之称，西湖一带又是风景优美的游览胜地；还有众多诸如灵隐、昭庆、三天竺等著名的佛寺，同时又是各地善男信女前往佛教圣地普陀山拜佛朝圣的必经之地。因此香客云集，遂成"香市"这一独特的景观。

接着作者集中描写了昭庆寺香市繁盛热闹的景象。佛家宣扬"四大皆空"，寺庙本是佛门净地，昭庆寺又是名寺，然而此时却"无日不市"，成了商贾逐利、俗客争趋的喧嚣市场。庄重森严的寺门内外、大殿前后，"有屋则摊，无屋则厂；厂外又棚，棚外又摊"，已无尺寸空地。所交易的商品，除香火之外，还有古董文物、四方珍宝、泥人竹马、湖景佛图，还有"胭脂簪珥、牙尺剪刀，以至经典木鱼、孩儿嬉具之类"，林林总总，百货杂陈。春光明媚、景色秀丽的西湖山水，也因香市的繁盛而弥漫着世俗的尘嚣。这里固然还有高贵典雅的"士女闲都""芳兰芗泽""丝竹管弦""鼎彝光怪""宋元名画"，然而在汹涌喧腾的俗人俗物、俗气俗声的冲击下，它们全都黯然失色。人声鼎沸，人流如潮，"如逃如逐，如奔如追，撩扑不开，牵挽不住。数百十万男男女女、老老少少日簇拥于寺之前后左右者，凡四阅月方罢"。在这繁盛热闹的景象中，我们可以充分感受到商业文明、世俗文化的崛起及其不可抗拒的冲击力量。

文章最后谈到了香市的衰落。其原因有三："昭庆寺火"、连年饥荒、"虏鲠山东"。这其实正是明王朝摇摇欲坠、难挽其衰败之势的表现。其衰败的根源，即在于政治的腐败。作者从"城中饿莩"的描写中引出杭州太守刘梦谦的舞弊劣迹和"轻薄子"的改诗相诮，即是对现状的揭露和批判，真实而深刻，诙谐而沉痛。这段描写与前面的繁华热闹构成极其鲜明的对照，给人以盛极而衰、乐极生悲之感。

西湖七月半①

西湖七月半,一无可看,止可看看七月半之人②。

看七月半之人,以五类看之。其一,楼船箫鼓,峨冠盛筵③,灯火优傒④,声光相乱,名为看月而实不见月者,看之。其一,亦船亦楼⑤,名娃闺秀⑥,携及童娈⑦,笑啼杂之,环坐露台⑧,左右盼望,身在月下而实不看月者,看之。其一,亦船亦声歌,名妓闲僧⑨,浅斟低唱⑩,弱管轻丝⑪,竹肉相发⑫,亦在月下,亦看月,而欲人看其看月者,看之。其一,不舟不车,不衫不帻⑬,酒醉饭饱,呼群三五,跻入人丛⑭,昭庆、断桥⑮,嚣呼嘈杂⑯,装假醉,唱无腔曲⑰,月亦看,看月者亦看,不看月者亦看,而实无一看者,看之。其一,小船轻幌⑱,净几暖炉,茶铛旋煮⑲,素瓷静递⑳,好友佳人,邀月同坐㉑,或匿影树下㉒,或逃嚣里湖㉓,看月而人不见其看月之态,亦不作意看月者㉔,看之。

杭人游湖,巳出酉归㉕,避月如仇;是夕好名㉖,逐队争出㉗。多犒门军酒钱㉘,轿夫擎燎㉙,列俟岸上㉚。一入舟,速舟子急放断桥㉛,赶入胜会㉜。以故二鼓以前㉝,人声鼓吹㉞,如沸如撼㉟,如魇如呓㊱,如聋如哑㊲。大船小船一齐凑岸,一无所见,止见篙击篙、舟触舟、肩磨肩、面看面而已。少刻兴尽㊳,官府席散㊴,皂隶喝道而去㊵,轿夫叫船上人,怖以关门㊶,灯笼火把如列星,一一簇拥而去。岸上人亦逐队赶门㊷,渐稀渐薄㊸,顷刻散尽矣。

吾辈始舣舟近岸㊹。断桥石磴始凉㊺，席其上㊻，呼客纵饮。此时月如镜新磨㊼，山复整妆㊽，湖复颒面㊾，向之浅斟低唱者出㊿，匿影树下者亦出，吾辈往通声气㈠，拉与同坐。韵友来㈡，名妓至，杯箸安㈢，竹肉发。月色苍凉，东方将白，客方散去。吾辈纵舟㈣，酣睡于十里荷花之中，香气拍人㈤，清梦甚惬㈥。

《陶庵梦忆》

[注释]

①七月半，即农历七月十五，在中国民间风俗中，是中元节，佛教徒要在这一天作盂兰盆会，追荐亡魂，故又称鬼节。在杭州，人们在这一天夜里游西湖看月。本文即记叙了这一盛况，描写了游湖看月者的众生相，表现了自己不同流俗的情趣。　②止：只。七月半之人：指在七月半之夜游西湖的人们。　③峨冠：高高的帽子，是士大夫的装束。这里泛指华贵的衣着。　④优：优伶，即戏子。僕（xī）：通"奚"，奴仆。旧时戏子地位卑贱，故与奴仆并列。　⑤亦船亦楼：意为与前一种人一样也坐着楼船。　⑥名娃：著名的美女。闺秀：指贵族妇女。　⑦童娈（luán）：美貌的男童，实为供贵妇取悦玩弄的男宠。　⑧环坐：围坐。露台：指船上露天的看台。　⑨闲僧：当指不守戒律、悠游闲逛的僧人。　⑩浅斟低唱：悠闲饮酒，轻声吟唱。　⑪弱、轻：均指乐声轻柔。管、丝：泛指音乐。管，笛、箫之类的管乐器。丝，琴、瑟之类的弦乐器。　⑫竹：管乐器，这里泛指器乐。肉：指人的嗓子，声乐。相发：互相引发，即和谐之意。　⑬不衫不帻（zé）：不穿长衫，不戴头巾，形容形迹放浪随便。帻，头巾。　⑭跻（jī）：挤。　⑮昭庆：寺名，在西湖边。断桥：在西湖白堤东头，"断桥残雪"是西湖十景之一。　⑯嚣（jiāo）：叫。　⑰曲：曲调。　⑱幌（huǎng）：帷幔。　⑲铛（chēng）：一种小锅。旋：频

频，不断。⑳素瓷：精致雅洁的白瓷茶杯。㉑邀月：典出李白《月下独酌》诗："举杯邀明月，对影成三人。" ㉒匿：隐藏。影：身影。㉓逃：逃避。嚣（xiāo）：喧嚣。里湖：西湖苏堤里侧的部分称里湖。㉔作意：着意，用心。㉕巳：巳时。古人以十二地支纪时，每时相当于今时的两个小时。巳时即上午九时至十一时。酉：指下午五时至七时。㉖是夕：这天晚上。好（hào）：喜好，追求。名：指赏月之名。㉗逐队：成群结队，连续不断。㉘犒（kào）：犒赏。门军：守城门的军吏。西湖在杭州城西，游湖须出城。㉙擎（qíng）：高举。燎（liáo）：火把。㉚列俟（sì）：排列等候。㉛速：催促。放：指放舟，开船。㉜胜会：热闹的集会，即众人赏月活动。㉝二鼓：二更天。古时以击鼓报更。㉞鼓吹：打击吹奏，指音乐声。㉟撼：震撼，形容声音巨大。㊱魇（yǎn）：梦魇，梦中惊叫。呓（yì）：梦呓，梦话。㊲如聋如哑：意为声音嘈杂喧腾，人们其实什么也听不见，也就等于什么也没说，就和聋子哑巴一样。㊳少刻：过一会儿。兴（xìng）：兴致。㊴席：筵席。㊵皂隶：指衙门的差役。喝道：古时官员出行，前有衙役喝令行人让道，故称。㊶怖：恐吓。关门：指关闭城门。㊷赶门：意为赶在城门关闭之前进城。㊸稀、薄：稀少。㊹吾辈：我们这一类人。有强调与以上各种人截然不同之意。舣（yǐ）：停船靠岸。㊺磴（dèng）：石阶。㊻席：摆下筵席。㊼如镜新磨：形容月光皎洁。古时用铜镜，用久了要重新磨光，故云。㊽整妆：重整面容衣装。比喻群山恢复了明媚鲜丽。㊾颒（huì）面：洗脸。比喻湖面恢复了平静明洁。㊿向：先前。(51)通声气：彼此打招呼。(52)韵友：风雅有情调的朋友。(53)箸（zhù）：筷子。安：摆好。(54)纵舟：意为放开船，任其漂荡。(55)拍：扑，袭。(56)清：宁静安详。惬（qiè）：惬意，舒心畅意。

[评析]

　　杭州西湖有著名的十景，"平湖秋月"是其中之一，七月半正是秋月当空之时，而作者开口便道"一无可看"，此为何故？又说"止可看看七月半之人"，杭州人无日无时不可看，为何偏是"七月半之人""止可看"？这开头便落笔新奇突兀，引起人们的兴趣。

　　于是作者将"七月半之人"分为五类，细加描写，说其"可看"之理。第一类是达官贵人，他们号称赏月，却坐着楼船，带着戏子奴仆，灯火辉煌，箫鼓齐鸣，摆开筵席。这分明是在炫耀摆阔，毫无赏月的情趣，故为"名为看月而实不见月者"，只是附庸风雅，俗不可耐。第二类是美女贵妇，她们公然带着男宠，在露台上打情骂俏，左顾右盼，卖弄风骚，更无赏月之意，所以是"身在月下而实不看月者"。第三类是名妓闲僧之流，他们地位微贱，却略知风雅韵致，生活放荡，纵情声色，此时也驾船游湖，确有几分赏月之意，故不事喧哗，不闹排场，只是"浅斟低唱，弱管轻丝，竹肉相发"，借赏月寻欢解闷，也为了向人们显示他们的风雅，故为"亦在月下，亦看月，而欲人看其看月者"。第四类就是一些混球无赖、酒徒闲汉。他们趁赏月之机酗酒闹事，故戏称之"月亦看"。挤入人群，装疯卖傻，醉眼惺忪，色迷迷到处乱看，故曰"看月者亦看，不看月者亦看"。这种人浑浑噩噩、粗傻蠢笨、无所用心，故曰"而实无一看者"。第五类则是才子佳人、风雅之士，他们厌恶俗人的喧哗嘈杂，"或匿影树下，或逃嚣里湖"，闹中取静，以茶当酒，邀月同坐，故曰"看月而人不见其看月之态"。而他们在赏月中品茶论艺，吟诗作赋，抒发性灵，以文会友，故曰"亦不作意看月者"。赏月本是清幽高雅的活动，然而被那些庸人俗子搅得喧腾嘈杂、乌烟瘴气，所以"平湖秋月"的佳境早已荡然无存。各色人等因了"七月半"这一人间舞台，个个充分表演，淋漓尽致，活现出杭州世俗风情的众生相。至此我们才明白作者开头所谓

"西湖七月半，一无可看，止可看看七月半之人"，并非故作惊人之语，而是有感而发，实话实说。对于形形色色的"七月半之人"，作者不动声色，冷眼旁观，故能于纷繁哄闹中理出头绪，综合分类，并绘声绘色、描影摹声，可谓穷形尽相，活灵活现，其中褒贬，不待明指论断而自然分明。

作者接着描写了"七月半之人"看月前后来去的情景。平常杭州人游西湖，都是朝往暮归，"避月如仇"，却为何偏在七月半之夜万人空巷、争相蜂拥呢？作者指出，他们多半是"好名者"，名为赏月，实图虚名，人赏亦赏，来去匆匆，最终只落了场空欢喜、白热闹，这是最为作者所不齿的俗流。作者又绘声绘色地描写了这场闹剧的开台与收场，于是这一段与上一段描写加在一起，一场"七月半之人"看月的闹剧便十分完整了：狂热喧嚣地赶场，乌烟瘴气地"赏月"，一哄而散地散场。

当图虚名赶热闹的庸人俗子散尽之后，"此时月如镜新磨，山复整妆，湖复颊面"，"平湖秋月"才恢复了清幽明丽的本色，作者以及其他真正赏月的人们才走进月光下。"浅斟低唱者出"，是指第三类人，"名妓闲僧"之辈，他们虽不无"欲人看其看月者"之意，但毕竟略知风雅，有心赏月，故众人散尽，他们仍流连忘返；"匿影树下者亦出"，是指第五类人，他们是风雅之士，众人喧腾时他们匿影逃嚣，此刻才显形露面。因此，作者视他们为同调，"往通声气，拉与同坐"。"韵友来，名妓至，杯箸安，竹肉发"，作者以其惯用的排比手法，简练而生动地描写出知音相得、欢欣尽兴的情景。赏月本是一种审美活动，是人与自然会心默契的融合与交流，因而"月色苍凉，东方将白，客方散去。吾辈纵舟，酣睡于十里荷花之中，香气拍人，清梦甚惬"，这才是作者情趣的真正所在。这一段描写，尤其是结尾，如诗如画，情韵悠然。作者着意强调"吾辈"，表现其对俗流之辈的不耻；"石磴始凉""月如镜新磨""月色苍凉"以及"酣睡""清梦"等，营造出寒凉清幽的意境，与上文喧腾嘈杂的场面恰成鲜明的对比，表现了他清雅脱俗的审美情趣和孤芳自赏的文士情怀；同时不论是性灵志趣还是为文风格，也都是对"竟陵派"的继承与发展。

小青佛舍①

小青，广陵人②。十岁时遇老尼，口授《心经》③，一过成诵④。尼曰："是儿早慧福薄，乞付我作弟子。⑤"母不许。

长好读书，解音律⑥，善弈棋⑦。误落武林富人⑧，为其小妇⑨。大妇奇妒⑩，凌逼万状⑪。一日携小青往天竺⑫，大妇曰："西方佛无量⑬，乃世独礼大士⑭，何耶?"小青曰："以慈悲故耳。"大妇笑曰："我亦慈悲若⑮。"乃匿之孤山佛舍，令一尼与俱⑯。

小青无事，辄临池自照⑰，好与影语，絮絮如问答⑱，人见辄止。故其诗有"瘦影自临春水照，卿须怜我我怜卿⑲"之句。后病瘵⑳，绝粒㉑，日饮梨汁少许㉒，奄奄待尽㉓。乃呼画师写照㉔，更换再三，都不谓似。后画师注视良久，匠意妖纤㉕，乃曰："是矣。"以梨酒供之榻前，连呼："小青！小青！"一恸而绝㉖，年仅十八。遗诗一帙㉗。

大妇闻其死，立至佛舍㉘，索其图并诗焚之㉙，遽去㉚。

《西湖梦寻》

[注释]

①小青佛舍，在杭州西湖孤山。小青，相传是明代万历时人，其事为

民间所流传，有无名氏作《小青传》记述较详。本文则简记其事。佛舍，佛徒所居之处。　②广陵：地名，即今之江苏扬州。　③《心经》：佛经《般若波罗蜜多心经》的简称。④过：遍。诵：背诵。　⑤"是儿"二句：迷信认为，人过早聪明则命薄无福，须出家才能长寿，故有"乞付我作弟子"之语。乞，祈求。　⑥解：懂得，知晓。　⑦弈（yì）：下棋。⑧落：落入别人手中，指沦为小妾。武林：杭州的别称。　⑨小妇：小妾。⑩大妇：正妻。⑪凌逼：欺凌迫害。万状：犹言"百般"。⑫天竺（zhú）：即天竺寺，在西湖北，有上、中、下三天竺。⑬无量：无法计算，极多。⑭礼：尊奉。大士：指观世音菩萨。⑮若：你。⑯俱：一起，同处。⑰辄（zhé）：总是，就。　⑱絮絮：说话唠叨不停的样子。⑲卿：你。⑳病：患病。瘵（zhài）：病名，旧称"肺瘵"，即今之谓"肺结核"，在古代是不治之症。㉑绝粒：犹言"粒米不进"。　㉒日：每天。㉓奄奄：气息微弱的样子。尽：指死亡。　㉔写照：画肖像。㉕妖纤（xiān）：娇美而柔弱。　㉖一恸（tòng）：哀痛至极而大哭。绝：断气，死去。㉗帙（zhì）：包书的布套子，故称书一部为一帙。㉘立：立即。　㉙索：取。图：即小青的画像。　㉚遽（jù）：急忙。

[评析]

作为《西湖梦寻》中的一篇，本文本来是把"小青佛舍"作为西湖名胜来介绍的，但本文实际上却是一则凄婉的故事，讲述了小青这位聪慧短命的弱女子的悲惨一生。这大概是因为佛舍本无奇，它之所以成了名胜，纯粹是因为小青的故事。这故事感人至深，被当时人们广为传颂，所以记小青的故事，就是记了佛舍。

这故事篇幅极短，人物只有两个，却各自性格鲜明，矛盾十分尖锐。小青自小聪明美丽，却被老尼一语道破天机："是儿早慧福薄。"这话成了小青命运的谶语。她沦为人妾，成了大妇的眼中钉、肉中刺。她机敏过人,天竺寺中见观音大士,便借题发挥,道出"以慈悲故耳"一语,显然有讥刺规劝之意,却不料成了奇妒阴毒的大妇进一步迫害的借口。"临池自照,好与影语,絮絮如问答,人见辄止"的举动以及"瘦影自临春水照,卿须怜我我怜卿"的诗句,刻画其顾影自怜、楚楚动人之态和她内心的寂寞与酸楚,足以令人酸鼻。而后她病入膏肓,奄奄待尽,画师写照,更换再三,连连自呼,一恸而绝。这表明她虽命薄,却不自卑自贱,在弥留之际,还在对不公的命运作顽强的抗争。弱女子耶?奇女子耶?强女子耶?能不令天下有情之人、有志之士肃然起敬、扼腕叹息耶?

而大妇之妒,作者以"奇"字冠之,极为准确。她奇就奇在不但对小青"凌逼万状",还十分阴毒。小青以观音大士"慈悲"相讥,她"笑曰'我亦慈悲若'",这一笑,直令人毛骨悚然。其"慈悲"之法,颇有创意。慈悲本是佛性,于是她将小青"匿之孤山佛舍,令一尼与俱",让这位心高气傲、不肯就范的对手终日面对青灯古佛,在寂寞凄凉中慢慢地煎熬。于是小青的生命之火便在十八岁的如花青春中早早地熄灭了。小青既死,她该心满意足了吧?然而她还有更奇的一招:"立至佛舍,索其图并诗焚之,遽去。"一个"立"字,尽写其幸灾乐祸、急不可耐的心情。索图焚诗,可见其当时咬牙切齿的狠毒之状。最后"遽去",更是"奇"味无穷。大凡心狠手辣作恶多端者,总是做贼心虚。此时她发狠泄愤之后,似乎看见小青已化作了复仇的厉鬼,或是见到牛头马面正奉阎罗之命前来捉拿她到阴曹地府,于是惶惶然,急匆匆,落荒而逃。

老尼"早慧福薄"一语,今谓之迷信,其实换个角度看,也可谓之人生的哲理。自从屈原愤然唱出"众女嫉余之蛾眉兮,谣诼谓余以善淫"的千古悲歌之后,天下蛾眉才士,有几个逃过遭妒忌、被排挤的命运?小青的故事广为传颂,作者命笔写下此文,恐怕不仅仅是为了小青一人。

张溥

张溥(1602~1641),字乾度,号西铭,太仓(今属江苏)人。自幼好学,所读书必手抄六七遍,故其书斋名曰"七录斋"。他与同邑张采被称为"娄东二张"。崇祯时,他与张采联合江南各地文社,组成"复社",名震朝野。著有《七录斋诗文合集》《七录斋近集》,另编辑《汉魏六朝百三名家集》。

五人墓碑记①

五人者,盖当蓼洲周公之被逮②,激于义而死焉者也。至于今,郡之贤士大夫请于当道③,即除逆阉废祠之址以葬之④,且立石于其墓之门⑤,以旌其所为⑥。呜呼,亦盛矣哉!

夫五人之死⑦,去今之墓而葬焉⑧,其为时止十有一月耳⑨。夫十有一月之中,凡富贵之子、慷慨得志之徒⑩,其疾病而死、死而湮没不足道者亦已众矣⑪,况草野之无闻者欤⑫?独五人之皦皦⑬,何也?

予犹记周公之被逮,在丁卯三月之望⑭。吾社之行为士先者⑮,为之声义,敛赀财以送其行⑯,哭声震动天地。缇骑按剑而前⑰,问:"谁为哀者?"众不能堪,抶而仆之⑱。是时大中丞抚吴者为魏之私人⑲,周公之逮所由使也,吴之民方痛心焉⑳,于是乘其厉声以呵㉑,则噪而相逐㉒。中丞匿于溷藩以免㉓。既而以吴民之乱请于朝㉔，按诛五人㉕，曰：颜佩韦、杨念如、马杰、沈扬、周文元，即今之傫然在墓者也㉖。

然五人之当刑也，意气扬扬，呼中丞之名而詈之㉗，谈笑以死。断头置城上，颜色不少变㉘。有贤士大夫发五十金㉙，买五人之脰而函之㉚，卒与尸合㉛。故今墓中，全乎为五人也。嗟乎！大阉之乱，缙绅而能不易其志者㉜，四海之大，有几人欤？而五人生于编伍之间㉝，素不闻诗书之训㉞，激昂大义，蹈死不顾㉟，亦曷故哉㊱？且矫诏纷出㊲，钩党之捕遍于天下㊳，卒以吾郡发愤一击，不敢复有株治㊴；大阉亦逡巡畏义㊵，非常之谋㊶，难于猝发㊷，待圣人出而投缳道路㊸，不可谓非五人之力也。

由是观之，则今之高爵显位㊹，一旦抵罪㊺，或脱身以逃，不能容于远近㊻；而又有剪发杜门、佯狂不知所之者㊼，其辱人贱行㊽，视五人之死㊾，轻重固何如哉！是以蓼洲周公忠义暴于朝廷㊿，赠谥美显㉑，荣于身后；而五人亦得以加其土封㉒，列其姓名于大堤之上㉓，凡四方之士，无有不过而拜且泣者㉔，斯固百世之遇也。不然，令五人者保其首领㉕，以老于户牖之下㉖，则尽其天年㉗，人皆得以隶使之㉘，安能屈豪杰之流㉙，扼腕墓道㉚，发其志士之悲哉？故予与同社诸君子，哀斯墓之徒有其石也，而为之记，亦以明死生之大、匹夫之有重于社稷也。

贤士大夫者，冏卿因之吴公，太史文起文公、孟长姚公也㉛。

《七录斋诗文合集》

[注释]

①明熹宗天启年间，宦官魏忠贤专权，政治十分腐败。当时，江南有

一个由较为开明的知识分子组成的东林党，主张开放言路、改革政治，一再上书弹劾魏忠贤。魏忠贤便屡兴大狱，对东林党人进行残酷的迫害。天启七年（1627），在魏党爪牙、苏州巡抚毛一鹭的主使下，魏忠贤派遣人马到苏州逮捕东林党人周顺昌。此事激起苏州市民的公愤，他们拥入官衙，打死一名旗尉，毛一鹭以躲入厕中而得免。地方官急忙调动军队，趁夜带走周顺昌。此后，魏党严查此事，市民领袖颜佩韦、杨念如、马杰、沈扬、周文元等五人为保护群众，挺身而出，英勇就义。不久，魏党垮台，苏州人民合资建墓，安葬了这五位烈士，本文就是为此写的墓碑记。

②盖：助词。蓼（liǎo）洲周公：周顺昌，字景文，号蓼洲，吴县（今江苏苏州）人。明万历进士，曾任福州推官、吏部主事、文选员外郎等。公，对男子的尊称。 ③郡：指吴郡，即今苏州。士大夫：做过官、有名望的人。当道：当政者，当局。 ④除：清除，清理。逆阉（yān）：一本作"魏阉"，指魏忠贤。阉，对宦官的蔑称。废祠：魏忠贤得势时，各地方官为讨好他，纷纷为他建立生祠（为活人修的祠庙），魏忠贤垮台后，这些生祠也就成了废祠。 ⑤石：墓碑。 ⑥旌（jīng）：旌表，表彰。 ⑦夫（fú）：此，这。 ⑧去：离。墓：这里作动词，修墓。 ⑨止：只。十有一月：十一个月。有（yòu）：通"又"，用于整数与零数之间。 ⑩慷慨得志之徒：指官场得意之人。 ⑪湮（yān）没：埋没，消失。不足道：不值一提。 ⑫草野：民间，寻常百姓之中。无闻：没有名声。 ⑬皦（jiǎo）皦：光明显耀貌，这里形容五人声名显赫。 ⑭丁卯：古人以天干地支相配纪年，这里指明熹宗天启七年（1627）。望：农历每月十五日。 ⑮社：文社，一种由文人组织而成的社团。当时许多进步文人继东林党而起，组织文社，主张改良政治。后来，作者与张采等郡中名士联合江南若干文社，创立"复社"。行为士先者：品德行为可作士人表率的人。 ⑯敛：收集，募集。赀（zī）：同"资"。 ⑰缇骑（tí qí）：身穿

红衣的马队,古代指贵官的侍从,这里指明代专事侦查、捕人的差役。⑱抶(chì):鞭打。仆:倒下。 ⑲大中丞抚吴者:指苏州巡抚毛一鹭。汉代,御史台的长官称中丞,明代制度,以副都御史或佥都御史放往外省任巡抚,故称巡抚为中丞。私人:亲信,党羽。 ⑳痛心:痛恨至极。按,毛一鹭与苏州织造太监李实都是阉党,平日里残酷压迫和剥削人民,苏州人民早已恨之入骨。㉑诃(hē):同"呵",呵斥。 ㉒噪:喧哗。㉓溷(hùn)藩:茅房,厕所。 ㉔既而:事后。请于朝:向朝廷请示。 ㉕按:查究,审判。诛:杀害。 ㉖傫(lěi)然:聚集、重叠的样子。 ㉗詈(lì):骂。 ㉘少:略微。 ㉙发:拿出。 ㉚脰(dòu):颈项,这里指头颅。函:用匣子装起来。 ㉛卒:终于。 ㉜缙(jìn)绅:做官之人。古代官员,插笏(官员朝见皇帝时手中所执的狭板)于衣带,故称。 ㉝编伍:市井乡间。古代民间编制户口,每五家为一伍。据记载,这五人中,颜佩韦是商人之子,杨念如是估衣商,马杰是市民,沈扬是牙行的中人(经纪人),周文元是周顺昌的轿夫,他们都是身份不高的普通市民百姓。 ㉞诗书:泛指一切经书。训:教诲。 ㉟蹈死:脚踏死地,意为冒着生命危险。 ㊱曷(hé)故:何故。 ㊲矫诏:假传的皇帝诏令。 ㊳钩党:牵引为同党。指魏忠贤大兴党狱,把反对他的人一律视为东林党人而加以逮捕迫害。 ㊴株治:株连治罪。 ㊵逡(qūn)巡:有所顾忌而迟疑不敢行动。 ㊶非常之谋:指篡夺帝位的大阴谋。 ㊷猝(cù):突然,马上。 ㊸圣人出:指崇祯皇帝即位。圣人,旧时对皇帝的敬称。投缳(huán):上吊自杀。缳,绳圈。按,天启七年(1627)八月,朱由检即位,十一月开始镇压阉党,放逐魏忠贤到凤阳看守皇陵,随即又召他回来,魏便于半路上(河北阜城县)畏罪自缢了。 ㊹高爵显位:指那些依附魏忠贤而地位显赫的大官僚们。 ㊺抵罪:受到与罪行相应的惩罚。 ㊻容:收容。远近:远亲近戚。 ㊼剪

(jiǎn) 发：削发为僧。杜门：闭门不出。佯（yáng）狂：装疯。之：去向。 ㊽辱人贱行：可耻的人格、卑贱的行为。 ㊾视：比起。 ㊿暴（pù）：表露，显露。 (51)赠谥：皇帝给死者追赠称号。按，崇祯皇帝赠周顺昌以“忠介”谥号。 (52)加其土封：给他们的坟墓加土，意即重修坟墓。 (53)大堤：指苏州虎丘山塘河堤岸，五人之墓即在此。 (54)过：拜访，探望。 (55)令：假使。首领：头颅。 (56)户牖（yǒu）之下：家中。户，门。牖，窗。 (57)天年：人的自然寿命。 (58)隶使：当奴仆使唤。 (59)屈：折服。 (60)扼腕：用力握持自己手腕，这是人在极为悲愤惋惜时的动作。 (61)冏（jiǒng）卿因之吴公：吴默，字因之，官太仆少卿。冏卿，太仆寺卿的别称。太史文起文公：文震孟，字文起，任翰林院修撰。太史，对在翰林院任职的人的通称。孟长姚公：姚希孟，字孟长，文震孟的外甥，因任翰林检讨，故亦称太史。

[评析]

明代末年，政治十分黑暗。天启年间，宦官魏忠贤把持朝政，大量培植亲信党羽，大小官僚，纷纷依附，有“五虎”“五彪”“十狗”“十孩儿”“四十孙”等名目，魏忠贤本人则是“九千岁”，阉党组织权倾天下。他们大肆进行特务活动，残酷迫害异己忠良，并图谋篡夺帝位，同时疯狂搜刮掠夺，苛捐杂税遍天下，民不聊生。当时江南有一个由进步知识分子为主体的政治团体东林党，主张开放言路，改良政治，反对阉党统治，一再上书弹劾魏忠贤，是阉党的死敌。于是魏忠贤大兴党狱，对东林党人及其同情支持者大肆搜捕。苏州东林党人周顺昌，为人耿介刚直，疾恶如仇，任福州推官时，曾严惩税监高寀的爪牙；阉党横行时，他公开斥骂魏忠贤；同时，他“好为德于乡，有冤抑及郡中利害，辄为有司陈说，以故士民德顺昌甚”（《明史·周顺昌传》）。于是，当魏忠贤矫命派缇骑前来逮捕周顺昌时，便激起了一场声势浩大的市民暴动。而本文所写的颜佩韦等五人就是在这场暴动中为保护苏州人民免遭迫害挺身而出的英雄。

本文名为"墓碑记",却没有像通常的墓志那样详细地罗列死者的出身、籍贯、生平事迹等,只是简要地叙述暴动的经过和五人从容就义的情况,而大量的篇幅是对五位英烈的事迹进行高度的评价和热情的赞颂。因此,以强烈的感情、抒情的笔调,夹叙夹议,并在议论中运用对比手法,步步深入,是本文的最大特色。

作品一开始,就直接点明:这五人是"激于义而死"的,人们在魏阉的废祠之址上为之修墓立碑,旌其所为,是一大盛事。接着,就以对比手法提出一个发人深省的问题:十一个月来,从富贵显赫者到无名百姓,死者无数,却个个声名俱灭、不足称道,而"独五人之皦皦",这是为什么?

下文没有直接回答这个问题,而是速写式地描绘了事件的经过:周公被捕,人们不畏奸党的凶残,慷慨敛资,为之壮行,"哭声震动天地",一句话道出了万民泣别的悲壮场面。缇骑按剑而呵,人们忍无可忍,"抶而仆之""噪而相逐",好一个群情激愤、如火如荼的场面,与奸党毛一鹭"匿于溷藩以免"的狼狈相形成对照。写五人意气扬扬,痛骂奸贼,谈笑赴死,头已断,色不变,简练的笔触,形象地描绘出英雄慷慨就义的壮烈风采,令人动容。这一段叙述,感情强烈,爱憎分明,极富感染力。

在这基础上,作者才展开了议论。议论以"嗟乎"一声慨叹领起,又以对比手法,提出一个尖锐的问题:号称圣人之徒而身居高位的"缙绅"不能守其节操,而素不闻诗书之训的草野之民却能"激昂大义,蹈死不顾",这又是为何?这其实不是问题,而是对前者的尖锐讽刺和对后者的热情歌颂,所以无须回答,而转入对英雄功绩的充分肯定:正是由于以五位英雄为代表的苏州人民的英勇斗争,才有力地打击了阉党的嚣张气焰,粉碎了他们的罪恶阴谋,并促使了他们的覆灭。

本来，文章到此似乎可以结束了，但作者又从前面话题深入下去，继续以对比手法，阐发出一个哲理性的命题——生命价值问题：那些"高爵显位"的奸党，犯下罪行之后，或逃窜，或为僧，或装疯，种种"辱人贱行"，不齿于人类，其生命轻若鸿毛；而像周顺昌、颜佩韦等壮士英烈，其人虽死，却流芳千载，令天下英雄豪杰尽折腰，其生命重于泰山！因此，在作者看来，英雄业绩的意义，已超越了现实和历史，而达到了更高的层次。可见，文末"亦以明死生之大、匹夫之有重于社稷也"一语，不仅是对英雄们的高度评价，也是作者所要阐明的主题思想。

　　这一主题思想，也正是作者及其所代表的"复社"的思想主张的体现。崇祯即位后，镇压阉党，起用东林党人，但阉党残余仍有势力，于是张溥等人组织成立了"复社"。所谓"复社"，是"期与四方文士共兴复古学，将使异日者务为有用"。他们提出"兴复古学"的主张，实际上是反对"公安派"和"竟陵派"后期逃避现实的倾向，以复古为名，关心政治，研究社会。他们富有正义感，崇尚气节，以东林党的继承者自任，与阉党继续斗争。在明末尖锐激烈的政治斗争与民族矛盾中，出现了像顾炎武、陈子龙、夏完淳等仁人志士、英雄豪杰，写下了许多富有政治思想内容、情调慷慨激昂的诗文，本文就是这类作品中最有代表性的一篇。清人吴楚材、吴调侯在《古文观止》选本篇时评价说："议论随叙事而入，感慨淋漓，激昂尽致，当与史公伯夷、屈原二传并垂不朽。"可说是对本文十分中肯的评价。

《刘中山集》题辞①

晋刘司空集十卷，在宋时已多缺误，今日欲睹全书，未可得也。越石兄弟与石崇、贾谧友善②，金谷文咏③，秘书唱和④，诗赋岂尽无传⑤？顾乃奔走乱离⑥，仅存书表⑦。想其当日执槊倚盾⑧，笔不得止，劲气直辞⑨，回薄霄汉⑩。推此志也⑪，屈平沉湘⑫，荆卿易水⑬，其同声耶？

晋元渡江⑭，无心北伐⑮，越石再三上表，辞虽劝进⑯，义切复仇⑰，读者苟有胸腹⑱，能无慷慨？以彼雄才，结盟戎狄⑲，扬旌幽并⑳，身死而复生㉑，国危而复安，间患差跌㉒，不病驱驰㉓。及同盟见疑㉔，命穷幽絷㉕，子谅文懦㉖，坐观其毙。为之君者，孝非子胥㉗；为之友者，仁非鲁连㉘，殷勤赠诗，送哀而已。

夫汉贼不灭㉙，诸葛出师㉚；二圣未还㉛，武穆鞠旅㉜。二臣忠贞，表悬天壤㉝。上下其间㉞，中有越石。追鞭祖生㉟，投书卢子㊱，英雄失援，西狩兴悲㊲。予尝感中夜荒鸡㊳，月明清啸㊴，抑览是集㊵，仿佛其如有闻乎？

《汉魏六朝百三名家集》

[注释]

①张溥曾编辑《汉魏六朝百三名家集》，并为各集写题辞，本文就是为其中的《刘中山集》所写的题辞。刘中山，即西晋末东晋初名将刘琨

(271～318），字越石，中山魏昌（今河北无极）人。西晋末永嘉、建兴时，任并州刺史，拜司空，都督并、冀、幽诸军事。他忠于晋王朝，晋室南迁后，仍坚守并州，与割据北方的刘聪、石勒对抗。后与鲜卑贵族段匹䃅联合，不久即被段杀害。其作品原有集，后散佚，张溥辑成《刘中山集》。　②越石兄弟：指刘琨与其兄刘舆。石崇：字季伦，是西晋时著名的富豪。贾谧（mì）：西晋时任秘书监，权倾一时，许多文人都依附他，号称"二十四友"，刘琨兄弟也在其中。　③金谷：地名，又称金谷涧，在今河南洛阳西北，石崇在此建别墅，名"金谷园"，许多文人出入其间，吟诗作赋，盛极一时。文咏：吟诗作赋。　④秘书：指贾谧的秘书监府第。唱和（hè）：文人间以诗歌互相应和酬答。　⑤尽：完全。　⑥顾：但，只是。奔走乱离：指因战乱而人们南北奔走离散。西晋武帝司马炎死后，各诸侯王争权夺利，发生"八王之乱"，其他外族趁机纷纷入侵，西晋灭亡，晋室南迁而建立东晋，此后南北分裂、战乱不停近三百年之久。　⑦书表：文体名，指臣子给皇帝的上书奏表。　⑧执槊（shuò）倚盾：手执长矛，身倚盾牌，意为处在军旅之中。槊，古代兵器名，即长矛。　⑨劲气：刚劲之气。直辞：正直的文辞。　⑩回：回荡。薄：迫近，直达。　⑪推：推测。　⑫屈平：即屈原。屈原名平，字原。沅湘：二水名，即沅水和湘水，在今湖南境内。屈原忠君爱国，却遭奸佞排挤、楚王疏远，终被放逐，在沅、湘间作了《离骚》《九章》等诗歌。　⑬荆卿：即战国时为燕太子丹刺杀秦王的荆轲。易水：水名，在今河北易县。荆轲前往刺秦王，在易水边与送行者分别，慷慨高歌："风萧萧兮易水寒，壮士一去兮不复还。"　⑭晋元：即晋元帝司马睿。渡江：指西晋灭亡之后的第二年即公元317年，司马睿渡过长江，在建康（今南京）称帝，建立东晋王朝。　⑮北伐：兴兵北上，讨伐北方的外族入侵者。　⑯劝进：指劝说司马睿即帝位。司马睿初渡江时，只是称吴王，于是群臣纷纷劝说，刘琨也四次上表劝进，司马睿才正式即位称帝。 ⑰义切复仇：意为刘琨上表不仅是劝进，还慷慨大义，激励晋室兴兵北伐，报仇复国。 ⑱苟：如果。胸腹：心胸抱负，肝胆情怀。 ⑲结盟戎狄：与外族联盟，指刘琨与段匹磾结盟之事。戎狄，对外族的称呼，段匹磾是鲜卑族人，故称。 ⑳扬旌（jīng）：高举旗帜，意为组织军队。幽：幽州，在今河北北部一带。并（bīng）：并州，在今山西一带。刘琨先在并州组织军队抗击石勒，被石勒打败，奔幽州，与段匹磾联盟，继续组织军队抗击石勒。 ㉑身死而复生：即指被石勒打败又继续抗战之事。 ㉒间（jiàn）：间或，有时。患：遭受祸患。差（cuō）跌：同"蹉跌"，失误，挫折。 ㉓病：难于，苦于。驱驰：奔走。 ㉔同盟见疑：被同盟者所猜疑。同盟，指段匹磾。刘琨与段匹磾结盟后，石勒故意给刘琨写信，劝他做内应，共袭段匹磾。段匹磾看到信，便猜疑刘琨，将他下狱。 ㉕命穷幽絷（zhí）：死在监狱中。穷，尽。幽絷，囚禁。刘琨被下狱后，东晋王朝中的权臣王敦又乘机挑拨，段匹磾便将刘琨杀害了。 ㉖子谅：即卢谌，字子谅，曾在刘琨手下任主簿，与刘琨共誓恢复河山。文懦：文弱怯懦。刘琨被囚禁时，卢谌缺乏胆量能力，没能解救刘琨。 ㉗"为之君者"二句：君者，指晋元帝。子胥，人名，即春秋时的伍子胥。伍子胥是楚国人，其父、兄被楚平王杀害，他逃到吴国，助吴攻楚，将已死的楚平王从墓中挖出，鞭尸三百，为父兄报仇。这两句意为晋元帝作为君王，却不能收复失地，为晋室祖先报仇，没有伍子胥那样的孝心。 ㉘"为之友者"二句：为之友者，指卢谌。鲁连，人名，即战国时齐国义士鲁仲连。秦军包围赵都邯郸，鲁仲连劝说赵、魏不尊秦王为帝，解了邯郸之围，事后又不受赏赐，其为人排忧解难而功成不受赏，深受后人赞赏。这两句意为卢谌作为朋友，却不能解救刘琨，不像鲁仲连那样仁义。 ㉙夫（fú）：发语词，无义。汉贼：指曹操。汉末，曹操手握军政大权，"挟天子以令诸侯"，人称他有篡汉之心，是为汉贼。　㉚诸葛出师：诸葛，指诸葛亮。蜀帝刘备死后，诸葛亮为实现刘备嘱托，亲自出师，北伐曹操，并作前后《出师表》，后表中有"先帝虑汉贼不两立，王业不偏安，故托臣以讨贼也"之语。　㉛二圣：两位皇帝，指宋徽宗、宋钦宗。北宋末年，金兵南侵，徽、钦二帝被掳，后死于五国城（今黑龙江依兰）。　㉜武穆：指宋代抗金名将岳飞，死后谥号武穆。鞠旅：誓师。　㉝表：显明，突出。悬：高挂。　㉞上下：上指刘琨之前的诸葛亮，下指刘琨之后的岳飞。　㉟追鞭：鞭马追赶。祖生：指刘琨的好友祖逖。生，对读书人的称呼。刘琨听说祖逖被重用，给亲友写信说："吾枕戈待旦，志枭逆虏，常恐祖生先吾着鞭。"　㊱投书：寄信。卢子：指卢谌。子，对男子的尊称。卢谌曾向段匹䃅求别驾之职，寄诗与刘琨，刘琨便写信勉励他。　㊲西狩（shòu）兴悲：指刘琨《重答卢谌》诗"宣尼悲获麟，西狩泣孔丘"之语。狩，打猎。春秋末，鲁国贵族在城西狩猎时得到一只麟，孔子听说了，十分悲哀，因为麟是瑞兽，只有在盛世才能出现，而此时是乱世，它出现并被打死，可见生不逢时，故孔子伤心。刘琨以此典故比喻自己生不逢时。　㊳中夜：半夜。荒鸡：一般鸡叫都在天将亮时，而有的鸡却在半夜时叫，这就叫"荒鸡"。刘琨曾与祖逖同床睡觉，半夜时听到鸡叫声，通常人们认为这是不祥之兆，而祖逖却认为这是催他们早起，便推醒刘琨起床舞剑，遂成"闻鸡起舞"的佳话。　㊴月明清啸：刘琨守晋阳时，被外族军队包围，刘琨乘着月光登上城楼，清声长啸，外族士兵听了凄然长叹。半夜时，刘琨吹起胡笳，令外族士兵思乡落泪。天将亮时，刘琨又吹胡笳，对方竟解围而去。　㊵抑：也许，莫非是。览：看，阅读。是集：这个集子，指《刘中山集》。

[评析]

　　刘琨是两晋间的著名将领、爱国诗人。在西晋末八王之乱、外族入侵以致南北分裂、晋室偏安的年代，他始终坚持抗战，不忘复国，与外族入侵者进行了艰苦卓绝的斗争，而最终却被敌人和朝廷内部奸人的诡计所害，惨死在同盟者手中。作者在整理他的作品之余，对这位英雄的一生作了高度的评价，表达了自己对英雄的无限崇敬。

文章极为凝练，骈散结合，辞气劲切，感情浓烈。全文虽只有三百多字，却几乎囊括了刘琨的一生事迹，如与石崇、贾谧的诗赋唱和，与祖逖的闻鸡起舞、追鞭之志，向晋元帝上表劝进，与卢谌诗书酬答，高举义旗顽强斗争，登城清啸却敌解围，与段匹磾结盟乃至为其所害，等等。对于刘琨的诗文，尤其是在戎马之中"执槊倚盾，笔不得止"的作品，作者称其"劲气直辞，回薄霄汉"，与屈原的悲愤之作、荆轲的慷慨高歌堪为"同声"。刘琨再三上表劝说司马睿称帝，作者指出这并非常人的阿谀表忠，而是"义切复仇"，足令天下有胸襟情怀的人们慷慨激昂。刘琨在前线高举义旗，几经失败挫折，作者称赞他"不病驱驰""国危而复安"。刘琨最终惨死于同盟者之手，作者则在描述中流露出深切的同情惋惜之情。"为之君者，孝非子胥；为之友者，仁非鲁连，殷勤赠诗，送哀而已"数语，则是对晋元帝偏安江南不思北伐、卢谌不能救友"坐观其毙"进行了严厉的批评。

文章最后一段，是作者抒发感情的高潮。"夫汉贼不灭，诸葛出师；二圣未还，武穆鞠旅。二臣忠贞，表悬天壤。上下其间，中有越石"，赞扬刘琨与诸葛亮、岳飞一样，心昭天日，英名不朽。"追鞭祖生，投书卢子，英雄失援，西狩兴悲"，抒发了对刘琨励志发愤而英雄末路、饮恨黄泉的一生的无限崇敬与悲愤之情。"予尝感中夜荒鸡，月明清啸，抑览是集，仿佛其如有闻乎？"描写自己读了刘琨作品后如幻如梦的感觉，表达了对英雄的思念与景仰，一往情深，十分感人。

作者是"复社"领袖，主张"兴复古学"，他编辑《汉魏六朝百三名家集》，就是为此。本文与《五人墓碑记》一样，歌颂英雄，高扬正义，崇尚气节，正是"复社"精神的体现。读本文，正如作者读刘琨的作品一样："读者苟有胸腹，能无慷慨？"作者卒于明亡前三年，未能亲见清兵入侵、国破家亡，却令人觉得他是为此而作。明亡后，有陈子龙、夏完淳等英雄志士，他们不正是刘琨的再生吗？

祁彪佳

祁彪佳（1602~1645），字虎子，又字弘吉，号幼文、世培，别号远山主人，山阴（今浙江绍兴）人。天启二年（1622）进士，授福建兴化推官；崇祯时官御史，出按苏州、松江诸府，后辞官家居，隐居云门山。清兵近杭州，派人招聘他，他坚决推辞，投水而死。谥忠敏，后又改谥忠惠。有《祁忠惠公遗集》，现有经整理而成的《祁彪佳集》。

《寓山注》序①

予家梅子真高士里②，固山阴道上也③。方干一岛④，贺监半曲⑤，惟予所恣取⑥。顾独予家旁小山⑦，若有夙缘者⑧，其名曰"寓"。往予童稚时⑨，季超、止祥两兄⑩，以斗粟易之⑪，剔石栽松⑫，躬荷畚锸⑬，手足为之胼胝⑭。予时同挈小艇⑮，或捧土作婴儿戏。迨后余二十年⑯，松渐高，石亦渐古⑰，季超兄辄弃去⑱，事宗乘⑲；止祥兄且构柯园为菟裘矣⑳，舍山之阳㉑，建麦浪大师塔㉒，余则委置于丛篁灌莽中㉓。予自引疾南归㉔，偶一过之，于二十年前情事，若有感触焉者。于是卜筑之兴㉕，遂勃不可遏㉖。此开园之始末也㉗。

卜筑之初，仅欲三五楹而止㉘。客有指点之者，某可亭，某可榭㉙，予听之漠然㉚，以为意不及此；及于徘徊数回，不觉向客之言㉛，耿耿胸次㉜，某亭某榭，果有不可无者。前役未罢㉝，辄于胸次所及，不觉领异拔新㉞，迫之而出㉟。每至路穷径险㊱，则极虑穷思，形诸梦寐㊲，便有别辟之境地㊳，若为天开，以故兴愈鼓㊴，趣亦愈浓。朝而出，暮而归，偶有家冗㊵，皆于烛下了之㊶。枕上望晨光乍吐㊷，即呼奚奴驾舟㊸，三里之遥，恨不促之于跬步㊹。祁寒盛暑㊺，体粟汗浃㊻，不以为苦；虽遇大风雨，舟未尝一日不出。摸索床头金尽，略有懊丧意，及于抵山盘旋，则购石庀材㊼，犹怪其少。以故两年以来，橐中如洗㊽，予亦病而愈，愈而复病，此开园之痴癖也。

园尽有山之三面，其下平田十余亩，水石半之㊾，室庐与花木半之㊿。为堂者二，为亭者三，为廊者四，为台与阁者二，为堤者三。其他轩与斋类(51)，而幽敞各极其致(52)；居与庵类(53)，而纡广不一其形(54)；室与山房类(55)，而高下分标其胜(56)；与夫为桥、为榭、为径、为峰(57)，参差点缀(58)，委折波澜(59)。大抵虚者实之，实者虚之；聚者散之，散者聚之；险者夷之(60)，夷者险之。如良医之治病，攻补互投(61)；如良将之治兵(62)，奇正并用(63)；如名手作画(64)，不使一笔不灵；如名流作文(65)，不使一语不韵(66)。此开园之营构也(67)。

园开于乙亥之仲冬(68)，至丙子春孟(69)，草堂告成，斋与轩亦已就绪。迨于中夏，经营复始，榭先之，阁继之，迄山房而役以竣(70)。自此则山之顶趾(71)，镂刻殆遍(72)。惟是泊舟登岸，一径未通(73)，意犹不慊也(74)。于是疏凿之工(75)，复始于十一月，自冬历丁丑之春(76)，凡一百余日(77)，曲池穿牖(78)，飞沼拂几(79)，绿映朱栏，丹流翠壑(80)，乃可以称园矣。而予农圃之兴尚殷(81)，于是终之以丰庄与豳圃(82)，盖已在孟夏之十有三日矣(83)。若八求楼、溪山草阁、抱瓮小憩(84)，则以其暇(85)，偶一为之，不可以时日计。此开园之岁月也(86)。

至于园以外山川之丽,古称"万壑千岩"⑧;园以内花木之繁,不止七松、五柳⑧。四时之景,都堪泛月迎风⑨;三径之中⑨,自可呼云醉雪⑨。此在韵人纵目⑩,云客宅心⑬,予亦不暇缕述之矣。

《祁彪佳集》

[注释]

①寓山是作者家乡的一座小山,他在此建了一个别墅,并写了一组介绍这个别墅园林的文章,总名为《寓山注》。本文是其序文,介绍这座园林的营造经过、总体布局和主要景物等,实为这组文章的总纲。 ②梅子真:即梅福,字子真,西汉末人,曾官南昌尉,后因反对王莽专权,弃家出游,隐居于山阴。高士里:地名,梅福的故里。 ③固:就是。山阴道上:指绍兴城西南郊一带,以景色秀丽闻名。典出南朝宋刘义庆《世说新语·言语》:"王子敬云:'从山阴道上行,山川自相映发,使人应接不暇。'" ④方干:人名,唐代诗人,举进士不第,隐居在绍兴镜湖岛,终身不出。其《越中言事》诗云:"沙边贾客喧鱼市,岛上潜夫醉笋庄。" ⑤贺监:指唐代诗人贺知章,永兴(今浙江萧山)人,官至秘书监,故称。后回乡为道士,唐玄宗赐以镜湖一曲。曲:角落。不言"一曲"而言"半曲",是为避免与上句的"一岛"同用"一"字。 ⑥惟:为,是。恣取:恣意猎取、欣赏。 ⑦顾:然而,只是。 ⑧夙(sù)缘:旧日的缘分。 ⑨往:从前。 ⑩季超:即作者的胞兄祁骏佳,字季超。止祥:即作者的堂兄祁豸佳,字止祥。 ⑪粟:小米。易:交换。 ⑫剔:挑选。 ⑬躬:亲身。荷(hè):扛,担。畚(běn):畚箕,盛放土石垃圾的器具。锸(chā):铁锹。 ⑭胼胝(pián zhī):手脚因长期磨擦而生成的硬皮,俗称"老茧"。 ⑮拏(ná):牵引,这里指撑船。小艇:小船。 ⑯迨(dài):及,等到。 ⑰古:意为石头经风雨侵蚀,生长苔

草，显出苍老之姿。　⑱辄（zhé）：就。　⑲事：侍奉，信奉。宗乘：指佛教。佛教有大乘、小乘等派别，又分若干宗派，故称。　⑳且：将。菟裘：园名。菟裘（tú qiú）：原为地名，《左传·隐公十一年》："使营菟裘，吾将老焉。"后以代称隐居之地。　㉑舍（shě）：施舍。山之阳：山的南边。古以山南水北为阳，山北水南为阴。　㉒麦浪大师：僧人名，俗名黄明怀，字修远，山阴人，卒于崇祯三年（1630）。作者写有《会稽云门麦浪怀禅师塔铭》。塔：指用以安葬纪念麦浪大师的佛塔。　㉓委置：废弃。丛篁（huáng）灌莽：荒草杂树。　㉔引疾：托病辞官。　㉕卜筑：兴建。古人有所兴建，必先占卜择吉，故称。兴（xìng）：兴致。　㉖勃：兴起。遏（è）：止。　㉗开园：建园。　㉘楹（yíng）：计算房屋的单位，犹言列、扇。　㉙榭（xiè）：建于高土台上形似亭的建筑物。　㉚漠然：冷漠不为所动心的样子。　㉛向：先前。㉜耿耿：心中有所记挂而难以平静的样子。胸次：心胸。　㉝前役：原先的工作，指原来的设计构思。　㉞领异拔新：引导带动出新奇构想。　㉟迫：催促，推动。　㊱路穷径险：指思路堵塞。　㊲形诸梦寐：在睡梦中描画其形状。　㊳别辟：另外开辟。　㊴鼓：振作，高涨。　㊵家冗（rǒng）：家中繁杂的事务。㊶了：了结，完成。　㊷乍：初，刚刚。　㊸奚奴：奴仆，仆役。　㊹促：缩短。跬（kuǐ）：半步。古人以迈出一脚为跬，再迈出另一脚方为步。㊺祁寒：大冷，严寒。　㊻体栗：指身体因寒冷而发抖。栗，特指皮肤上因寒冷或害怕而起的小疙瘩。浃（jiā）：湿透。　㊼庀（pǐ）：备具，置办。　㊽橐（tuó）：钱袋。　㊾半之：占一半面积。　㊿室庐：房屋。㈤轩：有明窗栏杆等用以凭眺的小室。斋：书斋。类：类同，指布局、数量大体相同。　㈤幽：幽深。敞：开放，宽敞。各极其致：各自尽其所能达到的程度。　㈤居：日常起居活动之室。庵：简易小屋，用作临时休息、读书等。　㈤纡（yū）：迂回曲折。广：宽阔。一：统一。　㈤室：

住室，卧房。山房：山中之屋，指建于山上的书房。(56)高下：指位置高低。标：突出，显示。胜：优越，美妙。(57)夫（fú）：语助词，无义。峰：当指人造的假山。(58)参差（cēn cī）：错落，不整齐。(59)委折：曲折。波澜：起伏。(60)夷：平。(61)攻补：中医术语。攻，除，克制。补，滋补。互：交互，如过盛则攻之，过虚则补之。投：下药。(62)治兵：统领军队，指挥作战。(63)奇正：古代军事术语。奇，指用奇计，如诱敌、奇袭等。正，指对阵交锋。(64)名手：名家手笔，指画家。(65)名流：指著名作家。(66)韵：神韵，韵味。(67)营构：经营布局。(68)乙亥：古人用天干地支纪年，此为崇祯八年（1635）。仲冬：古人以孟、仲、季表示每季的第一、二、三月，仲冬即阴历十一月。(69)丙子：崇祯九年（1636）。春孟：即孟春，阴历正月。(70)迄（qì）：至，到。役：工程。竣：竣工，工程完成。(71)顶趾：从山顶到山脚。(72)镂（lòu）刻：雕刻，这里指精心建构施工。殆（dài）：几乎。(73)径：小道，这里指水道。(74)慊（qiè）：满足。(75)疏凿：疏通开凿。(76)历：经过。丁丑：崇祯十年（1637）。(77)凡：总共。(78)曲池：堤岸弯曲的水池。穿牖（yǒu）：指池水从窗下流过。牖，窗。(79)飞沼：水珠飞溅的池沼。拂几（jī）：指水珠飘拂到几案。(80)丹：指深秋的红叶。壑（hè）：山谷。(81)农圃之兴（xìng）：指对山野田园的向往之情。殷：深切，深厚。(82)终：指工程最终结束。丰庄与豳（bīn）圃：园中的两个地区名。(83)盖：大概。孟夏：阴历四月。有（yòu）：通“又”。(84)若：至于。八求楼、溪山草阁、抱瓮（wèng）小憩（qì）：均为园中的建筑物名。(85)暇：空闲。(86)岁月：所费的时间。(87)万壑千岩：古人描绘山阴一带山水之语。南朝宋刘义庆《世说新语·言语》：“顾长康从会稽（即山阴一带）还，人问山川之美，顾云：‘千岩竞秀，万壑争流。’”(88)七松、五柳：均指隐者住宅中的树木。七松，唐代人郑薰归隐，在庭前种松，号“七松处士"。五柳，晋末诗人陶渊明归隐，宅边有五株柳树，自号"五柳先生"。

�889泛月：在月下泛舟。　㊊90三径：《三辅决录》卷一："蒋诩归乡里，荆棘塞门，舍中有三径，不出，唯求仲、羊仲从之游。"后人因以"三径"代称隐者所居之处。　㊋91呼云醉雪：邀请云雪同饮共醉。　㊌92韵人：高雅之人。纵目：放眼观赏。　㊍93云客：云游四方之客。宅心：在心中领会。

[评析]

　　本文介绍了作者营建寓山别墅的经过。全篇分"开园之始末""开园之痴癖""开园之营构""开园之岁月"以及最后的总结五个部分，依次展开，层次极为清楚。对于这座自己亲手设计营建的园林，作者充满了感情。作品开头，列举了古代名人梅福、方干、贺知章以及《世说新语》中的典故，点出了寓山别墅正处在风景秀丽自古闻名的"山阴道上"，赋予园林以深厚的历史文化内涵。然后写他与寓山的"夙缘"、儿时的往事、园林的变迁，深有感触。在建园过程中，他开始"仅欲三五楹而止"，而随着身心的不断投入，灵感的不断产生，其兴致也日益高涨，于是早出晚归，日思夜想，风雨无阻，寒暑不惧，乃至囊中如洗，病愈复病。工程大体结束后，又疏凿水道，兴建农圃，力求完美。作者着力描写了自己在这一过程中的心理活动，如对朋友之言的"漠然"与"耿耿"，灵感涌动时的兴奋激动，思路堵塞时的焦虑，前往工地时的急切，床头金尽时的懊丧，等等，无不真切细致、具体生动，令人感受到他为建园全身心投入、呕心沥血的情景和他对这座园林的深厚感情。

　　作者不满于魏忠贤的专权擅政，故辞官家居，他之所以兴建此园，显然有隐居遁世的用心。这在作品中有十分鲜明的体现。文中所涉及的名人典故，如开头的梅福、方干、贺知章，文末的郑薰、陶渊明、蒋诩等，都是古代著名的隐者逸士。"农圃之兴""泛月迎风""呼云醉雪""韵人纵目,云客宅心"等语,也明显流露出作者的隐逸思想与情趣。不过古今隐逸者多矣,各有各的隐法,像作者这样的隐逸,一般人是隐不起的,如陶渊明,"方宅十余亩,草屋八九间",甚至"饥来驱我去,不知竟何之",就绝无作者这样豪华阔气。

在"开园之营构"一段中,作者介绍了园中景物、建筑物的精心布局。"轩与斋类,而幽敞各极其致;居与庵类,而纡广不一其形;室与山房类,而高下分标其胜",注意体现各种相类的建筑物各自不同的美感风姿。"为桥、为榭、为径、为峰,参差点缀,委折波澜",善于发挥各种小景的装饰点缀效果。而"虚者实之,实者虚之;聚者散之,散者聚之;险者夷之,夷者险之",则进一步从理论上总结出相反相成、互衬互补的美学原理。这些都体现了明代园林艺术的特征与成就。

作品文笔十分优美。"开园之始末"与"开园之痴癖"两段,以散笔娓娓铺叙,曲折生动,深厚蕴藉。"开园之营构"一段,则大量使用排比对偶,工整秀丽,潇洒流畅。描写园中景致,如"曲池穿牖,飞沼拂几,绿映朱栏,丹流翠壑""泛月迎风""呼云醉雪"等语,如诗如画,很好地体现了景致的美妙意境。

黄淳耀

黄淳耀（1605~1645），字蕴生，号陶庵，嘉定（今属上海）人。崇祯十六年（1643）进士，未出仕。清顺治二年（1645），清兵渡江，嘉定人民抵抗，他与侯峒曾被推为首领，城陷，他自缢殉国，门人私谥为"贞文先生"。著有《山左笔谈》《陶庵文集》。

李龙眠画罗汉记[①]

李龙眠画罗汉渡江，凡十有八人[②]。一角漫灭[③]，存十五人有半，及童子三人。

凡未渡者五人：一人值坏纸[④]，仅见腰足。一人戴笠携杖，衣袂翩然[⑤]，若将渡而无意者。一人凝立远望[⑥]，开口自语。一人跽左足[⑦]，蹲右足，以手捧膝作缠结状；双屦脱置足旁[⑧]，回顾微哂[⑨]。一人坐岸上，以手踞地[⑩]，伸足入水，如测浅深者。

方渡者九人[⑪]：一人以手揭衣[⑫]，一人左手策杖[⑬]，目皆下视，口呿不合[⑭]。一人脱衣，双手捧之而承以首[⑮]。一人前其杖[⑯]，回首视捧衣者。两童子首发鬅鬙[⑰]，共舁一人以渡[⑱]。所舁者，长眉覆颊，面怪伟，如秋潭老蛟。一人仰面视长眉者。一人貌亦老苍，伛偻策杖[⑲]，去岸无几[⑳]，若幸其将至者[㉑]。一人附童子背[㉒]，童子瞪目闭口，以手反负之[㉓]，若重不能胜者[㉔]。一人貌老过于伛偻者[㉕]，右足登岸，左足在水，若起未能；而已渡者一人，捉其右臂，作势起之㉖。老者努其喙㉗，缬纹皆见㉘。又一人已渡者，双足尚跽㉙，出其履㉚，将纳之㉛，而仰视石壁，以一指探鼻孔，轩渠自得㉜。

按罗汉于佛氏为得道之称㉝，后世所传高僧㉞，犹云锡飞杯渡㉟，而为渡江，艰辛乃尔㊱，殊可怪也㊲。推画者之意㊳，岂以佛氏之作止语默㊴，皆与人同㊵，而世之学佛者，徒求卓诡变幻、可喜可愕之迹㊶，故为此图以警发之与㊷？昔人谓太清楼所藏吕真人画像㊸，俨若孔老㊹，与他画师作轻扬状者不同㊺，当即此意㊻。

《陶庵文集》

[注释]

①李龙眠，即李公麟，字伯时，老年居龙眠山（在今安徽桐城），号龙眠居士，是北宋著名的画家。罗汉，即阿罗汉的略称，是佛教中对一些得道僧人的称呼，如"十八罗汉""五百罗汉"等。本文是对李公麟所画十八罗汉渡江图的描述与评论。　②凡：总共。有（yòu）：通"又"。　③漫灭：模糊缺损。　④值：遇上。坏纸：即画纸上的"漫灭"之处。　⑤袂（mèi）：衣袖。翩（piān）然：飘飞的样子。　⑥凝立：全身不动地站着。　⑦跽（jì）：跪。　⑧屦（jù）：麻鞋。　⑨顾：回头看。哂（shěn）：微笑。　⑩踞：撑。　⑪方：正在。　⑫揭：提起，撩起。　⑬策杖：拄着手杖。　⑭呿（qū）：张口。　⑮承以首：用头顶着。　⑯前：前伸。　⑰鬅鬙（péng sēng）：头发散乱的样子。　⑱舁（yú）：抬。　⑲伛偻（yǔ lǚ）：弯腰曲背。　⑳去：离。无几：没多远。　㉑幸：庆幸。将至：指即将到岸。　㉒附：依附，紧贴。　㉓以手反负之：指双手反背在身后。　㉔胜：禁得起，受得住。　㉕过：超过。　㉖作势：摆开架式。　㉗努：撅起。喙（huì）：嘴。　㉘缬（xié）纹：指脸上的皱纹。

见（xiàn）：通"现"。　㉙跣（xiǎn）：赤脚。　㉚履（lǚ）：鞋子。　㉛纳：进，指把脚穿进鞋子。　㉜轩渠：欢悦貌，笑貌。　㉝按：表示以下为作者的议论，按语。佛氏：佛家。得道：修炼成功。　㉞高僧：道行高的僧人。　㉟锡飞杯渡：据《高僧传》《景德传灯录》等书记载，古有神僧，能乘锡杖凌空飞行，又有杯渡和尚，乘木杯渡水，故以为名。锡，锡杖，僧人所持的一种禅杖，杖头安环，摇动时发出"锡锡"之声，故称。　㊱乃尔：竟然如此。　㊲殊：极，很。　㊳推：推测。　㊴作止语默：概指人们的一切行为举止。作，行动。止，动作停止。语，说话。默，沉默。　㊵人：指凡人。　㊶徒：只。卓诡：高超怪异。愕（è）：惊讶。迹：形迹。　㊷警发：警策启发。与（yú）：助词，表示疑问或反问语气。　㊸昔人：从前的人。太清楼：宋代皇宫中一座收藏书画的楼。吕真人：即吕洞宾，别号纯阳子，传说中的"八仙"之一。真人，道教中对得道成仙者的称呼。　㊹孔老：指儒家创始人孔子和道家创始人老子。　㊺他：其他。轻扬：洒脱飘逸的样子。　㊻当：应当，想必是。

[评析]

　　李公麟所画的十八罗汉渡江，有未渡者、方渡者、已渡者三组，本文就以这三组为纲谋篇布局，依次记叙。先记未渡者，按无意、观望、准备、伸足入水为序。次记方渡者和已渡者，由于人物之间的动作关联，这两组在结构上并不截然分开，记叙中按初下水、正在水中、即将上岸、已上岸而助未上岸者、完全上岸为序。

　　画面人物虽多，但本文记叙却井井有条，层次清晰，又不使人有枯燥呆滞之感，是因为作者具体生动地刻画了人物的动作神情和彼此间的关系。如未渡者中形象完整的四人，就各有特色。"一人戴笠携杖，衣袂翩然，若将渡而无意者"，似乎此人生性洒脱淡然，本无意渡江，只是随众而来。而"凝立远望"者，则是想渡江又畏于其难，故"开口自语"，犹豫不决。第三人则脱鞋捧膝，跃跃欲试，还"回顾微哂"，一副活泼调皮的样子。第四人则"坐岸上，以手踞地，伸足入水，如测浅深者"，显得小心谨慎。写方渡者和已渡者，或表现其动作，或描写其相貌，或刻画其神情，毫不雷同。动作有揭衣的、策杖的、头顶衣服的、被童子抬着的、让童子背着的、回头或仰面看着别人的、一脚上岸而另一脚抬不起的、"作势起之"的、上了岸在穿鞋子的等。相貌则有的"长眉覆颊，面怪伟，如秋潭老蛟"，有的老苍伛偻，有的则"貌老过于伛偻者"。对于神情的刻画，则尤为生动。如"一人以手揭衣，一人左手策杖，目皆下视，口呿不合"，表现其初下水时战战兢兢、惊怖惧怕的心理；"一人貌亦老苍，伛偻策杖，去岸无几，若幸其将至者"，表现一个老者好不容易历经风波即将到岸时的庆幸神情；"童子瞠目闭口，以手反负之，若重不能胜者"，表现童子负重渡江的艰难吃力；"老者努其喙，缬纹皆见"，表现此老者正在别人帮助下作最后艰难的努力；而最后那位已渡者，一边穿鞋，一边"仰视石壁，以一指探鼻孔，轩渠自得"，其悠然得意之态更是活灵活现。当然，以上这些人物的动作神情本是画家作品所表现，但由于本文作者的准确把握、生动描绘，以文字的形式再现了画面的内容，故使人虽未见原画也能完全领略原画的韵味风采。

尤为可贵的是，作者的这些描写，体现了他对画家用意的深刻理解。李公麟作此画，意在帮助"佛氏之作止语默，皆与人同"，罗汉渡江，其实与凡人一样艰辛。因此作者对画面人物的动作神情的记叙描写，都或虚或实地体现了这一用意。在文末的按语中，作者对此又作了更进一步的阐发。罗汉是得道之佛，而为区区渡江之事，竟也如此艰辛，可见不但世间所传高僧"锡飞杯渡"云云纯属无稽之谈，即如罗汉真人之辈，也与凡人毫无二致，人们大可不必迷信于世俗之说，"徒求卓诡变幻、可喜可愕之迹"。这是李公麟作画以警策世人之意，但画家将此意寓于画面之中，人们未必能完全理解，经作者这一番记叙阐发，此意便十分明了了。

张煌言

张煌言(1620~1664),字玄著,号苍水,鄞县(今浙江宁波)人。崇祯十五年(1642)举人。明末,清兵攻陷南京,张煌言等人奉鲁王朱以海为监国,并率义军抗清,官至兵部尚书。曾与郑成功合作,进围南京。后来郑成功病死于台湾,鲁王又死于金门,张煌言只好隐居岛上,被清兵捕获,解往杭州,宁死不屈,遂被杀害。著有《张苍水全集》。

《奇零草》序①

余自舞象②,辄好为诗歌③。先大夫虑废经史④,屡以为戒,遂辍笔不谈⑤,然犹时时窃为之⑥。及登第后⑦,与四方贤豪交益广⑧,往来赠答⑨,岁久盈箧⑩。会国难频仍⑪,余倡大义于江东⑫,敛甲敹干⑬,凡从前雕虫之技⑭,散亡几尽矣⑮。于是出筹军旅⑯,入典制诰⑰,尚得于余闲吟咏性情⑱。及胡马渡江⑲,而长篇短什⑳,与疏草代言㉑,一切皆付之兵燹中㉒,是诚笔墨之不幸也㉓。

余于丙戌始浮海㉔,经今十有七年矣㉕。其间忧国思家,悲穷悯乱㉖,无时无事不足以响动心脾㉗。或提师北伐㉘,慷慨长歌;或避虏南征㉙,寂寥短唱㉚。即当风雨飘摇、波涛震荡㉛,愈能令孤臣恋主㉜、游子怀亲。岂曰亡国之音,庶几哀世之意㉝。

乃丁亥春㉞,舟覆于江,而丙戌所作亡矣㉟。戊子秋㊱,节移于山㊲,而丁亥所作亡矣。庚寅夏㊳,率旅复入于海㊴,而戊子、己丑所作又亡矣⑩。然残编断简㊶，什存三四㊷。迨辛卯昌国陷㊸，而笥中草竟靡有孑遗㊹。何笔墨之不幸，一至于此哉㊺！

嗣是缀辑新旧篇章㊻，稍稍成帙㊼。丙申昌国再陷㊽，而亡什之三。戊戌覆舟于羊山㊾，而亡什之七。己亥长江之役㊿，同仇兵燬[51]，予以间行得归[52]，凡留供覆瓿者[53]，尽同石头书邮[54]，始知文字亦有阳九之厄也[55]。

年来叹天步之未夷[56]，虑河清之难俟[57]，思借声诗[58]，以代年谱，遂索友朋所录、宾从所抄次第之[59]。而余性颇强记，又忆其可忆者，载诸楮端[60]，共得若干首，不过如全鼎一脔耳[61]。独从前乐府歌行[62]，不可复考[63]，故所订几若《广陵散》[64]。

嗟乎！国破家亡，余谬膺节钺[65]，既不能讨贼复仇，岂欲以有韵之词，求知于后世哉？但少陵当天宝之乱[66]，流离蜀道[67]，不废风骚[68]，后世至今，名为"诗史"[69]。陶靖节躬丁晋乱[70]，解组归来[71]，著书必题义熙[72]。宋室既亡，郑所南尚以铁匣投史智井，至三百年而后出[73]。夫亦其志可哀[74]，其情诚可念也已。然则何以名"奇零草"？是帙零落凋亡，已非全豹[75]，譬犹兵家握奇之余[76]，亦云余行间之作也[77]。

时在永历十六年[78]，岁在壬寅，端阳后五日[79]，张煌言自识[80]。

《张苍水全集》

[注释]

①《奇零草》是作者在就义前二年（1662）将自己散存的诗稿整理编辑而成的诗集，本文是为这部诗集所写的自序。　②舞象：象是古代的一种舞，《礼记·内则》："成童，舞象，学射御。"后世遂以指十五岁以

上的成童。③辄（zhé）：就。④先大夫：对已故父亲的称呼。虑：担心。废：废弃，荒废。经史：指儒家经典和史书，古人以此为正经的学问。⑤辍（chuò）：中止，停止。⑥窃：私下，偷偷地。⑦登第：指科举中式。科举考试录取时须评定等第，故称。这里指考中举人，当时作者二十三岁。⑧交：交往。益：日益，更加。⑨赠答：指文人之间彼此以诗歌相赠酬答。⑩盈：充满。箧（qiè）：指存放诗稿的小箱子。⑪会：逢，遇上。频仍：连续不断。⑫倡：倡导，号召。大义：指起兵抗清之事。江东：长江在今江西九江至江苏南京一段为西南东北流向，故习惯称此东边一带为江东，这里指浙东地区。清顺治二年（1645），南明弘光王朝垮台，清兵下江南，作者同乡钱肃乐在浙东起兵，派作者迎立鲁王朱以海为监国，号召东南地区抗清。⑬敹（liáo）甲敿（jiǎo）干：指做战斗准备。语出《尚书·费誓》："善敹乃甲，敿乃干。"敹，缝缀。甲，古代打仗时所穿的甲衣。敿，系结。干，盾牌。⑭雕虫之技：虫，虫书，是秦代书体的一种，汉代学童必学此体，故以"雕虫"比喻微不足道的小技。西汉末作家扬雄曾称写作辞赋为"童子雕虫篆刻"，故后人又以此指诗文创作。这里作者以此谦称自己以往所写的诗歌。⑮几：几乎。⑯筹：筹划，筹建。军旅：军队。⑰典：掌管。制诰：诏令，即皇帝所下的文告命令。作者起兵后，鲁王曾授以翰林院检讨知制诰之职，替朝廷起草诏令。⑱吟咏性情：指创作诗歌以抒发感情。⑲胡马：指清兵。古人称少数民族为"胡"。⑳长篇短什（shí）：指所创作的长短诗歌。㉑疏草：指给鲁王所上疏奏的底稿。代言：指为鲁王代拟的诏令。㉒兵燹（xiǎn）：战火。㉓诚：的确，实在是。㉔丙戌：古人以天干地支纪年，此指清顺治三年（1646）。当时清兵已占领浙东，反清义军战败，鲁王奔台州（今浙江临海），作者随后东行。浮海：漂泊于海上。㉕有（yòu）：通"又"。㉖穷：困厄，指明王朝的覆灭处境。㉗响动：震动，激荡。心脾：指内心深处。 ㉘提师：带领军队。 ㉙虏：对敌人的蔑称，这里指清兵。 ㉚寂寥（liáo）：指内心寂寞忧郁。 ㉛风雨飘摇、波涛震荡：比喻国势危亡、天下动荡不安。 ㉜孤臣：指如作者之类孤独无援的臣子。主：君王。 ㉝庶几（jī）：差不多，大体是。哀世：哀叹世事。 ㉞丁亥：指清顺治四年（1647）。这年四月，作者行军到崇明岛，遇大风而翻船，被俘，后寻机逃出。 ㉟亡：丢失。 ㊱戊子：清顺治五年（1648）。 ㊲节：符节，古代将军持以带兵的凭证，这里指代将军，即作者自己。移：移驻。山：指平冈山寨。当时作者到上虞招募义兵，入平冈山寨。 ㊳庚寅：清顺治七年（1650）。 ㊴率旅复入于海：这年鲁王驻舟山，作者率军前往护卫。旅，军队。 ㊵己丑：清顺治六年（1649）。 ㊶残编断简：指残存的诗歌。纸张发明之前，人们以竹简书写，以绳子将竹简编串起来，故言。 ㊷什存三四：十分中只存三四分。什，十。 ㊸迨（dài）：及，等到。辛卯：清顺治八年（1651）。昌国：地名，即今浙江定海（舟山岛）。 ㊹笥（sì）：一种竹编的盛器。草：指诗稿。靡有孑（jié）遗：无一遗留。语出《诗经·大雅·云汉》："周余黎民，靡有孑遗。"孑，单个。 ㊺一：竟然。 ㊻嗣是：继此。缀辑：编连辑录。 ㊼稍稍：逐渐。帙（zhì）：卷册。 ㊽丙申：清顺治十三年（1656）。昌国再陷：在此前一年，作者等人联合郑成功部队入吴淞口，又进攻京口，未成而东还，收复了舟山。到这一年，舟山又被清军攻陷。 ㊾戊戌：清顺治十五年（1658）。覆舟于羊山：这一年作者与郑成功驻兵舟山北边的羊山，遇大风，覆船百余艘。 ㊿己亥：清顺治十六年（1659）。长江之役：这年夏天，作者与郑成功部队再次从长江西上进攻京口，直趋芜湖。 51同仇：语出《诗经·秦风·无衣》："修我戈矛，与子同仇。"后人遂以指战友。这里指郑成功。熸（jiān）：火熄灭，比喻兵败。 52间（jiàn）行：从小路秘密行走。郑成功在南京被清兵打败，

晚明散文选 | 301

撤军出海，当时作者还在芜湖力战，清兵断其归路，他只好从山谷小道潜还。㊿供覆瓿（bù）者：《汉书·扬雄传下》载，扬雄作《太玄》，学者刘歆嘲笑说："……吾恐后人用覆酱瓿也。"意为此书毫无价值，将来只能用来做酱坛子的封盖。后人便以"覆瓿"比喻没有价值的著作，这里是作者谦指自己的诗歌作品。㊿石头书邮：南朝宋刘义庆《世说新语·任诞》载，晋人殷羡，字洪乔，任豫章（今江西南昌一带）太守。临上任前，人们托他带书信百余封，他走到石头（地名，在今江西新建西北贡水西岸），把书信全部抛入水中，说："沉者自沉，浮者自浮，殷洪乔不能作致书邮（带信的人）。"作者用此典故，意为自己的诗稿全都沉没水中了。㊿阳九之厄：古人有"百六阳九"的说法，意谓一百零六年中要有九次旱灾。这里指灾难、厄运。㊿天步：指国家的命运。夷：平，安定。㊿河清之难俟（sì）：语出《左传·襄公八年》："俟河之清，人寿几何。"俟，等待。河，指黄河。黄河水变清，是不可能的事。作者以此比喻平定战乱光复明朝遥遥无期。㊿声诗：诗歌。因古代诗歌可伴乐吟唱，故称。㊿索：索取。宾从：指手下的幕客随从。次第：依次编排。⑥楮（chǔ）：木名，皮可造纸，故以指代纸张。㊽全鼎一脔（luán）：语出《吕氏春秋·察今》："尝一脔肉而知一镬之味、一鼎之调。"意为只要尝一块肉，便可知道全鼎的肉味。鼎，古代一种有足的锅。脔，同"脔"，一脔即一块肉。作者以此比喻目前所录的只是全部作品的一小部分。㊽乐（yuè）府：诗体名，即乐府诗。乐府本为古代音乐官署，始于秦，至汉代成为规模较大的官署，因其采集歌诗，作乐演奏，这种歌诗及后人模仿其体裁风格的作品遂被称为乐府。歌行（xíng）：诗体名，由乐府诗发展而成，一般篇幅较长，音律自由多变，富有歌唱性。㊽考：查考，寻查。㊽几（jī）：几乎。《广陵散》：古曲名。三国魏时文学家嵇康善弹此曲，后嵇康因反对司马氏的残暴统治而遭迫害，临刑时弹奏此曲，遂成绝世之响。作者意谓其乐府歌行差点也像《广陵散》一样绝世了。　㉕谬：错误地。表示自谦。膺（yīng）：接受。节钺（yuè）：符节与斧钺（兵器名），皇帝任命大将时所授予。　㉖少陵：即杜甫。少陵，汉宣帝许后墓，在今陕西西安市南，杜甫曾居于陵西，自称"少陵野老"，后人遂以"少陵"称之。天宝之乱：指唐玄宗天宝十四载（755）发生的"安史之乱"。　㉗流离蜀道：指"安史之乱"后，杜甫几经颠沛流离，到达蜀地（今四川）。　㉘风骚：《诗经》中的《国风》和屈原的《离骚》，是中国古代文学的源头与典范，故后人合为"风骚"一词，作为文学或诗歌的代称。　㉙诗史：杜甫的大量诗歌反映了当时的社会现实，故后人称之为"诗史"。　㉚陶靖节：即东晋诗人陶渊明，死后谥为"靖节先生"。躬：亲身。丁：当，遇。　㉛解组归来：组，系结官印的绶带，解组即辞官。陶渊明曾为彭泽县令，上任八十多天，即表示"不为五斗米折腰"，解绶去职，赋《归去来分辞》，从此永绝官场，彻底归隐。　㉜著书必题义熙：义熙是东晋王朝的最后一个年号，据《宋书·陶潜传》，陶渊明因曾祖陶侃是晋朝大臣，东晋为刘宋所灭后，他不愿臣服于刘宋，故其作品，"义熙以前则书晋氏年号"，入宋之后，便不题年号，只题甲子。　㉝"郑所南"二句：郑所南，即南宋诗人、画家郑思肖，字忆翁，连江（今属福建）人，南宋亡后，隐居苏州，坐卧必南向，自号"所南"，以示不忘宋室。著诗集《心史》，装在铁匣子里，投于枯井中，直至三百多年后的明代才被发现，世称"铁函心史"。眢（yuān），眼睛枯陷，故称枯井为眢井。　㉞夫（fú）：发语词，无义。㉟全豹：《世说新语·方正》有"管中窥豹，时见一斑"之说，后人遂以全豹比喻事物的全部。这里指全部诗作。　㊱握奇：指古代兵书《握奇经》。一说是古代战争中的一种阵法。　㊲行（háng）间：军旅之间。㊳永历十六年：即清康熙元年（1662）。永历，南明桂王朱由榔的年号，止于十五年（1661），后由郑成功及其子郑经、孙郑克塽沿用至三十七年（1683）。　㊾端阳：即端午，农历五月初五。　㊿识（zhì）：通"志"，记。

[评析]

作者是民族英雄、爱国志士。英雄有英雄的壮举，志士有志士的情操。本文是一篇序言，记叙的是他写诗、编集的过程。他之所以自编诗集，用他自己的话来说，是"思借声诗，以代年谱"，也就是说，要用诗歌记录他的一生经历。因此，这篇序言就是这部"年谱"的大纲，我们完全可以从中清晰地看到一位抗敌英雄的战斗足迹、一位爱国志士的心路历程。

作品将写诗编集的过程与抗清战斗的经历紧密交织在一起。作者从十五岁开始写诗，登第后与四方豪杰诗文赠答，岁久盈箧。可是国难当头，为倡抗清大义，作品尽失。在戎马倥偬、政务繁忙之余，依然吟咏性情。然而胡马渡江，所作长篇短什又皆付之兵燹。此后十七年，风雨飘摇，南征北战，出江入海，覆舟移节，战事不利，守地陷落，可谓经磨历劫，九死一生，而诗歌也随之屡作屡失、屡失屡作。这不断地失，体现了国难的深重、斗争的艰苦；而作者仍不断地写，又体现了作者坚韧不拔的意志和积极乐观的精神。

本文是记叙性的序言，也是抒情性的诗篇。在记叙中，随着战斗经历的坎坷、诗歌命运的播迁，作者的感情波澜起伏、激荡淋漓。第一段写他结交四方贤豪、诗文赠答，国难时兴师抗敌、吟咏性情，充满热情豪迈之气；而对于诗歌作品的两度散失，作者感叹"是诚笔墨之不幸也"，流露出惋惜无奈之情。第二段以后所记，是"胡马渡江"之后他辗转浙东坚持抗战的经过，这是他一生最艰苦也最辉煌最刻骨铭心的经历。"其间忧国思家，悲穷悯乱，无时无事不足以响动心脾。或提师北伐，慷慨长歌；

或避虏南征，寂寥短唱。即当风雨飘摇、波涛震荡，愈能令孤臣恋主、游子怀亲。岂曰亡国之音，庶几哀世之意。"这笔底行间，或忧伤哀怨，或慷慨激越，或悲愤郁悒，或痛切凄凉，一腔伤时悯乱之情、坚贞不屈之志，如波涛汹涌，如烈火奔突，充分展示出一位孤臣赤子的耿耿丹心。这十七年，也是他的诗歌屡作屡失最频繁的时期。作者记叙这一段过程，文字有如繁弦急管，节奏紧促，并一再感叹："何笔墨之不幸，一至于此哉！""始知文字亦有阳九之厄也。"诗歌的不幸，也是他抗敌事业的不幸；诗歌的厄运，也是国家民族的厄运。其痛惜悲愤之情，溢于言表。

文章最后一段，一声"嗟乎"，将悲愤情绪推上了高潮。"国破家亡，余谬膺节钺，既不能讨贼复仇，岂欲以有韵之词，求知于后世哉？"眼看大势已去，作者为自己身膺大将重任却回天乏术而痛心疾首，也为自己编辑诗集之意作真诚的表白。他列举了杜甫、陶渊明和郑思肖的事迹，抒发了对他们的敬仰之情，并表明自己编辑诗集，并非为自己"不能讨贼复仇"作开脱，而是要像他们一样，记录下这"风雨飘摇、波涛震荡"的历史，并将自己的艰苦之志、爱国之心、坚贞之节昭示于后人。这不禁令人想起与作者十分相似的宋代爱国英雄文天祥的那句名言："人生自古谁无死，留取丹心照汗青。"确实，此文至今也已三百多年了，我们读之，也正如作者所言："夫亦其志可哀，其情诚可念也已。"

夏完淳

夏完淳（1631~1647），字存古，号小隐，松江华亭（今上海松江）人。自小天资过人，博览群书。清顺治二年（1645），他随父夏允彝抗清。事败，允彝投水殉国，他又与师陈子龙、岳父钱栴共谋倡议。顺治四年（1647）夏，遭逮捕，不屈而死。完淳学识渊博，诗文多抒发政治怀抱，慷慨激昂。著有《玉樊堂集》《内史集》《南冠草》等，后人合编为全集，题为《夏完淳集》。

狱中上母书[①]

不孝完淳今日死矣[②]！以身殉父[③]，不得以身报母矣！

痛自严君见背[④]，两易春秋[⑤]。冤酷日深[⑥]，艰辛历尽。本图复见天日[⑦]，以报大仇，恤死荣生[⑧]，告成黄土[⑨]；奈天不佑我[⑩]，钟虐先朝[⑪]，一旅才兴[⑫]，便成齑粉[⑬]。去年之举[⑭]，淳已自分必死[⑮]，谁知不死，死于今日也。斤斤延此二年之命[⑯]，菽水之养无一日焉[⑰]，致慈君托迹于空门[⑱]，生母寄生于别姓[⑲]。一门漂泊，生不得相依，死不得相问。淳今日又溘然先从九京[⑳]。不孝之罪，上通于天。呜呼！双慈在堂[㉑]，下有妹女[㉒]。门祚衰薄[㉓]，终鲜兄弟[㉔]。淳一死不足惜，哀哀八口[㉕]，何以为生？虽然，已矣[㉖]，淳之身，父之所造；淳之身，君之所用[㉗]。为父为君，死亦何负于双慈！但慈君推干就湿[㉘]，教礼习诗，十五年如一日，嫡母慈惠[㉙]，千古所难。大恩未酬[㉚]，令人痛绝！

慈君托之义融女兄㉛，生母托之昭南女弟㉜。淳死之后，新妇遗腹得雄㉝，便以为家门之幸㉞。如其不然㉟，万勿置后㊱！会稽大望㊲，至今而零极矣㊳！节义文章如我父子者几人哉㊴？立一不肖后如西铭先生㊵，为人所诟笑㊶，何如不立之为愈耶㊷？呜呼！大造茫茫，总归无后㊸。有一日中兴再造㊹，则庙食千秋㊺，岂止麦饭豚蹄、不为馁鬼而已哉㊻！若有妄言立后者㊼，淳且与先文忠在冥冥诛殛顽嚚㊽，决不肯舍！兵戈天地㊾，淳死后，乱且未有定期。双慈善保玉体，无以淳为念。二十年后㊿，淳且与先文忠为塞北之举矣㉛！勿悲勿悲，相托之言，慎勿相负㉒。武功甥将来大器㉓，家事尽以委之㉔。寒食盂兰㉕，一杯清酒，一盏寒灯，不至作若敖之鬼㉖，则吾愿毕矣。新妇结褵二年㉗，贤孝素著㉘，武功甥好为我善待之，亦武功渭阳情也㉙。

语无伦次，将死言善㉠，痛哉痛哉！人生孰无死？贵得死所耳㉡！父得为忠臣，子得为孝子。含笑归太虚，了我分内事。大道本无生㉢，视身若敝屣㉣。但为气所激㉤，缘悟天人理㉥。恶梦十七年，报仇在来世。神游天地间，可以无愧矣！

《夏完淳集》

[注释]

①本文是作者被捕后拘禁于南京狱中时写给母亲的信。作者之母有两位，一是嫡母盛氏，为夏允彝的正妻；一是生母陆氏，为夏允彝的侧室。从文中看，这里当主要指嫡母。文中既谈家事、叙亲情，更痛陈家仇国恨，表宁死不屈之决心，慷慨悲壮，感人至深。　②不孝：子女对父母谦称自己。　③以身殉父：其父夏允彝已死，自己又将被处死，犹如追随亡

父而去，故曰以身殉父。　④严君见背：被父亲所抛弃，这是对父亲已死的委婉说法。严君，对人称自己的父亲。　⑤两易春秋：改换了两度春秋，意为过了两年。　⑥冤：冤仇。酷：惨痛。　⑦图：希望。复见天日：比喻抗清胜利、明朝复兴。　⑧恤死：抚恤死者，指朝廷对死难者追加一些恩赐。荣生：显耀生者，指朝廷给予死难者遗属以恩惠荣誉。　⑨告成黄土：把复国成功的喜讯祭告地下的先人。　⑩奈：无奈。佑：保佑，帮助。　⑪钟：聚集。虐：灾祸。先朝：已覆灭的王朝，指明朝。　⑫一旅：指抗清军队。兴：起兵。　⑬齑（jī）粉：粉末。比喻被消灭。　⑭去年之举：指顺治三年（1646）夏完淳与其师陈子龙、岳父钱栴共谋起事，参加吴易的义军，进行抗清斗争而失败之事。举，举动。　⑮自分：自己料定。　⑯斤斤：时间短暂的样子。　⑰菽（shū）水：菽，豆子。豆子和水，是最微薄的食物，形容对父母最微薄的供养。　⑱慈君：对母亲的尊称。这里指作者的嫡母盛氏。托迹于空门：夏允彝死后，盛氏出家为尼。空门，佛家认为世上一切皆空，故称佛门为空门。　⑲生母寄生于别姓：家破后，作者生母陆氏寄居在亲戚家里。　⑳溘（kè）然：忽然，很快地。先从九京：先（于母亲）到地下归从父亲。九京，犹言"九泉之下"。　㉑双慈：指盛、陆二母。　㉒妹女：妹妹。　㉓门祚（zuò）衰薄：门第衰落，福气微薄。祚，福。　㉔终鲜（xiǎn）兄弟：没有兄弟。鲜，少，缺乏。　㉕哀哀：可怜的样子。　㉖已：算了。　㉗君：君王，皇帝。指明朝皇帝。　㉘推干就湿：让子女睡在干燥之处，自己却居于潮湿之处。形容母亲对子女的慈爱无私。语出《孝经援神契》："母之于子也，鞠养殷勤，推燥居湿，绝少分甘。"　㉙嫡母慈惠，千古所难：意为嫡母对于非亲生的庶子能如此仁慈恩惠，这是自古以来所难能可贵的。　㉚酬：报答。　㉛义融女兄：指作者之姐夏淑吉，字美南，号荆隐，义融当系别号。女兄，姐姐。　㉜昭南女弟：指作者之妹夏惠吉，字昭南。女弟，妹妹。 ㉝新妇：指作者之妻钱秦篆。当时他们结婚刚两年。遗腹：妇女怀孕后丈夫去世，所怀的孩子称为“遗腹子”。雄：男孩。 ㉞家门之幸：意为有男儿传宗接代，是夏氏家族的荣幸。 ㉟不然：指遗腹之子若为女孩。 ㊱置后：置立后嗣，意为抱养他人之子为后代。 ㊲会（kuài）稽大望：会稽郡有名望的大家族，指夏姓家族。相传夏代开国君主夏禹曾在会稽会合诸侯，于是夏姓人便以会稽为家族的发祥之地。会稽，郡名，治所在今浙江绍兴。当时作者的家乡华亭也属会稽郡。大望，大家族，望族。 ㊳零：零落，衰败。 ㊴节义文章：道德学问。 ㊵不肖（xiào）后：犹言“不肖子孙”。西铭先生：即张溥，字西铭。详见本书所选张溥的作品及介绍。张溥无子，死后由钱谦益等代立后嗣。但关于此嗣子不肖之事，未见记载。或说是因为钱谦益后来变节降清，于是人们认为其为张溥立嗣实为辱没张溥，故下文说“为人所诟笑”。 ㊶诟（gòu）笑：耻笑。 ㊷愈：好。 ㊸“大造”二句：天地宇宙，无穷无尽，就是现在自己有子传代，也难保万世永传。大造，造物主，天地。㊹中兴再造：意为明朝重振复兴。 ㊺庙食：意为因献身于复国事业，会被人们立庙纪念，享受祭祀。 ㊻豚（tún）蹄：猪蹄。馁（něi）：饿。这几句意思是：人们立后，只是为了死后有人祭祀，不至于当饿鬼，而我为复明大业而死，千秋万代都会受人们纪念，享受祭祀，这岂不比有后更值得！ ㊼妄言：随便乱说。 ㊽先文忠：指其父夏允彝。先，表示已死。文忠，允彝死后由南明王所赠的谥号。冥冥：阴间。诛殛：诛杀。顽嚚（yín）：顽固不化之人。 ㊾兵戈：战乱。 ㊿二十年后：即俗语所谓“二十年后又是一条好汉”之意。 (51)塞北之举：意为继续起兵，把清兵赶出塞外。 (52)慎勿：千万不要。负：辜负，违背。 (53)武功甥：作者之姐夏淑吉的儿子侯檠，字武功。大器：大材。 (54)委：托付。 (55)寒食：民间节日，约在清明前一、二日，人们在此日上坟祭祖。盂兰：即梵语

“盂兰盆”，解救苦难之意。佛教徒于农历七月十五举行盂兰盆法会，民间也因此在这一天祭祀祖先，超度鬼魂。 ㊻若敖之鬼：绝后而无人祭奠的饿鬼。若敖是古代楚国的一个公族，《左传·宣公四年》载，春秋时，若敖氏后人、楚国令尹（官名，相当于宰相）子文担心其侄子越椒会给若敖氏带来灭族之灾，临终时哭着对族人说：“鬼还要吃饭呢，难道若敖氏的鬼就不饿吗?”后来越椒果然叛楚，楚王灭了若敖氏之族。 ㊼结褵(lí)：女子出嫁。古时女子出嫁，母亲为之拴系佩巾，故称。褵，同“缡”。 ㊽素：素来，一贯。著：显著。 ㊾渭阳情：外甥与舅舅之间的情谊。《诗经·秦风》有《渭阳》篇，据说是春秋时晋国公子重耳流亡在外，其姐夫秦穆公帮助他回国当了国君。重耳回国时，其外甥秦穆公之子送他到渭水之阳，并作了《渭阳》诗。后人遂以此为典。 ㊿将死言善：意为人到临死，说的话都是善良温和的。语出《论语·泰伯》：“鸟之将死，其鸣也哀；人之将死，其言也善。” 61得死所：即“死得其所”，死得有意义。 62大道本无生：道家认为，人本从无而生，死即重归于无，故无所谓生，也无所谓死。 63蔽屣（xǐ）：破鞋子，意思是可随时抛弃。 64气：意气，精神。激：激发。 65缘：因。天人理：天道与人事之间的道理。

[评析]

夏完淳是中国历史上杰出的少年英雄、爱国志士，他只活了短短的十七个春秋，然而他却活得轰轰烈烈、磊落豪壮。在那血雨腥风、民族危亡的紧要关头，他追随父、师积极投身抗清斗争；事败被捕，他大义凛然、宁死不屈。在临刑前，他写下了这篇血泪交集、气壮山河的遗书。

遗书是写给母亲的，一开头，他就极为沉痛地告诉母亲：“以身殉父，不得以身报母矣!”也就是说，忠孝不能两全，只好舍孝尽忠了。这就为全文定下了基调。

以下分三段。第一段，痛抒母恩难报之恨。十几年来，母亲含辛茹苦，养育教诲，恩重如山，而自己为了投身复国大业，不但没能尽一日之孝、供微薄之养，反倒连累母亲，"致慈君托迹于空门，生母寄生于别姓"，这对于一个当儿子的，是多么痛心之事！如今自己一死，更使母亲、妹妹漂泊无依，"哀哀八口，何以为生"？因此，作为儿子，他痛心长叹："大恩未酬，令人痛绝""不孝之罪，上通于天！"这一番表白，字字含泪，声声啼血，词气极为凄哀沉痛，充满了他对母亲深挚的感情。然而，他又把国仇家恨、忠节大义置于家事私情之上，他认为，自己是为父为君而生，父亲已为国而死，自己为报国仇家恨而身陷囹圄，又随父而去，也就是为国尽忠，这正是为人子、为人臣的本分，一门忠烈，万世流芳，因此，"死亦何负于双慈？"以此激励自己，开导对方，于是在凄哀沉痛之中又充溢着朗朗正气，表现出一个爱国志士崇高的思想境界。

第二段，嘱托身后之事，主要谈立后问题。本来，"不孝有三，无后为大"，这是世间凡人不可忽视的要紧事，作者也并非全然免俗，因此"新妇遗腹得雄，便以为家门之幸"，但他又郑重叮咛："如其不然，万勿置后。"因为从小处说，节义文章，方是根本，若立一不肖之后，有辱忠烈门风，还不如无后；从大处说，"大造茫茫，总归无后"，而若复国成功，自己将为世人所共祀、万代所景仰，这岂是儿孙之辈麦饭豚蹄祭祀所可比拟的？这一段叮咛，真情恳切，语气坚定，表现了他超人的见识和坦荡的襟怀。同时，他还表示：二十年后，他还将与父亲继续进行反清斗争。这更体现了他坚定顽强的决心和至死不渝的信念。

第三段，是全文的总结和升华。他认为生命本身并不重要，重要的是生命的价值。他为自己生为忠义而满足、死得其所而欣慰，并表示：此生未成复国大业，只当恶梦一场；且待来世，再报国恨家仇！整段以押韵诗体写成，慷慨高歌，乐观豪迈，真真一位顶天立地、视死如归的少年英雄！